Knaur

Über die Autorin:

Lisa Carey wurde 1970 als Tochter einer irisch-amerikanischen Familie in Boston geboren. Sie studierte Englisch und Philosophie und arbeitete in verschiedenen Berufen, bis sie sich ganz dem Schreiben widmete. Für *Das Lied der Insel* hat sie viele Monate in Irland recherchiert.

Lisa Carey

Das Lied der Insel

Roman

Aus dem Englischen von
Gabriele Gockel und Petra Hrabak,
Kollektiv Druck-Reif, München

Knaur

Die amerikanische Originalausgabe erschien unter dem Titel
»The Mermaids Singing« bei Avon Books, New York.

Besuchen Sie uns im Internet:
www.knaur.de

Vollständige Taschenbuchausgabe 2002
Droemersche Verlagsanstalt Th. Knaur Nachf., München
Dieser Titel erschien bereits unter der Bandnummer 61829.

Umschlaggestaltung: ZERO Werbeagentur, München
Umschlagabbildung: Bavaria, Gauting; IFA-Bilderteam, Taufkirchen
Satz: Ventura Publisher im Verlag
Druck und Bindung: Clausen & Bosse, Leck
Printed in Germany
ISBN 3-426-62105-3

2 4 5 3 1

für meine Nana
Helena Margaret Carey (geb. Cullen)
1909–1993

Aussprache der Namen

Cliona	=	*Clii-oh-na*
Gráinne	=	*Groh-nja*
Seamus	=	*Scheimes*
Inis Murúch	=	*Inis Maroch*

Danksagung

Zunächst danke ich meinen Eltern, Thomas und Ann Carey, für die Unterstützung – sowohl im wörtlichen als auch im übertragenen Sinne –, die sie mir beim Verfassen des Buches haben zukommen lassen. Ferner meinem Bruder Tommy, der, da gleichfalls Künstler, die Zweifel meiner Eltern zerstreut hat.

Darüber hinaus danke ich folgenden Personen und Institutionen für Tee und Obdach, für Handliniendeutung, konstruktive Kritik und private Darlehen, für ihr Vertrauen und dafür, daß sie mir – auf unterschiedlichste Art – ihre Insel geschenkt haben, in die ich seither verliebt bin.

Bernard und Mary Loughlin vom Tyrone Guthrie Centre in Annaghmakerrig, Irland; dem Hawthornden Castle International, Arbeitsstätte für Schriftsteller; der Belegschaft und der Fakultät des Vermont College; den Bewohnern von Inishbofin; Dana Brigham und ihrem Team bei Brookline Booksmith; Alan Paciorek, Sandra Miller, Gary Miller, Matt

Swig, Justin Barkley, Noreen Ryan, Terry Byrne, Bridgid Walsh; Sara O'Keefe und ihrer Familie; den Drisko Girls und Jim; Dr. Judith Robinson; Donald und Norah Alper; meiner Agentin Elizabeth Ziemska; meiner Lektorin Jennifer Hershey; und meinem Mentor Douglas Glover.
Und nicht zuletzt Sascha, meinem besten Freund, weil die Insel unser beider Lieblingsort ist.

Bist du einst alt und grau und voller Schlaf
Und nickst am Feuer ein, dann nimm dies Buch,
Lies langsam, träume dich zurück und such,
Wie mich dein Aug mit seinem Schatten traf.

Wie viele liebten dich im heitren Licht
Und, weil du schön warst, sahn dich mit Begier,
Doch einer liebt' das Pilgerherz in dir,
Die Trauer in dem wechselnden Gesicht.

Und wenn du dich hinunterneigst zur Glut,
Dann flüstre traurig: wie die Liebe floh
Und auf den Bergen hinschritt irgendwo
Und ihr Gesicht verbarg in Sternenflut.

WILLIAM BUTLER YEATS

KAPITEL 1

Grace

Nur des Nachts hat sie noch die Kraft für einen Spaziergang. Dann steht sie leise auf, um ihren Geliebten nicht zu stören, zieht einen Pullover über den Schlafanzug und schlüpft in die Joggingschuhe. Stephen hat sie ihr besorgt, nachdem sie sich geweigert hat, die im Krankenhaus vorgeschriebenen blauen Schaumstoffslipper zu tragen. Sie ist keine Joggerin, aber die Höhe der Schuhe findet sie angenehm, die Rundung der Sohlen, die sie vorwärts schieben wie die Wellen ein Schiff. Grace schlingt sich ein Tuch um den häßlich kahlen Kopf.

Rasch geht sie durch das Ferienhaus, ohne die abgenutzten Möbel eines Blickes zu würdigen – Überbleibsel aus dem Leben eines anderen Menschen. Stephen hat dieses Haus gemietet, damit Grace nah am Meer ist. Manchmal nennt sie es »das Hospiz« – einer ihrer Versuche, das Sterben mit Humor zu nehmen und tapfer zu sein.

Sie hält direkt auf das Wasser zu, geht durch den feuchten Sand hinüber zu den vorspringenden Felsen, die sie vorsichtig emporklettert, immer noch erstaunt über die Kraftlosigkeit ihrer Glieder. Am liebsten würde sie sich auf den Felsen stellen, ins kalte Wasser tauchen und mit kräftigen Zügen den Schmerz vertreiben, aber sie kann nur dasitzen, den Tanz des Mondlichts auf den Wellen beobachten, spüren, wie die salzige Feuchtigkeit in ihre Kleider, in ihre Haut dringt. Sie atmet die Luft ein, die sich schwer und wie etwas Vertrautes in ihren kranken Lungen ausbreitet.

Tagsüber bleibt das Meer stumm für sie. Wenn es Stephen gelingt, sie zu einem Spaziergang zu überreden, irritiert sie die Sonne, die unbarmherzig auf ihre gelbliche Haut scheint. Mit Stephen hat sie immer das Gefühl, der Strand sei gefährlich. Ihren Ellenbogen fest umklammert, führt er sie über Muscheln und Felsen, um zu verhindern, daß der Schaum der Flut ihre zarten Fußgelenke umspült. Auf diesen Spaziergängen fühlt sie sich wie eine Gefangene, die vom Wasser, ihrem eigentlichen Element, ferngehalten wird. Sie möchte Stephen abschütteln, mit derselben Leidenschaft, mit der sie früher am liebsten in seinen Körper hineingekrochen wäre, weil seine Hände auf ihrer Haut ihr nicht genügten. Sie unterdrückt den Impuls, ihn wegzustoßen, sagt sich, daß der Krebs schuld an ihrem Widerwillen ist. Obwohl sie sich auch früher schon wie eine Gefangene gefühlt hat.

In den Nächten aber, wenn sie reißaus nimmt, gehört das Meer wieder ihr; dann spürt sie den Gleichklang zwischen dem Rhythmus der Wellen und dem Auf und Ab ihres Herzschlags. Und wenn sie über die silbrige Wasserfläche blickt, sieht sie ein anderes Ufer, jenseits des Atlantik – ein irisches, die Szenerie dort ein Spiegelbild dieser amerikanischen Landschaft. Drüben seufzte der Wind in den kleinen Buchten wie ein Chor von Meerjungfrauen, voller Hoffnung, einen Mann einzufangen, den sie lieben konnten. Dort pflegte sie zu schwimmen, mit jenem Wehklagen im Blut, mit dem Verlan-

gen, fortzugehen. Und nun, da Irland schon zwölf Jahre hinter ihr liegt, nimmt es in ihrem Kopf erneut Gestalt an, in mächtigen Wogen drängt es herein und stülpt sich über ihr gegenwärtiges Leben. Wie merkwürdig, denkt sie, daß die festesten Überzeugungen und alles, was man besitzt, jede Bedeutung verlieren, wenn man stirbt. Alles, was ihre Person ausmachte, ist von ihr abgeglitten, und Dinge, die sie stets abgelehnt hatte, klammern sich in ihrem Gedächtnis fest wie die Algen in den Felsspalten zu ihren Füßen.
Sie sieht einen bunten Gesichterreigen an sich vorüberziehen. Ihre Mutter, deren erste Falten wie Risse im Gestein aussahen, deren Mund stets zu einem festen Strich zusammengepreßt war, die sich immer bemühte, nur ja kein Gefühl zu zeigen. Grace haßte dieses leere Gesicht, und manchmal tobte sie, bloß damit sich darin eine Regung zeigte – und sei es auch nur Wut. Nun vermißt sie ihre Mutter, sehnt sich nach ihr wie ein verlassenes Kind. Aber sie ist vor diesem Gesicht geflüchtet, und nun, so glaubt sie, ist es zu spät für ein Wiedersehen.
Dann ist da das Gesicht ihres Mannes, eines Iren. Mehrere Jahre hat sie gebraucht, um ihn aus ihrer Erinnerung zu tilgen, und dennoch sieht sie jetzt jede Einzelheit seiner äußeren Erscheinung vor sich; wenn sie die Augen schließt, steht er vor ihr wie ein Geist, der nicht von der Stelle weichen will. Warum, so fragt sie sich, ist sie weggegangen, warum kann sie sich nicht daran erinnern, was damals zwischen ihnen vorgefallen ist. Er war ein liebenswürdiger Mensch, soviel weiß sie. Hatte ihr das nicht genügt? Jetzt bedeutet ihr das viel – Liebenswürdigkeit.
Als sie, viel zu bald schon, spürt, daß ihr Körper nach Schlaf verlangt, kehrt sie um, schlüpft zurück in die Stille des Ferienhauses. Sie öffnet eine Schlafzimmertür, sieht nach ihrer Tochter – ein Teenager, der schlafend daliegt wie ein kleines Kind, die Glieder von sich gestreckt, den Mund geöffnet, das

Bettlaken um die Fußgelenke gewunden wie Weinranken. Die glänzenden schwarzen Locken auf dem Kissen gleichen denen ihres Vaters. Früher hätte Grace das Bettzeug in Ordnung gebracht und ihrer Tochter das dichte Haar aus dem Gesicht gestrichen. Heute nacht aber steht sie nur da, aus Angst, sie aufzuwecken. Sie meiden sich gegenseitig, mit derselben Unbedingtheit, mit der sie einst aneinander hingen.
Grace schließt die Tür und geht durch das dunkle Wohnzimmer. Dann setzt sie sich an einen Tisch in der Ecke und knipst eine kleine Lampe an. Eine alte Schreibmaschine steht vor ihr, daneben liegt ein Stapel glattes Papier. Sie spannt ein Blatt ein und tippt eine Notiz, zuckt beim Lärm der Tasten zusammen – es ist, als hallten Gewehrschüsse durch die Nacht.

Gráinne,
bitte bring Cornflakes und Streichhölzer mit, wenn Du heute am Supermarkt vorbeikommst. Wenn Du etwas zum Waschen hast – was sicher inzwischen der Fall ist, Kleines, es sei denn, Du hast vor, diese stinkenden Jeans weiter zu tragen –, gib sie Stephen, er geht in den Waschsalon.
In Liebe, Mom

Sie heftet die Notiz mit einem Magnet in Form eines Hummers an den Kühlschrank. Warum sie immer noch diese merkwürdigen Mitteilungen verfaßt, weiß sie nicht. Warum kann sie nicht sagen, was sie wirklich empfindet? Sie möchte ihre Tochter fragen, ob es ihr gut geht, möchte wissen, was sie den ganzen Tag und die halbe Nacht über treibt, wenn sie sich nicht im Haus aufhält. Aber Grace vermag nicht mehr zu fragen. Wie stolz war sie einst auf sich, daß sie offen und ehrlich mit ihrer Tochter sprechen konnte. Erst kürzlich hat sie sich eingestanden, daß sie die ganze Zeit gelogen hat. Sie hat gelogen, indem sie Gráinne niemals von den Menschen erzählt hat, die sie zurückgelassen haben: Gráinnes Großmutter, ihren Vater, ihre Familie. Gráinne, so hatte sie immer gedacht, brauchte außer ihr niemanden. Jetzt fühlt sie sich schuldig, glaubt, versagt zu haben, und hadert mit sich selbst. Sie wird sterben, ihre Tochter wird weiterleben, und sie hassen einander deswegen. Sie haben keine Ahnung, was sie sagen sollen. Also hinterlassen sie Notizen, die sie an den Kühlschrank heften – Zettel mit Hieroglyphen, die keine von ihnen entziffern kann.

Nahezu völlig entkräftet, als würde ihr Körper sich in Erschöpfung auflösen, legt sie ein Gedeck auf. Teller, Salatteller, Serviette, zwei Gabeln, zwei Messer und oben einen Löffel. Das Wasserglas schimmert im Mondlicht, das durch das Fenster dringt. Aber sie hat zuviel Lärm gemacht. Stephen öffnet die Schlafzimmertür und ruft nach ihr. Er meint, das Gedeck sei für ihn oder für Gráinne, für das Frühstück. Aber sie deckt für keinen von beiden. Es ist das Extragedeck, das sie immer als Kind auflegte, ein Brauch, von dem sie in einem Buch gelesen hatte. Sie hatte das Buch in der Kommode ihrer Mutter gefunden, und es handelte von einem alten irischen Schloß, in dem immer ein zusätzliches Gedeck für die gälische Königin Granuaile aufgelegt wurde, selbst wenn sie gar nicht erwartet wurde. Granuaile, Freibeuterin und Kriegerin, war bekannt dafür, daß sie ohne Vorankündigung mit ihrer hungrigen Schiffsmannschaft am Tor auftauchte, in der sicheren Gewißheit, daß man sie freundlich aufnehmen würde. Noch lange nach dem Tod Granuailes hielt das Schloßpersonal stets einen Platz für sie frei, denn man wollte den Geist dieser Frau nicht beleidigen.

Grace hat seit Jahren nicht mehr daran gedacht, den Tisch für Granuaile zu decken. Früher tat sie es in der kindlichen Hoffnung, nach dem Essen mit der Königin über das Meer davonfahren zu können. Als sie dann älter wurde, begriff sie, daß sie sich nur selbst retten konnte. Nun aber vollzieht sie das Ritual erneut, und sie erschrickt ein wenig darüber, mit welcher Selbstverständlichkeit sich der alte Instinkt, lange verborgen, wieder zurückmeldet. Sie glaubt nicht mehr an Freibeuterköniginnen, an Rettung. Aber abgesehen von jenen zwecklosen kleinen Mitteilungen weiß sie nichts anderes, was sie hinterlassen könnte.

Sie folgt dem Klang von Stephens Stimme, kehrt in die Wärme des Bettes zurück, in den verhaßten Trost des Schlafs. Während sie einschläft, Stephens fester Körper gegen ihren knochigen Rücken gepreßt, lauscht sie den Wellen, die unermüdlich an das Ufer branden, beruhigend, rufend. Die Strömungen ziehen ihren Körper mit sich fort und locken ihre Gedanken in die Vergangenheit.

KAPITEL 2

Clíona

Auf dem Ticket der Air Lingus steht *Clíodhna*. Am Schalter in Shannon überlege ich, ob ich nicht besser meinen falsch geschriebenen Namen korrigiere, aber ich lasse es dann doch bleiben, aus Angst, Schwierigkeiten mit den Behörden zu bekommen. Ich kenne mich nicht aus mit ihren Gesetzen – es ist so lange her, daß ich ins Ausland gereist bin –, und ich möchte nicht noch mehr Ärger haben. Dieses Flugzeug bringt mich zur Beerdigung meiner Tochter Grace. Nicht zu vergleichen mit meiner damaligen Reise in die Vereinigten Staaten – per Schiff. Ich war jung, und am anderen Ufer wartete das Leben auf mich, nicht der Tod.

Ich heiße Clíona. Ich wurde auf den Namen Clíodhna getauft, aber als ich in die Schule kam, tilgte ich die stummen Konsonanten. (Meine Mutter warf mir vor, das vierte Gebot zu brechen – *Du sollst Vater und Mutter ehren*. Das steigerte zwar meine Furcht vor der Hölle, aber meine Angst, mich lächerlich zu machen, war stärker.) Heute findet man beide

Schreibweisen, weil es Mode ist, den Kindern gälische Namen statt englischer zu geben. Zu meiner Zeit, auf der Insel, wo ich aufwuchs, war mein Name geradezu exotisch. Meine Freundinnen hießen alle Mary, Margaret oder Joyce. Als ich dann in Amerika meine Tochter bekam, taufte ich sie Grace, in der Hoffnung, ein normaler Name würde ihr das Leben dort erleichtern. Natürlich verachtete sie mich deswegen, als sie älter wurde – weil ich ihr einen so phantasielosen, nichtssagenden Namen gegeben hatte, wie sie sich ausdrückte. Ich nehme an, es war nicht der Name, der sie so ärgerte, als vielmehr die Absicht, die ich damit verband, jedenfalls so etwas in der Art. Ihre eigene Tochter nannte sie dann Gráinne, nach der Freibeuterkönigin von Connaught. Ich frage mich oft, ob das Mädchen sie dafür haßt, ob sich der Kreis geschlossen hat, wie es in Familien meist der Fall ist.
In den Namensbüchern kann man die Geschichte von Clíodhna nachlesen, die gegen den Willen ihrer Eltern aufbrach und sich mit ihrem Geliebten in einem Curragh, einem Boot aus Weidengeflecht, das mit Tierhäuten überzogen war, aus dem Staub machte. Als jedoch der junge Mann zum Jagen ging und sie in dem Boot zurückließ, kam eine große Welle, und die arme Frau ertrank. Von da an galt sie als die Fee des Meeres. Eine Art Wächterin, deren Aufgabe darin bestand, andere vor einer ähnlichen Tragödie zu bewahren. Als Grace ein junges Mädchen war und ihr Haß gegen mich seinen Höhepunkt erreicht hatte, sagte sie immer, der Name Clíodhna passe wunderbar zu mir. Sie glaubte nämlich, ich hätte mich mein ganzes Leben lang in erbärmlicher Weise anderen unterworfen. Sie hat mich nie verstanden. Aber das ist auch meine Schuld.
Ich weiß noch, wie sie als Kind beim Abendessen an dem polierten Holztisch in der Küche der Willoughbys in Boston saß, bei denen ich angestellt war. Sie weigerte sich stets zu essen,

solange ich nicht ihr gegenüber am Tisch Platz genommen hatte, und deckte immer für mich mit, obwohl ich erst viel später Zeit hatte zu essen.

»Steh nicht so neben mir, Mom«, pflegte sie zu sagen. »Ich hasse das. Ich hasse es!« Sicher, ich hatte zu viel zu tun, als daß ich müßig hätte herumsitzen können, aber ich gab nach; ich gab ihr immer nach, fügte mich ihren albernen Launen. Sie war ein finster dreinblickendes, unberechenbares Kind, sah aber prächtig aus mit den dicken, rötlich-braunen Haaren und den meergrünen Augen. Und später wuchs sie zu einem erstaunlichen Geschöpf heran, wie ich es niemals gewesen bin.

Besonders eine Szene werde ich nie vergessen: Mrs. Willoughby kommt in die Küche, und ich stehe sofort auf und frage sie, ob alles in Ordnung ist. Daraufhin macht sie eine Geste mit ihren graziösen Fingern.

»Bitte setzen Sie sich, Clíona.« (*Cliioona* nennt sie mich, und ich habe mir nie die Mühe gemacht, sie zu verbessern.) »Lassen Sie sich nicht stören.«

Ich setze mich wieder Grace gegenüber, die, als ich aufstand, automatisch aufgehört hat zu essen, aber weiterißt, sobald mein Po den Stuhl berührt hat.

»Nur wenn Sie gerade Zeit haben, Clíona, könnten Sie uns einen Untersetzer bringen? Offenbar fehlt einer auf dem Tisch im Eßzimmer.« Und schon macht sie wieder kehrt und ist zur Tür hinaus.

Meine Tochter erstarrt, als ich aufstehe, einen Untersetzer aus dem Schrank nehme und ihn hinausbringe. Mrs. Willoughby nimmt die Sauciere von dem Unterteller und stellt sie darauf. Ich habe gelernt, ihre amerikanischen Tischsitten nicht zu hinterfragen. Als ich wieder zu meiner Tochter in die Küche gehe, ißt sie nicht weiter.

»Nun mach schon«, sage ich, aber sie starrt nur auf ihren Teller, auf die Pellkartoffeln und das in Sauce schwimmende Fleisch, und furcht die Stirn wie ein Tier.

»Warum läßt du zu, daß sie so mit dir spricht?« sagt sie.

»Was meinst du mit so?« frage ich. Selbst mit ihren acht Jahren klingt ihre Stimme selbstbewußter als meine.

»Na ja, so eben!« Sie fuchtelt mit ihrer Gabel in Richtung der Schwingtür. »Wie sie es immer tut. Als ob sie was Besseres wäre als du oder so.«

»Halt den Mund und iß auf«, sage ich. »Selbstsüchtiges Kind. Ich werde dir noch beibringen, Respekt zu zeigen.« Sie sieht mich an, als wäre ich ein Ungeheuer.

Es war nicht meine Absicht gewesen, so barsch zu sein. Aber schließlich war es meine Tochter, die sich aufführte wie die Hoheit persönlich, die meinte, sie sei was Besseres als die anderen. Die Willoughbys waren nicht vollkommen, sicher, aber sie hatten mir Arbeit gegeben und meiner Tochter ein Heim, und ich war ihnen sehr dankbar dafür. Ich erwartete nicht, verhätschelt zu werden. Aber Grace – nun, für sie gab es wohl kaum einen Menschen auf dieser Welt, mich eingeschlossen, der ihren Maßstäben gerecht wurde.

Jetzt ist meine Tochter tot. Ein Mann namens Stephen hat mich angerufen, um es mir mitzuteilen. Ihr Geliebter, wie ich annehme, aber das geht mich ja nichts an.

»War es ein Unfall?« fragte ich ihn und hörte das Echo meiner Stimme in dieser schlechten Überseeverbindung. »Es kam überraschend, nicht wahr?«

Der Mann schwieg eine Weile. »Nein«, erwiderte er. »Sie war schon eine ganze Zeitlang krank.«

»Ich verstehe«, sagte ich. So war es immer gewesen. Meine Tochter hatte mich schon nicht an ihrem Leben teilhaben lassen und also auch nicht an ihrem Tod. Es überraschte mich nicht.

Natürlich hätte ich nach allem, was geschehen war, dieses

Flugzeug nach Boston nicht besteigen müssen. Ich hätte mich bei dem Herrn für die Benachrichtigung bedanken und anschließend so weiterleben können wie seit Jahren, ohne Grace. Aber ich mußte auch an das Kind denken. Gráinne. Sie ist erst fünfzehn. Dieser Stephen hat mir zwar versichert, Grace habe zahlreiche Freunde, die das Mädchen gerne zu sich nehmen würden, aber das finde ich keine gute Lösung. Ich werde nicht zulassen, daß eins meiner Enkelkinder in irgendeiner amerikanischen Familie untergebracht wird. Und natürlich tauchte auch wieder dieses Bild von einem dunkelhaarigen Mädchen vor mir auf, das sich auf meinem Schoß zusammenrollte und dort schlief, vollkommen darauf vertrauend, daß ich mich nicht von der Stelle rühren würde. Meine kleine Gráinne, selbst nach all den Jahren hüpft immer noch mein Herz bei dem Gedanken an sie.
Also entschloß ich mich zu dieser Reise. Ich begab mich auf die Fähre von Eamon, mit der ich jede Woche einmal zu dem Kaufmann auf dem Festland fahre, und beobachtete, wie meine Insel immer kleiner wurde. Und dabei wurde mir klar, daß sie einem Fremden auf den ersten Blick wahrscheinlich häßlich anmutet – mit dem rostigen Kai, der baumlosen, felsigen Landschaft, die aus der Ferne unter den dicken Überlandleitungen so winzig aussieht. Von hier aus kann der Fremde die grandiosen schwarz-grünen Klippen an der Westküste nicht sehen, ebensowenig wie die langgestreckte weiße Mermaid Beach, wo in der Morgendämmerung die Robben bellen. Und bei dem Geruch von Inis Murúch – dieser Mischung aus Fisch und Torffeuer, die schwer in der feuchten Luft hängt – wird dem Neuankömmling vielleicht übel. Der schwierige Akzent der Inselbewohner wird ihn womöglich abschrecken. Jedenfalls war es meiner Tochter auf Murúch so ergangen. Ich habe das nie verstanden nach all den Jahren in Amerika, wo ich mich nach dem Geruch und der Musik meiner Heimat sehnte.

Ich habe dieses Ticket nach Boston gekauft. Jahrelang nahm ich mir immer wieder vor, hinüberzufliegen, in der Hoffnung, meine Tochter wiederzufinden. Und während mich jetzt die Maschine über den Atlantik trägt, denke ich, daß es zwar zu spät ist, etwas zu ändern, daß es jedoch immer möglich ist, neu zu beginnen. Ich bin das einzige, was Gráinne in dieser Welt noch bleibt. Und was mich betrifft, so ist Gráinne alles, was mir von meiner Tochter geblieben ist.

KAPITEL 3

Gráinne

Während der Totenwache – meine Mutter lag in einem Sarg aufgebahrt, die Hände gefaltet wie zum Gebet, ein Perlenband wie einen Schnürsenkel durch ihre Finger gefädelt und eine dicke rote Perücke auf dem Kopf, die wie ein Pelz auf dem silbrig schimmernden Kissen lag – holte mich eine Frau weg, die ich immer für tot gehalten hatte.

Ich saß allein in der ersten Reihe und beobachtete Stephen, den Freund meiner Mutter. Er kniete neben dem Sarg und nestelte am Ärmel ihres Kleides. Dann berührte er ihr Ohrläppchen mit einer solchen Zärtlichkeit, daß mir bei der Vorstellung, wie sich diese Berührung wohl anfühlte, ganz schwindelig wurde. Hinter Mutters Kopf hatten sie einen Kranz aus weißen und gelben Rosen drapiert, um den ein Satinband mit der leuchtendroten Aufschrift *Mutter* gewunden war. Stephen hatte ihn bestellt, wie auch das herzförmige Gebinde aus rosafarbenen Nelken, das an eine übergroße Dose Valentine-Bonbons erinnerte und mit einem Band versehen war, auf dem *Geliebte* stand. Den ganzen Morgen über konnte ich das merkwürdige Gefühl nicht loswerden, daß die Bänder kleine Hinweisschildchen waren, die mich in der schwülen Traueratmosphäre daran erinnern sollten, wer ich war und warum ich hier war. Dies ist deine Mutter. Du bist ihre Tochter. Deine Mutter ist tot.

Die alte Frau betrat den Raum durch die Tür rechts neben den Trauerkränzen. Sie war nicht eigentlich dick, wirkte aber füllig und trug das dichte, gebleichte Haar zu einem losen Knoten gebunden. Ihr Gesicht war von einem Faltennetz durchzogen, und die tiefsten Furchen führten von den Mundwinkeln zum Kinn – Konturlinien wie bei dem hölzernen Mund einer Marionette. Sie gehörte zu jener Sorte alter Menschen, denen man auf Anhieb ansieht, daß sie einmal schön waren. Als sie nach einem kurzen Blick auf den Sarg zu mir herübersah, wirkte sie für einen Moment irritiert, so daß ich dachte, sie hätte sich im Raum geirrt. Doch anstatt wieder hinauszugehen, kam sie auf mich zu, den Puppenmund leicht geöffnet, um mich anzusprechen.

»Ist das Gráinne?« fragte sie. Ich war überrascht, nicht nur, weil sie meinen Namen kannte, sondern auch, weil sie ihn richtig aussprach. Es ist der Name einer gälischen Königin aus dem sechzehnten Jahrhundert, den man Groh-nja ausspricht, mit einem rollenden R. Niemand weiß das, ich muß schon ausdrücklich darauf hinweisen, aber selbst dann können die meisten es sich nicht merken.

Ich war völlig verblüfft, so daß ich nicht antworten konnte, aber sie nahm mein Schweigen als Begrüßung und setzte sich.

»Ich bin Clíona O'Halloran«, sagte sie. Der Name klang seltsam aus ihrem Munde, mit einem Klicklaut am Anfang. Und ihre Stimme glitt so rasch über die Silben, daß ich keine Vorstellung davon bekam, wie er sich wohl schrieb. »Ich bin eine Verwandte von dir aus Irland«, fügte sie hinzu.

Irgend etwas an ihrem Ton erschien mir sehr vertraut. Er erinnerte mich ein wenig daran, wie meine Mutter meinen Namen aussprach, anders als zum Beispiel ein Lehrer oder eine neue Freundin. Bei meiner Mutter klang mein Name melodisch, wie Poesie; er bekam einen Rhythmus, den sonst niemand zustande brachte. Und alle Worte klangen im Munde dieser Frau so, wie wenn meine Mutter *Gráinne* sagte.

»Sie sind wer?« fragte ich. Ich hatte keine Verwandten – in Amerika nicht und erst recht nicht in Irland. Es gab immer nur mich und meine Mutter. Meine Mutter hatte stets gesagt, sie komme von nirgendwo, und ich komme von ihr.

»Ich bin deine Großmutter«, sagte die Frau und blickte zum Sarg hinüber. In diesem Moment war ihr offenbar die Perücke auf dem Kopf meiner Mutter aufgefallen – und Stephen, der daneben hockte. »Deine Mom ist ...« Sie sprach nicht weiter, senkte den Blick und wand den dünnen schwarzen Riemen ihrer Handtasche um die Finger. »Grace war meine Tochter.« Ihre Hände wirkten alt, die zarten Knochen unter der schlaffen, dunklen Haut waren deutlich sichtbar. Ihre Finger waren lang und trotz der Schwielen feingliedrig, schmucklos bis auf einen glänzenden goldenen Ring. Ich sah die langen Finger meiner Mutter vor mir, die eine Zigarette hielten, als sei sie ein Teil von ihr, und sie mit graziösen Bewegungen aus dem Mund nahmen, sie vom Gesicht entfernten und wieder zum Mund führten. Jetzt waren ihre Finger wie aus Wachs, zusammengebunden durch die weißen, auf einer silbernen Kette aufgereihten Perlen – ein Rosenkranz, hatte Stephen mir erklärt. Ich hatte so etwas noch nie gesehen.

Die Frau seufzte. »Kannst du nicht sprechen?« Was erwartete sie denn? ›Großmutter‹, ›Verwandtschaft‹ – diese Wörter hatten nie etwas mit mir zu tun gehabt. Plötzlich haßte ich die

Frau, weil sie einfach hier hereingeschneit war und die Stille dieses Raums gestört hatte, in dem ich, wie mir schien, seit Ewigkeiten saß.
»Ich nehme an, Grace hat dir nichts erzählt«, sagte sie, und ich spürte, wie ein gepreßtes Schluchzen in meiner Kehle aufstieg. Meine Stirn schmerzte, als ich es zu unterdrücken versuchte. Die Gesichter von Stephen und meiner Mutter verschwammen vor meinen Augen und wogten hin und her wie unter Wasser.
»Meine Mutter sagt mir alles«, erwiderte ich mit zittriger Stimme. Dann erwachte Stephen aus seiner Trance, wandte sich um und sah mich so mitleidig an, daß ich aufstand, bereit, den Kampf mit ihm aufzunehmen. »Meine Mutter sagt mir alles«, wiederholte ich, diesmal zu Stephen gewandt, und er nickte. Ich hatte ihm das schon einmal erklärt, erst letzten Monat, als meine Mutter noch lebte. Und schon damals hatte ich gewußt, daß es nicht wahr war.
Ich wich zurück, ging auf die Tür hinter den Stuhlreihen zu. Die Frau erhob sich, und dann traten beide einen Schritt vor, als ob sie mich einkreisen wollten.
»Gráinne«, sagte die Frau mit ihrer melodischen Stimme. »Gráinne«, wiederholte Stephen tonlos, obwohl er sich sonst mehr als die vorherigen Freunde meiner Mutter bemüht hatte, meinen Namen richtig auszusprechen. »Warum gehen wir nicht nach Hause und reden beim Mittagessen darüber?« meinte er. »Du solltest etwas essen«, fügte er hinzu, als er merkte, wie wütend ich ihn anstarrte, »bevor wir zum Gottesdienst am frühen Abend wieder herkommen.«
Ich zuckte die Achseln und ließ zu, daß er meinen Arm faßte. Wie lange bemühte er sich nicht schon, mir mit solchen Kleinigkeiten weiszumachen, alles sei ganz normal. Als er mich hinausführte, drückte er seine Finger sanft in mein Kreuz. Ich stellte mir vor, daß der Blick der alten Frau auf Stephens

Hand gerichtet war und sie mit der gleichen Aufmerksamkeit wie ich wahrnahm, wo sie sich befand.
Als wir beim Auto waren, legte Stephen den Koffer der Frau in den Kofferraum und ging zur Beifahrerseite, um ihr die Tür aufzuhalten. Ich selbst stieg hinten ein. Während Stephen den stotternden Motor anließ, betrachtete ich die beiden Hinterköpfe. Wie oft hatte ich Stephen und meine Mutter aus diesem Blickwinkel gesehen. Früher, als ihr Haar noch eine Mähne seidiger, rostfarbener Locken war, und dann später, als die zusammengebundenen Enden eines Kopftuchs den Ansatz ihres kahlen Schädels verdeckten. Wütend starrte ich auf den billig gefärbten blonden Knoten dieser Frau, die behauptete, meine Großmutter zu sein und dachte: Eigentlich müßte *ich* jetzt vorne sitzen.
Plötzlich drehte sie sich um und ertappte mich dabei, wie ich sie musterte. Sie lächelte gezwungen und deutete mit den Fingern auf ihr Haar. Als ich merkte, daß sie mich damit meinte, griff ich in meinen Nacken und zupfte die kurzen Strähnen zurecht.
»Gráinne Mhaol«, sagte sie, »war der Beiname der Freibeuterkönigin. Man erzählt, daß sie als junges Mädchen darum bettelte, auf dem Schiff ihres Vaters mit nach Spanien fahren zu dürfen. Als ihre Mutter ihr erklärte, Schiffe seien kein geeigneter Ort für junge Damen, schnitt sich Gráinne die Haare wie ein Junge. Deshalb nannten sie sie Gráinne Mhaol, kahlköpfige Gráinne.«
Ich fuhr mir mit der Hand durch die spärlichen Haare, die ich noch auf dem Kopf hatte. Am Morgen hatte Stephen sie noch in letzter Minute zurechtgestutzt und versucht, den Schaden wiedergutzumachen, den ich beim Abschneiden angerichtet hatte. Aber es war nicht mehr viel zu retten, deshalb hatte ich mir ein wenig von seinem Gel auf den Kopf geklatscht und die Haare flachgekämmt. Ich wußte, wie lächerlich ich aussah,

und brauchte wahrlich niemanden, der mich darauf aufmerksam machte.

»Was soll das?« zischte ich. Stephen blickte mit weit aufgerissenen Augen in den Rückspiegel.

»Gráinne!« sagte er, und die Frau drehte sich wieder nach vorn, hob die Hand, um ihn zu beschwichtigen, als wäre ich eine arme kleine Waise, der man ihren Willen lassen muß. Mit verschränkten Armen ließ ich mich in den Sitz zurückfallen und sah zu, wie der langweilige Highway vorbeirauschte. Ich fragte mich, ob diese Frau wohl vorhatte, bei uns einzuziehen, ob sie gekommen war, um aus irgendeinem Schuldgefühl heraus den Platz meiner Mutter einzunehmen. Wenn sie glaubt, ich würde es ihr leichtmachen, sagte ich mir, dann weiß sie nicht das Geringste von meiner Mutter und bestimmt noch weniger von mir.

»Bitte, iß etwas, Gráinne«, sagte Stephen. »Du hast doch inzwischen sicher Hunger.« Er war auf dem Rückweg bei Legal Sea Foods vorbeigefahren und hatte Muschelsuppe, Salat und warme Brötchen gekauft. Wahrscheinlich war ihm eingefallen, daß das letztes Jahr mein Lieblingsessen gewesen war. Aber die dicke Suppe in meiner Schale sah aus wie geronnene Milch, gesprenkelt mit Kartoffelstückchen und Muscheln. Auf der Oberfläche schwammen orangefarbene Fettamöben.

»Ich habe keinen Hunger«, sagte ich, aber er wandte den Blick nicht von mir, und so nahm ich ein einigermaßen frisch aussehendes Blatt von dem Salatberg mit der viel zu reichlichen Sauce und zwängte es mir in den Mund, wobei ich möglichst viel Speichel ansammelte, damit der Geschmack beim Kauen nicht zu stark war.

Mrs. O'Halloran, die darauf bestanden hatte, den Küchentisch zu decken und das Essen auszuteilen, aß mit so graziösen und sparsamen Bewegungen, daß ich begierig darauf wartete, sie würde Suppe auf ihr Kostüm kleckern. Stephen saß vornübergebeugt vor seiner Suppenschale und blickte schuldbewußt zwischen uns beiden hin und her.

Als sie mit dem Essen fertig und meine Suppe kalt wie eine Eiercreme war, räumte Mrs. O'Halloran das Geschirr ab und machte uns einen Tee. Sie mußte in den Schränken herumsuchen, bis sie die alte Keramikkanne meiner Mutter fand, die sie mit kochendem Wasser aus dem Kessel ausspülte, bevor sie die Teebeutel hineinhängte. Sie brachte Tassen, Untertassen und Teelöffel sowie die Milchtüte und eine kleine Schüssel, in die sie Zucker gefüllt hatte. Stephen und ich sahen ihr schweigend zu. Anscheinend vollzog sie eine Art religiöses Ritual, wie der Priester, den ich einmal im Sonntagsfernsehen gesehen hatte, mit seinen weißen Kräckern, dem Wasser und dem Wein, die er sorgfältig auf dem Altar plazierte. Wenn meine Mutter Tee trank, pflegte sie Wasser – bevor es gekocht hatte – in ihren Becher mit der Aufschrift MOM zu schütten, einen Teebeutel hineinzuhängen und Milch hineinzugießen, ohne abzuwarten, bis der Tee genügend gezogen hatte. Sie trank in kleinen Schlucken, während sie noch vor dem Kühlschrank stand, und hielt in der anderen Hand eine Zigarette. Das Achteck aus Papier hing dabei aus dem Becher wie ein Preisschildchen.

Mrs. O'Halloran setzte sich, bevor sie den Tee eingoß, und wir reichten schweigend Zucker und Milch herum. Stephen und ich rührten vorsichtig mit den Löffeln in unseren Tassen, als wären es gefährliche Waffen. Das leise Klirren hörte sich an wie fremde Musik. Der Tee breitete sich unerträglich heiß in meiner Kehle und meinem Magen aus, während Stephen Mrs. O'Halloran ein paar dämliche Fragen über ihren Flug stellte – wie lang er gedauert und ob sie lange in Logan Aufenthalt gehabt hätte, bla, bla, bla. Allmählich dämmerte mir, daß Stephen etwas mit der ganzen Sache zu tun hatte – er hatte ge-

wußt, daß diese Frau wegen mir aus Irland hierhergekommen war. Dann fragte er sie, ob sie müde sei, und meinte, sie könne im Zimmer meiner Mutter wohnen.
Ich hatte immer noch nichts gesagt, doch als die Frau aufstand, um sich in dem Zimmer einzurichten, als ob sie dort zu Hause wäre, konnte ich nicht mehr an mich halten.
»Fahren Sie morgen wieder?« fragte ich. Die Beerdigung fand tags darauf statt; vielleicht war sie ja nur hier, um Abschied zu nehmen. Bevor sie mir antwortete, warf sie Stephen einen Blick zu.
»Nicht morgen, nein«, erwiderte sie. »Ich werde eine Weile hierbleiben, um die Angelegenheiten deiner Mutter zu regeln und …« Sie brach mitten im Satz ab und fing an, die Tassen und Untertassen abzuräumen.
»Und was?« bohrte ich weiter. Langsam ging mir dieses Ich-muß-hier-die-Sache-in-die-Hand-nehmen-Getue auf die Nerven. Für wen, zum Teufel, hielt sie sich eigentlich?
»Nun, darüber werden wir gewiß später noch sprechen«, meinte sie. »Du solltest dich jetzt ein wenig ausruhen.«
»Nein«, sagte ich, ohne Stephens Sei-nicht-so-grob-Blick zu beachten. »Was, meinen Sie, müssen Sie denn noch regeln?« Die Frau seufzte und stellte die Tassen wieder auf den Tisch.
»Es tut mir leid, Gráinne«, sagte sie. So fing jede Rede an, die ich mir in den letzten beiden Tagen hatte anhören müssen: Es tut mir leid, Gráinne, daß deine Mutter tot ist … »Offensichtlich hat Grace dir nicht allzuviel über ihre Herkunft erzählt. Aber jetzt hast du nur noch in Irland Familie. Ich denke, wir sollten Vorkehrungen treffen, daß du mit mir dorthin zurückfliegst. Wenn du soweit bist.«
»Meine Mutter hatte keine Familie«, erklärte ich. »Nur mich.«
»Ich schwöre dir, ich bin deine Großmutter.«

»Meine Großmutter starb, als ich drei Jahre alt war.« Als ich das sagte, blickte sie mich voller Schmerz an, und es bereitete mir eine hämische Genugtuung, daß ich sie verletzt hatte.
»Das dachte deine Mutter, ja.« Sie klang erschöpft.
»Warum haben Sie dann zwölf Jahre so getan, als wären Sie tot? Und tauchen erst jetzt auf?« Mrs. O'Halloran sah erneut zu Stephen. Allmählich hatte ich dieses verschwörerische Getue satt, ehrlich.
»Nein, Gráinne. Nicht ich habe so getan, sondern deine Mutter. Sie hätte es gern so gehabt. Daß ich tot wäre, meine ich.« Sie sagte das, als wäre es nichts Besonderes. Als ob sie mir nicht soeben eröffnet hätte, daß meine Mutter mich fast mein ganzes Leben lang angelogen hatte. Ich sah zu Stephen. Während er sich wieder setzte, faßte er sich mit seiner mageren Hand an die Stirn.
»Seit wann weißt du es?« fragte ich ihn. Er ließ die Hand sinken und sah zu mir auf. Auch er wirkte erschöpft. Anscheinend waren außer mir alle erschöpft – erschöpft von mir vielleicht.
»Noch nicht lange«, erwiderte er.
Verpißt euch beide, dachte ich, aber ich brachte es nicht über die Lippen. Und so ließ ich die zwei einfach in der Küche allein, ging in mein Zimmer und schlug die Tür hinter mir zu. Im Geiste hörte ich meine Mutter: *Warum schlägst du die Tür nicht noch ein bißchen fester zu?* trällerte sie in solchen Fällen hinter mir her. *Vielleicht könntest du mich dann davon überzeugen, daß deine Wut gerechtfertigt ist.*

Nachdem wir von der »Leichenschau« zurückgekehrt waren und Mrs. O'Halloran schlafen gegangen war, öffnete ich leise meine Tür und ging, nur mit einem Nachthemd bekleidet, durch das dunkle Wohnzimmer. Stephen lag auf der Couch. Er hatte sich mit einer Decke zugedeckt, und seine Füße, die

er auf die Seitenlehne gestreckt hatte, lugten darunter hervor. Er hatte sein langes braunes Haar, das sonst zu einem Pferdeschwanz zusammengebunden war, gelöst und das Hemd ausgezogen. Ein Arm bedeckte seine Augen, aber er atmete mit solcher Achtsamkeit, daß ich schwören konnte, er war wach. Als ich neben ihn trat, spähte er unter seinem Handgelenk hervor, dann richtete er sich auf und setzte die Füße schwungvoll auf den Boden, um mir auf der Couch Platz zu machen. Er trug die Trainingsshorts des New England Konservatoriums, über die sich meine Mom immer lustig gemacht hatte (»Wozu brauchen ein paar lausige Musiker Sportanzüge?«). Als ich mich auf die warmen Kissen setzte, seufzte er und rang sich ein trauriges Lächeln ab. Er roch, als ob er getrunken hätte. Auf dem Tisch stand die Whiskeyflasche, die meine Mutter nur angerührt hatte, wenn sie erkältet war. Stephens Gesicht war kaum zu erkennen, aber ich kannte es in- und auswendig, so oft hatte ich ihn schon betrachtet.
»Kannst auch nicht schlafen, was?« meinte er. Aber es klang eigentlich nicht wie eine Frage, eher wie eine Zustandsbeschreibung für uns beide. Er fuhr sich mit der Hand durchs Haar. Beim Abendgottesdienst, als wir die Beileidsbezeugungen entgegennahmen, hatte ich meine ganze Aufmerksamkeit auf diese Hand gerichtet und zugesehen, wie sie die Hände von Freunden und ehemaligen Liebhabern meiner Mutter schüttelte, die in einer langen Prozession vorbeidefilierten. Es war, als ob die Bewegung seiner Finger, die sie drückten und wieder losließen, mich hielten, als ob seine Hand mir die Kraft geben würde, dasselbe zu tun. Ich hatte noch nie an einer Totenwache teilgenommen und konnte mir nicht vorstellen, daß sich meine Mutter Rosenkränze und kleine Gebetszettelchen gewünscht hatte. Aber sie hatte den Ablauf selbst bestimmt, laut Stephen jedenfalls. Vielleicht hatte sie sogar vor Augen gehabt, wie ich in jener Reihe stand, und geahnt, daß ich

nicht wußte, wie ich den Priester ansprechen sollte, der mir die Hand schüttelte. Zum Glück hörte ich, wie Stephen »Father« zu ihm sagte.

Mrs. O'Halloran stand nicht bei uns, sondern saß auf einem Stuhl neben dem Sarg und starrte auf den Leichnam meiner Mutter. Wahrscheinlich hatte sie vermeiden wollen, sich all den Leuten vorstellen zu müssen.

»Ich möchte mit dir reden«, sagte ich jetzt zu Stephen. Wenn ich noch länger schweigend in der Dunkelheit neben ihm saß, würde die Stille unerträglich werden, und schließlich würde ich mich wieder zurückziehen müssen, ohne ein Wort gesagt zu haben.

»Ja«, stieß Stephen hervor. »Okay.«

»Warum hast du es mir nicht gesagt?« Ich flüsterte, schließlich schlief Mrs. O'Halloran im Zimmer gleich nebenan. »Warum hat Mom es mir nicht gesagt?«

»Ich weiß es nicht, Gráinne.«

»Ich mag sie nicht.«

»Gib ihr etwas Zeit.«

»Ich will ihr aber keine Zeit geben. Ich will ihr gar nichts geben. Wenn sie wirklich meine Großmutter ist, muß sie ein schrecklicher Mensch sein, denn offenbar konnte Mom sie nicht ausstehen. Sie hat sich gewünscht, sie wäre tot.« Bei dem Wort *tot* verstummte ich. Ich hatte es in letzter Zeit so oft gehört, dieses kleine, unmißverständliche, unwiderlegbare Wort.

»Aber das heißt nicht, daß sie ein schrecklicher Mensch ist, Gráinne. Sie war eine Mutter, Grace war eine Tochter. Dann geht irgendwas schief. Rivalität, Haß, gegensätzliche Persönlichkeiten, die aufeinanderprallen. Du kannst dir das nicht vorstellen, weil deine Mom immer deine beste Freundin war.«

Stephen wurde rot.

Bis sie zu sterben anfing, dachten wir beide.

»Sie kann mich nicht zwingen, von hier wegzugehen«, sagte ich. »Sie kann mich nicht einfach in ein anderes Land mitnehmen. Wahrscheinlich ist das nicht mal legal.«
»Du mußt ja nicht gleich gehen. Laß dir Zeit und sprich mit ihr, anstatt dich aufzuführen, als ob du gekidnappt würdest.«
Ich erwiderte nichts, saß nur innerlich kochend da und haßte ihn in diesem Moment. Als ich jedoch einen Blick auf ihn warf, sah er so erschöpft und elend aus, daß ich seltsam gerührt und der Haß im Nu verflogen war. Ich zupfte an der Naht des Sofakissens.
»Kann ich nicht einfach bei dir bleiben?« flüsterte ich. Diesen Satz hatte ich schon seit Monaten gedacht – und gefürchtet.
»Ach, Gráinne«, erwiderte er, als würde er gleich anfangen zu heulen. Er wandte sich zu mir und legte den Arm auf die Sofalehne hinter meinem Rücken. »Ich bin nicht dein Vater, Gráinne. Ich könnte auch gar kein Vater für dich sein. Ich bin achtundzwanzig und Musiker. Ich weiß nicht, was deine Mutter in mir gesehen hat, aber sicherlich nicht den Ersatzvater für dich.« Durch seine Bewegungen war die Decke hinuntergerutscht, so daß die Umrisse seines langen Beins in der Dunkelheit zu erkennen waren. Ich betrachtete es, ohne nachzudenken, und schob meinen glatten Schenkel ein wenig zu ihm hin, so daß ich die Haare auf seinem Bein spürte.
»Aber ich dachte ...«, begann ich. Er legte die Hand auf meine Schulter und schob mich ganz sanft weg.
»Nicht, Gráinne.« Das hatte ich schon einmal gehört: auch damals war mein Namen wie ein Schimpfwort aus der Dunkelheit zu mir gedrungen. »Ich war der Freund deiner Mutter. Der Freund deiner Mutter. Nicht mehr.«
Ich hatte das Gefühl, mein Inneres, seit Tagen dumpf und taub, würde beim Klang seiner Stimme in tausend Stücke zerbersten, die dann durch meinen Körper an die Oberfläche drangen. Meine Beine glühten und zitterten, als ich aufstand,

und mit Mühe schleppte ich mich zur Tür meines Schlafzimmers. Würdest du mich überhaupt nicht vermissen? dachte ich. Tut es dir nicht auch weh, wenn ich gehe? Doch im Zimmer herrschte Stille. »Nicht mehr«, hatte er gesagt.
Als ich zusammengerollt wie eine Katze auf meinem Bett lag, lauschte ich stundenlang dem leisen Schniefen und dem bebenden Atem Stephens, der, das Gesicht ins Sofa gedrückt, über irgend etwas weinte.

KAPITEL 4

Grace

»Ich glaube, Gráinne will etwas von mir«, sagt Stephen. Er massiert Grace den Rücken, seine Handflächen wandern nach oben und zu den Seiten – wie Wellen auf ihrer Haut. Seit kurzem muß er sehr behutsam dabei vorgehen, denn wenn er zu fest drückt, hat sie das Gefühl, ihre Organe würden auseinanderbersten. Sie hört die Brandung am Strand und fragt sich, ob Gráinne wohl beim Schwimmen ist.

»Grace, hörst du mir zu?«

»Mit Gráinne ist alles in Ordnung«, sagt Grace. Stephen gerät beim Massieren aus dem Rhythmus; sprechen und gleichzeitig die Hände bewegen hat er noch nie gekonnt. So als ob er sein ganzes Koordinationsvermögen beim Klavierspielen aufbrauchte und sich auf nichts anderes mehr konzentrieren könnte.

»Seit einiger Zeit ist sie ständig schlechter Laune. Ich glaube, sie fürchtet sich vor dem Alleinsein.«

»Aber sie wird doch gar nicht allein sein«, erwidert Grace und rollt sich von ihm weg.

»Ich dachte, daß sie sich vielleicht nach einem Vater sehnt.« Stephens Berührungen sind jetzt kaum mehr ein Streicheln.
»Sie ist zwölf Jahre lang ganz gut ohne Vater zurechtgekommen. Sie mag dich, Stephen, aber ich glaube, du unterschätzt sie.«
»Vielleicht.« Was er wirklich meint, sagt ihr der Ton seiner Stimme: *Du* vielleicht.
Wenn Grace die Augen schließt, sieht sie, klar und deutlich, ihre dreijährige Tochter an dem verkratzten Holztisch in ihrer ersten Wohnung in Brighton sitzen. Sie spielte Nachmittagstee mit Geschirr, das Grace für sie bei Woolworth erstanden hatte. Plastikteller, Untertassen, Tassen und eine Teekanne mit Rosenmuster, das durch das häufige Benutzen schon ein wenig abblätterte. Gráinne bereitete den Tee genauso zu wie ihre Großmutter. Erst spülte sie die Kanne mit heißem Wasser aus und schüttete dann ein wenig Oregano hinein – als Ersatz für den Tee, den sie in Irland immer getrunken hatten, so daß bei diesen Nachmittagstees die ganze Küche wie eine Pizzeria roch. Gráinne deckte den Tisch für ihre Puppen und für ihr Kätzchen (das bereitwillig dablieb, weil seine winzige Untertasse mit Milch gefüllt war) und gab die am wenigsten beschädigten Teile ihrer Mutter. Und immer legte sie ehrfürchtig ein zusätzliches Gedeck auf, Grace gegenüber. Der Stuhl davor blieb leer.
»Für wen ist das, Schätzchen?« fragte Grace sie einmal. »Für die Piratenkönigin?«
»Nee«, erwiderte Gráinne und goß das Wasser mit den grünen Bröckchen in die kleinen Tassen. »Dada.«
Der Geruch von Oregano und warmer Milch verursachte Grace Übelkeit.
»Glaubst du immer noch, daß Dada kommt?« flüsterte sie. Gráinne legte ein Plätzchen vor den leeren Stuhl.
»Er muß erst noch den Meerjungfrauen entkommen«, erklär-

te sie. »Nimmst du Zucker?« fügte sie dann in dem Akzent ihrer Großmutter hinzu und hielt ihrer Mutter einen Löffel hin. Ein ganzes Jahr lang vollzog Gráinne dieses Ritual, und Grace verlor kein Wort mehr darüber. Wenn sie im Gesicht des Mädchens die Entschlossenheit sah, mit der es den Tisch deckte, schauderte ihr manchmal, und sie blickte zur Tür, als ob sie erwartete, daß der abwesende Gast auftauchte. Gráinne erwähnte ihren Vater nur bei diesen Nachmittagstees, und Grace zerbrach sich den Kopf darüber, wie sie am besten damit umgehen sollte. Wie erklärt man einer Dreijährigen etwas, das man selbst nicht begreift? Als Gráinne nach einem Jahr das Interesse an ihren Nachmittagstees – und offenbar auch an ihrem abwesenden Vater – verlor, war Grace erleichtert.
Ich hätte damals mit ihr sprechen sollen, denkt sie jetzt. Stephen hat aufgehört, ihren Rücken zu massieren, bleibt aber noch bei ihr, offenbar wartet er auf etwas. Sie hätte zumindest versuchen sollen, Gráinne zu erklären, warum sie von Irland weggegangen war und daß man sich eingesperrt, gefangen fühlen konnte, selbst wenn es keine Piraten oder Meerjungfrauen gab. Aber sie hatte einfach nur abgewartet. Und Gráinne hatte es vergessen und nie mehr nach ihrem Vater gefragt (bis auf ein paar beiläufige und eher sachliche Fragen, als sie in die Pubertät kam – welche Haarfarbe er hatte oder so etwas). Kein »Dada« mehr – nur noch ein Mann, der ein kleines bißchen ihre Neugier erregte.
Grace hat wieder Schmerzen. Eigentlich sind sie immer da – nur in unterschiedlicher Stärke, von erträglich bis beinahe surreal –, und im Augenblick steigern sie sich in einem Maße, daß sie die Tabletten nehmen muß, die es ihr unmöglich machen, klar zu denken. Sie weiß, daß der Arzt bald einen Vorrat an Morphiumspritzen mitbringen wird, die dann Stephen verwahren muß. Die Tabletten wirken nicht mehr so wie früher. Schweiß tritt auf ihre Stirn, und sie windet sich in den Laken

wie ein Fisch: ein eindeutiger Hinweis für Stephen, daß es Zeit ist, ihr die Tabletten zu geben. Zeit, daß er ihr behilflich ist, das Wasser zu trinken, das er immer auf Zimmertemperatur hält, weil sie bei kalten Flüssigkeiten das Gefühl hat, ihre Zähne würden zerspringen.

Als die Schmerzen ein wenig nachlassen, versucht sie, sich erneut die kleine Gráinne vorzustellen, sich jene Zeit zu vergegenwärtigen, als sie sich noch sicher war, was ihre Aufgabe als Mutter war, als sie noch an die Logik hinter den Lügen glaubte. Doch statt dessen sieht sie Bilder von sich selbst als junges Mädchen, jedoch nicht als Ganzes, sondern bruchstückhaft, im Spiegel der Menschen, die sie umgaben. Grace neben einem Jungen namens Michael, in dem sie jahrelang eine Art Bruder sah, obwohl sie wußte, daß sie nicht im konventionellen Sinne miteinander verwandt waren. Michael hatte zwar selbst eine Mutter und einen Vater, aber Graces Mutter war auch seine Mutter – wobei sich niemand die Mühe machte, zu erklären, warum das so war. Immer hieß es, sie sei seine »Nanny«. Für die junge Grace ergab das keinen Sinn.

Graces Vater war tot, und zwar, wie ihre Mutter sich ausdrückte, schon länger, als Grace lebte. Grace gefiel die Vorstellung, daß sie eine Zeit gemeinsam im Himmel verbracht hatten, als sie noch die Seele eines Babys war, die darauf wartete, geboren zu werden. Wenn sie an ihren Vater dachte, hatte sie immer einen Engel vor Augen. Einen Mann mit Flügeln, der aussah wie Jesus, aber ohne das sichtbare Herz mit der Dornenkrone. Zumindest hatte sie ihn sich so vorgestellt, bis sie herausfand, daß ihre Mutter sie belogen hatte.

Michael hatte es ihr gesagt. Jeden Abend stahl er sich zu ihr ins Bett, sie zogen die Laken wie ein Zelt über sich hoch und beleuchteten das Innere mit einer Taschenlampe, die sie aus der Küche stibitzt hatten. Wenn es dann spät war und die Erwachsenen schon im Bett lagen, zogen Grace und Michael ihre Schlafanzüge aus, fuhren einander mit den Fingern über ihre Oberkörper, die sich in nichts unterschieden, und kicherten, wenn ihre Brustwarzen sich zusammenzogen wie vertrocknete Früchte. Als Michael sich eines Nachts auch seiner Unterhose entledigte und Grace die beiden Kugeln an ihm sah, brach sie in solches Gelächter aus, daß Michael sauer wurde.

»Dein Vater ist gar nicht im Himmel«, höhnte er. »Er ist in der Hölle, weil er deine Mutter nicht geheiratet hat.« Als Grace zu lachen aufhörte und ihn entsetzt anstarrte, beeilte er sich, das Gesagte zurückzunehmen. Aber sie schlug ihm trotzdem auf den Mund. Als es ein bißchen blutete und er zu weinen anfing, stürzte Graces Mutter herein und gab ihr einen Klaps, weil sie keinen Schlafanzug anhatte und so grob gewesen war.

Seitdem gab es für Grace keinen Vater mehr. Sie sah den Engel nie mehr wieder. Und ihre Mutter, bis dahin das strenge, aber manchmal auch wenig greifbare Geschöpf an ihrer Seite, schrumpfte zu jenem ausdruckslosen Gesicht, dem Grace zunächst mißtraute und das sie später haßte.

Die Erinnerung an all das verschwindet augenblicklich, als Stephen die Decken über ihren Rücken breitet und dabei die Falten glättet, die sie aufgeworfen hat, als die Schmerzen so heftig wurden. Sie bittet ihn, die Decken weiter hochzuziehen, so daß sie ein Zelt machen kann, ist aber zu müde, ihm zu erklären, warum. Stephen verlangt mehr Erklärungen von ihr als all die anderen Männer, die sie geliebt hat.

»Hast du verstanden, was ich für die Beerdigung aufgeschrieben habe?« fragt sie. Sie fürchtet, daß er ihre Notizen gar nicht gelesen hat. Denn er spricht nicht gern über die Einzelheiten ihres Sterbens.

»Ich war auch mal katholisch«, erwidert er. »Ich kenne das

ganze Zeremoniell. Was ich nicht verstehe, ist, warum du das alles so haben willst.«

»Es ist nicht wegen mir«, erwidert sie. Stephen schließt die Augen, wie so häufig in letzter Zeit, wenn sie etwas sagt, das weh tut.

»Es ist noch nicht zu spät, um mit ihr zu reden.« Zuerst denkt sie, er meint ihre Mutter, aber dann wird ihr klar, daß er von Gráinne spricht.

»Nein«, erwidert sie, »es ist zu früh.«

»Was willst du damit sagen?« fragt er, aber sie schließt die Augen. Er versteht nicht. Sicher, auch er ist das Kind von jemandem, aber er selbst ist kinderlos. Er weiß nicht, daß Dinge, die man geschworen hat, nie zu tun, schließlich notwendig werden können, und zwar aus Gründen, an die man nicht einmal im Traum gedacht hat. Er weiß nicht, daß sie – noch vor ihrem Tod – für ihre Tochter gestorben sein würde, wenn sie ihr jetzt die Wahrheit sagte.

KAPITEL 5

Gráinne

Von allen Freunden meiner Mutter hatte Stephen am längsten bei uns gewohnt. Er war nicht der erste, in den ich verknallt war, aber er war der erste, von dem ich träumte. Sexuelle Träume, die mir am Morgen die Röte ins Gesicht trieben und mich erschreckten. Zum Beispiel der, in dem er mir das Hemd auszog und mich auf sein Klavier setzte, sich zwischen meine Beine stellte und meine Brüste und meinen Bauch mit feuchten Küssen bedeckte, bevor sein Mund wieder hinauf zu meinem Hals wanderte. Danach konnte ich ihm tagelang nicht ins Gesicht sehen.

Offensichtlich verbarg ich meine Gefühle recht gut, denn meine Mutter machte sich nicht über mich lustig. Früher hatte sie mich geneckt, wenn ich ihre Freunde beobachtete und meine Gedanken um sie kreisten. Allerdings tat sie das niemals vor ihnen, so daß es mir nichts ausmachte. Sie wollte mich nicht in Verlegenheit bringen, ganz im Gegenteil, sie tat, als ob ihr Liebhaber ein Schuljunge und wir beide zwei Mädchen wären, die sich darüber unterhielten, wie süß er doch war. So behandelte sie mich eben – als beste Freundin, als Verschworene.

»Wir sind beide verrückt nach Jungen«, sagte sie immer. Ich hätte ihre erotische Ausstrahlung geerbt, meinte sie, aber in Wirklichkeit konnte ich nur davon träumen, so sexy wie sie zu sein. Es gab immer ein oder zwei Männer, die in sie verliebt waren. An die meisten ihrer Freunde konnte ich mich auch später noch erinnern, und wir gerieten oft aneinander deswegen – sie gab es nämlich nur äußerst ungern zu, wenn sie einen vergessen hatte. Ich hatte schon früh gelernt, sie nicht nach meinem Vater zu fragen, und zwar schlicht und einfach deshalb, weil er offenbar völlig unwichtig war. So als ob er nie wirklich für sie existiert hätte: Wir beide waren in unserem Leben der Mittelpunkt, die Männer nur Randfiguren. Um Männer machte sie nie ein Geheimnis, noch geriet sie je wegen ihnen in Verlegenheit.

Als ich acht war, wachte ich eines Nachts durch ein Geräusch auf, das sich anhörte, als würde ein Mann gewürgt – stöhnende, keuchende Laute aus dem Schlafzimmer meiner Mutter. Ich stand auf, ging zu ihrer Tür, klopfte an und rief nach ihr. Den Gürtel um ihren Morgenmantel schlingend, kam sie heraus und brachte mich zurück in mein Zimmer. Dabei erklärte sie mir, sie habe Sex mit Bob gehabt, dem Mann, der zum Abendessen da gewesen war. Über Sex wußte ich schon Bescheid. Jetzt wollte ich auch wissen, was es mit den Geräuschen auf sich hatte.

»Bob hatte einen Orgasmus«, sagte sie. Ihre Stimme klang fast melodisch, mit jenem stets vorhandenen heiteren Unterton – die Stimme, die mir nichts verheimlichte. »Das klang ganz schön komisch, nicht?« Bob hatte vom Flur aus gelauscht, und als er das hörte, wurde er richtiggehend wütend und brüllte, meine Mutter sei ja wohl nicht ganz dicht oder

so was in der Art. Dann verließ er unsere Wohnung und knallte die Tür hinter sich zu.
»Ich wüßte zu gern, wie er es dir erklärt hätte«, meinte sie daraufhin, während sie sich unter meine Bettdecke kuschelte. Ich erinnere mich noch gut an die prickelnde Wärme ihrer Hand auf meinem Arm und an den Zigarettengeruch und das Salbeiöl, das sie als Parfüm benutzte. Aber da war noch ein anderer Duft, eine merkwürdige Mischung aus ihrem Schweiß und etwas Muffigem, das von Bob stammen mußte und, wie ich wußte, am Morgen wieder verschwunden sein würde.
Mit Stephen war es von Anfang an etwas anderes. Er war der erste Mann, der wirklich zu uns gehörte. Die wenigen anderen, die bei uns gewohnt hatten, waren zwar okay gewesen, aber sie kamen und gingen wieder, ohne daß wir sie besonders vermißten. Gewöhnlich gelang es meiner Mutter, mit den Männern befreundet zu bleiben, so daß ich die nettesten manchmal beim Abendessen wiedersah oder bei einer ihrer Verkuppelungspartys. Sie liebte es, ihre Verflossenen an alleinstehende Freundinnen weiterzureichen. Bevor Stephen kam, hatte ich mir nie darüber Sorgen gemacht, daß meine Mutter einen ihrer Männer verlieren könnte. Und genaugenommen hat sie ihn wohl auch nie verloren.
Als meine Mutter erfuhr, daß sie Brustkrebs hatte, sagte sie zu Stephen, er solle ausziehen. Sie packte seinen Seesack, rief eine Spedition wegen des Klaviers an und schloß ihn aus der Wohnung aus. Er saß stundenlang draußen auf der Treppe und schickte den LKW der Umzugsfirma wieder weg. Ich mußte jede Stunde aus dem Fenster sehen, um nachzuschauen, ob Stephen noch da war, und erst spät am Abend ließ sie ihn wieder herein. Er war so durchgefroren, daß er dunkelrote Flecken im Gesicht hatte. Sie wickelte ihn in eine Decke ein und lachte.
»Willst du Eindruck schinden?«

»Ich bin eben der beständige Typ, auf den man sich verlassen kann«, sagte er zähneklappernd.
Er war an ihrer Seite, als sie ihre erste, kleine Operation hatte und Chemotherapie bekam. Danach ging es ihr besser. Es vergingen Monate, bis der nächste Knoten auftauchte. Da sagte sie zu ihm: »Du kannst jederzeit gehen.«
Die letzten Wochen ihres Lebens siechte sie in einem Bungalow an der Singing Beach dahin, den Stephen für uns drei gemietet hatte. Es wurde ein langer Sommer. Ganz zum Schluß ging sie in das örtliche Krankenhaus, und Stephen, nicht ich, begleitete sie.

Als ich am ersten Morgen nach unserem Umzug in Singing Beach aufwachte, lag ich eine Minute erschrocken da, bis mir klar wurde, daß ich mich in dem kleinen Schlafzimmer des neuen Hauses befand. Die verblaßte Tapete hatte ein Muster aus gelben Rosenknospen. Bettgestell und Schreibtisch waren lindgrün und uneben von den vielen Anstrichen. Nichts in diesem Zimmer gehörte mir, außer meinen Kleidern, die ich bereits in den Schrank geräumt hatte. Zu Hause hingen an der Wand neben meinem Bett aus Zeitschriften ausgeschnittene Fotos und daneben meine mit blauem Filzstift aufgeschriebenen Lieblingsgedichte. Ich hatte nicht gewollt, daß dieser Ort auch nur die geringste Ähnlichkeit mit zu Hause hatte. An jenem Morgen aber wünschte ich mir, ich hätte etwas mitgenommen, irgend etwas, um mich daran festzuhalten.
Ich suchte das Badezimmer – daß es sich auf der anderen Seite des Bungalows direkt hinter der Küche befand, hatte ich vergessen. Als ich schließlich die graue Tür aufstieß, ohne anzuklopfen, stand meine Mutter vor dem Waschbecken, das Nachthemd bis zu den Hüften heruntergezogen. Sie hatte die Mullbinden von ihrer Brust entfernt, so daß die unförmige Vertiefung mit der runzeligen Haut und den Einstichen zu se-

hen war. Ich war entsetzt – seit der Operation hatte ich meine Mutter nicht mehr nackt gesehen. Sie senkte den Kopf und bedeckte den grellen, häßlichen Flecken mit dem Arm.
»Gráinne«, schalt sie, und als ich mich nicht von der Stelle rührte, stieß sie die Tür mit dem Fuß zu, so daß ich wieder in der Küche stand. »In einer Minute bin ich fertig, Schatz.« Aber ich wartete nicht, sondern eilte zurück in mein Zimmer.
Über meinem Schreibtisch hing ein Spiegel in einem Rahmen aus Korbgeflecht, mit demselben klumpig-grünen Anstrich wie die Möbel. Ich stellte mich davor, knöpfte mein Nachthemd auf und schob es bis zu den Hüften hinunter. Dann fuhr ich mir mit den Händen über die Brüste, meine Brustwarzen richteten sich auf, rot, hart und unförmig. Mir fiel ein, wie ich das zum erstenmal beobachtet hatte, mit elf. Damals war ich weinend zu meiner Mutter gelaufen, weil ich mir einbildete, mit meinen wachsenden Brüsten stimme etwas nicht und ich hätte Krebs. Sie aber lachte und erklärte es mir – daß meine Brustwarzen von nun an immer auf Kälte und Erregung reagieren würden. Und falls mir das später beim Zusammensein mit einem Jungen passieren sollte, müsse ich mich ganz stark konzentrieren und herauszufinden versuchen, was von beidem zutraf – Erregung oder Kälte.
Meine Mutter hatte keine Brustwarze mehr.
Ich bedeckte meine Brüste und starrte mein Bild im Spiegel an. »Ich heiße Gráinne«, flüsterte ich und wiederholte es wieder und wieder – ein Trick, den ich mit sechs gelernt hatte. Wenn ich es oft genug sagte, verloren die Laute ihre Bedeutung, und mein Gesicht wurde böse und fremd wie das einer nackten Hexe, das Spiegelbild eines anderen Menschen.

Als ich später wieder aufwachte, war Stephen am Üben, und das Dröhnen seines Klaviers ließ die grauen Bodendielen in meinem Zimmer erbeben. Ich zog ein T-Shirt und meine abgeschnittenen Jeans an und öffnete die Tür. Das Haus war auf Pfählen gebaut, so daß es auch bei Flut über dem Wasser stand, und die Glastüren an der einen Wand gingen hinaus zum Strand. Von meinem Blickwinkel aus sah es so aus, als ob die Wellen sich unmittelbar hinter Stephens Kopf brächen.

»Guten Morgen, guten Morgen!« trällerte er, als er mich sah, und spielte mit einem Finger eine blöde Melodie dazu. In dem winzigen Zimmer wirkte das Klavier monströs und fehl am Platz, prunkvolles Mahagoni neben einer Couch mit der Seekarte eines Fischers, die in blauer Farbe auf den Bezug aufgestickt war. Das Klavier war der einzige Gegenstand in dem Ferienhaus, der mich an zu Hause erinnerte.

»Soll ich dir heute morgen eine Klavierstunde geben?« fragte er.

»Lieber nicht«, erwiderte ich. Er zuckte die Achseln und begann erneut zu spielen. Ich nahm mir eine Nektarine und ging zum Strand.

Seit Stephen zu uns gezogen war, hatte er mir hin und wieder Klavierunterricht gegeben. Ich mochte diese Stunden, vor allem weil ich dann so dicht neben ihm auf der weichen Bank saß und er mich oft berührte, um mir zu zeigen, wie ich meine Finger und Handgelenke halten mußte. Er führte meine Fingerspitzen sanft über die Elfenbeintasten, bevor er sie hinunterdrückte. Dabei stellte ich mir vor, wie ich ihn küßte. Bestimmt würde sich sein Mund wie diese Tasten anfühlen, kühl, glatt und voll gespannter Energie wie unmittelbar vor einer gewaltigen Kraftexplosion. Aber bereits vor einiger Zeit hatte ich mit den Klavierstunden aufgehört, sozusagen zur Einstimmung auf die Zeit, in der er nicht mehr bei uns sein würde. Meine Mutter hatte ihm die Erlaubnis gegeben, uns jederzeit zu verlassen, die »Bescheinigung für die Entlassung aus dem Gefängnis«, wie sie sich ausdrückte; er hätte ohne jede Erklärung gehen können. Jeden Morgen rechnete ich halb damit, daß er vor dem Frühstück aufgebrochen war und meine Mutter ihn mit betrübtem Blick, aber trotzdem voller Zärtlichkeit hatte ziehen lassen; sie würde Bemerkungen machen wie: »Es ist so schön, wieder frei zu sein«, oder: »Da, wo er herkommt, gibt es noch viele andere«, während sie mir Cornflakes in die Schüssel schüttete. Aber dann fiel mir ein, daß meine Mutter, wenn Stephen wegginge, vielleicht *nicht* das Übliche sagen, sich möglicherweise nicht auf der Stelle mit jemand anderem verabreden und auch keineswegs aus dem Bett steigen würde, um mir das Frühstück zu machen. Jedenfalls wollte ich mich nicht mit weiteren prickelnden Klavierstunden quälen. Ich wollte nicht noch mehr vermissen müssen, wenn er weg war.

Als ich die Nektarine aufgegessen und den Kern in das Loch gelegt hatte, das ich mit den Zehen in den Sand gegraben hatte, ging ich die Verandatreppe wieder hinauf. Oben blieb ich stehen und lugte durch die Schiebetür. Stephen saß nicht mehr am Klavier, sondern half meiner Mutter, sich auf einen Stuhl am Eßtisch zu setzen. Sie trug ihr purpurrotes Tuch, und ein paar Ponyfransen, die auftoupiert waren, damit sie voller wirkten, fielen ihr in die Stirn. Sie hob den Kopf und lächelte Stephen matt an. Er berührte sie, legte die Finger seitlich an ihren Hals und strich mit dem Daumen sanft über ihr Ohrläppchen. Ich beschloß, nicht hineinzugehen, und kehrte zum Strand zurück. Und während ich am Saum der Wellen entlangwanderte, schaute ich nicht nach vorn, sondern hinunter auf die Algen, die Muscheln und das schäumende Wasser zu meinen Füßen. Sie würden mich am Ende schon irgendwohin führen.

Ich saß auf der Betonmauer des öffentlichen Strandes und sah den Scharen erschöpfter, schwitzender Familien zu, die Kühlboxen, Sonnenschirme und Segeltuchtaschen schleppten. Und ich verfolgte mit meinen Blicken die Teenager, die mit zusammengesteckten Köpfen zum Kiosk und zurück stolzierten, und die Jungen, die mit Feuereifer Volleyball spielten. Einer von ihnen, groß, mager und mit sonnengebräunten Schultern, trug das Haar zu einem dicken Pferdeschwanz gebunden wie Stephen. Er spielte ganz gut, aber ziemlich lässig; eine Zigarette stak zu seinen Füßen im Sand, und zwischen den Aufgaben zog er sie heraus und rauchte. Er sah älter aus als ich, vielleicht siebzehn, und selbstbewußt – der Typ, der einem geradewegs in die Augen sieht, bevor er einen küßt. Ich zündete mir eine Zigarette an und sah ihm beim Spielen zu.

»Auf Männerfang gehen«, hätte meine Mutter das genannt, wenn sie dabei gewesen wäre. Sie flirtete gern, und sie war gut darin, das wußte sie. Aber das, was ich tat, seit mein Körper Amok lief vor merkwürdigem Verlangen, empfand ich als etwas vollkommen anderes.

Mit Träumen hatte es begonnen. Keine Träume vom Zusammensein mit Jungen oder von Sex; solche Träume hatte ich erst, als Stephen zu uns zog. In diesen früheren Träumen war ich stets allein, meist saß ich auf einer Parkbank, und zwischen meinen Schenkeln wuchs diese Blase, ein geschwollenes, lebendiges Etwas, das mich erschreckte, obwohl es sich so gut anfühlte. Denn ich wußte nicht, ob es zu mir gehörte und nach außen wuchs, oder ob es etwas Gefährliches war, das in meinen Körper eindringen wollte. Schließlich machte mir selbst die Angst nichts mehr aus, und ich preßte die Schenkel zusammen, um zu verhindern, daß die Blase entwich, ja, ich wollte, daß ihr Druck stärker wurde. Dabei bemühte ich mich immer, unbeteiligt auszusehen, weil Leute mit ihren Hunden vorbeispazierten. Hin und wieder setzte sich ein Mann oder ein Junge neben mich und wollte ein Gespräch beginnen. Aber ich schloß nur die Augen und wünschte ihn weit weg, damit ich die Sache ungestört zu Ende erleben konnte. Wenn ich dann aufwachte, spürte ich häufig noch etwas in meinem Magen und meinen Schenkeln, und meine Unterwäsche war feucht.

Ich wußte, was es war. Ich hatte schließlich *Unser Körper, unser Leben* gelesen und viele freimütige Gespräche mit meiner Mutter geführt, die die Dinge stets beim Namen nannte. Aber ich wollte dieses Gefühl auch im Wachzustand erleben, und so streichelte ich mich spätabends, die Bettdecke wie ein Zelt über mich gezogen, die Unterwäsche unten an den Füßen. Ich feuchtete mir die Finger im Mund an und erforschte mich. Und manchmal gelang mir eine kleine Explosion, ein Zusammenziehen der Muskeln, das dem, was ich geträumt hatte, so wenig glich, daß ich am Ende weinte und mir dumm und widerwärtig vorkam. An meinen Fingern schnuppernd, die nach mir rochen, schlief ich ein.

Und dann, im letzten Jahr, als Stephen einzog und ich anfing, von ihm zu träumen, machte ich mit ein paar Jungen rum. Doch wenn überhaupt, dann empfand ich nur etwas in dem Moment, bevor sie mich anfaßten, solange ich mir ihre Berührung nur vorstellte. Leidenschaft, so mein Schluß, war nicht Sex und Fummeln, es hatte nichts damit zu tun, daß eine Zunge in meinem Mund war oder sich Finger in meine Hose gruben. Die Ekstase, oder das Gefühl, das ihr am nächsten kam, stellte sich unmittelbar vor dem Kuß ein. Sie baute sich zwischen den prickelnden, ziehenden Lippen auf wie eine schwellende Blase, doch nur, solange ich mir vorstellte, wie sich der Mund des Jungen anfühlen würde, also bevor es unwiderruflich losging, ernüchternd real und glitschig, und sein Mund sich fürchterlich hektisch an meinen Zähnen festsaugte. Ich experimentierte herum, mehr, als meine Mutter auch nur ahnte, immer auf der Suche nach dem vollkommenen Kuß. Ich hatte ihn so glasklar und deutlich in meinem Kopf insze-

niert, daß ich mir ganz sicher war, es würde mir nicht entgehen, wenn es endlich passierte.
Der Volleyball-Junge musterte mich, wenn auch zunächst nur mit Seitenblicken, und ich durchlitt Höllenqualen, während ich mich fragte, ob er mich wohl noch einmal ansehen würde. Ich streckte die Beine auf der Mauer aus, so daß sie in ihrer ganzen Länge sichtbar waren. Ich halte mich nicht für hübsch, aber meine Mutter hat mir immer beigebracht, meine Schokoladenseiten zu zeigen – und man hat mir gesagt, daß ich ihre langen Beine und ihre Brüste geerbt habe und daß mein dunkles, lockiges Haar exotisch wirkt. Ich habe festgestellt, daß dies Dinge sind, die Jungen mögen, obwohl ich mich manchmal, wenn jemand mich zum erstenmal ansieht, so wie damals am Strand der Junge, unförmig fühle. Dann kommen mir meine Beine spindeldürr vor, und ich bilde mir ein, meine Brust hinge an mir wie ein Klumpen Fett und meine Haare wären kraus wie die von Frankensteins Braut.
Er sah tatsächlich zu mir herüber. Und ganz ohne Zweifel sehnsüchtig: Er wollte, daß ich es bemerkte. Der Ball kam auf ihn zugeflogen, sein Schlag ging daneben, er war nicht bei der Sache. Als ich lachte und er mir daraufhin zugrinste, malte ich mir bereits den Rest des Sommers aus. Wir würden in der Abenddämmerung am Strand spazierengehen, unsere Ellbogen würden sich absichtlich streifen, während die letzten Sonnenstrahlen unsere Haut orangefarben leuchten ließen. Er würde stehenbleiben, sich zu mir drehen, sich mir nähern, mir in die Augen blicken. Dann würde er mich küssen – ein vollkommener Kuß –, und mein Sommer, der Rest meines Lebens, würde von diesem warmen, kräftigen Kuß getragen werden, der mich beflügelte.
»Ich bin Mark«, sagte er. Er stand vor der Mauer und ließ den Ball in einer Hand kreisen. So wie er es aussprach, klang es

wie *Mac*, er hatte einen starken Bostoner Akzent. Nicht gerade der tollste Name. Nicht unbedingt der Name desjenigen, der dein Leben vollkommen verändert, aber ich verzieh ihm. Man weiß ja nie.

»Ich heiße Grace«, sagte ich. Warum genau ich ihm den Namen meiner Mutter sagte, weiß ich nicht – vielleicht, weil ich nicht fünfmal hintereinander »Gráinne« sagen wollte, vielleicht aber auch, weil ich das Monstrum fürchtete, das er mit seinem Akzent aus meinem gälischen Namen machen würde.

»Du bist viel zu hübsch, um ganz allein dazusitzen, Grace«, meinte er lächelnd. So leicht war das also.

Den Rest des Tages verbrachte ich mit ihm, berstend vor Erwartung. Ich hörte kaum etwas von dem, was er sagte, so sehr beschäftigte mich die Frage, wann er mich wohl küssen würde. Ständig feuchtete ich mir die Lippen an, prüfte meinen Atem, zog den Bauch ein für den Fall, daß er mir plötzlich die Hände um die Taille legte. Es war ermüdend, dieses Warten, und ich durchlebte Augenblicke des Zweifels, in denen ich plötzlich glaubte, jemanden anzuhimmeln, der gar kein Interesse an mir hatte. Dann war ich gemein zu ihm, wurde schnippisch und unzugänglich, und er gab sich um so mehr Mühe.

Nachdem die Sonne untergegangen war, spazierten wir zu einem Lagerfeuer, das an einem abgeschirmten Strandabschnitt unterhalb hoher Steinklippen loderte. An die zwanzig Jugendliche scharten sich darum. Sie hatten Radios und Decken dabei und schienen sich alle zu kennen. Ein paar Mädchen in meinem Alter blickten enttäuscht oder böse drein, als sie sahen, daß Mark den Arm um meine Schultern gelegt hatte. Wahrscheinlich trugen sie an diesem Abend extra Satin-BHs unter ihren Flanellhemden, in der Hoffnung, er würde von ihnen Notiz nehmen.

Wir saßen im Schneidersitz auf einer rauhen Decke, tranken Budweiser und stellten die leeren Dosen so nebeneinander, daß sie im Feuerschein glänzten. Das Bier hinterließ einen bitteren Geschmack in meinem Mund. Mark wurde forscher; er hatte mir seine Jeansjacke gegeben – sie war ganz klebrig von der vielen Seeluft – und kauerte sich ganz nah an mich hin, so daß er mir direkt ins Ohr sprach. Die Flammen des Feuers züngelten in die Nacht hinauf, mit einem klatschenden Geräusch wie Wäsche im heftigen Wind. Die Wellen, unsichtbar hinter uns, brachen sich laut am Ufer, und wenn es still war, hörte ich die Gischt wie Glutasche über den Sand zischen. Als wir betrunken waren, kletterten wir die Klippen hinauf, die außerhalb des Feuerscheins lagen. Es war kalt dort, und ich gab mir Mühe, nicht zu zittern, wenn Mark mir die Bierdose reichte. Während wir eine Weile schweigend dasaßen, spürte ich, wie ich nicht nur die Geduld verlor – ich war verzweifelt. Am liebsten hätte ich ihn geschüttelt und geschrien: »Küßt du mich jetzt endlich, oder was?« Im Mondlicht wirkte er gar nicht mehr sexy und selbstbewußt, sondern ziemlich steif, und er zog die Stirn kraus, so sehr war er mit seinen Gedanken beschäftigt. Als er den Rest des Biers hinunterkippte, sah ich weg. Gleich würde ich aufstehen und zum Feuer zurückgehen. Ich warf ihm noch einen Blick zu, und da packte er mich. Unsere Lippen trafen sich, obwohl sich seine eigentlich nicht wie Lippen anfühlten, sondern eher wie zwei fette, zusammengepreßte Schnecken. Er drehte den Kopf hin und her und ich auch, aber wir bewegten uns in vollkommen verschiedene Richtungen. Ich versuchte daran zu denken, was ich mir den ganzen Tag über ausgemalt hatte, aber letztendlich lag ich doch in einem Hemd, das bis zum Hals hochgeschoben war, mit dem Rücken im kalten Sand, meine Wangen und mein Kinn waren voller Speichel, und Mark lag auf mir, um mein Bein geklammert. Er rieb sich so heftig an mir, daß ich ein sirrendes Geräusch vom Reißverschluß seiner Jeans hörte.

»Oh«, stöhnte er mir in die Wange, »huuh.« Der süße Junge hatte sich in ein fremdartiges, häßliches Etwas verwandelt, das mich zu erdrücken drohte. Ich bäumte mich auf, um ihn abzuschütteln, aber er stöhnte nur um so lauter. Anscheinend gefiel ihm das, und so machte ich damit weiter, um die Sache möglichst schnell hinter mich zu bringen.

»Grace«, flüsterte er, und für einen Augenblick lag ich allein in meinem Schlafzimmer und lauschte Stephen, der Sex mit meiner Mutter hatte.

»Ah! Ah!« entfuhr es Mark, die Augen fest zugepreßt, das Gesicht verzerrt vor schmerzlicher Enttäuschung. Aber von meinem Zusammensein mit anderen Jungen wußte ich, daß dies in Wirklichkeit ein Zeichen der Ekstase war.

»Pscht!« zischte er. Auf einmal schien es ihm unangenehm, daß man uns womöglich am Lagerfeuer hören könnte. Er hielt inne, lag wie gelähmt auf mir. In der Ferne hörte ich ein Kichern. Ich gab Marks Schulter einen Schubs, und er rollte zur Seite.

»Tut mir leid«, murmelte er, als er wieder regelmäßig atmete.

Ich wollte nicht, daß er mich nach Hause begleitete. Den größten Teil des Weges rannte ich, voller Ekel und Entsetzen, der Sand quietschte und sang unter meinen Gummisohlen. Als ich bei unserem Haus ankam, lag ein schwacher blauer Lichtschimmer über dem Wasser. Niemand wartete auf mich. Leise trat ich ein, ging in mein grün-gelbes Zimmer und streifte die nach Rauch stinkenden Kleider ab. Sand und kleine Steinchen, die sich darin gefangen hatten, rieselten auf den Boden. Während ich unter die rauhen Decken kroch, die nach Mottenkugeln rochen, stieg die Sonne höher und schien orangefarben wie ein Feuer durch den weißen Vorhang. Niemand klopfte an meine Tür, niemand kroch zu mir ins Bett, um den Rest des Morgens ein Nickerchen mit mir zu machen.

KAPITEL 6

Gráinne

Von Juli an bekam ich meine Mutter kaum noch zu Gesicht. Dafür fand ich im Abfalleimer im Bad rostfarbene Haarbüschel von ihr, die aussahen wie Vogelnester. Manchmal schlich ich zu der geschlossenen Tür ihres Schlafzimmers und horchte, ob sie vielleicht hustete oder sich bewegte. Als Stephen mich einmal dabei ertappte, sagte er: »Du kannst ruhig hineingehen, sie ist wach.« Aber ich traute mich nicht. Ich wollte sie nicht überraschen, ohne den Strohhut, den sie stets trug, wenn Stephen mit ihr zum Wasser ging. Die kahlen Stellen auf ihrem Kopf waren gewiß krebsbefallen und runzelig wie die Narbe der entfernten Brust.

»Wenn sie das wollte, hätte sie die Tür offen gelassen«, erwiderte ich, was ziemlich dumm war, denn Stephen erzählte es ihr. Von da an war die Tür immer angelehnt, und ich mußte auf Zehenspitzen vorbeischleichen, damit sie nicht ganz aufschwang.

Nachts wanderte sie durchs Haus, ich hörte ihre Schritte.

Manchmal stampfte sie auf und machte sich lärmend an irgendwelchen Gegenständen zu schaffen, so wie früher, wenn sie wütend auf mich war und wollte, daß ich ihr Rede und Antwort stand. Weil ich mich beispielsweise frech benommen oder die Geschirrspülmaschine nicht eingeräumt hatte. Dieses blödsinnige Getue beeindruckte mich aber schon seit meinem zehnten Lebensjahr nicht mehr. Bei ihren Liebhabern wirkte es allerdings immer, und so kam hier, in unserem Ferienhaus, Stephen schließlich aus dem Schlafzimmer und flüsterte: »Was ist los, Liebling?«, woraufhin sie ihm zurück ins Bett folgte.
Einmal in der Woche fuhr er sie in die Stadt zur Chemotherapie. Er bemühte sich, mich über alles auf dem laufenden zu halten: wie oft sie hatte erbrechen müssen, und daß die Ärzte weitere Operationen in Erwägung zogen.
»Willst du denn nicht wissen, wie es deiner Mutter geht?« fragte er mich, wenn ich nicht darauf reagierte.
»Meine Mutter erzählt mir alles, was ich wissen muß«, antwortete ich, obgleich das schon längst mehr stimmte.
»Worauf wartest du?« fragte er. Eine komische Frage, fand ich. Ich wartete auf nichts.
Damit er sich besser fühlte, nahm ich vormittags wieder Klavierstunden bei ihm. Wir saßen nebeneinander, Hüften und Ellbogen berührten sich sacht. Nach dem Unterricht gingen wir schwimmen. Wenn sich die Wellen brachen, hob er mich hoch und ließ mich dann fallen. Dabei faßte er mit seinen Händen unter meine Achseln und umschlang nahezu meine Brüste. Ich stellte mir vor, er wollte mich verführen und mir alles beibringen – so wie in den Klavierstunden. *»Ich mach's dir vor, Gráinne«*, würde er sagen, und seine Lippen würden sich wunderbar an meine schmiegen.
Zu den Lagerfeuern bin ich nicht mehr gegangen. Ich hatte Angst, jemand könnte mich wiedererkennen. Ich verbrachte meine Abende in einem kleinen Restaurant der Innenstadt,

das hauptsächlich von alten Leuten besucht wurde. Dort rauchte ich eine Zigarette nach der anderen, trank Kaffee, bis mir die Hände zitterten, und schrieb Gedichte in mein Tagebuch. Da ich keine Bücher mitgenommen hatte, versuchte ich mir die Verse ins Gedächtnis zu rufen, die in meinem Zimmer an der Wand standen.
Meine Mutter fing an, am Kühlschrank Notizen für mich zu hinterlassen. Ich entdeckte sie frühmorgens, ehe ich zum Strand ging.

Gráinne,
bitte besorge im Supermarkt Eier und das Medikament für den Magen. (Erinnerst Du Dich an George, der immer eine Kappe voll davon in ein Omelett getan hat?) Stephen gibt Dir das Geld dafür.

Mom

Gráinne,
tu Deiner beschäftigten Mom einen Gefallen und feg die Sandspur weg, die von der Eingangstür in Dein Zimmer führt. Daß Du nach einer Königin benannt bist, heißt nicht, daß ich Dich auch wie eine solche behandeln werde. Deine Füße ähneln immer mehr denen Deines Vaters – auch seine langen, dünnen Zehen schoben sich bei ihm unter den großen Zeh. Ein Zeichen von Intelligenz.

Mom

P. S. Ich habe meinen Nagellack auf Deinen Zehennägeln gesehen. Stell ihn sofort zurück, Du kleine Diebin!

Für diese kurzen Mitteilungen benutzte sie die alte Schreibmaschine, die Corona, die auf dem Schreibtisch in der Ecke

des Wohnzimmers stand. Auf dem großen weißen Blatt Papier wirkten die winzigen Buchstaben gruselig, wie eine anonyme Drohung. So beiläufig und ohne jede Spur von Verbitterung hatte sie meinen Vater noch nie erwähnt. Es jagte mir Angst ein, aber ich wußte nicht warum. Ich malte mir aus, wie sie sich des Nachts aus dem Bett stahl, meine Zehen begutachtete und Notizen verfaßte, während ich schlief.
Eines Morgens drehte ich das Blatt Papier um und kritzelte zwei Verszeilen von Anne Sexton darauf:

So weit ist es also gekommen –
Schlaflos nachts. Viertel nach drei.

Ihre nächste Mitteilung war ausführlicher, unterhaltsamer, wie eine Postkarte von einem Ausflug an den Strand. Ich begann, ihr jeden Morgen ein Zitat auf das blütenweiße Papier zu tippen, das sie mir hingelegt hatte.

Ich werde weiße Flanellhosen tragen und am
Strand spazierengehen.
Ich hörte die Meermädchen einander zusingen.

Ich stellte mir dann vor, daß meine Mutter diese Blätter ordentlich an die Wand über ihrem Bett heftete. Wenn sie das Gedicht kannte, würde sie mit der nächsten Zeile antworten: *Für mich werden sie bestimmt nicht singen.*
Abends auf dem Weg ins Badezimmer und wieder zurück glitten wir lautlos wie zwei blinde Gespenster aneinander vorbei. Dann und wann entdeckte ich Blutklumpen im Ausguß des weißen Porzellanbeckens, kleine kastanienbraune Quallen. Ich ließ Wasser darüberlaufen, bis sie sich lösten und weggespült wurden.

Der Sommer war zur Hälfte vorbei, als die Ärzte die Chemotherapie abbrachen – und ich brachte keinen Bissen mehr hinunter. Zu den Mahlzeiten, die Stephen wie ein besessener Gourmet kochte, saßen wir beide allein am Tisch, weil meine Mutter sie verschlief. Aber alles, was er mir vorsetzte, sah verfault, geronnen oder wie Erbrochenes aus. Ich entdeckte winzige Tierchen im Gemüse, und in meinem Steak tummelten sich Maden. Die wenigen Bissen, die ich zu mir nahm, rutschten nicht herunter, ich mußte ständig würgen. Jedesmal sprang Stephen auf und stellte sich hinter meinen Stuhl, als wollte er mir mit einem bestimmten Erste-Hilfe-Griff Erleichterung schaffen. Wenn er nicht hinsah, spuckte ich in meine Serviette, und am Ende saß ich da mit einer Handvoll Matsch, der durchs Papier sickerte. Schließlich erschien ich nicht mehr bei Tisch. Stephen fragte nicht nach dem Grund. Er ließ einfach einen Teller für mich stehen, auf dem er das Essen säuberlich getrennt angerichtet und mit Klarsichtfolie abgedeckt hatte. Wenn ich in die Küche kam, leerte ich den Tellerinhalt draußen in die Abfalltonne und deckte zusammengeknülltes Küchenpapier darüber.
Ich wurde zusehends magerer. Meine Brüste verloren sich in den C-Körbchen meines Büstenhalters. Mein Magen wölbte sich nach innen. Jeden Morgen betrachtete ich mich nackt vor dem Spiegel, und mein ausgezehrter Körper gefiel mir. Mir gefiel es, wie sich die Rippen scharf unter der Haut abzeichneten. Die gähnende Leere meines Magens wärmte mich. Sie gab mir Kraft und weckte in mir den Wunsch, schwimmen zu gehen, was ich auch tat, stundenlang, hinter der Sandbank. Ich wurde immer weniger, verschwand allmählich. Immer seltener nahm Stephen Notiz von mir, er ließ keine Teller mit Essen mehr für mich stehen und vergaß, mir guten Morgen zu sagen, wenn ich an ihm vorbeiging, während er Klavier spielte. Ich war unsichtbar geworden.

Eines Morgens trat ich durch die Schiebetür ins Freie und stolperte fast über ihn. Er saß zusammengekauert auf den Stufen. Die Arme um die Knie geschlungen, wiegte er sich vor und zurück und reagierte nicht, als ich die Fliegengittertür laut hinter mir zuwarf. Ich ging halb die Treppe hinunter. Er weinte oder war zumindest kurz davor, seine angespannten Gesichtsmuskeln zuckten, doch noch flossen keine Tränen. Ich wollte an ihm vorbei, aber er legte schnell seine Hand auf meine Sandale und hinderte mich am Weitergehen.
»Ich will nicht reden«, sagte ich, »aber ich setze mich zu dir, wenn du magst.« Stephen nickte und lächelte schwach. Ich ließ mich nieder und rutschte so nah an ihn heran, daß unsere Schultern sich fast berührten. Lange kam kein Wort über seine Lippen, so daß ich es schon bereute, ihn um Schweigen gebeten zu haben. Ich räusperte mich und verlagerte das Gewicht auf eine Seite, um das Hosenbein der abgeschnittenen Jeans hinten am Schenkel glattzuziehen. Da wanderte sein Blick zu mir, zu meinen Beinen. Er legte die Hand auf mein Knie und spielte mit seinen Fingern darauf, als wäre es eine Tastatur. Wie froh war ich, daß ich mir zuvor die Beine rasiert hatte. Sofort überkam mich wieder dieses Verlangen.
»Danke, daß du nicht gehst«, sagte ich nach einer Weile. Stephen schnaubte und zog die Hand zurück, dabei blickte er hinaus aufs Meer. Die Wellen waren an jenem Morgen turmhoch und brachen sich mit lautem Tosen, als wollten sie einander übertrumpfen.
»Wie könnte ich denn gehen?« sagte er und klemmte die Haare hinter die Ohren.
»Du könntest, wenn du wolltest«, erwiderte ich. »Ich meine, in diesem Augenblick könntest du doch genausogut irgendwo anders sein.« Ich wollte ihm von der Liste in meinem Tagebuch erzählen, in der ich alle Möglichkeiten aufgezählt hatte, wo ich ein Zuhause finden konnte, für den Fall, daß meine

Mutter nicht mehr gesund würde. Da war zum einen Lucy, die Freundin meiner Mutter, die in Kalifornien wohnte. Sie war kinderlos und hatte meine Mutter immer um mich beneidet. Oder ich konnte mit Hilfe eines Privatdetektivs meinen Vater aufspüren. Doch am liebsten wollte ich bei Stephen bleiben. Vielleicht würde er mich ja heiraten, wenn ich achtzehn war. Aber von diesen Überlegungen wollte ich lieber nichts erzählen.

Er wandte sich mir zu und betrachtete mich. Das Licht der Sonne fing sich in seinem kastanienbraunen Haar. Um wieviel besser er doch aussah als all die Jungen, die ich jemals geküßt hatte.

»Mir ist es lieber, wenn wir wieder schweigen«, meinte er, hob die Hand und berührte mich direkt unter dem Auge sanft mit dem Zeigefinger. »Wie hübsch du bist«, flüsterte er, »genau wie …« Er hielt inne und runzelte die Stirn. »Genau richtig.« Sein Gesicht war dem meinen ganz nahe, er betrachtete meinen Mund, dann meine Augen und wieder meinen Mund, und ich dachte, er wollte mich küssen, gleich würde es geschehen. Ich war den Tränen nahe, einfach weil sein Gesicht so dicht vor meinem war.

In diesem Moment quietschte die Fliegengittertür. Wir drehten uns um. Es war meine Mutter. Sie trug ihren violetten Kimono und den Schlapphut aus Stroh. Stephen stand auf und wischte sich den Hosenboden ab.

»Hallo, Liebes«, sagte er. »Möchtest du spazierengehen?« Doch sie sah ihn nicht an. Ihr Blick war auf mich gerichtet. Wenn ich gekonnt hätte, wäre ich wie der Blitz hinunter ans Ufer gerannt und ins Wasser gesprungen.

»Hallo, Schätzchen«, sagte sie mit schleppender Stimme und mußte husten. Ihr Gesicht war gelb und unter den Augen blau verfärbt, die Stirn wölbte sich viel zu weit hinauf bis zum Hutrand. Bestimmt hatte sie mittlerweile kein Haar mehr auf dem

Kopf. Ihr Schlüsselbein trat ebenso scharf hervor wie meines, aber ihres wirkte, als würde es jeden Augenblick aus dem Ausschnitt ihres Morgenmantels fallen. Als sich eine Windbö unter dem dunkelroten Stoff fing und ihre Fußgelenke entblößte, sah ich die schwarzen Stoppeln auf ihren Beinen. Ich mußte daran denken, wie wir uns früher zusammen die Beine rasiert hatten. Wir saßen auf dem Badewannenrand, stützten uns mit den Zehen am Haltegriff an der Wand ab und schrieben unsere Namen in die cremige Seife, mit der wir uns die Waden eingeschäumt hatten.

Ich erhob mich und wollte die Stufen hinunterrennen. »Ich muß zum Supermarkt«, erklärte ich.

»Gráinne«, sagte meine Mutter mit matter Stimme, »warte.«

»Wir haben keine Milch mehr«, erwiderte ich und wich zurück. Ich hätte mich vorher gar nicht erst hinsetzen sollen.

»Vielleicht können wir heute alle zusammen zu Abend essen«, meinte sie. Die skelettartigen Umrisse ihres Gesichts glänzten im Licht der Sonne.

»Ich bin verabredet«, erwiderte ich. Ich glaube, das hatte ich noch nie zu ihr gesagt, diese Worte, die ich früher so häufig von ihr gehört hatte. Dann rannte ich hinunter zum Strand. Ich hätte schwören können, daß hinter mir das melodische Lachen meiner Mutter erklang. Aber wahrscheinlich war es nur der Wind und das Meer.

An einem Abend im August war es ungewöhnlich kalt, als stünde schon jetzt der Herbst vor der Tür. Als ich heimkam, waren weder meine Mutter noch Stephen da. Das Auto stand nicht an seinem Platz, im Haus rührte sich nichts. Nur die Lampen auf der Veranda hatten sie für mich angelassen. Ich hatte keine Eile, in der Küche nach einer Mitteilung zu sehen. Das schwarze Telefon mit Wählscheibe neben dem Klavier schrillte wie ein Feuermelder durch das Haus. Nie zuvor hatte ich es klingeln hören, und ich beschloß, es zu ignorieren. Ich setzte mich auf die Couch mit der Seekarte, zog meine Sandalen aus und entfernte den Sand zwischen den Zehen, der in die Zwischenräume des runden geflochtenen Teppichs rieselte. Da das Telefon nicht aufhörte zu klingeln, stand ich wieder auf, ging in die dunkle Küche, öffnete den Kühlschrank und nahm den Saft heraus. Ich war so durstig, daß ich nicht einmal ein Glas benutzte, sondern gleich aus dem Krug trank. Die klebrige Flüssigkeit rann mir übers Kinn, den Hals entlang und in den Kragen hinein. Als sich das ungewohnte Zeug in meinem leeren Magen verteilte, wurde mir schlecht und schwindlig.

Ich machte den Kühlschrank wieder zu und zog an der Kordel, mit der man das Deckenlicht einschaltete. An der üblichen Stelle auf der Kühlschranktür klebte ein ganz normaler, linierter Notizzettel, am oberen Rand das Logo des hiesigen Marine-Nachrichtenblatts: ein blauer Delphin. Winzige hingekritzelte Buchstaben, aber nicht in der Handschrift meiner Mutter:

Sind ins Krankenhaus gefahren. Ruf sofort dort an.
Stephen

Darunter stand eine Telefonnummer. Ich nahm den Zettel ab und drehte ihn um. Keine weiteren Nachrichten.

Als das Telefon erneut klingelte – oder hatte es gar nicht aufgehört? –, ging ich in mein Zimmer und schloß die Tür hinter mir. Ich wollte in meinen Tagebüchern ein paar Gedichte lesen und warten. Das Telefon klingelte sechzehnmal, zweiundzwanzigmal. Dabei rasselte es so heftig auf dem Ständer, daß sogar das Klavier vibrierte und einen leisen Summton von sich gab. Als ich mich auf mein Bett legte, knisterte etwas unter mir – Papier. Ich knipste das Licht an und zog den Zettel unter meinem Hintern hervor. Weißes Schreibmaschinenpapier, in der Mitte vier schon verblichene tintengeschriebene Zeilen.

Geh, verlaß mich, wenn du magst,
Und denk nicht mehr an mich.
Wenn du meinst, ich bin's nicht wert,
geh, verlaß mich, ich halte dich nicht.

Einen Augenblick lang dachte ich, es sei ein Scherz. Denn das war kein Gedicht, sondern ein albernes Liedchen, das sie immer geträllert hatte, wenn wieder einmal mit einem Liebhaber Schluß war. Sie sang es dann aus voller Kehle und gestikulierte dabei, um mich zum Lachen zu bringen, was ihr meistens gelang. Ich hatte keine Ahnung, warum sie es mir hingelegt hatte. Fand sie das lustig? War sie sauer auf mich? Himmelherrgott, *ich* war doch nicht diejenige, die weggehen würde. Ich knüllte das Papier zusammen und wrang es solange in den Händen, bis die Worte unleserlich geworden waren, ließ es aufs Bett fallen und ging ins Bad. Dabei mußte ich am Telefon vorbei, das immer noch klingelte – wenn auch inzwischen etwas leiser, als würde es allmählich heiser werden.
Im Badezimmer öffnete ich das Medikamentenschränkchen, nahm die Verbandsschere meiner Mutter heraus und schnitt mir damit die Haare, so kurz über dem Haaransatz wie ich konnte. Unzählige Haare rutschten wie kleine schwarze Tiere über die Ablage. Auf meinem Kopf blieben da und dort Haarbüschel stehen, ähnlich den störrischen Strähnen, die unter dem Hut meiner Mutter hervorgelugt hatten. Als ich fertig war, wusch ich mir das Gesicht und umwickelte meinen abgemagerten Brustkorb mit einer Mullbinde, die ich unter dem Waschbecken gefunden hatte.
Dann ging ich ins Zimmer meiner Mutter und betrachtete mich in dem großen Spiegel. Ganz nah hielt ich mein Gesicht

an das Glas. »Gráinne«, sagte ich und wiederholte den Namen ein ums andere Mal, bis mir meine Stimme fremd vorkam und ich meine Augen nicht mehr wiedererkannte. Dann trat ich vor den Kleiderschrank, nahm Stephens Flanellhemd heraus, die Jeans meiner Mutter und ihre Joggingschuhe, an deren Sohlen noch Sand klebte. Kurz nachdem Stephen bei uns eingezogen war, hatte ich meine Mutter dabei beobachtet, wie sie früh am Morgen an ihrem Tee nippte, sich den Kragen seines Hemdes über die Nase zog und tief einatmete. Das machte ich jetzt auch. Es roch nach Seeluft, Rauch und Salbei – der Geruch meiner Mutter.

Ich ging zurück ins Wohnzimmer, setzte mich an die Schreibmaschine und nahm ein neues Blatt Papier, das extra für mich da lag. Ich spannte es in die Maschine, tippte ein paar Zeilen und sah sie mir an. Ein paarmal hatte ich mich verschrieben. Also tippte ich das Ganze noch einmal. Zufrieden zog ich das Blatt mit einem heftigem Ruck heraus, faltete es zusammen und steckte es in die Hemdtasche.

Wieder schrillte das Telefon. Ich ging hin, nahm es von dem kleinen Holztisch herunter und stellte es auf den Boden. Dann nahm ich das Tischchen und einen der Eßtischstühle, hob beides übers Klavier, öffnete die Schiebetür und trug die Möbelstücke nach draußen, hinunter zum Strand. In sicherer Entfernung zum Wasser stellte ich sie ab und begann, sie heftig mit den Füßen zu bearbeiten. Da das Holz morsch war und die Fugen brüchig, war es ein leichtes, Tisch und Stuhl in passende Stücke zu zerstampfen. Ich füllte einen Abfallsack mit Kleinholz und Scheiten, die unter der Veranda gestapelt lagen, holte meine Tagebücher aus meinem Zimmer und den Ordner mit den getippten Mitteilungen, die ich den ganzen Sommer über von der Kühlschranktür geklaubt hatte, und errichtete einen Scheiterhaufen in der Art einer Lincoln-Blockhütte. Als das Feuer loderte, warf ich die Blätter nacheinander hinein und beobachtete, wie sie sich aufbäumten und dann in sich zusammenfielen.

Doch es gab noch ein anderes Geräusch, das rhythmisch wie das Auf und Ab der Wellen in meinen Ohren widerhallte. Ein einsames Gelächter, erst hoch, dann tief. Ich entsinne mich, daß ich es früher bereits gehört hatte. Als kleines Mädchen. Am Strand. Zusammen mit meiner Mutter.

Meerjungfrauen, hatte mir meine Mutter damals erklärt. Ich war offenbar noch sehr klein gewesen, denn soweit ich mich erinnerte, hatte ich mich bemüht, das Wort nachzuplappern, was mir aber nicht gelingen wollte.

Als Stephen schließlich nach Hause kam, hatte ich sämtliche Stühle, einen Weidenkorb, den Wäscheständer und eine Anzahl hölzerner Küchenutensilien verbrannt. Das Feuer loderte immer noch, aus einem zischenden See von Glutasche leckten die Zungen in das Dunkel der Nacht. Während Stephen aus der Schiebetür trat und langsam die Stufen herunterkam, zog ich das Blatt Papier aus der Hemdtasche und las, was ich geschrieben hatte:

Hielt Schwager Zeit mich grün und sterbend
Ob ich auch sang in meinen Ketten wie die See.

Ich stellte mir vor, meine Mutter hätte diese Zeilen geschrieben, und ihre graziöse Hand hielte nun das zitternde Blatt Papier. Und ich wäre diejenige, die starb. Ich ließ das Blatt in die Flammen gleiten.

»Gráinne?« sagte Stephen mit belegter Stimme, als hätte er geweint. Ich beobachtete die orangefarbenen Funken, die wie Feuerwerk in der Luft zerstoben. Stephen kam näher und betrachtete im Schein des Feuers meinen Kopf.

»Himmel, Gráinne, wie hast du dich zugerichtet«, flüsterte er.

»Pscht!« machte ich und lauschte dem Feuer. Es stöhnte und

winselte wie ein waidwundes Tier. Stephen warf einen Blick auf die lodernden Flammen, vielleicht hoffte er, etwas darin zu finden.

»Ich habe versucht, dich anzurufen«, sagte er, und seine Stimme brach.

Da drehte ich mich zu ihm um, schlang ihm die Hände um den Nacken und zog seinen Kopf zu mir. Er umfaßte mich mit einem heftigen Griff und schluchzte an meinem bloßen Hals. Dabei kneteten und drückten seine Hände meinen Rücken. Ich begann ihn zu küssen. Ich küßte ihn auf sein Ohrläppchen, auf die Wange, auf die nassen Wimpern. Er hielt den Atem an. Seine Lippen glühten, und als ich meinen Mund auf seinen preßte, fing er an zu zittern.

Es dauerte nur einen Sekundenbruchteil; ich spürte einen leisen verheißungsvollen Druck, als er sich an mich lehnte, doch nur für die Dauer eines Lidschlags. Schon war es wieder vorbei, seine Hände ruhten auf meinen Schultern und hielten mich auf Abstand.

»Nicht, Gráinne«, sagte er. »Mein Gott.« Seine Miene verzog sich, als wäre ihm gerade bewußt geworden, daß wir uns abscheulich benommen hatten.

Ich stand da mit dem Gefühl, als schwebte ich in der heißen Luft um das Feuer, und spürte nur seine kalten Hände auf meinen Schultern. Ich wollte wegrennen, war aber unfähig, auch nur einen Schritt zu tun. Und ich lauschte dem Klang der Wellen, die heranrollten und sich brachen, immer drohender, wie eine vertraute Vorahnung, die mir die Kehle zuschnürte.

KAPITEL 7

Clíona

Eine seltsame Veranstaltung, das Begräbnis meiner Tochter. Lauter Männer. Vermutlich alles ehemalige Liebhaber. Ohne Zweifel ist sie bis zum Ende sehr beliebt bei den Kerlen gewesen.

Wenigstens ist es eine katholische Bestattung. Ich bin erleichtert, daß Grace der Kirche nicht ganz den Rücken gekehrt hat. Gleichzeitig wundert es mich, denn Religion gehörte zu den Dingen, gegen die sie sich immer aufgelehnt hat.

Am Grab bete ich den schmerzensreichen Rosenkranz, und nach jeweils zehn Perlen spreche ich die Botschaft von Fatima: »O mein Jesus, vergib uns unsere Sünden, bewahre uns vor dem Feuer der Hölle, führe alle Seelen in den Himmel, besonders jene, die deiner Barmherzigkeit am meisten bedürfen.«

Ich spreche die Gebete mechanisch, während meine Finger über die Perlen gleiten wie die Finger einer Blinden über einen Text in Brailleschrift. Es ist lange her, daß ich beim Beten etwas empfunden habe.

Gráinne funkelt mich wütend an. Sie hat denselben boshaften Blick wie ihre Mutter. Und Gott allein weiß, was sie mit ihren Haaren gemacht hat – sie sieht aus wie ein gerupftes Huhn. Aber immerhin kann man noch erkennen, daß ihr Haar schwarz ist, mit einem Stich ins Violette. So wie meines früher. Ihr Anblick erinnert mich an die Opfer einer Hungerkatastrophe oder an die Mädchen, die an dieser neumodischen Krankheit leiden: Magersucht. Was gäbe ich darum, sie mit Kartoffeln, Speck, Butter und Sahne hochzupäppeln.
Einen herzlichen Empfang hat sie mir ja nicht gerade bereitet. Sie mißtraut mir, als sei ich eine Schwindlerin. Aber das ist nur verständlich, da Grace mich völlig aus dem Leben des Mädchens verbannt hat. Die Art, wie Gráinne gestern mit mir gesprochen hat, zeigt mir eindeutig, daß sie sich nicht mehr an ihre ersten drei Jahre erinnert, die sie mit mir in Irland verbracht hat. Na ja, schließlich braucht alles seine Zeit.
Schwer einzuschätzen, meine Enkelin. Nicht so ungestüm wie ihre Mutter, sogar ein bißchen scheu, doch spürt man dahinter eine gewisse Willenskraft, um nicht zu sagen Eigensinn. Man merkt es an der Art, wie sie ihren Namen nennt, während sie all den Trauergästen, die sie noch nie gesehen hat, die Hand schüttelt: *Grawnya*. Tadellose irische Artikulation, klar und deutlich und nicht ohne Stolz, sie nuschelt ihn nicht und spricht ihn ohne den amerikanischen Zungenschlag aus, anders als ich meinen damals, als ich nach Boston kam.
Ich möchte ihr zunicken, aber sie wendet die Augen ab, und ihr Blick wirkt plötzlich nach innen gekehrt, als wolle sie nicht sehen, was um sie herum vor sich geht. Das Mädchen trägt einen Panzer, der sich nicht ohne weiteres aufbrechen läßt. Diesen abwesenden Blick hatte ihre Mutter früher auch – sie war einfach zu oft sich selbst überlassen. Stephen hat mir erzählt, Gráinne und Grace seien die besten Freundinnen gewesen,

aber das Mädchen macht auf mich den Eindruck, als hätte sie seit einiger Zeit keine richtige Freundin mehr gehabt.
Die Trauerfeier ist zu Ende. Wir gehen zurück zu den Autos. Meine Absätze sinken im Boden ein. Das macht mich unsicher. Gráinne und Stephen laufen unmittelbar vor mir. Er hält ihren Arm umfaßt, obwohl sie sich doch offenbar ganz in der Gewalt hat und ohne Unterstützung gehen könnte. Da ist etwas zwischen den beiden, was nicht sein sollte. Nichts Anstößiges eigentlich, aber Gráinne ist in ihn verliebt, ohne Frage. Grace erging es einmal ähnlich bei einem Mann, mit dem ich eine Beziehung hatte. Natürlich nicht bei Marcus, sondern davor, bei einem Amerikaner.
Aber es ist weniger die Verliebtheit des Mädchens, die mir Sorgen macht, als vielmehr dieser Mann, der nicht ganz immun dagegen zu sein scheint. Er ist einige Jahre jünger als Grace. Vielleicht hat er sich einfach noch nicht die Hörner abgestoßen. Und dann natürlich die Trauer! Trauer kann Seltsames in einem Mann bewirken. Genau wie das Trinken. Seit ich hier bin, hat Stephen ganz hübsch gebechert. Auf jeden Fall hielte ich es für besser, wenn zwischen den beiden das weite Meer wäre.
Stephen weiß sich zu benehmen. Er öffnet mir die Wagentür, und wir fahren los. Ich schaue nicht zurück auf den Friedhof, sondern auf die Straße vor uns. Genauso übrigens wie Gráinne, stelle ich fest. Nachher, im Schlafzimmer meiner Tochter, vielleicht aber auch erst, wenn ich wieder in Irland bin, werde ich meinen Tränen freien Lauf lassen, meiner Trauer, die, wie ich fürchte, um vieles stärker sein wird, als all die Trauer, die mich ihr ganzes Leben lang begleitet hat. Jetzt ist nicht die Zeit dafür. Ich muß mich um andere Dinge kümmern.

Ich weiß schon, wie ich Gráinnes Interesse wecken kann: mit Fotos! Ich habe drei Alben dabei. Eins mit alten Familienbildern, eins mit Fotos von unserem Zuhause in Amerika und eins mit Bildern aus Irland: Gráinne als Baby. Ich lege die drei Alben auf den Wohnzimmertisch meiner Tochter und blättere sie nacheinander durch, während Gráinne auf Strümpfen durchs Zimmer saust. Sie ist zweifellos neugierig, denn sie läßt mich nicht aus den Augen. Hin und wieder geht sie hinter dem Sofa vorbei und späht mir über die Schulter.

»Magst du mitschauen?« frage ich, als sie zum drittenmal das Zimmer durchquert. Ihr Blick wandert durch den Raum, dann zuckt sie die Achseln. Stephen ist zur Uni gegangen, wenn sie schwach wird, gibt es also keinen Zeugen. Sie setzt sich ans andere Ende der Couch. Ich rücke ein Stück zu ihr hin und gebe ihr als erstes das Album mit den Fotos von Grace als Kind. »Das hier ist deine Mutter«, sage ich und deute auf eine magere, finster dreinblickende Achtjährige, »als wir hier in Boston wohnten.« Kritisch betrachtet Gráinne das Foto.

»Warum trägt sie ein Hochzeitskleid?« will sie wissen.

»Es war der Tag ihrer Erstkommunion«, antworte ich. »Hattest du das nicht?«

»Nein«, schnaubt Gráinne. Wie ich befürchtet hatte: Grace hat sie nicht katholisch erzogen. Daß das Mädchen überhaupt getauft wurde, war allein mein Verdienst.

»Wer sind die anderen Kinder?« fragt sie weiter. Neben Grace sind drei blonde Kinder zu sehen: ein Junge in ihrem Alter und zwei Zwillingsmädchen im Kinderwagen.

»Das sind die Willoughby-Kinder«, erkläre ich ihr. »Ich war bei der Familie angestellt. Wir haben bei ihnen gewohnt, bis deine Mutter ungefähr so alt war wie du jetzt bist.«

»Also als Dienstmädchen«, meint Gráinne. Da ist wieder dieser freche Ton, aber ich überhöre die Bemerkung. Ich möchte sie nicht verärgern.

»Nein, nicht als Dienstmädchen. Ich habe mich um die Kinder gekümmert. Wir gehörten zur Familie, deine Mutter und ich.« Aber das scheint sie nicht zu überzeugen. Ich verstehe, ihre Mutter hat meine Stellung damals anders gesehen.
»Und wohin seid ihr danach gezogen?« fragt sie. »Habt ihr ein eigenes Haus gehabt?«
»Als Grace fünfzehn war, sind wir zurück nach Irland gegangen. Nach Inis Murúch, die Insel der Meerjungfrauen an der Westküste, wo ich zur Welt gekommen bin. Dort habe ich auch meinen Mann geheiratet. Marcus.«
»Und der Vater meiner Mutter?« fragt sie in anklagendem Ton. »Wo war er?«
»Ich wurde Witwe, als deine Mutter noch ganz klein war.« Gráinne verschränkt die Arme vor der Brust und wirft mir einen zornigen Blick zu, der mich auf erschreckende Weise an ihre Mutter erinnert.
»Meine Mutter hat gesagt, Sie hätten ihren Vater gar nicht geheiratet. Sie sei nur ein Versehen gewesen, nachdem zufällig mal ein Mann eine Nacht mit Ihnen verbracht hat.« Ein Kind für mich zu gewinnen, das ich am liebsten ohrfeigen möchte, ist keine leichte Aufgabe.
»Denk, was du willst. Deine Mutter hatte die Angewohnheit, sich die Vergangenheit nach ihren Vorstellungen zurechtzumodeln.« Das bringt sie zum Schweigen. Flüchtig blättert sie die restlichen Seiten durch, als suche sie etwas. Ich reiche ihr das nächste Album. Auf der ersten Seite: Ich, Grace und Gráinne als Baby. Sie zieht die Nase kraus.
»Das soll ich sein?« fragt sie. Ich nicke.
»Wo ist das? Haben wir Sie in Irland besucht?«
»Du bist in Irland geboren, Gráinne, und hast dort gelebt, bis du drei Jahre alt warst.« Vielleicht hätte ich es behutsamer sagen sollen. Sie läßt das Album sinken, steht auf und tritt einen Schritt zurück.

»Ich erinnere mich nicht daran«, sagt sie. Sie ist erschrocken. Sie tut mir leid.
»Ich weiß. Das macht nichts, Kind.«
Mit raschen Schritten verschwindet sie in ihrem Zimmer, und ich vermute, daß sie sich wieder einschließt. Doch sie kommt zurück mit einem Fotorahmen und reicht ihn mir, setzt sich aber nicht hin.
Es ist eine Nahaufnahme von ihr. Das runde Gesichtchen eines Kleinkinds. Blauschwarze Locken kringeln sich über ihren Ohren. Sie lacht, ein unbefangenes, fröhliches Lachen, die Augen vor lauter Anstrengung zusammengekniffen.
»An dieses Foto erinnere ich mich«, sage ich zu ihr. »Es ist mit meiner Kamera aufgenommen worden, in meinem Garten. Ein paar Wochen, bevor ihr weggefahren seid.« Gráinne tritt von einem Fuß auf den anderen, zupft an ihrem kurzen Haar und beißt sich die Nägel. Ihr Gesicht verrät, daß in ihr ein Kampf tobt – soll sie verwirrt, traurig oder einfach zornig sein?
»Wer ist mein Vater?« fragt sie leise. »Kennen Sie ihn?«
»Ja. Ich kenne deinen Vater gut.«
»Wohnt er in Irland?«
»Ja.«
»In Ihrer Nähe?«
»Ja, auf Inis Murúch.«
»Weshalb hat er meine Mom nicht geheiratet?« will sie wissen. Ihrem Gesichtsausdruck nach zu schließen, gewinnt allmählich Wut die Oberhand.
»Er hat sie geheiratet, Gráinne. Sie waren verheiratet, bevor du geboren wurdest.«
»Weshalb hat mir meine Mom nichts davon erzählt?«
»Vielleicht wollte sie es vergessen. Sie hat Irland verlassen, sie wollte nicht zurückblicken.«
»Aber warum denn? Ist es denn dort so schrecklich?«

»Nein, Gráinne, dort ist es wunderbar.«
»Also, warum dann?«
»Ich weiß es nicht.« Ich wende den Blick von ihr ab. Nicht alles auf einmal. Lieber Gott, steh mir bei. Ich kann doch nicht alles in einem Rutsch erzählen. Eine Weile schweigen wir. Wir atmen beide nur ein bißchen schneller, als hätten wir gerade ein paar Turnübungen absolviert. Gráinne nimmt das Foto wieder an sich.
»Ich gehe jetzt in mein Zimmer«, sagt sie. Allein dieser Satz, ihr Bemühen, gewisse Umgangsformen zu wahren, zeigt mir, daß ich schließlich doch ein Stückchen weitergekommen bin.

KAPITEL 8

Gráinne

»Ich habe einen Vater«, sagte ich zu dem schmalen Gesicht, das mir aus dem Spiegel entgegenblickte. Ich hielt mich schon eine geschlagene Stunde im Bad auf, um nicht Stephen oder Mrs. O'Halloran zu begegnen.

Ich hatte also einen irischen Vater, eine irische Großmutter und vielleicht sogar irische Vettern und Kusinen. Ich wußte nicht einmal, daß meine Mutter Irin war. Mein gälischer Vorname stammte aus einem Buch, das sie sehr gemocht hatte. Sie hatte mir nie gesagt, woher wir stammten, sondern immer nur, daß uns nichts trennen konnte.

In der zweiten Klasse sollte ich einmal den Stammbaum unserer Familie zeichnen und meine Herkunft zurückverfolgen.

»Was sind wir?« hatte ich meine Mutter gefragt. »Sind wir Juden?« Alle meine Freundinnen waren Jüdinnen. Ihre Familien stammten aus Rußland, Polen und Lettland.

»Du bist das, was du sein möchtest«, hatte meine Mutter geantwortet. »Es ist unwichtig, woher du kommst, Gráinne.

Was zählt, ist, wo du dich hingezogen fühlst.« Sie hatte die Lehrerin überredet, mich von der Aufgabe zu befreien. Während die anderen Schüler sich vor die Klasse hinstellen und ihre auf Packpapier aufgezeichneten verzweigten Familienstammbäume erläutern mußten, hatte ich zwei schmächtige, ineinander verschlungene Baumstämme gemalt und mir eingeredet, daß keine Mutter es mit meiner aufnehmen konnte. Sie war schön, immer fröhlich, nörgelte nicht an mir herum, fragte mich bei allem um meine Meinung und nahm sie sogar ernst. Sie war meine beste Freundin.

Sie hatte mich angelogen. Es gab nicht nur uns, da waren auch Menschen, die ich gekannt hatte, bevor ich drei Jahre alt war. Ich war immer davon ausgegangen, mein Vater sei eine Zufallsbekanntschaft gewesen, der das Weite gesucht hatte, als meine Mutter schwanger wurde. Sie hat mir nie erzählt, daß sie mit ihm verheiratet gewesen war. Sie hatte immer wieder erklärt, die Ehe sei nichts für sie.

Von meinem Versteck im Badezimmer aus konnte ich die Unterhaltung zwischen Stephen und meiner Großmutter mitverfolgen. Sicher hatten sie längst entschieden, was mit mir geschehen sollte. Es gibt fremde Menschen in einem fremden Land, die meine Familie sein möchten, und Stephen hat offenbar ganz vergessen, daß es sein größter Wunsch war, daß ich bei ihm bleibe.

»Warum hast du mich belogen?« fragte ich den Spiegel. Doch meine Mutter blieb mir die Antwort schuldig, statt dessen starrte mich dieses ungewohnte, ärgerliche Gesicht – mein Gesicht – an, als würde es mich überhaupt nicht kennen.

»Ich gehe«, verkündete ich Stephen am Ende der Woche nach dem Begräbnis meiner Mutter. »Ich fliege mit meiner Großmutter zurück.«

»Toll!« platzte er heraus, sprach dann aber in ruhigerem Ton weiter, als schäme er sich für diesen Gefühlsausbruch. »Ich freue mich für dich, vorausgesetzt, du willst das wirklich.« Wir saßen wieder einmal auf der Couch im dunklen Wohnzimmer. Inzwischen konnte ich nur noch so mit ihm reden – im Dunkeln.

»Ich hatte keine große Wahl«, erwiderte ich.

»Das ist nicht wahr, Gráinne. Wenn es dir zuwider wäre, würde ich dir helfen, eine andere Lösung zu finden. Das weißt du auch.«

»Ja, ist schon gut«, räumte ich ein. Ich wollte ihm so gerne glauben.

»Kommst du jetzt besser mit ihr klar – mit deiner Großmutter, meine ich?«

Ich zuckte die Achseln.

»Ich gehe nicht ihretwegen. Mein Vater lebt dort.«

»Dein Vater? Ach so.«

»Das hast du doch gewußt, oder?« fragte ich ihn, während er sich heftig mit den Daumen die Augenlider rieb.

»Nein.« Er seufzte. »Nein. Von deinem Vater weiß ich nichts.«

»Aber daß es sie gibt, wußtest du«, sagte ich und deutete zu dem Zimmer, in dem meine Großmutter schlief.

»Deine Mutter hat mir einen Namen und eine Telefonnummer gegeben. Sie hat mir nichts erzählt, außer daß ich anrufen soll, wenn … na ja.«

»Wenn sie tot wäre«, vollendete ich den Satz.

Stephen ging darüber hinweg und murmelte nur: »Egal, ich habe wirklich nichts gewußt, rein gar nichts.«

Ich erinnerte mich daran, wie er damals bei uns einzog und alles daransetzte, mit mir ins Gespräch zu kommen. Er beeilte sich im Badezimmer und bezog mich immer mit ein, wenn er und meine Mutter am Wochenende ausgingen. Ganz offensichtlich fürchtete er, daß ich ihn ablehnen könnte. Meine

Mutter und ich hatten darüber gelacht. Darüber, wie wenig er uns kannte.

»Mrs. O'Halloran sagt, auf der Insel gäbe es eine höhere Schule. Es tut dir bestimmt gut, wenn du ein paar Leute in deinem Alter kennenlernst.«

»Es geht mir nicht darum, Leute kennenzulernen«, erwiderte ich. »Ich möchte herausfinden, weshalb meine Mutter mich belogen hat.« Stephen nickte und öffnete den Mund, um etwas zu sagen, schwieg dann aber doch. Er dachte eine Weile nach.

»Vielleicht wirst du das nie herausfinden«, sagte er schließlich. »Manchmal schafft man es nicht, dahinterzukommen, warum jemand lügt.«

»Ich wette, mein Vater weiß, warum sie es getan hat«, sagte ich. Stephen nickte. Für mich war es ganz eindeutig, daß er Mühe hatte, an sich zu halten. Eifersucht wahrscheinlich. Die Vorstellung, ein anderer Mann könnte mehr über meine Mutter wissen als er, war ihm unerträglich.

Ich sollte besser aufstehen und ins Bett gehen, dachte ich. Eigentlich ist ja alles gesagt. Trotzdem zögerte ich. Ich mußte ihm noch eine Chance geben, für den Fall, daß das Unmögliche noch etwas Zeit brauchte. Wie gerne hätte ich ihn berührt, seine Hand gehalten, die so verloren in seinem Schoß lag. Aber ich hütete mich, es zu tun. Mein Körper, der früher so anziehend auf ihn gewirkt hatte, war jetzt nebensächlich.

Ich erhob mich, ging ans andere Ende des Zimmers und machte dann noch einmal kehrt, um gute Nacht zu sagen. Sein erwartungsvoller, fragender Blick erinnerte mich an verflossene Freunde, die nicht begreifen konnten, weshalb meine Zuneigung plötzlich erloschen war. Stephen sah aus, als frage er sich, was er falsch gemacht hatte.

»Wir sollten uns schreiben«, schlug er vor. »Was meinst du?«

Ich öffnete die Tür zu meinem Zimmer. Die Hand auf der

Klinke, wandte ich mich noch einmal um und flüsterte: »Du machst dir ja keine Vorstellung, wie sehr ich dir fehlen werde.« So etwas in der Art hätte meine Mutter gesagt, und sie hatte es tatsächlich gesagt – kühn, unüberhörbar, mit einem Lächeln in den Augen. Mir aber zitterte bei diesem Satz die Hand, als ich die Tür hinter mir schloß. Tonlos murmelte ich vor mich hin: *Ich kann gar nicht glauben, daß ich das gesagt habe. Weshalb habe ich es gesagt?* Ich spürte, wie meine Wangen und Ohren brannten.

KAPITEL 9

Gráinne

Mein Vater war nicht am Flughafen, als wir in Irland ankamen. Einen Augenblick lang ergriff mich panische Angst – vielleicht war auch er tot, vielleicht hatte es ihn niemals gegeben, und er hatte dieser Frau nur als Köder gedient, um mich übers Meer zu locken. Clíona schien meine Gedanken zu erraten, denn sie versuchte mich sofort zu beschwichtigen.

»Bestimmt erwarten sie uns in Galway«, meinte sie. »Wir nehmen den Bus dorthin.«

Erneut paßte ich meine Vorstellungen der Wirklichkeit an. Ich würde mit meinem Vater nicht auf einem Flughafen zusammentreffen – Shannon war ohnehin kleiner und weit weniger aufregend, als ich gedacht hatte –, sondern wir würden uns erst an einer Bushaltestelle wiedersehen, was nicht ganz so romantisch war, aber romantische Gefühle wurden auch immer unwichtiger. Ich wollte … ja, was wollte ich eigentlich? In erster Linie wollte ich ihn einfach sehen, um festzustellen, ob ich ihm glich. Und dann Antworten auf meine Fragen.

An der Busstation in Galway verschwand meine Großmutter, um nach ihrem Mann Ausschau zu halten, der irgendwo zwischen unzähligen Gepäckstücken und plastikgerahmten Fahrplantafeln mit meinem Vater auf uns wartete. Ich stand neben einem Zeitungsstand und betrachtete die Postkarten. Vornamen waren darauf gedruckt und ihre Bedeutung, keltische Ornamente schmückten den Rand. In der vierten Klasse besaßen alle meine Freundinnen Gegenstände – Bleistifte, Becher, Schlüsselketten, Briefpapier – mit ihrem Vornamen. Das war damals große Mode. Mein Name tauchte natürlich nirgendwo auf, aber ich hielt trotzdem immer die Augen danach offen. Und nun entdeckte ich hier zwischen all den anderen Namen zum erstenmal auch meinen.

»Gráinne«

Die beliebteste Deutung des Namens lautet: »Die, die Furcht und Schrecken heraufbeschwört.« Die berühmteste Trägerin dieses Namens war die Piratenkönigin Gráinne Ní Mhaille.
Gráinne Ní Mhaille, auch als Granuaile oder Grace O'Malley bekannt, war die Tochter und Frau zweier legendärer Anführer der beiden Clans O'Malley und O'Flaherty, die aus Connaught stammten. Nach dem Tod der beiden Männer nahm Gráinne deren Platz ein und regierte Meer und Land mit verheerender Kühnheit. Keine Frau im Irland jener Zeit wurde so geachtet und gefürchtet.

Die Karte bereitete mir Unbehagen. Ich wußte, daß meine Mutter den Namen ausgesucht hatte, um Mut und Selbständigkeit in mir zu wecken. Doch ist mein Leben völlig gegenteilig verlaufen, und ich hatte immer das Gefühl, daß der Schrecken, den ich auslöste, in mir selbst war.

Ob mein Vater, der vermutlich meiner Mutter bei der Wahl des Namens geholfen hatte, Furchtlosigkeit von mir erwartete?
»Da ist Marcus«, sagte meine Großmutter hinter mir. Ich hob die Hand, um meine Haare glattzustreichen, ganz vergessend, daß ich ja kaum mehr welche auf dem Kopf hatte.
»Nimm deine Sachen«, forderte Clíona mich auf. Meine Sachen bestanden nur aus einem großen blauen Koffer, der zum größten Teil mit meinen Gedichtbänden gefüllt war, und einem Rucksack. Er enthielt außer meinen Tagebüchern, dem Walkman und den Kassetten die kleine Schachtel mit dem Ring meiner Mutter – ein herzförmiger Rubin, eingefaßt von goldenen Händen und einer Krone. Seit ich denken konnte, hatte sie ihn in einer Schublade aufbewahrt. Als meine Großmutter den Ring in Boston sah, erklärte sie mir, es sei der Verlobungsring meiner Mutter, den ihr Seamus O'Flaherty, mein Vater, geschenkt hatte.
Linkisch tätschelte Marcus den Arm meiner Großmutter, als geniere er sich, seine Frau in meiner Gegenwart zu umarmen oder zu küssen. Er war ein imposanter Mann. Großgewachsen und füllig, mit rotem Haar und einem noch röteren Bart. Wenn er lächelte, schoben sich seine Wangen bis über die Unterlider seiner tiefblauen Augen. Er war allein.
»Hallo, Gráinne«, begrüßte er mich und fügte noch etwas hinzu, was ich aber nicht verstand. Er sprach, fast ohne die Lippen zu bewegen, mit tiefer, rhythmischer Stimme, und die Worte flossen ineinander wie ein einziger langer Ton. Ich nickte und tat, als hätte ich ihn verstanden.
»Aber bitte«, fügte er hinzu, dabei hatte ich mich doch gar nicht bedankt. Er hatte wohl ein unterwürfiges, dankbares Waisenkind erwartet. Am liebsten hätte ich das Mitgefühl in den Gesichtern der beiden mit einem ordentlichen Fausthieb zunichte gemacht. Als mir Marcus meinen Koffer abnehmen wollte, wich ich zurück.

»Wo ist mein Vater?« wollte ich wissen. Marcus sah Clíona an, die entschlossen das Gepäckstück nahm und es geräuschvoll in den Kofferraum plumpsen ließ.

»Seamus mußte offenbar ins Büro«, antwortete sie. »Du wirst ihn sehen, wenn wir zu Hause sind.« Marcus nickte, als sei Clíonas Antwort ganz in seinem Sinne. Sie stiegen ins Auto. Nach einigem Zögern folgte ich ihnen. Während ich ihrer leisen Unterhaltung lauschte (Marcus sprach mit singender Stimme wie meine Großmutter), überlegte ich, ob ich nicht vielleicht zu laut redete und meine Stimme häßlich klang, ähnlich einem Furz, der die Stille in einem Zimmer unterbrach.

Zwei Stunden dauerte die Fahrt. Die Straße war so holperig, daß ich, einem Rat meiner Mutter folgend, eine Hand aus dem Fenster streckte, damit mir nicht schlecht wurde. Anfangs zogen endlose grüne Felder an uns vorbei, die mit Buschwerk voneinander abgetrennt waren und auf denen Schafe, Kühe und ein paar ungesattelte Schimmel weideten. Nach ungefähr einer Stunde veränderte sich die Landschaft. Schroffe Felsen ragten über Täler auf, die Felder waren durchsetzt mit grauen Felsbrocken, die aussahen, als wüchsen sie direkt aus dem Boden heraus. Niedrige Steinwälle zogen sich wie Adern bis hoch in die Berge. Neben morastigen Wasserlöchern standen rechteckige Haufen, bei denen es sich offenbar um gepreßten Dung handelte. Der süßliche Geruch nach Verbranntem stieg mir in die Nase, als befeuerte jemand einen Kamin, jedoch nicht mit Holz, sondern mit etwas Ungewohntem, Feuchtem.

»Wir sind jetzt in Connemara, Kind«, verkündete meine Großmutter. Es gab keine freistehenden Bäume, nur vereinzelte, mit Kiefern bepflanzte quadratische Flächen, die offenbar einem bestimmten Zweck dienten – ähnlich den Christbaumplantagen. Stellenweise brach die Sonne durch und tauchte das Gras auf den Berghängen in purpurfarbenes Licht. Da und dort hingen Wolken so tief, daß sie die Bergspitzen einhüllten. Dann fuhren wir in ein breites Tal hinein, über dem sich ein breiter farbenprächtiger Regenbogen spannte. Bis dahin hatte ich nur unvollständige, von Gebäuden oder Bäumen teilweise verdeckte Regenbogen gesehen, aber nie einen ganzen. Der Anblick der grauen Felsen, die wie Pickel aus dem Erdboden ragten, der Schafe auf den gefährlichen Anhängen und dazu noch dieser albernen, aber sorgfältig errichteten Steinwälle trieb mir aus irgendeinem Grunde die Tränen in die Augen. Nicht, daß all das häßlich gewesen wäre – nein, das nicht –, aber ich kam mir plötzlich verloren vor. Meine Mutter hatte all das verlassen und würde nie wieder hierher zurückkehren. Das hier ist nicht mein Platz, dachte ich. Ich gehöre nicht hierher.

Ich schloß die Augen und versuchte mir meinen Vater vorzustellen. Auf den Fotos, die Clíona mir gezeigt hatte, war sein Gesicht immer nur unscharf abgebildet. Zwar erkannte man seine langen dunklen Locken, die an meine erinnerten, bevor ich sie mir abgeschnitten hatte, aber sein Gesicht war nur ein leerer heller Fleck mit zwei dunklen Punkten, den Augen. Was wird er tun, wenn er mich sieht? fragte ich mich. Wie wird all das aussehen, was auf den Fotos nicht zu erkennen war? Wird er wie Stephen mit den Tränen kämpfen müssen? Ob ich mich wohl sofort an ihn erinnern würde, wenn er meinen Namen aussprach?

»Wir sind gleich da«, sagte Clíona, und ich öffnete die Augen. Auf dem Wegweiser las ich: INIS MURÚCH FERRY. Der Name wurde ganz anders geschrieben als ausgesprochen. Offenbar hatten alle irische Wörter mehr Buchstaben als nötig.

Marcus stellte das Auto auf dem Parkplatz neben dem Dock ab und trug unser Gepäck zu der moosbewachsenen Treppe, die zum Wasser hinabführte.

»Wir haben nur noch auf dich gewartet, Marcus«, rief uns ein Mann vom Schiff aus entgegen. Er fügte noch etwas hinzu, das ich nicht verstand, Marcus und die Männer auf dem Schiff brachen jedoch in lautes Gelächter aus. Keiner von ihnen sah aus, als wäre er mein Vater, obwohl alle mir lächelnd zunickten.

Die Fähre war sehr klein, auf dem offenen Hinterdeck türmten sich Kisten und Gepäckstücke. Vorsichtig stieg ich die glitschigen Stufen hinab und kletterte über ein Seil ins Boot. Dabei faßte der Mann, der Marcus angerufen hatte, meine Hand, damit ich nicht das Gleichgewicht verlor. Die Haut seiner Handfläche war verhornt und fühlte sich an wie Gummi.

»Das kann doch nicht das kleine Mädchen von damals sein«, meinte der Mann und grinste mich an.

»Doch, sie ist es, Eamon«, antwortete Marcus voller Stolz, als wäre ich ein Hündchen, das er herumzeigte.

»Du siehst haargenau aus wie Seamus, als er ein kleiner Junge war«, erklärte Eamon und zwinkerte mir zu. Doch ehe ich etwas erwidern konnte, hatte er sich schon wieder abgewandt, um das Boot loszumachen. Er hatte Haare auf den Wangenknochen, und auch unter seinen Augenhöhlen waren beim Rasieren kleine Büschel stehengeblieben.

Clíona und ich setzten uns im Bootsinnern auf die kaputten Plastikstühle. Die Luft roch durchdringend nach Benzin. Dann ließ jemand den Motor an. Das Schiff hob sich mit den Wellen und setzte sich ächzend in Bewegung.

»Wie geht es deinem Magen?« schrie Clíona mir nach einer Weile zu. »Deine Mutter war eine großartige Schwimmerin, aber auf dem Schiff wurde sie immer schrecklich seekrank.« Es paßte mir gar nicht, daß sie solche Sachen über meine Mutter wußte.

»Meine Mom wird nicht seekrank, und ich ebensowenig«, erwiderte ich, obwohl ich von dem Benzingeruch Kopfschmerzen bekam. Ich stieg aufs Deck hinauf, vermied es aber, an den lachenden Männern im hinteren Teil des Schiffs vorbeizugehen.

Mit einem hatte Clíona allerdings recht: Meine Mutter war wie ein Fisch, sobald sie ins Wasser eintauchte. Sie war immer enttäuscht gewesen, daß ich die Furcht vor dem Wasser nicht verlor, obwohl ich doch bereits mit vier Jahren schwimmen gelernt hatte. »Hör auf, dich an mich zu klammern«, sagte sie jedesmal, wenn wir in Boston eine Fähre bestiegen. »Du fällst schon nicht hinein.« Ich habe ihr nie gesagt, daß ich keine Angst hatte, hineinzufallen, sondern davor, hineinzuspringen. Ich hatte Angst, mein Körper würde sich ohne mein Zutun hineinstürzen in das, was ich am allermeisten fürchtete.

Während die Docks immer kleiner wurden, ich das kalte rostige Geländer fest umklammert hielt und das silbrige Wasser betrachtete, sah ich meine Mutter vor mir, wie sie ihr Gesicht glückselig in die Seeluft reckte.

Die Fähre fuhr um die hochaufragenden Klippen hinter der Insel und nahm Kurs auf den u-förmigen Hafen, wo das Wasser klar und ruhig war. An der Stelle, wo das Schiff drehte, lag eine verfallene Burg, die genauso grau war wie das Gestein im Landesinneren. An seinem Fundament fiel eine Felsplatte steil ins Meer hinein.

»Granuailes Burg«, sagte meine Großmutter, die mir aufs Deck gefolgt war.

Ich schwieg, aber sie lächelte, als sie sah, daß ich die Ruine betrachtete.

»Deine Namenspatronin besaß überall in Connaught und auf den Inseln Burgen. Es heißt, Gráinne und ihre Mannschaft hätten sich hier verschanzt und wären in Curraghs hinausgerudert, um spanische Schiffe auf ihrem Weg nach Galway zu kapern. Gráinne kletterte dann an Bord der fremden Schiffe und verlangte Wegezoll. Wenn sich der Kapitän widersetzte, nahm sie die gesamte Ausrüstung mit.«

Die Trümmer der Burg sahen nicht gerade wie die Wohnstatt einer Königin aus. In meinem Kopf entstand ein neues Bild von Granuaile: eine grimmige, kahlköpfige Frau mit einem blutbeschmierten Schwert im Gürtel. Vielleicht kaute sie Tabak und spuckte wie ein Mann.

»Dort ist unser Hotel«, rief Clíona und deutete auf ein langes gelbes Gebäude mit einer roten Blende direkt an der Straße, die vom Hafen wegführte. Daneben stand eine braune Hütte, auf deren Dach in weißen Lettern O'HALLORAN'S PUB geschrieben stand. Auf der kleinen Insel gab es ebensowenig Bäume wie auf dem Festland, nur Buschwerk, Felsen und Kletterpflanzen in verschiedensten Schattierungen von Grün und Purpur, die sich bis auf die andere Seite der Insel hinzogen. Eingeschossige Häuser, von denen die Farbe abblätterte, säumten eine gewundene Straße, die schließlich in der Ferne verschwand. Unzählige Stromleitungen spannten sich wie ein häßliches Netz über die Südspitze der kleinen Insel.

»Ist es das?« fragte ich. Ich fand den Ort erbärmlich, Clíona aber nickte stolz.

Nachdem das Boot angelegt hatte, fuhr Marcus uns mit einem Lieferwagen über die Kiesstraße zum Hotel, an dessen Rückseite sich ein Anbau aus rotgrauem Stein anschloß. Rauch quoll aus dem hohen Kamin.

»Wieder daheim«, sagte Clíona aufgeregt. Als sie die Tür öffnete, empfing uns ein Schwarm von Menschen. Fast alle sprangen augenblicklich auf, küßten mich und stellten sich mir vor. Mir schwirrte der Kopf. Die Frauen erklärten allesamt, sie seien meine »Anties« – meine Tanten – und sagten immerzu: »Bitte schön, bitte schön, Gráinne«, was wohl eher eine Aufforderung war, mich wie zu Hause zu fühlen und nicht die Antwort auf ein »Danke«. Bei den meisten der Männer und Frauen mittleren Alters handelte es sich um die Söhne und Töchter von Marcus und deren Ehepartner. Alle hatten sie Marcus' blaue Augen und einen zusammengesetzten Vornamen: Mary Louise, John Patrick, Anna Mariah. Wie bei dem Begräbnis meiner Mutter überkam mich auch jetzt ein Gefühl von Unwirklichkeit. Instinktiv wollte ich nach Stephens Hand greifen.

»Welcher von ihnen ist mein Vater?« fragte ich Clíona, als sie mir die Jacke abnahm.

»Er ist noch nicht da«, meinte sie und verschwand.

Jemand versorgte mich mit Tee. Ich trank ihn andächtig. Er war süß und mit viel Milch. Schließlich ließen mich meine »Anties« allein und vergnügten sich weiter ohne mich. Alle sprachen mit dem gleichen rhythmischen Singsang wie Marcus und bewegten dabei kaum die Lippen. Ich setzte mich auf die Steinbank vor dem Kamin und wartete ab.

Plötzlich polterte ein Junge durch die hintere Tür rechts von mir. Ein hochaufgeschossener, schlaksiger Körper, glänzendes schwarzes Haar, ein blasses Gesicht und tiefblaue Augen, die er jetzt auf mich heftete, so daß ich den Rest seiner Person gar nicht mehr wahrnahm.

»Hallo!« sagte er lächelnd. Ich antwortete mit einem Nicken und sah wieder ins Feuer. Ich wußte, daß er mich immer noch anstarrte.

»Liam!« schrie Clíona vom anderen Ende des Raumes. »Wehe, du wagst dich noch einen Schritt weiter mit diesen Stiefeln!« Er trug hohe Gummistiefel, an deren Spitzen dick der Schlamm klebte.

»Ist das Graínne?« fragte er und deutete auf mich.

»Wer denn sonst? Endlich ist das Mädchen zu Hause.«

»Meine Güte, Granny!« rief Liam und musterte mich erneut. »Was hast du denn mit ihr gemacht? Sie sieht ja ganz schön

fertig aus.« Ich straffte den Rücken und funkelte ihn wütend an. Aber das beeindruckte ihn nicht. Er grinste nur und zwinkerte mir zu.
»Lieber Himmel, Mädchen«, sagte Clíona und trat zu mir. »Du willst doch bestimmt schlafen gehen, oder? Bist du nicht müde?«
»Ich bleibe auf, bis mein Vater kommt«, antwortete ich. Liam wandte den Blick zur Decke und pfiff leise. Clíona wurde verlegen.
»Dein Vater wird erst spät hier sein«, meinte sie. »Du lernst ihn schon früh genug kennen.« Als ich sie zornig anstarrte, wandte sie den Blick ab.
»Er ist doch nicht etwa beim Fischen, oder?« fragte Liam. »Wenn er mit meinem Vater fischen ist, kann es noch eine Ewigkeit dauern, bis er zurückkommt.«
Ich sah Clíona an. »Er macht nur Witze, glaub mir«, beruhigte sie mich. »Ärgere das Mädchen nicht, Liam.«
»Dann warte ich eben«, erklärte ich. Meine Stimme klang wie aus der Ferne in meinen Ohren. »Ich bin nicht müde. Ich werde warten.«
»Du willst bestimmt dein Zimmer sehen, oder?« fragte Clíona.
Mein Zimmer? Ich hatte kein Zimmer hier. Hatte diese Frau denn immer noch nicht begriffen? Ich wollte weder ihr Haus noch ihre Familie noch irgendwas. Ich wollte meinen Vater kennenlernen, ich wollte die Wahrheit herausfinden und dann wieder nach Hause zu Stephen.
Also drehte ich mich um und steuerte auf die Tür zu. Die Familie verstummte und blickte mir nach.
»Gehst du spazieren?« fragte Clíona mit gekünstelter Munterkeit. »Sieh zu, daß du wieder hier bist, ehe es dunkel wird, Kind. Du kennst dich ja auf der Insel nicht aus …«
Ich schnitt ihr das Wort ab, indem ich die Tür hinter mir zuknallte.

Ich rannte zum Wasser. Am Ufer vertäuten ein paar Männer schwarze Ruderboote. Als sie zu mir herübersahen und lächelten, verlangsamte ich meinen Schritt und schlug eine andere Richtung ein. Durch den tiefen Sand stapfte ich den Strand entlang, von dem aus man das Festland sehen konnte. Der heftige Wind trommelte mir gegen die Schläfen und heulte in meinen Ohren. Ich überlegte, ob ich ein Feuer machen sollte, aber ich hatte keine Zündhölzer bei mir.

Ich hatte die Insel bestimmt schon zur Hälfte umrundet, als ich merkte, daß es dunkel war. Meine Finger waren steif, und meine Wangen fühlten sich pelzig an vor Kälte. Obwohl ich gar nicht mit Wasser in Berührung gekommen war, waren meine Kleider feucht, und meine Lippen schmeckten wie salzige Tränen.

Vor mir sah ich im Mondlicht die Umrisse von Felsklippen, die aus dem Wasser ragten. Der Wind heulte noch heftiger, und aus den Felsspalten drang ein rhythmisches Stöhnen.

Einen Augenblick lang meinte ich meine Mutter zu hören. Ich rannte zu den Klippen, doch als ich sie erreicht hatte, war das Geräusch plötzlich hinter mir.

Wie blöd, dachte ich und fing an zu weinen. Ich setzte mich in eine kleine Felshöhle und zog die Beine an die Brust. Doch sie waren zu dünn, um mich zu wärmen.

Eingezwängt in dem Felsen, schlief ich ein und erwachte erst, als Clíona und Marcus neben mir standen. Ihre Lippen bewegten sich, aber ich konnte nichts hören, weil das Ächzen des Windes und das Rauschen des Meeres in meinen Ohren dröhnten. Nachdem Clíona einen Regenmantel um mich geschlungen hatte, hob Marcus mich hoch und trug mich zum Auto. Ihre Stimmen mischten sich mit der Musik, die immer noch in meinem Kopf dröhnte.

KAPITEL 10

Clíona

Bei dieser Enkelin muß ich bestimmt noch mit allerhand rechnen! Kaum ist sie einen Tag hier, zieht sie schon allein los – geradewegs ans Meer, genau wie Grace seinerzeit. Seit das Flugzeug gelandet ist, wirkt Gráinne wie ein Asylantenkind, ganz verloren und von Heimweh erfüllt. Ich möchte sie in den Arm nehmen, dabei weiß ich genau, daß sie das nicht zulassen würde. Und auch von Marcus läßt sie sich nur zum Auto tragen, weil sie so erschöpft ist. Eingewickelt in seinen Mantel, sieht sie schmächtig aus wie eine Zehnjährige.

Ich war kaum älter als du, als ich mit dem Schiff nach Amerika gefahren bin – das würde ich jetzt gerne zu ihr sagen. Achtzehn Jahre. Bei meiner Ankunft fühlte ich mich wie ein kleines Mädchen, dabei war ich zu Hause schon seit einer Ewigkeit erwachsen.

Meine Kindheit verlief nicht viel anders als die der meisten Iren damals. In meiner Generation pflegt man nicht längst Vergangenes für die Probleme der Gegenwart verantwortlich zu machen. Gott bürdet dir nur soviel Leid auf, wie du bewältigen kannst. Als ich das einmal zu Grace sagte, erwiderte sie frech: »Das stimmt, im Gegensatz zu deiner Familie.«

Wie alle anderen Männer auf der Insel verdiente auch mein Vater seinen Lebensunterhalt als Fischer. Meine Mutter war zwischen ihrem sechzehnten und dreißigsten Lebensjahr nahezu ununterbrochen schwanger und brachte neun Kinder zur Welt. Bei jeder dritten Schwangerschaft erlitt sie eine Fehlgeburt. Unsere Familie galt auf der Insel weder als besonders groß noch als klein.

Als ich dreizehn war, erkrankte meine Mutter an Krebs und starb bereits bald darauf. (Wahrscheinlich war es der gleiche Krebs, mit einer Generation Unterbrechung, der meiner Tochter den Tod brachte. Ich bin bisher verschont geblieben.) Meine Trauer um sie war nicht besonders groß. Natürlich hatte ich sie geliebt, aber sie war eine barsche, unzugängliche Frau gewesen, die mir zeitlebens fremd blieb. Sie stammte aus dem Norden. Meinen Vater hatte sie während eines Ferienaufenthalts in Galway kennengelernt. Sie galt auf unserer Insel als Außenseiterin, und sie mißtraute ihren Kindern ebenso, wie die Einheimischen ihr. Meine Geschwister und ich gehorchten ihr zwar, aber es war unser Vater, den wir liebten.

Dad war offenbar der einzige, der wirklich litt, als sie starb. Deshalb glaubte ich immer, daß er wohl eher die junge Frau vermißte, die meine Mutter einmal gewesen war. Vielleicht war sie ja früher unbeschwert und liebenswert gewesen. Mein Vater war ein fabelhafter Mensch, dessen fröhliches, warmherziges Wesen nie so recht zu der Unnachgiebigkeit meiner Mutter zu passen schien. Er hat nie wieder geheiratet.

Nach ihrem Tod wurden meine jüngsten Geschwister bei Tanten auf dem Festland untergebracht. Meine Schwester Maeve übernahm es, für meinen Bruder Colm und meinen Vater zu sorgen. Ich selbst war glücklicherweise alt genug, daß ich auf der Insel bleiben und Maeve zur Hand gehen konnte. Es war nicht leicht für die Kleinen, als Pflegekinder zusammen mit den leiblichen Kindern einer fremden Familie aufzuwachsen, was allerdings in der damaligen Zeit keineswegs unüblich war.

Als Maeve zwei Jahre später nach Boston zog, übernahm ich die Führung des Haushalts. Ich besorgte ihn so lange, bis meine Schwester Róisin alt genug war, um auf die Insel zurückzukehren. Überglücklich folgte ich nun meiner älteren Schwester Maeve und bestieg das Schiff, das über London nach Boston fuhr. Für Maeve war es ein leichtes, mir Arbeit – als Kindermädchen für den ersten Sohn der Willoughbys – zu beschaffen, so daß ich in Amerika nicht besonders unter meinem Immigrantinnendasein zu leiden hatte. Das Land war immer gut zu mir. Ich verließ das Schiff, und schon am nächsten Morgen hatte ich Arbeit, ein Zuhause und eine Zukunft.

Ich hatte vor, eine Weile zu arbeiten, Geld zurückzulegen und mich dann an einer Krankenpflegeschule zur Krankenschwester ausbilden zu lassen. Es war ein alter Traum von mir. (Vielleicht wirke ich manchmal kalt und reserviert, aber ich kann ausgezeichnet mit Kranken umgehen. Ich habe sogar Heiratsanträge bekommen, weil ich so manchen Mann auf der Insel gesund gepflegt habe.) Eines Tages, so hoffte ich, würde ich dann in meine Heimat zurückkehren und die Stelle der damaligen Krankenschwester, meiner Kusine Mariah O'Malley, übernehmen. Sie kam allmählich in die Jahre und wünschte sich nichts sehnlicher als das. Ich hatte also nie vor, so lange in Boston zu bleiben. Und für immer dort zu leben, war mir sowieso nie in den Sinn gekommen. Für mich war es eine Gelegenheit, zu arbeiten und eine Ausbildung zu bekommen, nichts weiter. Ich bin nicht mit eingezogenem Schwanz nach Irland zurückgeflüchtet, wie Grace es einmal dargestellt hat. Ich hatte immer zurückgewollt. Es war mein freier Entschluß.

Mr. Willoughby stammte ursprünglich aus London. Er hatte in Amerika Jura studiert und arbeitete für eine Bostoner Immobilienfirma. Mrs. Willoughby war Amerikanerin und ebenfalls berufstätig: Sie arbeitete als Modedeschöpferin, und das sah man ihr bei Gott an. Sie war immer so modisch gekleidet, daß ich beim Auftragen des Essens ständig Angst hatte, sie zu bekleckern. Die Willoughbys lebten in einer Wohnung auf Beacon Hill, die so groß war wie eine Villa. Mir stellten sie ein gemütliches kleines Zimmer unter dem Dach zur Verfügung, mit eigener Toilette. Wirklich anständige Leute. Nur fehlte ihnen die Zeit, sich um den kleinen Sohn zu kümmern. Eine Aufgabe, die ich nur zu gerne übernahm. Beide Willoughbys waren Protestanten; aber da wir in Amerika und nicht in Irland lebten, machte es ihnen nichts aus, daß ich Katholikin war. Und ich habe ihre religiöse Überzeugung genauso respektiert. Sonntags nahmen sie den kleinen Michael mit in den Gottesdienst, und ich ging allein zur Heiligen Messe in St. Joseph. In meinen Briefen nach Hause ließ ich meinen Vater in dem Glauben, die Willoughbys wären katholisch. Er war nicht so aufgeschlossen wie ich.

Ich verwöhnte den kleinen Michael, und er vergötterte mich. Es fiel mir nicht schwer, ihm meine ganze Aufmerksamkeit zu widmen, er war ja das einzige Kind. Bevor meine Mutter starb, konnte ich mich vor lauter Kindern nicht retten und hatte genug damit zu tun, sie alle zu baden, anzuziehen, zu füttern, wieder auszuziehen und erneut zu baden, so daß ich weder die Zeit hatte noch das Bedürfnis verspürte, eines von ihnen bevorzugt zu behandeln. Michael hingegen hatte mich ganz für sich allein, und ich hatte ihn ganz für mich. Ich sang ihm Lieder vor, erzählte ihm vorm Zubettgehen Märchen, ich dachte sogar an meinen freien Tagen an ihn und kaufte ihm Süßigkeiten. Am Ende meines ersten Jahres bei den Willoughbys begann Michael zu sprechen und nannte mich zuweilen versehentlich Mama. Mrs. Willoughby war, wie man sich leicht vorstellen kann, nicht gerade entzückt darüber. Jeden Abend vor dem Essen brachte sie ein paar Minuten damit zu, ihm zu erklären, wie es richtig hieß.

»Ich bin die Mama«, sagte sie und deutete dabei auf ihren juwelengeschmückten und gepuderten Hals. »Und das ist Cliioona.« Sie betonte den Namen in übertriebener Weise und deutete zum Ofen, wo ich stand.

»Mama!« rief Michael und streckte die Hand nach mir aus.

»Nein, nein«, erwiderte sie dann verärgert, ergriff sein Händchen und trommelte damit gegen ihren Busen: »Ma-ma, Ma-ma.« Zu meiner Erleichterung gab Michael schließlich auf und redete seine Mutter mit der richtigen Bezeichnung an. Mich hingegen nannte er von da an »Ooma«, was aber auch so ähnlich wie »Mama« klang und die Frau erneut verärgerte. Aber irgendwann beruhigte sie sich darüber, und hin und wieder nannte sie mich selbst versehentlich »Ooma«.

Da sie mir ein gutes Gehalt zahlten, konnte ich kräftig sparen und hatte nach achtzehn Monaten genug Geld für mein erstes Semester an der Krankenpflegeschule zusammen. Als ich den Willoughbys mitteilte, daß ich sie im Herbst verlassen würde, fielen sie aus allen Wolken.

»Sie dürfen nicht gehen, Cliioona«, sagte Mrs. Willoughby. »Wie sollen wir denn ohne Sie zurechtkommen?«

Ich war entsetzt. Gleich zu Beginn hatte ich ihnen von meinen Plänen erzählt, was sie aber im Laufe der Zeit völlig vergessen hatten – vermutlich hatten sie sich einfach so daran gewöhnt, daß ich da war.

»Und was ist mit Michael?« fragte Mrs. Willoughby. »Kinder seines Alters nehmen sich so etwas sehr zu Herzen. Sie können doch nicht einfach gehen und ihn im Stich lassen.«

Ich rief ihr in Erinnerung, daß das Kind immerhin noch seine

Eltern hatte. »Ich möchte Krankenschwester werden«, beharrte ich.
»Krankenschwester!« schrie Mr. Willoughby. »Zum Teufel, wozu denn? Für ein schäbiges Gehalt wollen Sie sich von all diesen Ärzten herumkommandieren lassen? Unsinn, Clíona, hier wird Ihre Arbeit weitaus mehr geschätzt. Wir brauchen Sie. Ich werde Ihr Gehalt verdoppeln. Außerdem können Sie den halben Mittwoch freinehmen.«
Letztlich erklärte ich mich bereit, ein weiteres Jahr zu bleiben. Mit dem zusätzlichen Gehalt konnte ich genug für die gesamte Schwesternausbildung und sogar die Lebenshaltungskosten zurücklegen. Ich würde die Ausbildung absolvieren können, ohne nebenher arbeiten zu müssen. Die Entscheidung fiel mir nicht allzu schwer, denn mir gefiel die Arbeit, und ich hätte den Jungen schrecklich vermißt. Erst nachdem die Falle zugeschnappt war, dämmerte mir, daß den Willoughbys in keinster Weise an meinem Wohlergehen gelegen war. Aber so waren sie eben, und ich fand mich damit ab.
Hin und wieder frage ich mich immer noch, wie mein Leben heute aussehen würde, wenn ich die Krankenpflegeausbildung absolviert hätte. Ich wäre trotzdem auf die Insel zurückgekehrt, aber manches wäre bestimmt anders gekommen. Ich hätte beispielsweise Marcus nicht geheiratet – obwohl es keinen besseren Ehemann auf Gottes grüner Erde gibt. Vielleicht hätte ich früher geheiratet, und alles wäre ein bißchen romantischer gewesen; ich hätte eine Menge eigener Kinder und einen Beruf, der meinen Geist und Körper in Schwung hält. Ich gehöre nicht zu jenen, die verpaßten Gelegenheiten nachtrauern. Dein Leben ist nun mal das, was du mit Gottes Hilfe daraus machst, nicht mehr und nicht weniger. Trotzdem komme ich zuweilen ins Grübeln und frage mich, was wäre, wenn? Was wäre gewesen, wenn ich Patrick Concannon nicht begegnet oder an jenem Samstag nicht mit Maeve und den Mäd-

chen tanzen gegangen wäre? Was, wenn ich meine Gefühle unterdrückt und nicht getan hätte, was ich getan habe? Was für eine Frau wäre ich wohl heute?

Er war ein umwerfender junger Mann. Dunkelbraunes Haar, durchzogen von kupferfarbenen Strähnen, tannengrüne Augen und so groß, daß ich meinen Kopf an seine Brust schmiegen konnte. Er kam ebenfalls aus Irland, was mich besonders anzog. Mir gefiel meine Arbeit, aber ich muß gestehen, ich fühlte mich ein bißchen einsam. Maeve war frisch verheiratet und hatte daher nicht viel Zeit für mich. Nur hin und wieder ging ich aus, wie an jenem Abend, als ich Patrick kennenlernte. Wie wir stammte auch er aus Connemara, allerdings vom Festland, und er studierte Medizin am Massachusetts Institute of Technology. Er hatte keinen besonders starken Akzent mehr, aber ich konnte ihn noch heraushören. Besonders dann, wenn er aus Versehen einen irischen Ausdruck gebrauchte.

»Komm, laß uns von hier verschwinden«, flüsterte er mir an unserem ersten Abend in der Tanzbar zu. »Wir zeigen den Amerikanern, was es heißt, sich vollaufen zu lassen.« Im Nu hatte er mich rumgekriegt, so daß ich mich heute noch wundere, warum mich nicht früher die Scham gepackt hat.

Zwei Monate lang führte er mich jeden Samstag aus. Wir machten Picknick im Park von Boston und unternahmen Kutschfahrten durch die Stadt. Er nahm mich mit zu Konzerten in die Symphony Hall und lud mich in teure italienische Restaurants ein. Für einen Jungen aus Connemara hatte er erstaunlich viel Geld. Wenn ich Einwände gegen diese kostspieligen Vergnügungen erhob, erzählte er mir von einem reichen amerikanischen Onkel. Ich ließ mich von ihm verwöhnen, er durfte während der Kutschfahrten meine Hand halten und mich, wenn er mich vor der Haustür absetzte, küssen – die Lenden gegen meinen Bauch gepreßt. Nie zuvor hatte mir ein Junge soviel Aufmerksamkeit geschenkt. Ich fühlte mich schön, weiblich und verwegen und genoß jede Minute.

Ich war so von ihm eingenommen, daß ich an einem glühendheißen Augustnachmittag im Wohnheim in Cambridge mit ihm auf sein Zimmer ging. Ich ließ zu, daß er sich auf dem schmalen Bett mit den schmuddeligen Laken auf mich legte und meine Brüste küßte, die er aus Bluse und Büstenhalter befreit hatte. Ich entsinne mich noch daran, wie ich in diesem Moment meine Brüste empfand – groß und weiß und fremd. Ich spürte gar nichts, es war, als hätte er sie von mir ausgeborgt und von meinem Körper abgetrennt, um sich damit zu vergnügen. Sie erinnerten mich an die in Stein gemeißelten Meerjungfrauen, die ich als Kind gesehen hatte, mit ihren unförmigen, ausladenden Brüsten. Ich ließ ihn weitermachen und glaubte die ganze Zeit, daß er gewiß bald aufhören würde. Natürlich war mir bewußt, daß ich eine Sünde beging, aber eigentlich hatte ich gar nicht das Gefühl, daß dies alles mir geschah. Es war, als ob jemand eine Tratschgeschichte über ein leichtes Mädchen auf unserer Insel erzählte, worauf ich ungläubig nachfragte: Was hat sie getan? Das ist doch wohl nicht dein Ernst!

Ich war fest überzeugt davon, daß das alles nichts mit mir zu tun hatte. Um so größer war mein Entsetzen, als ich feststellte, daß wir vollkommen nackt waren. Selbst als er in mich eindrang und ein brennender Schmerz durch Bereiche meines Körpers zuckte, in denen ich nie zuvor etwas verspürt hatte und von deren Existenz ich kaum wußte – selbst da dachte ich noch: Das ist alles nicht wahr. Er drang ein und zog sich wieder zurück, als könne er sich nicht entscheiden. Er war übergroß, tat mir weh, erschreckte mich. Als es fast vorbei war, sah er aus, als würde ihn gleich der Schlag treffen: Sein Gesicht verzerrte sich, wurde erst rot, dann dunkelrot, die Augen quollen hervor. Er stöhnte wie im Schmerz, als würde etwas in mir auch ihn in Stücke reißen. Dann sackte er auf mir zusammen. Ich lag da und versuchte meine verletzte Seele zu bergen, die mir entrissen worden war, für immer beschmutzt durch ein paar Verrenkungen der Glieder.

Als Patrick zur Seite rollte, schnappte ich nach Luft. Er lächelte, liebkoste meinen Hals und küßte mich mit einem schrecklich lauten Schmatzer.

»Wird schon werden«, meinte er. »Das erste Mal ist für eine junge Dame immer am schlimmsten.« Ich versuchte mir eins der schmutzigen Laken über die Brüste zu ziehen.

»Wenn du glaubst, ich würde *das* jemals wieder mit dir machen, Patrick Concannon …«, setzte ich an, aber er brach in schallendes Gelächter aus. Offenbar glaubte er, ich würde ihn auf den Arm nehmen.

Meiner Familie habe ich, wie übrigens auch Gráinne, erzählt, ich wäre bereits in jungen Jahren Witwe geworden. Nur Maeve und die Willoughbys kannten die Wahrheit. Und Grace, die schließlich dahinterkam. Zwar war ich nie mit Patrick Concannon verheiratet gewesen, aber er starb tatsächlich bald danach. Es war ein lächerlicher Unfall: Er stürzte im betrunkenen Zustand vom Dach des Wohnheims und fiel durch das Dach eines vorbeifahrenden Taxis. Als Maeve anrief und es mir mitteilte, hatte ich bereits seit drei Tagen erbrechen müssen. Ich rede mir gern ein, daß er mich tatsächlich geheiratet hätte, wenn auch nur aus Pflichtgefühl. Daher empfinde ich es gar nicht als Lüge, wenn ich sage, ich wäre verwitwet.

Mr. und Mrs. Willoughby nahmen die Neuigkeit gelassener auf, als ich erwartet hatte. Anfangs waren sie natürlich entsetzt, ja, sogar ein bißchen überrascht, aber schließlich schrieben wir das Jahr 1961, ich war in Amerika, und beileibe nicht das erste Mädchen, das in so einen Schlamassel geraten war.

Auf unserer Insel wäre so etwas natürlich ein Skandal gewesen. Als ich den Willoughbys von meinem Zustand erzählte, baten sie mich ruhig, hinauszugehen, berieten sich und riefen mich dann wieder zu sich herein.
Sie würden mir helfen, erklärten sie mir. Ich könne so lange bei ihnen wohnen, wie ich wollte. Ich würde weiter für sie arbeiten und mein Kind bei ihnen großziehen. Und Besuchern würden wir sagen, ich sei eine junge Witwe. Von jetzt an gehörte ich zur Familie, meinten sie. Natürlich würden sie mein Gehalt ein wenig kürzen, wegen der Kosten für die Unterbringung und Verpflegung meines Kindes. Aber ich könne auf ihre Unterstützung zählen. Mein Kind würde zusammen mit Michael und mit eventuellen weiteren Geschwistern aufwachsen.
Ich nickte nur, weinte und atmete tief durch, um die Angst zu verscheuchen, die mir das Herz beklemmte. Weshalb, fragte ich mich, empfand ich keinerlei Erleichterung oder Dankbarkeit?
Mr. Willoughby reichte mir sein Taschentuch, und Mrs. Willoughby tätschelte mir die Hand.
»Wir freuen uns, wenn Sie bei uns bleiben.«

Als Grace geboren wurde, glaubte ich, mein Körper würde in zwei Hälften gerissen. Vierunddreißig Stunden lag ich in der Frauenklinik in den Wehen. Man sagte mir, es gebe Komplikationen, Blutungen. Schließlich mußten sie mir die Gebärmutter entfernen. Da ich mit acht Geschwistern aufgewachsen war, war es unfaßbar für mich, keine Kinder mehr bekommen zu können. Leibliche Kinder. Als sie mir das Baby brachten, betrachtete ich sein rotes, plattes Gesichtchen und dachte: Das ist also alles. Das ist das einzige Kind, das ich jemals haben werde.
Bis ich wieder auf den Beinen war, stellten die Willoughbys

eine Haushälterin ein, die das Ehepaar und Michael versorgte. Ich hielt mich die meiste Zeit mit Grace in meinem Zimmer unter dem Dach auf. Es waren schreckliche Wochen. Wie in einem Gefängnis, aus dem ich nie wieder entkommen würde. Ich fütterte das Kind mit der Flasche, weil Stillen zu jener Zeit nicht Mode war. Grace war eine schlechte Esserin. Sie fand keinen Rhythmus, drehte das Köpfchen immer wieder von der Flasche weg, spuckte, machte kein Bäuerchen, litt unter Koliken und schrie tagelang. Noch nie hatte ich so viele Schwierigkeiten mit einem Baby gehabt. Es heißt immer, man liebt die eigenen Kinder, egal wie sie sind, aber das stimmte nicht. Anfangs lehnte ich das Kind gänzlich ab, und zwar so heftig, daß es mich selbst erschreckte. Wann immer ich nach ihm schaute, war etwas nicht in Ordnung, entweder jammerte es, oder es war wund. Selbst im Schlaf war das winzige Gesichtchen mißmutig verzogen. Ich sah die Kleine an und dachte an all die Dinge, die sie mir genommen hatte: meine Laufbahn als Krankenschwester, weitere Kinder, Heirat – denn, ehrlich gesagt, wer würde mich jetzt noch heiraten wollen? Alles hatte ich für dieses häßliche, wenig liebenswerte Kind aufgegeben. Ich sehnte mich danach, wieder arbeiten zu können, bei Michael zu sein, der mir strahlend seine Zeichnungen brachte, während ich unterm Dach eingesperrt war. Eigentlich, dachte ich manchmal, war er mehr mein Kind als Grace.

Heutzutage würde man das natürlich Nachgeburtsdepression nennen. Als ich eines Morgens aufwachte und Grace zum erstenmal friedlich schlafend in ihrem Bettchen liegen sah, war sie vorbei. Wahrscheinlich hatte ich einfach aufgehört, mich selbst zu bemitleiden. Ich schob meiner Tochter nicht länger die Schuld zu und hatte sie nur noch lieb. Sie wuchs zu einem wilden, temperamentvollen Kind heran, das ich einfach gern haben mußte. Sie war eine wahre Kämpferin. Glücklich, wer jemanden wie Grace an seiner Seite hatte.

Als sie älter wurde und mich zu hassen begann, dachte ich, daß ich in ihren ersten Lebensmonaten vielleicht etwas in ihr zerstört hatte. Vielleicht hatte sie die Ablehnung ihrer Mutter nicht vergessen und wollte mich nun dafür büßen lassen.
Sie schämte sich für die Arbeit, die ich zu verrichten hatte, und meinte, meine Stellung in diesem Haushalt sei die einer Sklavin. Es machte sie wütend, daß wir in der Küche aßen, während die Willoughbys im Eßzimmer ihre Mahlzeiten einnahmen. Dabei hatte ich es selbst so gewollt, auch wenn sie mir das nie glaubte. Ich hatte den Willoughbys vom ersten Tag an zu verstehen gegeben, ich würde lieber allein essen. Zwar forderten sie mich anfangs trotzdem auf, mich zu ihnen zu setzen, aber ich lehnte ab. Nicht weil ich »wußte, wo mein Platz« war, oder aus irgendeiner Unterwürfigkeit heraus, sondern weil ich für diese Leute arbeitete; sie waren nicht meine Familie. Später lehnte ich es ab, damit Grace nicht in der Vorstellung heranwuchs, sie sei ein Kind der Willoughbys. Das hätte es schwerer gemacht wegzugehen. Davon bin ich heute noch überzeugt.
Grace akzeptierte Mr. Willoughby, und Michael war für sie wie ein Bruder. Doch was Mrs. Willoughby betraf – na ja, ich möchte es einmal so sagen: Ich hatte meine liebe Not, dafür zu sorgen, daß Grace der Frau nicht das Leben zur Hölle machte. Ich mochte sie. Zwar empfand ich nicht gerade übermäßige Zuneigung, aber am Anfang war sie sehr freundlich zu mir, außerdem tat sie mir wirklich leid. Im Gegensatz zu ihrem Mann stammte sie aus bescheidenen Verhältnissen, und ich glaube, sie suchte diesen Makel stets zu verschleiern. Nie durfte ihre Mutter sie besuchen. Allerdings fuhr sie zusammen mit Michael einmal im Monat zu ihr nach Dorchester. Trotz ihrer ständigen Nörgelei wußte ich, daß sie mich schätzte. Doch als Grace sieben Jahre alt war, begann Mrs. Willoughby bereits zu kränkeln und veränderte sich nachhal-

tig. Grace begriff nie, daß die Frau krank war. Für sie waren Mrs. Willoughbys Anfälle schlichtweg ein Teil ihrer Persönlichkeit. Aber ich wußte es besser und nahm das alles nicht zu ernst.

Als Michael neun und Grace sieben Jahre alt war, wurden die Zwillinge Sarah und Lindsey geboren. Die Schwangerschaft machte Mrs. Willoughby sehr zu schaffen, und sie mußte die letzten drei Monate sogar im Bett liegen. Diese Zeit war es wohl auch, die Graces Urteil über Mrs. Willoughby prägte. Die Frau war ungehalten und langweilte sich – sie gehörte nicht zu den Leuten, die gerne untätig im Bett lagen. Sie wurde furchtbar anspruchsvoll, nichts konnte ich ihr rechtmachen – das Essen war ungenießbar, ich putzte nachlässig und war nicht schnell genug zur Stelle, wenn sie nach mir klingelte. Da Michael ihr in dieser Zeit aus dem Weg ging, verübelte sie mir jede Minute, die ich mit ihm verbrachte. Ich glaube, damals schnappte sie schon allmählich über. Als ich einmal den Boden in ihrem Schlafzimmer fegte und Grace mit der Kehrschaufel in der Hand dabeistand, starrte Mrs. Willoughby mich mit haßerfülltem Blick an. Sie sagte kein Wort, ließ mich aber nicht aus den Augen. Es machte mich nervös, und ich beeilte mich fertig zu werden. Als ich die Eingangstür ins Schloß fallen hörte, bat ich Grace, nachzusehen, ob es Michael war.

»Er wird zu Mittag essen wollen. Sag ihm, ich bin in einer Minute unten.« Bevor Grace noch einen Schritt tun konnte, gab Mrs. Willoughby einen Laut von sich, der sich anhörte wie ein Knurren.

»Er ist mein Sohn«, zischte sie. Sie wirkte wie besessen, die Augen blutunterlaufen, die Haare wild durcheinander.

»Wie bitte?« fragte ich.

»Wenn Sie versuchen ihn mir wegzunehmen, reiße ich Ihnen Ihren häßlichen irischen Schädel ab«, schrie sie. Ich schob

Grace aus dem Zimmer, aber wir hörten ihre gellende Stimme während des ganzen Weges in die Halle. »Haben Sie verstanden? Ich reiße Ihnen Ihren häßlichen irischen Kopf ab und werfe ihn dem Hund zum Fraß vor!« Dabei hatte sie gar keinen Hund. Ich verstand nicht, was in sie gefahren war.

Grace geriet völlig außer sich. Sie schluchzte hysterisch und schmierte sich mit dem Handrücken den Rotz übers Gesicht.

»Scht! Nicht weinen«, sagte ich und blieb auf dem unteren Treppenabsatz stehen. »Sie hat nur Spaß gemacht.«

»Ist ja gar nicht wahr«, entgegnete Grace, das Gesicht rot vor Wut. Sie war kurz davor, einen ihrer Tobsuchtsanfälle zu bekommen. »Wenn sie das macht, reiße ich *ihr* den Kopf ab«, höhnte sie.

»Lieber Gott, steh uns bei«, rief ich. »Sei nicht albern.« Ich ging zu Michael in die Küche. Er starrte mich entsetzt an, als hätte er alles mit angehört. Aber ich tat, als wäre nichts gewesen. Den ganzen Tag lang sah ich diese verwirrte Frau und mein zorniges kleines Mädchen vor mir, die wie Löwinnen miteinander kämpften. Das Bild stand mir so deutlich vor Augen, als spielte sich die Szene tatsächlich ab.

Bei der Geburt der beiden Mädchen wäre Mrs. Willoughby um ein Haar gestorben. Ihr Zustand besserte sich zwar, aber Lindsey, das kleinere der beiden Mädchen, befand sich in lebensgefährlichem Zustand. Monatelang verbrachte die Kleine im Krankenhaus. Mrs. Willoughby erholte sich nie wieder, auch als Lindsey, noch schwach aber gesund, endlich nach Hause durfte. Irgend etwas war in Mrs. Willoughbys Kopf durcheinandergeraten, wahrscheinlich schon während der Schwangerschaft, so daß der Umgang mit ihr sehr schwierig wurde. Sie hörte auf zu arbeiten und schlurfte im Morgenmantel durchs Haus wie eine lebende Leiche. Ich kümmerte mich um die Zwillinge, in der Hoffnung, daß sie wieder zur Besinnung kommen würde, aber es änderte sich jahrelang nichts. Als die Zwillinge acht Jahre alt waren, wurde Mr. Willoughby befördert und verdiente nun soviel Geld, wie er es sich wohl niemals hatte träumen lassen, worauf wir alle nach Scituate in ein Haus am Meer zogen. Ein Haus mit eigenem Strand, einem Badehäuschen mit Kamin, in dem man sich zum Schwimmen umzog, mit endlosen Rasenflächen und einem großen Garten.

Aber der Umzug änderte offenbar nichts am Zustand seiner Frau. Nach wie vor hatte sie seltsame Anfälle. Einige Male wurde sie fast gemeingefährlich, aber es war doch nicht so schlimm, wie Grace die Leute glauben machen wollte. Sie übertrieb, damit sie die Frau weiter hassen konnte. Die furchtbare Szene im Schlafzimmer war Graces erster bleibender Eindruck von Mrs. Willoughby, sie verzieh ihr das niemals. Zwar gab es zwischen Grace und mir Meinungsverschiedenheiten, aber im Grunde stellte sich meine Tochter immer wild entschlossen vor mich, um mich zu beschützen. Sie hätte es nie zugegeben, aber stets stand meine kleine Kämpferin einen Schritt vor mir, mit gezücktem Schwert, bereit, jedem den Kopf abzuschlagen, der es wagte, sich mir in den Weg zu stellen.

Trotzdem, oder vielleicht gerade deshalb, brüstete sie sich, das absolute Gegenteil von mir zu sein, im Wesen wie im Handeln. Wenn man sie auf Ähnlichkeiten zwischen uns hinwies, war das für sie die schlimmste Beleidigung. »Ich gleiche ihr *kein bißchen*«, beharrte sie dann. Das Aussehen hatte sie von ihrem Vater: die gleichen grünen Augen und das volle rote Haar, das wohl von seinen kupferfarbenen Strähnen kam. Und auch ihr ungestümes, furchtloses Benehmen hatte mit meinem zurückhaltenden Auftreten wenig gemein. Als ich nach Mrs. Willoughbys Unfall mit ihr zurück nach Irland zog, war ihr dort alles höchst zuwider. Sie wäre sicher weggegangen, sobald sie achtzehn war, doch da erwartete sie Gráinne.

Es stellte sich heraus, daß wir uns, zumindest was unsere Fehler betraf, doch nicht so sehr voneinander unterschieden.
Das alles möchte ich Gráinne sagen, ohne ihr die unangenehmen Einzelheiten von Anfang bis zum Ende zu erzählen. Ich habe Fehler begangen, bin Kompromisse eingegangen. Meine Tochter hat mich dafür gehaßt. Aber natürlich hat auch sie Fehler gemacht. Es ist nicht gesagt, daß Gráinne es schwer haben muß, sie hat keinen Grund, mich zu hassen, wie ihre Mutter mich gehaßt hat. Wir können ganz von vorne anfangen, das Mädchen und ich. Ich lege ihr Irland zu Füßen, so wie ich es einst Grace zum Geschenk machen wollte, doch sie wollte nichts von mir annehmen. Gráinne traut offenbar niemandem. Wie jemand, den man von vorne bis hinten belogen hat. Aber wenn ich ihr alles schonend beibringe, läßt sich das vielleicht ändern.

Als wir über Murúchs einzige Straße zum Hotel fahren, zittert Gráinne am ganzen Körper. Sie hat einfach zu wenig auf den Rippen, um dem feuchten Inselwetter standzuhalten. Böse schaut sie unter der Jacke hervor, die wir ihr über den Kopf gelegt haben. Sie hat sich aus Marcus Armen befreit und sitzt jetzt am Beifahrerfenster.
»Wir sind fast daheim«, sage ich zu ihr, schaue aber sofort wieder auf die dunkle Straße. Die Stirn an die Scheibe gepreßt, kämpft sie mit den Tränen; also lasse ich sie in Ruhe.

KAPITEL 11

Grace

Im Schlaf ist sie immer in Bewegung, schwimmt in einer stillen Bucht oder im Sog des offenen Meeres. Und der Schmerz in den Gliedern ist ein wohliger Schmerz, ihre Arme und ihr Herz schlagen im selben Rhythmus, tönen als ein heftiges Pochen in den Ohren. In ihren Träumen hat sie Sex mit zahllosen, gesichtslosen Männern. Sie erkennt sie an der Art, wie sie sie berühren, wie sie in sie eindringen: sanft, neckend oder mit verzweifelter Hast. Stephens Fingerspitzen und seine Zunge gleiten über ihren Körper wie über ein Instrument. Ihr Mann dagegen hebt ihre Hüften und ihre Beine aus dem Sand und zieht sie immer wieder zu sich heran, bis sie beide mit ihrem Stöhnen das Meer übertönen. Und immer wieder Michael, ihr erster Liebhaber. Seine Hände beben, er ist so vorsichtig, so sanft und ängstlich.

Noch ehe sie die Augen aufmacht, weiß sie, daß sie wach ist, denn der Schmerz ist wieder da. Wahrscheinlich ist es der Schmerz, der sich im Schlaf in das Gefühl verwandelt, sie würde sich bewegen. Sie haßt den Schlaf, kämpft dagegen an, denn zu schlafen bedeutet, wieder aufwachen und weitersterben müssen. Der Schmerz nagt an ihr wie ein Tier, das mit seinen scharfen Zähnen unbarmherzig ihre Muskeln und Eingeweide zerfleischt. An den schlimmsten Tagen wird ihr alles zur Last, und sie wagt nicht zu atmen, ja nicht einmal zu denken, denn beides verstärkt den Schmerz. Stephen ist dann nur noch eine verschwommene Gestalt, eine Stimme, die ihr unangenehm ist, weil sie zu verkrampft ist, ihr zu lauschen, eine Berührung, die wie eine Brandwunde auf ihrem Arm oder ihrem Nacken glüht. Sie greift nicht so oft zu den Spritzen, wie sie eigentlich dürfte, weil sie ihr Angst machen, ihre Widerstandskräfte schwächen. Und sobald ihre Wirkung nachläßt, weiß sie nicht mehr, wie sie der Schmerzen Herr werden soll.

Doch wenn sie zuläßt, daß Stephen ihr die Spritze gibt, gelingt es ihr, ein paar Minuten mit ihm zu sprechen. Sie redet drauflos, versucht nichts auszulassen. Das verwirrt ihn, was sie wiederum wütend macht. Offenbar ist er nicht in der Lage zu entschlüsseln, was für sie so klar ist.

»Ist meine Mutter gekommen?« fragt sie. Stephen erschrickt.

»Du hast mir doch gesagt, ich soll sie erst anrufen, wenn ... Willst du, daß ich sie jetzt schon anrufe?«

»Nein, du hast recht. Ich meine immer, ich wäre schon tot und du würdest mir schildern, wie alles abläuft.«

»Grace«, sagt er, aber sie hat keine Zeit, ihm zuzuhören.

»Wo ist Gráinne? Warum kommt sie nicht herein?«

»Sie ist wieder weggegangen. Ich glaube, sie hat Angst. Vielleicht solltest du sie bitten, zu dir zu kommen.«

»Nein, ich habe noch mehr Angst. Und das sage ich nicht nur so. Nein, heute nicht. Vielleicht morgen.«

»Hör zu, Grace, diese Sache mit dem Anruf deiner Mutter ... mir wäre wohler, wenn du es Gráinne vorher sagen würdest. Es ist eine komische Situation für mich.«

»Möchtest du etwa mit mir tauschen? Du stirbst, und ich erzähle Gráinne all die schmutzigen Familiengeheimnisse?«
»Grace, bitte hör auf.« Sie ist so ekelhaft geworden. Und weil sie das weiß, wird sie noch ekelhafter.
»Meine Mutter ist keine liebenswerte Person. Ich möchte eigentlich gar nicht, daß du sie anrufst. Aber sie liebt Gráinne; ich weiß, daß sie sie zu sich nehmen wird. Ich will, daß du in Kontakt mit Gráinne bleibst und ihr schreibst. Sie wird etwas ... Zuneigung brauchen.«
»Natürlich werde ich das.«
»Sie wird eine Königin sein, mein kleines Mädchen. Sie werden ihr ein Boot geben, sie wird das Meer beherrschen. Sie wird sich nehmen, was immer sie braucht.«
»Grace, versuch jetzt, ein wenig zu schlafen.«
»Du weißt ja gar nicht, wovon ich spreche. Du glaubst nicht, daß sie dazu in der Lage ist. Du weißt nichts von diesen Frauen, weißt nicht, wozu sie fähig sind.«
»Welche Frauen?«
»Inselfrauen. O ja, sie sind stark. Selbst meine Mutter – und ich dachte immer, sie wäre die Schwächere von uns beiden. Jetzt weiß ich, daß sie stark war. Und Gráinne ist es auch. Ich sollte es ihr sagen. Erinnere mich daran, wenn ich wieder wach bin, ja?«
»In Ordnung, Liebling, schlaf jetzt.«
»Sie hat nämlich versucht, mich umzubringen.«
»Wer, deine Mutter?«
»Nein, Mrs. Willoughby. Sie hat versucht, mich umzubringen, weil ich mit ihrem Sohn gevögelt habe.«
»Wer ist Mrs. Willoughby, Liebling?«
»Hast du sie denn nicht kennengelernt? Ich werde dir das alte Haus zeigen. Es sei denn, sie ist tot, dann hätte es nicht mehr viel Sinn, sie kennenzulernen. Eines Tages kannst du das auch von mir sagen.«

»Schhh.« Stephen streichelt ihr über den Kopf. »Bitte, sei still, schlaf jetzt.« Sie fragt sich, warum sie still sein soll. Sie könnte ihm so viel erzählen, jetzt, da all diese Erinnerungen wieder da sind. Sie möchte ihm alles sagen, aber sie weiß nicht mehr, wie die Dinge zusammengehören, wo alles begann, an welcher Stelle sie Einzelheiten erwähnen soll, die erst später Bedeutung bekommen. Die Logik des Erzählens ist ihr abhanden gekommen, sie sieht im Geiste nur Bilder, und immer wenn sie ihn daran teilhaben lassen will, sagt er, sie solle schlafen.

»Stephen?« flüstert sie.

»Ja.«

»Sterbe ich, oder ist es Gráinne, die stirbt?« Er antwortet nicht. Sie öffnet die Augen, macht sie aber sofort wieder zu. Sie sieht Wahnbilder. Michael Willoughby liegt neben ihr, er sieht älter aus, als er ihrer Erinnerung nach war. Seine Wangen sind naß, als hätte er gerade im Meer geschwommen oder geweint und vergessen, sich das Gesicht abzuwischen.

KAPITEL 12

Grace

Grace war fünfzehn, als sie mit dem Schwimmen anfing. Sie hatte es schon vor Jahren im Swimmingpool des YMCA gelernt, aber es hatte ihr keinen Spaß gemacht – bis sie das Meer entdeckte. Die Villa der Willoughbys lag direkt am Strand in Scituate. Dort konnte Grace ihre Kleider im Badehäuschen am Ufer lassen und nackt in die kalten Wellen eintauchen. Manchmal blieb sie stundenlang im Wasser und schwamm mit kräftigen Zügen den kilometerlangen Strand entlang. Es war ein erhebendes Gefühl, stärker als das Wasser zu sein, es mit gebogenen Armen niederzuzwingen. Sie stellte sich vor, ihre Arme wären die Ruder eines Schiffes, das mit der Piratenkönigin Granuaile an Bord über das Wasser glitt. (Grace lehnte fast alles Irische ab, aber die irische Königin des Meeres hatte sie immer gemocht. Granuaile war das vollständige Gegenteil von Clíona.) Grace blieb auch dann noch im Wasser, wenn sie glaubte, ihre Kräfte würden versagen. Hier war sie sicher vor dem Genörgel ihrer Mutter. Wenn die Wellen über ihren

Rücken schwappten, war sie nicht mehr das uneheliche Kind des Dienstmädchens, sondern ein Geschöpf des Meeres.
Wenn sie nicht im Wasser war, schmerzten ihre Beine, so sehr mußte sie sich zusammenreißen. Sie konnte einfach nicht still sitzen, bewegte ständig die Fußgelenke hin und her und wippte mit den Knien, damit ihre Muskeln nicht zitterten. »Zappel nicht so herum!« zischte ihre Mutter dann. »Kannst du nicht still sitzen wie eine Dame? Gib dir ein bißchen Mühe!«
An den Wochenenden half Grace ihrer Mutter morgens bei der Hausarbeit, bereitete das Frühstück und das Mittagessen für die Zwillinge, Michael und deren Mutter. Die Zwillinge waren sieben Jahre alt und sprachen meistens nur miteinander und mit Clíona. Lindsey war ein wenig kleiner und blasser als Sarah, glich ihr aber ansonsten aufs Haar, und beide waren auch immer noch gleich gekleidet. Wenn sie nahezu bewegungslos am Tisch saßen, wirkten sie wie zwei zurechtgemachte Puppen. Sie hatten Angst vor ihrer Mutter.
Seitdem die Zwillinge auf der Welt waren, fürchteten sich alle vor Mrs. Willoughby. Jeder tat so, als wäre er um sie besorgt, aber nur, weil das ihre Wutausbrüche in Grenzen hielt. Grace haßte sie, und sie war davon überzeugt, daß auch Michael sie haßte. Er hatte nur Angst, es zu zeigen.
An den Tagen, wenn sein Vater nicht da war, war das Mittagessen eine Qual für Michael. Deshalb pflegte Grace, wenn sie im Haus war, einen ziemlichen Wirbel um das Essen zu veranstalten; sie platzte immer wieder herein und machte Michael heimlich Zeichen, damit er sich nicht so allein fühlte. Michael war ihr Freund, auch wenn Mrs. Willoughby das gar nicht paßte.
»Michael«, sagte sie eines Tages, »ist es unbedingt nötig, daß dieses Mädchen alle zwei Minuten hereinkommt, während wir essen?« Mrs. Willoughby sprach Grace nur selten direkt an.

Sie waren in all den Jahren zu oft aneinander geraten. Michael verkniff sich ein Lächeln.
»Ich weiß nicht, Mom«, erwiderte er. »Grace, könntest du mir den Senf bringen?« Grace schmunzelte, ging in die Küche und ließ die Schwingtür offenstehen, damit sie die beiden weiter hören konnte.
»Du bist sehr grausam zu mir, Michael«, sagte Mrs. Willoughby.
»Aber Mom, es ist doch nur Senf.«
»Du brauchst mir nichts vorzumachen. Ich weiß, wie sehr du mich haßt.« Sie spie die Worte förmlich aus, ihr Gesicht wurde puterrot und bekam etwas Drohendes.
»Mom, ich habe doch nicht ...«
»Ich weiß, daß ich eine abscheuliche Mutter war, ich weiß es nur zu gut.« Und dann brach sie völlig unvermittelt in Tränen aus, in dieser hysterischen Art, mit der sie alle in Panik versetzte. Sie reagierten wie gelähmt, wenn sie so war, wenn sich auf ihrem Gesicht die gegensätzlichsten Gefühle abzeichneten und es abwechselnd bedrohlich und hilflos wurde. Als Grace mit dem Senf hereinkam, versiegten die Tränen augenblicklich. Mrs. Willoughby starrte ins Leere und goß sich noch etwas Tee ein. Die Tropfen, die noch über ihre Wangen flossen, wirkten jetzt befremdlich, so als hätte jemand sie mit Wasser bespritzt. Grace blickte zu Michael, verdrehte die Augen und kehrte in die Küche zurück. Die Zwillinge wagten nicht, von ihren Sandwiches aufzusehen.
»Michael«, sagte Mrs. Willoughby dann plötzlich mit lauter Stimme, so daß die Mädchen hochschreckten, »wo ist dein Vater?«
»Hm, arbeiten, oder?« erwiderte Michael, nicht ohne einen gewissen sarkastischen Unterton in der Stimme.
»Werd nicht frech. Er ist nicht bei der Arbeit. Dein Vater ist der faulste Mensch auf dieser Welt.«

»Wozu hat er dann ein Büro?«

»Alles Täuschung.« Sie knallte ihre Teetasse auf den Unterteller.

»Hör auf, Mom!«

»Glaubst du etwa, daß der Mann den ganzen Tag am Schreibtisch sitzt? O nein, er vögelt in der ganzen Stadt herum.«

»Was für Vögel?« fragte einer der Zwillinge. Michael starrte seine Mutter entsetzt an.

»Wie könnte es anders sein?« sagte sie. »Keinerlei Mitgefühl. Du bist eben auch nur ein Mann. Wie der Vater, so der Sohn. Vollkommen verdorben.«

In diesem Moment kam Grace, die hinter der Tür gestanden hatte, herein und schnappte sich das Senfglas. Mrs. Willoughby funkelte sie böse an und wollte sie gerade anschnauzen, doch da Grace sie ebenso grimmig anblickte, wandte sich die Frau ihrem Sohn zu.

»Aber du wirst kein Büro brauchen, nicht wahr, mein Schatz?«

Als Grace in der Abenddämmerung schwamm, kam Michael zum Strand herunter. Er warf ihr Steine in die Bahn, bis sie aufhörte zu kraulen und mit den Beinen Wasser auf den Sand spritzte. Michael ging zum Steg, wo sie ihre Kleider und ihr Handtuch abgelegt hatte, und stieg in das Motorboot, das dort festgemacht war.

»Kommst du ins Wasser?« fragte Grace und legte den Kopf so tief in den Nacken, daß die Wellen ihr sanft das Haar aus der Stirn strichen.

»Meine Mutter ist komplett verrückt«, meinte Michael.

»Was du nicht sagst.« Grace lachte.

»Im Ernst. Sie spinnt. Ich halte das nicht mehr aus. Wenn ich daran denke, daß ich noch ein ganzes Jahr warten muß, bis ich endlich abhauen kann.«

»Nimm es nicht so schwer. Jeder hält die eigene Mutter für verrückt.«
»Aber deine Mutter ist nett.«
»Tja, zu dir vielleicht.« Was Clíona betraf, so konnte Michael anstellen, was er wollte, sie verzieh ihm immer. Grace hingegen war eine einzige Enttäuschung. Stets mußte man sie korrigieren – ihre Kleidung, ihre Haltung, den Ton, den sie anschlug, ihre Wortwahl. Bis zu ihrem dreizehnten Lebensjahr bekam Grace fast jeden Tag Schläge mit der Hand oder mit dem Holzlöffel. Clíona sah sie manchmal an, als wäre sie ein bösartiges Wesen von einem anderen Stern, das die Tochter, die sie sich gewünscht hätte, verschlungen hatte.
»Grace?« sagte Michael. »Glaubst du, daß sie recht hat? Glaubst du, daß mein Vater Affären hat?«
»Würdest du ihm das übelnehmen?« erwiderte Grace, bereute ihre Worte aber sofort, als sie sein Gesicht sah. Sie hätte nie geglaubt, daß ihn das so quälte. Sie hörte mit dem Wassertreten auf und ließ die Füße in den Sand fallen. »Aber ich bezweifle es«, meinte sie. »Deine Mom ist vollkommen paranoid.« Sie stapfte zum Strand und wrang sich die Haare aus. Und noch bevor sie es sah, spürte sie, daß Michael sie anstarrte.
»Seit wann hast du die?« fragte er mit einem Lächeln, wurde dann aber rot und wandte sich ab. Grace sah auf ihre nackten Brüste, die von der Kälte aufgerichteten Brustwarzen. An den Stellen, wo sie sich mit Öl eingeschmiert hatte, um schneller zu sein, perlte das Wasser ab. Bis jetzt waren ihr ihre Brüste, die im Laufe des letzten Jahres rasch gewachsen waren, ein reines Ärgernis gewesen. An manchen Tagen mußte sie einen Badeanzug tragen, sonst schmerzte hinterher ihr ganzer Brustkorb. Und die Jungen in der Schule gafften auf ihre Brüste, als ob sie sie ihr am liebsten abnehmen und damit irgendwelche perversen Experimente machen würden. In dem

Moment aber, als Michael errötete, wurde ihr mit einemmal bewußt, daß sie etwas besaß, was sie anziehend machte. Sie war keineswegs verlegen, sondern freute sich. Sie mochte ihren Körper, seine Biegsamkeit, die straffen Muskeln, den Geruch ihrer salzigen Haut nach dem Schwimmen und den neuen Duft, der mit ihren Brüsten gekommen war und Spuren auf ihrer Unterwäsche hinterließ. Aber sie hatte nie darüber nachgedacht, wie es wohl wäre, wenn jemand ihren Körper genauso bewunderte wie sie selbst.

»Gefallen sie dir?« fragte sie, damit er wieder zu ihr hinsah. Sie machte ihn unsicher, und das steigerte ihre Erregung noch.

»Du siehst aus wie eine Meerjungfrau«, erwiderte er und warf ihr das Handtuch zu. Sie lachte.

Meistens gelang es Grace, ihrer Mutter aus dem Weg zu gehen, bis auf sonntags. Clíona, in Graces Augen eine fanatische Frömmlerin, ließ nie die Sonntagsmesse aus. Grace schätzte sich glücklich, daß ihre Mutter nicht so viel Geld hatte, sie auf die katholische Schule am Ort zu schicken. Dennoch mußte sie von ihrem vierten Lebensjahr an bis zur Erstkommunion die Heilige Messe und den Katechismusunterricht über sich ergehen lassen, und dann, mit dreizehn, kam die Firmung. Danach hatte sie angeblich das Recht, selbst zu entscheiden, wie sie es mit der Religion halten wollte, aber Clíona schleppte sie auch weiterhin mit in die Messe.

Die Kirche hätte Grace gefallen, wären da nicht die Leute und die Priester gewesen. An der Decke befand sich ein Wandgemälde mit rundlichen, schelmisch aussehenden Engeln. Sie mochte den Geruch nach Kerzenwachs, das Licht, das durch die Kirchenfenster bunt auf ihre Hände schien, das Klingeln der goldenen Glocke bei der Opferung. Clíona hätte es für Gotteslästerung gehalten, aber in ihren Augen war die Kirche

ein idealer Ort fürs Küssen. Während der Priester seine Predigt herunterleierte, stellte sie sich vor, wie Jungen sie mit Küssen rückwärts auf die glatte Holzbank zwangen.
Doch sie verabscheute die Mädchen, mit denen sie zum Katechismusunterricht ging. Sie waren grob und gehässig, dabei in ihrem Sonntagsstaat aufgeputzt wie kleine Heilige. Und die Jungen, die Graces Hand auf ihre Hosen drücken wollten und dabei auf geradezu schauerliche Weise mit der Zunge wackelten, um erotisch zu wirken, dieselben Jungen schlugen die Augen in tiefer Frömmigkeit nieder, wenn der Priester den Leib Christi auf eben diese Zungen legte. Und die Priester selbst waren nicht viel anders. Lächelnd strichen sie Grace auf der Kirchentreppe über den Kopf, nachdem sie sie bei der Beichte mit ihrem strengen Räuspern und ihrem vorwurfsvollen Schweigen eingeschüchtert hatten. Einer war sogar soweit gegangen, sie »kleines Flittchen« zu nennen, bevor er die Buße verhängte und das Sprechgitter verschloß.
Grace versuchte stets dem Sonntagsritual zu entkommen, indem sie sich morgens aus dem Staub machte. Doch wenn sie nachmittags zurückkehrte, war ihre Mutter außer sich und zwang sie, zur Beichte zu gehen. Außerdem mußte sie am nächsten Tag die Morgenmesse besuchen.
»Die Kirche wacht über ein junges Mädchen, wenn seine Tugend auf die Probe gestellt wird«, erwiderte Clíona, als Grace ihr klarmachen wollte, daß sie zu alt für die Messe sei. »Es wird Zeit, daß wir uns einmal über Vögel und Bienen unterhalten.«
»Oh, bitte«, stöhnte Grace, »Mom, nicht. Ich weiß doch längst, wie es geht.«
»Ja, natürlich haben sie dir die Fakten erklärt in deiner Schule. Aber haben sie dir auch gesagt, daß der Verkehr vor der Ehe eine Sünde wider den Heiligen Geist ist?«
»Ach, laß mich doch damit in Ruhe.«

»Als Mädchen kann man aber auch in ganz irdische Schwierigkeiten geraten.«
»Du mußt es ja wissen«, murmelte Grace.
»Ich an deiner Stelle wäre nicht so frech, mein Fräulein. Du würdest gut daran tun, aus meinen Fehlern zu lernen, anstatt dich so aufzuführen. Es wird schwer für dich sein, einen Mann zu finden, der dich heiratet, wenn du in eine solche Lage kommst wie ich.«
»Michael wird mich heiraten.«
»Da machst du dir aber etwas vor, wenn du glaubst, daß dieser Junge sich ernsthaft für dich interessiert. Er ist viel zu reich für jemanden wie dich. Und außerdem glaube ich nicht, daß seine Leute damit einverstanden wären, wenn er eine Katholikin heiratet.«
»Es ist ihm egal, was sie denken.« Aus Graces grünen Augen blitzte die nackte Wut.
»Selbst wenn er dich mag, heißt das noch lange nicht, daß er dich anständig behandelt.«
Mit solchen Streitereien begann jeder Sonntag. Ihre Mutter brachte sie auf die Palme. Für Grace war Clíona ein Fossil, obwohl sie jünger war als die meisten Eltern ihrer Klassenkameraden. Grace schwor sich, niemals wie Clíona zu werden – eine unwissende Sklavin in einem fremden Land.

Michael begleitete Grace immer öfter zum Schwimmen. Er spazierte in der Dämmerung zum Strand, zog sich rasch bis auf die Shorts aus und watete zu ihr hinaus. Anfangs paddelte er unbeholfen wie ein Hund herum, schlug auf das Wasser ein und kämpfte mit den Wellen, als hätte er Angst, sie würden ihn verschlingen. Sein panischer Gesichtsausdruck mit dem vorgeschobenen Kinn brachte Grace zum Lachen.
Mit ihrer Hilfe ließ er sich auf dem Rücken liegend treiben, und sie tat dabei so, als würden ihre Hände ihn tragen. Von

ihr lernte er, sich dem Rhythmus des Wassers zu überlassen und die Ohren unterzutauchen, so daß er hörte, was sie hörte: das Meer, das ihren Herzschlag übertönte. Sie zeigte ihm, wie man die Arme halten mußte, so daß sie kräftig wie Ruder die Wellen teilten. Es dauerte nicht lange, da ließ er die Dünung über sein Gesicht spülen und kraulte mit sicheren, wenn auch unregelmäßigen Zügen.

Jeden Tag schwammen sie etliche Kilometer den Strand entlang, und Michael verbarg nicht, wie stolz er auf seine breiter werdenden Schultern und seine anschwellenden Armmuskeln war. Später ruhten sie sich in einer Bucht aus, die man vom Haus aus nicht einsehen konnte. Dort war das Wasser warm und ruhig und der Grund mit feinem Sand und weichen Algen bedeckt.

Einmal bei Sonnenuntergang knieten sie sich nieder, so daß ihnen das warme Wasser bis zum Hals reichte. Die Sonnenstrahlen tauchten ihre Körper unter der Oberfläche in bernsteinfarbenes Licht. Während sie aufeinander zuschwammen, verstummten sie und betrachteten einander. Die glitzernden Wasserperlen auf Michaels Gesicht erschienen Grace wie eine verschlüsselte Botschaft. Sein Blick wanderte von ihrem Gesicht zu ihren im Wasser größer wirkenden Brüsten.

»Darf ich …«, flüsterte er und streckte vorsichtig eine Hand aus.

»Darf ich was?« fragte sie schelmisch. Michael wurde rot.

»Du weißt schon«, entgegnete er, aber wieder lächelte sie nur. Sie wollte, daß er es aussprach. »Dich berühren«, sagte er, wobei er kaum die Lippen bewegte. Sie schwamm noch näher zu ihm hin, umfaßte sein Handgelenk und schob seinen schwerelosen Arm nach oben. Er wölbte die Hand wie eine Schale um die Rundung ihrer Brust, drückte sie sanft und strich mit dem Daumen über ihre Brustwarze. Grace unterdrückte den Laut, der in ihrer Kehle aufstieg. Sie spürte nicht nur sein Streicheln, sondern gleichzeitig einen Druck zwischen den Beinen. Michael hob auch den anderen Arm, schloß die Augen und legte das Gesicht an ihre Wange, so daß sie ihn nicht mehr ansehen konnte. Sie legte ihre Hände unter seine Achseln und drückte ihn an sich. So verharrten sie eine Weile. Eine Woge von Empfindungen erfaßte ihren Körper, auch dort, wo er sie gar nicht berührte. Grace schwankte. Plötzlich zuckte Michael zusammen, nahm seine Hände von ihren Brüsten und zog sie an sich, als wollte er verhindern, daß sie umsank.

»Ist alles in Ordnung?« flüsterte sie, und er nickte an ihrem Hals. Als er sich zurückneigte, wurde er rot und senkte die Lider. Sein Gesichtsausdruck ließ keinen Zweifel daran, daß sich etwas für immer verändert hatte. Michael hatte sich in sie verliebt.

Sie küßte ihn. Sein Mund schmeckte nach Salz, vermischt mit etwas, das nur sein Geruch sein konnte, ein Duft, der ihr so vertraut war wie der ihres eigenen Körpers.

In jenem Sommer blieben Grace und Michael Tag für Tag so lange im Wasser, bis ihre Lippen zwei blaue Striche und ihre Finger aufgeweicht waren wie verschrumpelte Früchte. Stets schwammen sie erst einen Kilometer hinaus, für den Fall, daß jemand sie beobachtete, und dann verschwanden sie rasch in ihrer Bucht. Abends schlichen sie verlegen durchs Haus und wichen einander aus. Mr. Willoughby musterte sie argwöhnisch, aber nur Clíona gab ihren Kommentar dazu ab.

»Es tut euch jungen Leuten bestimmt nicht gut, wenn ihr euch den ganzen Tag im Meer einweichen laßt«, meinte sie. »Wann habt ihr beiden zum letztenmal ein Buch gelesen?«

Also besorgte sich Michael in der Bücherei einen Stapel Romane. Von da an verließ er das Haus nicht ohne ein Buch, das er sich an die Brust preßte. »Ich gehe an den Strand zum Lesen, Ooma«, rief er, und sie bedachte ihn mit anerkennenden Schnalzlauten. Das Buch blieb im Badehäuschen liegen.

Grace und Michael mußten sich sehr beherrschen, um nicht übereinander herzufallen. Sie hielten sich nur zurück, weil es schöner war, wenn es langsam vonstatten ging. In der ersten Woche überschritten sie nie die imaginäre Grenze in Höhe ihrer Taille, wenn sie in der Bucht einander gegenüberknieten. Doch eines Tages hielt Grace es nicht mehr aus. Das Verlangen, sich neben ihn – oder noch besser unter ihn – zu legen, war zu stark, und so nahm sie ihn bei der Hand und ließ sich ans Ufer treiben. Im flachen Wasser legten sie sich auf die Seite, die Köpfe auf ein Nest von Algen mit kleinen Kugeln gebettet. Michael küßte sie und stöhnte immer wieder leise. Sie glaubte, er würde genauso leiden wie sie, weil sie nicht nah genug beieinander liegen konnten. Also zog sie ihm die Badehose aus. Dazu mußte sie den Gummizug auseinanderdehnen, um sie über seinen Penis zu manövrieren, der sich ihr senkrecht entgegenreckte.

»Grace?« flüsterte Michael erschrocken.

»Schhh«, machte sie und begann, Michael zu küssen. Sie bedeckte seinen Hals und seine Brust mit Küssen, bis er den Kopf nach hinten neigte, so daß er den Seetang berührte. Voller Angst blickte er zum Himmel, als ob jeden Moment das Fallbeil einer Guillotine auf ihn niedersausen würde. Die Haare unter seinem Penis bewegten sich sanft wie die Locken einer Meerjungfrau. Als Grace ihn dort berührte, zuckte sein Penis wie aufgeschreckt. Sie streichelte und schob die Haut vor und zurück. Ein Junge aus dem Katechismusunterricht hatte ihr das gezeigt. Mehr als einmal hatte sie ihm einen runtergeholt, aber niemals seinen Penis dabei angesehen, weil sie diese widerwärtige Sache für den eigentlichen Akt hielt. Michael bewegte seine Hüften in einem fast grazilen Rhythmus, der sie an einen schwimmenden Delphin erinnerte. Kurz darauf spürte sie die pulsierende Ader, die am Penisansatz in schlangenartigen Bewegungen anschwoll, und sah, wie ein milchiger Erguß das Meerwasser trübte. Das hatte sie noch nie gesehen, und sie hatte auch nicht erwartet, daß Sperma so appetitlich aussehen würde. Während sie sich neben Michael ausstreckte, ließ sie ihre Hand auf dem schrumpfenden Glied. Er küßte sie seufzend – keine Spur mehr von Verlegenheit. Wenig später schob er sie zur Seite, spreizte mit einem Bein ihre Schenkel auseinander und streichelte sie, bis sie unter seinen Fingern anschwoll. Schließlich konzentrierte er sich auf einen Punkt, von dem er auch dann nicht abließ, als sie längst nicht mehr ruhig unter ihm liegen konnte.

Der Sommer verging rasch, und Grace fürchtete den Schulbeginn. Es war ihr zweites Jahr an der High School von Scituate, und Michael würde in der übernächsten Stadt sein letztes Jahr in der höheren Schule für Jungen antreten. Was würde in den vielen Stunden geschehen, in denen sie voneinander getrennt waren? Grace tröstete sich mit dem Gedanken, daß er wohl kaum mit anderen Mädchen in Kontakt kommen würde, aber sie wußte auch, daß er mit großem Eifer lernte und häufig bis zum Einbruch der Dunkelheit in der Schulbibliothek blieb. Bald würde es zu kalt sein, um schwimmen zu gehen, und sich im Haus zu treffen war zu gefährlich. Grace erzählte Michael nichts von ihren Sorgen, vor allem deshalb, weil sie fürchtete, daß ihn das alles nicht bekümmerte.

Der letzte Tag der Schulferien fiel auf den Labor Day, und die Willoughbys hatten wie jedes Jahr am Wochenende davor zu einer Abendgesellschaft eingeladen. Seit Mrs. Willoughby erkrankt war, empfingen sie nicht mehr so oft Gäste, aber das Fest war eine Tradition, an der sie festhielten. Mrs. Willoughby wirkte an diesen Abenden nur noch wie eine seltsame Karikatur ihrer selbst: Sie trug phantastische Kleider, aber jedesmal stimmte irgend etwas nicht. Das eine Mal hatte ihr Lippenstift eine unglaublich scheußliche Farbe, dann wieder war ihr Haar ungewaschen, oder sie trug Accessoires, die längst aus der Mode waren. Die Gäste verhielten sich ihr gegenüber herablassend und sprachen so laut mit ihr, als wäre sie taub. Die meiste Zeit verbrachte sie damit, Clíona mit Problemen zu belästigen, die nur in ihrer Phantasie existierten. Grace empfand beinahe Mitleid mit ihr, wenn die Gäste sie so demütigten. Zwar haßte sie Mrs. Willoughby, aber schließlich war es ihr Abend, und sie behandelten sie wie einen debilen Hund.

Als Grace und Michael noch Kinder waren, saßen sie während dieser Abendgesellschaften in ihren Schlafanzügen auf dem Treppenabsatz und lauschten dem Klingen der Gläser, dem Johlen und dem rauhen Gelächter im Erdgeschoß. Dieses Jahr aber mußte Michael einen Anzug anziehen, weil er den Gästen vorgestellt werden sollte. Nachdem Grace Clíona und den Lieferanten bei der Zubereitung des Essens geholfen hatte, war ihr die Lust vergangen, sich zu den Zwillingen zu setzen und den Gästen zuzuhören. Also zog sie sich in ihr Zimmer unter dem Dach zurück, angeblich, um eins der Bücher zu lesen, die Michael aus der Bibliothek ausgeliehen hatte.

Drei Stunden später kam Michael nach oben und klopfte an ihre Tür. Als er durch das kleine Zimmer ging, streifte sein Haar die Dachbalken.

»Hast du ein paar nette junge Damen kennengelernt?« fragte Grace. Er zog die Augenbrauen hoch, ein deutliches Zeichen, daß ihm der Scherz gefiel, aber er war zu aufgewühlt, um darüber lächeln zu können.

»Mom ist heute wieder mal in Hochform«, meinte er. »Andauernd zerrt sie mich in die Küche und will wissen, mit wem Dad sich gerade unterhält. Und wenn er jemanden zum Wagen begleitet oder so was, rastet sie aus. Sie verlangt, daß ich ihn suche. Aber sie kann mich mal, ich renne ihm doch nicht den ganzen Abend hinterher!«

»Sie braucht einfach dieses Spielchen, um sich zu beschäftigen«, erwiderte Grace. »Es unterhält sich ja niemand mit ihr.«

»Tja, auf meine Hilfe muß sie leider verzichten. So eine Scheiße. In dem einem Ohr höre ich sie, und das andere labert mir so ein altes Arschloch mit allen möglichen Geschichten von Harvard voll. Und dann werde ich auch noch diesem Brechmittel von einem Mädchen vorgestellt, der ich den *Garten* zeigen soll.«

»Du hast wohl was Besseres vor«, meinte Grace. Es gefiel ihr, daß er dieses Mädchen als Brechmittel bezeichnet hatte.

»Ja.« Michael grinste. »Laß uns schwimmen gehen.«

Sie schlichen über die Hintertreppe hinaus und schlugen den Pfad hinter dem Badehäuschen ein, für den Fall, daß auf dem Steg, wo sie sonst ins Wasser sprangen, Gäste waren. Als sie sich dem Häuschen näherten, bemerkte Grace, daß innen Licht brannte.

»Die Party findet jetzt in der Umkleidekabine statt«, meinte Grace. Der Ausdruck stammte von ihrer Mutter, und er brachte Michael immer zum Lachen.

»Was könnte jemand da drin zu suchen haben?« flüsterte er.

»Na, was glaubst du?« Grace knuffte ihn in die Rippen. Michael tat, als wäre er zutiefst schockiert. »Komm, wir sehen mal nach«, schlug sie vor, und noch ehe er antworten konnte, zog sie ihn schon zum Fenster.

Durch die kleine Scheibe hatten sie einen guten Blick auf das Paar auf der Bettcouch. Beide waren nackt, ihre Haut schimmerte gelblich im Lampenlicht. Die Frau saß auf dem Mann, sie bewegte sich auf und ab und ließ ihren Oberkörper und den Kopf mit dem losen Haar kreisen wie eine Tänzerin. Grace war fasziniert. Sie sah genau zu, hielt gierig nach Einzelheiten Ausschau und merkte sich alles – wie beispielsweise

die Hände der Frau die Schultern des Mannes kneteten und wie sie mit ihren Hüften kreiste.
»O mein Gott«, stöhnte Michael ihr ins Ohr, und einen Moment lang glaubte sie, er wäre genauso erregt wie sie. Dann fiel ihr Blick auf den Mann unter der Frau. Es war Mr. Willoughby. Er hatte seine Brille abgenommen, seine Brust war nackt. Zwar wirkte er kleiner als sonst, und sein Körper war behaarter, als sie erwartet hatte, aber es bestand kein Zweifel, daß er es war. Er reckte den Kopf der Hand der Frau entgegen, sog ihren Mittelfinger in seinen Mund und ließ ihn um seine Zunge kreisen.
Michael wandte sich vom Fenster ab und erbrach sich über einem kleinen Hügel, der mit Strandgras bewachsen war.
»He.« Grace legte ihre Hand auf seine Schulter. »Beruhige dich.« Aber er stieß sie angeekelt zur Seite.
»Ich muß hier weg«, sagte er, und schon rannte er los, über den Pfad, der zur Hauptstraße führte. Grace hätte ihn leicht einholen können, aber der Stoß hatte sie für einen Moment aus der Fassung gebracht, und sie war wie gelähmt. So sah sie nur noch, wie er im Schatten der Bäume verschwand.

Erst um vier Uhr morgens kam Michael zurück. Grace hatte ihrer Mutter beim Aufräumen geholfen, und nachdem alle gegangen waren, blieb sie noch in der dunklen Küche sitzen und sann über Michael nach. Sie fragte sich, warum er so bestürzt gewesen war. Sie selbst freute sich über die Entdeckung, daß Mr. Willoughby, der ihr immer so korrekt und langweilig erschien, an Sex Gefallen fand. Sie konnte sich nicht vorstellen, wie es war, den eigenen Vater dabei zu ertappen, wie er Mom betrog, denn sie hatte keinen Vater. Vielleicht meinte Michael, er müsse zu seiner Mutter halten, obwohl er sie verachtete. Eigentlich fand sie ja auch, Mr. Willoughby hätte im Haus bleiben und nett zu seiner Frau sein müssen, wenn schon kein anderer sich dazu bequemte. Vielleicht war es für Michael aber auch abstoßend, zuzuschauen, wie sein Vater Sex hatte. Sollte Clíona jemals mit jemandem schlafen, so wollte Grace es gewiß nicht mit ansehen müssen. Aber Michael hatte sich aufgeführt, als ob er wütend auf Grace wäre, und das war ungerecht. Schon als kleiner Junge war Michael so gewesen – unbeschwert und gelassen, daß man glaubte, nichts und niemand könne ihn auf die Palme bringen. Und dann bekam er ohne jede Vorwarnung einen Tobsuchtsanfall.

Sie beschloß, ihm keine Vorwürfe zu machen, weil er sie zurückgestoßen hatte. Sie mußte sich an seine unbeschwerte Seite halten. Michaels Eltern würden nie in ihre Beziehung einwilligen, denn in ihren Augen war Grace nicht gut genug für ihn. Wenn Michael tatsächlich etwas an der Meinung seiner Eltern lag, würde er Grace am Ende fallen lassen und jemanden wie dieses Brechmittel von gestern abend heiraten müssen. Wenn er sie hingegen haßte – und allem Anschein nach haßte er nun seinen Vater genauso, wie er seine Mutter verachtete –, dann würde er sich Grace zugehörig fühlen und sie womöglich hier herausholen. Grace sehnte sich danach, dieses Haus und Clíona mit ihren ständigen Zurechtweisungen verlassen zu können. Sie hatte nur dann eine Chance bei Michael, wenn seine Eltern weiterhin soviel Mist bauten. Wenn Michael seinen Vater für ein Schwein hielt, weil er mit allen möglichen Frauen ins Bett ging, dann tat sie gut daran, ihn darin zu bestärken. Für sie war das nichts Unlauteres, sondern schlicht und einfach die einzige Möglichkeit, zu bekommen, was sie wollte.

Als Michael durch die Verandatür hereingeschlichen kam, stand sie auf und küßte ihn, noch bevor er etwas sagen konnte. Sie schob ihre Zunge tief in seinen Mund und drückte ihren Schritt gegen seinen. Das hatte ihn bisher immer regelrecht

hypnotisiert. Sie hatte ihn noch nie im Haus geküßt, und für einen Augenblick dachte sie daran, ihn auf den Küchentisch zu werfen und sich rittlings auf ihn zu setzen. Michael wandte den Kopf ab und legte seinen Mund an ihr Ohr.
»Es tut mir leid wegen vorhin«, flüsterte er. Sie nickte. Als er sie fragte, ob alle zu Bett gegangen seien, lächelte sie nur und schob ihn unter Küssen zur Tür. »Wo willst du hin mit mir?« fragte er, aber sie bedeutete ihm zu schweigen.
Sie zog ihn nach draußen. »Eine Überraschung«, sagte sie.
Grace führte ihn zum Badehäuschen. Vor der Tür zögerte er, doch dann ließ er sich von ihr hineinlocken. Das Mondlicht tauchte den Raum in blaue Farbe, Bettcouch und Kissen waren sorgfältig aufgeschüttelt worden, als wäre nichts gewesen. Grace versuchte ihn zu küssen.
»Hier möchte ich jetzt wirklich am allerwenigsten sein.« Seine Stimme klang wütend. Grace zog ihr T-Shirt aus und trat einen Schritt zurück. Das blaue Licht, das durchs Fenster drang, legte sich auf ihre Brüste. Zerstreut beugte sich Michael vor und fuhr mit den Lippen kurz über ihre Brustwarze. Grace legte ihre Arme um seinen Hals. Als er aufblickte, merkte sie, daß er mit den Tränen kämpfte.
»Deinem Vater würde es gar nicht gefallen, wenn er wüßte, daß du hier mit mir zusammen bist«, flüsterte sie.
Einen Augenblick lang kniff Michael die Augen fest zusammen, und über seine Wange rann eine Träne. Dann küßte er sie. Sie verschwendeten keine Zeit, streiften so schnell die Kleider ab, daß die Hosenbeine an den Turnschuhen hängenblieben und sie sich aufs Bett fallen lassen mußten, um den Rest mit strampelnden Beinen von sich zu stoßen. Als Grace die Knie anzog, lag er bereits auf ihr und hielt gerade noch inne, um zu fragen: »Ist es sicher?« In dem Glauben, er meine, ob jemand sie erwischen könne, nickte sie. Es tat nicht so weh, wie alle gesagt hatten. Ein kurzes, brennendes Ste-

chen, dann war er ganz in ihr. Und als es vorbei war, als Michael das Gesicht in das Kissen drückte, um nicht laut zu schreien, streichelte und küßte sie ihn weiter, bis er erneut bereit war. Diesmal legte sie sich auf ihn, umfaßte ihn. Und es war wie ein lang erwartetes Ereignis, als sich beim Orgasmus alles in ihr zusammenzog. Dann betrachtete sie Michaels vor Liebe und Schmerz verzerrte Züge und klammerte sich an ihn mit jeder Faser ihres Körpers, mit all der Kraft und Entschlossenheit, die sie für diesen Augenblick aufgespart hatte.

KAPITEL 13

Gráinne

Am nächsten Morgen, noch halb blind vom Schlaf, glaubte ich einen Augenblick, wieder in unserem Ferienhaus zu sein. Ich roch das Meer und das Frühstück, das Stephen zubereitete. Ich wollte aufstehen, nachsehen, ob Mom eine Notiz für mich geschrieben hatte, und dann aus dem Haus gehen, ehe mir Stephen begegnete.

Allmählich erst wurde mir klar, daß dies ein fremdes Zimmer war, in dem mein blauer Koffer wie das verblichene Überbleibsel eines anderen Lebens wirkte. Ich schwitzte unter der dicken Steppdecke. Außerdem hatte ich schlecht geträumt. Ein Telefon hatte schrill geläutet. Es lag irgendwo in der Tiefe des Wassers, aber ich konnte es nicht finden, um den Hörer abzunehmen.

Ich stand auf. Im Zimmer war es eiskalt. Ich zog einen Pullover und Jeans an und sah mich um: ein Doppelbett mit bunten Wolldecken und Bettbezügen, ein offenbar antiker Holzschrank und ein Schreibtisch. Über dem Schreibtisch hing an

einem Draht ein geschnitzter Gegenstand. Ich betrachtete ihn genauer.
Er stellte eine Frau in einem Boot dar. Ihr Kopf war unter einem Cape verborgen, einen Arm hatte sie erhoben und streckte einen Finger aus. Ich nahm das Relief von der Wand. Die Maserungen im Holz befanden sich genau an den Stellen, wo die Schatten liegen mußten. Auf der Rückseite war der Name *Granuaile* eingeritzt, und darunter stand *Grace und Seamus O'Flaherty*. Ich fragte mich, ob wohl mein Vater dieses Bild selbst geschnitzt oder ob er es nur meiner Mutter geschenkt hatte. Jedenfalls war dies nach dem Verlobungsring der erste Gegenstand, der mich mit meinem Vater verband. Ein Beweis seiner Existenz.
Vorsichtig öffnete ich die Tür, bange, wem ich draußen wohl begegnen würde. Als ich das muffig riechende Badezimmer gefunden hatte, wischte ich den Spiegel ab, um mich darin zu betrachten. Die Stoppeln auf meinem Kopf entsetzten mich immer noch. Ich entdeckte Haarspray und klebte mir damit die Haare an, die seitlich wegstanden. Am liebsten wäre ich im Badezimmer geblieben und hätte mich darin eingeschlossen, bis jemand kam und mich wieder nach Hause brachte.
Aber schließlich schleppte ich mich doch nach unten. Clíona buk gerade Brot. Sie nahm einen riesigen Laib aus dem Ofen und legte ihn zum Auskühlen auf ein Brett. Als sie mich in der Tür stehen sah, fuhr sie erschrocken zusammen und legte ihre mehlbestäubte Hand an die Brust.
»Du schleichst ja herum wie ein Gespenst, Mädchen«, meinte sie. »Einen schönen guten Morgen.« Sie forderte mich auf, am Tisch Platz zu nehmen, der für das Frühstück gedeckt war. »Du bist also eine Frühaufsteherin, genau wie deine Mutter und ich.«
Ich fühlte mich hilflos und verloren in dieser Küche. Nir-

gendwo Zettel, die mir sagten, was ich zu tun hatte. Ich setzte mich; wenigstens war es warm hier. Clíona warf Teeblätter in eine große Metallkanne und goß Wasser aus einem elektrischen Kocher darüber.

»Ich mache Marcus Frühstück«, sagte sie. »Was ist mit dir?«

»Ich habe keinen Hunger«, erwiderte ich. Clíona wischte sich energisch die Hände an einem Handtuch ab, dann wandte sie sich um und funkelte mich an.

»Jetzt hör mir mal zu. Ich weiß ja nicht, was du vorhast. Verhungern, wie es scheint. Aber solange du in diesem Haus bist, wirst du mir nicht noch dünner werden. Drei Mahlzeiten am Tag und nachmittags Tee. Wenn dir das irische Frühstück zu reichhaltig ist, kannst du natürlich auch Vollkornbrot und Obst haben. Auf jeden Fall wird etwas gegessen, bevor du von diesem Tisch wieder aufstehst, Gott sei mein Zeuge.«

Sie war ganz offensichtlich erbost wegen meiner Weigerung zu essen, verlor aber kein Wort über mein Verschwinden am Abend zuvor. Es würde also wie bei Mom und Stephen sein. Sie würde mich in Ruhe lassen.

»Ich esse ein Stück Brot«, sagte ich. Sie bestrich eine Scheibe Brot dick mit Butter und stellte sie vor mich hin.

Irgendwie hatte ich angenommen, ich würde wieder essen wollen, sobald meine Mutter tot war. Aber nach ihrer Beerdigung hielt ich auch weiterhin daran fest: nichts essen. Als würde es irgend etwas nützen, wenn mein Magen leer blieb. Ich brach das klebrige Brot in Stücke und schob sie auf meinem Teller herum.

»Das ist zumindest ein Anfang«, meinte Clíona, die mich mißtrauisch beäugte. Als sie anfing, fette rosafarbene Scheiben Fleisch und eine ganze Wurstkette zu braten, verbarg ich ein paar Brotstücke in meiner Serviette.

»Du hast gesagt, mein Vater würde hier sein«, sagte ich. Clíona wurde verlegen.

»Das wird er auch«, meinte sie. »Wahrscheinlich kommt er zur Messe.«
»Was ist das?« fragte ich, während ich eine Hand auf meinen knurrenden Magen legte. »Die Kirche?«
Clíona nickte. »Du gehst doch auch mit, nicht wahr?« Sie wich meinem Blick aus.
»Wie ist mein Vater?« Eigentlich wollte ich wissen, was mit ihm los war. Warum meine Mutter die ganze Zeit so getan hatte, als hätte sie ihn vergessen.
»Ach, alles in allem ist er ein großartiger Kerl«, meinte Clíona. Sie rührte wie wild in der Pfanne mit dem Speck und den Würsten herum. »Ziemlich gutaussehend. Dunkles Haar wie du. Sein Vater war Fischer, er stammte von hier, und seine Mutter kam aus dem Norden, Gott hab die beiden selig. Arme Frau. Sie starb bei seiner Geburt, dabei war er ihr erstes Kind. Aber Seamus war ein lieber kleiner Junge. Ich hab mich hin und wieder am Wochenende um ihn gekümmert. Sein Vater hat ihn wirklich großartig erzogen, wenn man bedenkt, daß er ganz allein war. Seamus hat an der Universität in Dublin studiert – der klügste Kerl weit und breit.«
»Ich dachte, er wäre Fischer.« Für mich gehörten Fischer nicht zu den Leuten, die eine Universität besuchten.
»Nur weil ein Mann studiert hat, muß er ja nicht unbedingt seine Liebe zum Meer verlieren. Aber die meiste Zeit schreibt er. Artikel für Zeitungen in Dublin und so Zeug. Und er dichtet auch ein bißchen. Außerdem reist er viel. Aber Seamus ist durch und durch ein O'Flaherty. Ihn zieht es immer wieder aufs Meer.«
Das klang nicht schlecht. Ich hatte den Eindruck, daß sie mir etwas verheimlichte, sagte aber nichts. In diesem Augenblick kam Marcus in die Küche.
»Hallo, Gráinne. Gut geschlafen?«
Ich nickte. Dunkel erinnerte ich mich daran, wie seine kräfti-

gen Arme mich vor dem Wind geschützt hatten. Er trug einen braunen Wollanzug, und sein Hals wirkte wie eingeschnürt in dem weißen Kragen und dem bedruckten Schlips. Clíona stellte ihm einen Teller mit einem Berg gebratener Proteine hin und goß ihm eine Tasse Tee ein.

»Ach, du bist doch die Beste, Clee«, meinte er und schlang einen Arm um ihre Taille. Sie schubste ihn lachend weg und ging wieder zum Herd. Marcus zwinkerte mir zu. Ich fragte mich, ob sie noch Sex miteinander hatten.

»Du kannst von Glück reden, daß ich überhaupt Zeit habe, Frühstück für dich zu machen, bei dem Zustand, in dem das Hotel ist. Heute morgen kam ein Gast und bat um eine Rolle Toilettenpapier.«

»Ohne dich bricht hier eben alles zusammen«, erwiderte Marcus mit vollem Mund. Ich dachte schon, sie würden zu streiten anfangen, aber Clíona lächelte verstohlen.

»Vielleicht kommt Liam nachher vorbei«, sagte sie zu mir. »Er freut sich, daß du wieder da bist.«

»Wer ist das überhaupt?« fragte ich. »Dein Sohn?«

Clíona lachte. »Um Gottes willen, nein. Deine Mum war mein einziges Kind, aber ich habe dazu noch fast die ganze Bande von Marcus aufgezogen. Die Zwillinge und Tommy wohnen in England, und Stephanie und Mary Louise hast du gestern abend kennengelernt. Sie arbeiten auch im Hotel. Liam ist der Junge von Mary Louise. Ihr seid gleichaltrig. Liam ist nur zwei Monate vor dir geboren. Als du noch ein kleines Mädchen warst, war er dein bester Spielkamerad.«

Gott, ich haßte die Art, wie sie das sagte. Als ob sie alles über mich wüßte!

Marcus ließ das Silberbesteck klirrend auf seinen leeren Teller fallen, lehnte sich zurück und rülpste laut.

»Kannst du dich nicht anständig benehmen?« meinte Clíona,

stand auf und räumte seinen Teller weg. »Deine Enkelin muß ja denken, sie wohne bei einem Ferkel.«
Ich wohne nicht hier, wollte ich sagen. Ich bin nur zu Besuch.

Um zehn Uhr gingen wir zur Messe. Der Weg führte über eine Schotterstraße direkt auf den Kirchturm zu. Vor der Tür scharten sich die Kirchenbesucher und begrüßten einander. Ich wurde allen vorgestellt, und Frauen in unförmigen Kleidern drängten sich um mich. Sie steckten die Köpfe zusammen, als ich weiterging, meinten, ich sähe aus wie mein Vater. Liam stand bei einem Grüppchen von Jungen im Teenager-Alter, die alle Baggie-Jeans wie die Jungen in meiner Schule trugen – Jeans, die so tief herunterhingen, daß der untere Rand ihrer Gesäßtaschen auf Kniehöhe war. Liams Mutter Mary Louise gab mir einen Kuß und meinte, ich sähe »gesund und frisch« aus.
Am Tag zuvor hatte ich sie nur flüchtig wahrgenommen. Sie ähnelte Marcus nicht besonders, hatte zwar rotgoldenes Haar wie er, aber ein schmales Gesicht und eine zierliche Nase. Sie blickte mir offen in die Augen und erschien mir deshalb vertrauenswürdiger als die anderen.
»Hast du meinen Vater gesehen?« fragte ich sie. Sie runzelte die Stirn.
»Nein«, sagte sie. »Und ich bin nicht gerade glücklich darüber.«
Ich hatte keine Gelegenheit, etwas zu erwidern, weil Clíona mich ermahnte, still zu sein, als wir die Kirche betraten.
Der große und hohe Raum wurde durch die bunten Glasfenster mit Bildern frommer Menschen nur schwach beleuchtet. Auf dem glatten, braunen Kirchengestühl lagen blaue und rote Lichtflecken. Vorn, wo schweigend ein Priester in seiner Robe wartete, sah ich eine altertümliche Miniaturstadt mit

weißen gemeißelten Steintürmchen und goldfarben gerahmten Fenstern. In der Mitte befand sich eine reichgeschmückte goldene Tür, die mich an eine eingelassene kleine Schatztruhe erinnerte. Der Geruch von Wachs und brennenden Dochten ging mir durch und durch.
Außer bei der Beerdigung meiner Mutter war ich noch nie in einer Kirche gewesen. Deshalb schaute ich ständig zu Clíona, um zu wissen, wann ich aufstehen, niederknien und den Kopf neigen mußte. Die Leute um mich herum sangen etwas in einer fremden Sprache.

Ár nAthair atá i Neamh, go naofar d-ainm,
Go dtágtar do riocht,
Go nDeantar do thol,
Ar an talaimh mar a nDeantar i Neamh.

»Das ist das Vaterunser auf Irisch«, flüsterte mir Clíona hinterher zu. »Du wirst es schon früh genug lernen.«
»Was ist das Vaterunser?« fragte ich. Sie blickte mich verärgert an.
»Ein Gebet, Kind.«
Ich überlegte, ob es vielleicht ein Gebet für Väter war. Ob mein Vater es mir wohl beigebracht hätte, wenn ich ihn gekannt hätte? Alle naselang sah ich mich zur Tür um, ob er da war.
Plötzlich forderte der Priester die Menge auf, »an Gráinne O'Flaherty zu denken, die zu uns allen zurückgekehrt ist«. Daraufhin nickten Liam und die anderen mir zu, damit ich merkte, daß ich gemeint war. Zuerst war ich nur entsetzt: Ich hatte nicht erwartet, daß man in der Kirche einzelne Personen beim Namen nannte. Aber dann wurde ich wütend. Mein Name war nicht O'Flaherty. Meine Mutter und ich hießen Malley, ohne das O. Für wen hielten diese Leute mich

eigentlich, etwa für ein verschlepptes und verwahrlostes Kind, das in die Zivilisation zurückgekehrt war? Ich ließ mich auf meinen Sitz plumpsen und warf Clíona einen bösen Blick zu, doch sie beachtete mich gar nicht.

Als der Priester mit dem Wasser-und-Wein-Ritual begann, schienen alle um mich herum in ernstes Nachdenken zu versinken. Sie knieten sich auf die gepolsterten Bänke, machten keinen Mucks mehr und legten die Köpfe in die gefalteten Hände. Der Mund meiner Großmutter bewegte sich fast unmerklich wie der des Priesters.

Mechanisch, als ob er es auswendig gelernt hätte, erzählte er die Geschichte vom Letzten Abendmahl. Ich hatte Bilder vom Letzten Abendmahl im Museum of Fine Arts in Boston gesehen. Es waren die Lieblingsgemälde meiner Mutter gewesen, und sie hatte immer neidisch die Männer betrachtet, die um den Tisch versammelt waren. Sie meinte, sie hätte eine Schwäche für Tischszenen – deshalb hatte sie auch so viele Abendessen gegeben und die schlechte Angewohnheit entwickelt, dafür jeweils ein kleines Vermögen im Feinkostladen zu lassen.

Der Priester hob eine Oblate von der Größe seiner Handfläche hoch.

»Jesus brach das Brot, sagte Dir Dank, segnete es und gab es seinen Jüngern mit den Worten: Nehmet hin und esset alle davon. Das ist mein Leib, der für euch hingegeben wird.«

Ein Klingeln hallte durch die Kirche. Als wieder Stille eingekehrt war, sah ich, daß einer der feierlich gekleideten Jungen am Altar versuchte, eine kleine Glocke so behutsam abzusetzen, daß sie nicht erneut läutete. Der Priester brach die Oblate in der Mitte durch, fegte die Krümel in den Weinkelch und stopfte sich die größere Hälfte in den Mund. Dann senkte er den Kopf und kaute mühsam, die Augen geschlossen und die Hände vor sich gefaltet.

Danach goß er Rotwein und Wasser aus Kristallkaraffen in einen goldenen Kelch und hielt ihn vor sich hoch.

»Jesus nahm den Wein, erhob die Augen gen Himmel zu Dir, Gott, seinem allmächtigen Vater, dankte Dir abermals, segnete ihn und gab ihn seinen Jüngern mit den Worten: Nehmet hin und trinket daraus. Das ist der Kelch meines Blutes, des neuen und ewigen Bundes, das für euch und für viele vergossen wird zur Vergebung der Sünden. Tuet dies, so oft ihr es tut, zu meinem Gedächtnis.«

Der Junge läutete erneut die Glocke. Dann nippte der Priester an dem Wein und wischte den Kelchrand mit einem Stofftuch ab.

Ich fand das alles ziemlich seltsam, und außerdem war es mir unangenehm, weil ich nicht wußte, was es bedeutete. Ich betrachtete das scheußliche Kreuz, das über dem Priester hing, den wunden, dürren Körper Jesu, das Blut, das über seine Hände und Füße floß. Er sah halb verhungert aus, so als ob er lange krank gewesen wäre. Das war nicht der Jesus der Abendmahlsbilder, der strahlend am reichgedeckten Tisch saß.

Als es vorbei war (zuvor mußten noch alle außer mir nach vorn gehen und einen Schluck Wein und eine Oblate nehmen), wurde ich »Father Paddy« vorgestellt. Anders als vorhin am Altar war er jetzt nur noch ein rundlicher, glatzköpfiger Mann mit einem freundlichen Lächeln. Trotzdem war er mir nicht ganz geheuer, nachdem er mich so vor allen beim Namen genannt hatte.

»Ich bedaure den Verlust, den du erlitten hast, mein Kind«, sagte er leise, während er mir die Hand schüttelte. Und ehe er noch merkte, daß ich kurz davor war, in Tränen auszubrechen, hatte er sich schon jemand anderem zugewandt. Ich schluckte und holte tief Luft.

Auf einem Messinggestell in der Nische links vom Altar waren lauter Kerzen aufgereiht. Dahinter sah ich die Statue einer Frau. Sie hatte dunkle Ringe unter den Augen und einen flehenden Blick. Um die Statue herum lagen frische Blumensträuße. SAINT BRIGID stand auf dem Schild. Sie sah auch hungrig aus.

»Möchtest du eine Opfergabe darbringen?« fragte Clíona hinter mir. Ich drehte mich um.

»Ich heiße nicht O'Flaherty«, zischte ich giftig, »sondern Malley. Und ich bin nicht das Eigentum dieser Leute, das an seinen Platz zurückgekehrt ist.« Clíona schien beleidigt, aber das war mir egal. Sie hatte es nicht besser verdient.

»Er wollte ja nur, daß du dich hier aufgenommen fühlst. Du kannst den Namen tragen, den du willst.« Sie gab mir eine Zwanzig-Pence-Münze und zeigte mir den Schlitz zwischen den Kerzen.

»Zünde eine Opferkerze an«, sagte sie. »Dieser Stephen hat mir gesagt, daß du Gedichte magst. Brigid ist die Schutzpatronin der Dichter«, fügte sie hinzu und ließ mich stehen.

Kochend vor Wut, stand ich eine Weile da, dann warf ich die Münze ein. Sie schepperte laut in den Kasten. Unter dem Messinggestell lagen in einer kleinen Schublade Streichhölzer und neue Kerzen. Ich stellte meine Kerze genau in die Mitte, zündete das Streichholz an und hielt es an den Docht. Ich wußte nicht, was für ein Opfer ich außer der Münze darbringen sollte. Vielleicht hätte ich ein Gebet sprechen sollen, aber ich kannte keins. Wo ist mein Vater? fragte ich statt dessen die Heilige. Die Kerzenflamme flackerte. Ob meine Mutter jemals hier gebetet hatte, und wenn ja, für wen? Ich blieb stehen, bis das Wachs eine kleine Lache bildete und an der Kerze hinunterrann.

Als ich hinaustrat, standen Clíona und Marcus auf der anderen Seite des Platzes. Sie tuschelten mit dem Priester, der etwas lächerlich aussah, wie er da mit seiner Robe auf dem Kies stand. Er reichte Clíona einen Umschlag, den sie sofort öffnete. Marcus schüttelte den Kopf. Ich ging zu ihnen.

»Jetzt hört mal zu«, sagte ich laut, so daß sie aufschraken, »habe ich einen Vater, oder nicht?«

Clíona seufzte. »Offenbar ist dein Vater in Dublin aufgehalten worden«, meinte sie. Der Priester und Marcus wichen meinem Blick aus. Ich riß ihr das Blatt aus der Hand, und bevor ich es auseinanderfaltete, bemerkte ich, daß der Priester mich merkwürdig ansah, als wisse er nicht, ob er mich schelten oder lachen sollte.

Liebe Clíona,
ich bin nach Dublin gefahren, um etwas für die Zeitung zu erledigen. Im Augenblick fühle ich mich noch nicht in der Lage, Gráinne gegenüberzutreten. In all den Jahren, in denen ich darauf gehofft habe, ist mir nie der Gedanke gekommen, daß Grace nicht selbst kommen würde, um uns wieder miteinander bekannt zu machen. Bitte erklär ihr das.

Seamus

Das war also die Handschrift meines Vaters. Sorgfältig geformte Buchstaben, nach den alten Regeln wie die meiner Mutter. Lange starrte ich auf die Zeilen. Nicht in der Lage, mir gegenüberzutreten. Als wäre es eine Pflichtübung. Eine Störung in seinem sonst so angenehmen Leben.

»Heißt das, er will mich nicht sehen?« fragte ich. Niemand antwortete.

Ich steckte das Blatt in den Umschlag zurück und warf ihn Clíona vor die Brust. Dann ging ich weg, in die entgegengesetzte Richtung vom Hotel.

»Gráinne«, rief Clíona hinter mir her, aber ich drehte mich nicht um.

»Laß sie«, hörte ich Marcus sagen. »Sie wird nicht allzu weit gehen.«

Leck mich am Arsch, dachte ich. Ich kann jederzeit abhauen, wenn ich will.

Der Straße entlang den Klippen folgend, die ich am Abend zuvor entdeckt hatte, gelangte ich zu einem Uferstreifen, der mich an Singing Beach erinnerte. Derselbe knirschende Sand, Algenhäufchen auf den mit Muscheln übersäten Felsen. Ich fragte mich, ob meine Mutter an diesen Ort gedacht hatte, als sie zu Hause in jenem kleinen Zimmer starb.

Ich nahm den Weg, der sich um den Inselvorsprung schlängelte und steil zu verlassenen Feldern hinaufführte. Ringsum nur verfallene Steinhütten, keine richtigen Häuser. Ich konnte das Meer hören und folgte seinem Klang durch das knisternde trockene Gras, bis ich ins Schnaufen kam. Plötzlich meinte ich, ein Klingeln zu hören, aber dann klang es doch eher wie eine Melodie, und als ich den letzten Hügel überquert hatte, sah ich einen Jungen im Gras sitzen, der ein Blechinstrument blies. Er drehte sich um. Es war Liam.

»Tag, Gráinne«, sagte er. Er schien nicht überrascht, mich hier zu sehen – als ob er auf mich gewartet hätte. Mir fiel ein, daß Clíona gesagt hatte, er freue sich, mich wiederzusehen. Vielleicht ist er in mich verknallt, dachte ich, deshalb lächelte ich und setzte mich zu ihm. Seine Sonntagsfrisur war zerzaust, und die Haare fielen ihm dicht wie ein schwarzer Vorhang in die Stirn. Er sah süß aus, nicht ganz so gut wie Stephen, aber fast. Ich spürte wieder jene Erwartung in mir aufsteigen. Etwas Vertrautes, das ich auskosten wollte.

Wir befanden uns an der höchsten Stelle der Insel. Steil fielen die Klippen ins Meer ab. Wegen meiner kurzen Haare war mir die Kälte hier oben unangenehm, und mir schwindelte ein wenig. Liam legte sich auf den Bauch und forderte mich mit einer Handbewegung auf, es ihm gleichzutun. Wir streckten die Köpfe über den Felsrand. Die schwarzen Schichten der

Klippe reichten so weit hinunter, daß man die Tiefe kaum abschätzen konnte. Wie hoch wir waren, konnte ich nur durch die Möwen erkennen, die tief unter uns wie winzige Flusen auf dem Wasser dahintrieben.

»Abends solltest du auf keinen Fall ohne jemanden, der sich auf der Insel auskennt, hier hinaufgehen«, meinte Liam. »Du würdest über den Rand der Welt fallen.« Unsere Arme berührten sich, und ich sah ihn an. Wahrscheinlich diente ihm die Aussicht von hier oben nur als Vorwand, um sich an mich heranzumachen.

»Du guckst ja gar nicht«, sagte er. Also blickte ich wieder hinunter. Die Möwen, es waren bestimmt Hunderte, flogen eigentlich nicht, sondern breiteten nur ihre Flügel aus und ließen sich vom Wind tragen.

Liam setzte sich auf und betrachtete mich, die Ellbogen auf die abgewinkelten Knie gestützt. Ich drehte mich ein wenig zur Seite, damit er die schlimmsten Stellen auf meinem Kopf nicht sehen konnte.

»Erinnerst du dich nicht an mich?« Seine Augen waren so blau, daß man hätte meinen können, sie seien mit dicken Pastellschichten aufgemalt worden.

»Nein«, erwiderte ich und griff nach einem Felsbrocken, der mit hartem, hellgrünem Haar überzogen war. »Erinnerst du dich denn an mich?« Er blickte ernst, dann verzog er das Gesicht zu einem breiten Lächeln.

»I wo.« Er wollte mich also nur testen. »Wie denn? Wir waren doch Babys.«

»Warum sollte ich mich dann erinnern?« fragte ich.

»Kein Mädchen vergißt mich«, meinte er.

»Das hättest du wohl gerne.«

Er wurde rot und bewarf mich mit einem trockenen Grasballen. »Möchtest du ein Lied hören?«

»Willst du etwa singen?« fragte ich spöttisch.

»Oh, ich könnte schon, aber nicht bei unserem ersten Wiedersehen. Dazu bin ich zu schüchtern.« Er zog eine Pfeife mit sechs Löchern und einem blauen Plastikmundstück aus der Tasche. Erst blies er einzelne Töne, dann spielte er eine Melodie. Er war richtig gut, seine Finger bewegten sich mit atemberaubender Schnelligkeit. Die Melodie klang traurig, ein wenig flatternd. Mir gefiel sein Mund, und ich wartete darauf, daß er aufhörte zu spielen und mich küßte.

»Das war ›The Cliffs of Moher‹«, sagte er, als er zu Ende gespielt hatte. »Das ist im County Clare, aber ich muß dabei immer an diesen Ort denken. Die Möwen.« Er deutete auf den Rand der Klippen und spielte noch ein wenig weiter, eine Melodie wie der Flug der Möwen, die sich vom Wind auf und nieder tragen und umhertreiben ließen.

»Wo hast du das gelernt?« fragte ich. Liam wischte das Mundstück an seinem Ärmel ab und steckte die Pfeife wieder in seine Tasche.

»Mein Vater hat es mir beigebracht. Er spielt Fiedel mit den Typen im Pub. Manchmal lassen sie mich nachmittags eine Runde mitmachen. Wenn ich achtzehn bin, darf ich auch abends spielen. Ich spiele dort die Flöte, manchmal auch Gitarre.«

»Du spielst ziemlich gut«, sagte ich. Er stand auf und klopfte sich das Gras von den Hosenbeinen.

»Jeder ist in irgend etwas gut«, meinte er. Ich hoffte, er würde mich fragen, worin ich denn gut wäre, so daß ich »küssen« sagen und ihn packen könnte. Meine Mutter hätte es bestimmt, ohne mit der Wimper zu zucken, getan. Ich fragte mich, ob sein Mund wohl auch so feurig wäre wie der von Stephen, und ob er im letzten Augenblick ebenfalls zurückweichen würde.

Doch leider fragte er: »Soll ich dir die Insel zeigen?«

»Ooch«, sagte ich und blickte zurück zum Hafen. »Wie kommt man dort drüben hin?«

»Zur Burg von Granuaile? Ich hätte mir denken können, daß du dorthin willst; schließlich bist du nach der Königin der Freibeuter benannt.« Ich stand auf und versuchte den Eindruck zu erwecken, daß ich zu jedem Abenteuer bereit war, obwohl ich insgeheim fürchtete, wir müßten hinüberschwimmen.

Als wir unten beim Steg waren, band Liam eins der großen schwarzen Ruderboote mit den hochgezogenen Bugs und den schmalen Rudern los.

»Zu Fuß kommt man nur bei Ebbe hin«, erklärte Liam. »Deshalb nehmen wir das Curragh von meinem Dad. Dad ist jetzt immer mit dem Trawler draußen, aber früher sind alle mit diesen Booten zum Fischen gefahren. Sie haben Riesenhaie, so groß wie Wale, harpuniert und sie dann zum Ufer geschleppt.«

Ich konnte mir nicht vorstellen, mit einem so kleinen Boot draußen auf dem Meer zu sein. Die Wände sahen zwar ziemlich dick aus und waren mit Teer beschichtet, aber besonders stabil wirkte es trotzdem nicht. Ich hörte meine Mutter schimpfen, meine Angst vor dem Wasser sei ja wirklich lächerlich, nachdem sie soviel Zeit damit verbracht habe, mir das Schwimmen beizubringen.

Wir ruderten durch den Hafen zu der vorspringenden Landzunge, wo einsam und verlassen Granuailes Burg stand. Liam war stärker, als es den Anschein hatte. Seine Arme zogen die Ruder durch das Wasser, als wäre es Luft. Wie ein Highway schoß der Hafen an mir vorbei. Schließlich legte Liam in einer Sandbucht an, und ich stieg unbeholfen aus.

Wir kletterten einen Hügel hinauf. Der Grasboden war wie durchlöchert von Sandmulden. Vor uns erhob sich Stück für Stück die Burg, graue, hochaufragende Steinmauern ohne Dach. Das Innere bestand aus einem riesigen Raum mit einem Teppich aus Gras. In die Mauern waren Treppen gehauen, die zu schmalen Gängen im oberen Teil des Gebäudes führten. Im Gemäuer befanden sich Schlitze, gerade so breit, daß man mit einem Auge hinausspähen konnte. Im vorderen Teil, den ich von der Fähre aus gesehen hatte, war ein Stück von der Mauer ausgebrochen. Durch diese Lücke konnte man auf eine steil abfallende Felswand mit spitzen Steinen und die schäumenden Wellen des offenen Meeres blicken. Rechts davon führte eine grasbewachsene Treppe zu einem weiteren Raum, in dem sich zwischen den Bodensteinen winzige weiße Blumen hindurchzwängten.

»Das hier war Granuailes Schlafzimmer«, erklärte Liam. »Eins ihrer Kinder ist hier geboren. Als sie gerade in den Wehen lag, wurde die Burg angegriffen. Ihre Soldaten ließen ihr keine Ruhe und wollten wissen, wie sie vorgehen sollten. Gráinne brachte den Jungen zur Welt, begab sich hinunter zum Kampfplatz und fluchte über die Idioten, die keine zehn Minuten ohne sie zurechtkamen.« Liam lachte auf. »Sie kannte keine Furcht.«

Die, die Angst und Schrecken verbreitet, dachte ich. So wie meine Mutter mich immer haben wollte.

Liam setzte sich in eine Nische in der Wand, die wie eine ehemalige Feuerstelle aussah. Oben war das Gestein etwas heller, und bei genauerem Hinsehen entdeckte ich, daß es ein Relief war. Der Oberkörper einer nackten Frau mit stark hervorstehenden, spitzen Brüsten. Den Kopf hielt sie gebeugt, so daß ihr Gesicht fast vollständig von ihrem Haar bedeckt war. Die Augenlider, die zwischen den Haaren hervorlugten, hielt sie gesenkt wie in Trauer. Die untere Hälfte ihres Körpers fehlte, man sah nur noch den rauhen Kern des Gesteins.

»Das ist eine Meerjungfrau«, erklärte Liam. »Auf der Insel gibt es Unmengen von solchen alten, in Stein gemeißelten Bildern. Als Junge durfte ich sie mir nicht ansehen, wegen der

›pornographischen Brüste‹, wie Nana sagte. Aber meine Freunde und ich sind ständig überall umhergeschlichen und haben alle Titten aus Stein auf der Insel auskundschaftet und genau untersucht.«

»Habt ihr denn hier keine echten finden können?« fragte ich. Es sollte kokett klingen, aber er verstand es offenbar als rein geographische Frage.

»Ach, es gibt auch richtige Meerjungfrauen hier. Die hat's schon immer gegeben. Einige Familiennamen auf der Insel, zum Beispiel meiner und der von deinem Dad, gehen angeblich auf die Nachkommen von Meerjungfrauen zurück, die von Fischern überwältigt wurden.«

»Ach komm!« Für wie naiv hielt er mich eigentlich?

»So erzählt man jedenfalls. Mein Familienname, MacNamara, ist irisch und heißt ›Sohn des Meeres‹. Die Meerjungfrauen schwimmen in eine Art Höhle und singen mit trauriger Stimme, um einsame Männer anzulocken. Und wenn einer dieser Stimme folgt, packt ihn die Meerjungfrau und nimmt ihn mit sich ins Meer. Sie schwimmt ein Stück mit ihm und ertränkt den Dummkopf. Es bedeutet Unglück für einen Fischer, wenn er eine Meerjungfrau sieht, denn das heißt, daß er ertrinken wird – falls sie ihn sich nicht vorher noch schnappt.

Aber hin und wieder gelingt es einem schlauen Mann, eins dieser Geschöpfe zu fangen. Alle Meerjungfrauen tragen nämlich eine rote Zauberkappe, die *Cohullen driuth,* und wenn man sie erwischt, verwandeln sich die Flossen der Meerjungfrau in Beine, so daß sie erst dann ins Meer zurückkann, wenn sie die Kappe wiederbekommt. Deshalb heißt es, die MacNamaras und die O'Flahertys seien aus der Verbindung mit einer Meerjungfrau hervorgegangen. Irgendein Vorfahre aus der Familie hat sie gefangen und zu seiner Braut gemacht, und bevor sie entfliehen konnte, bekam sie Kinder von ihm. Manche sagen auch, daß sie eins ihrer Kinder mit ins Meer genommen und das Mädchen in eine kleine Meerjungfrau verwandelt hat, die nie älter wurde.«

»Das war aber grausam«, warf ich ein. Ich konnte es immer noch nicht so recht glauben, war aber gleichzeitig fasziniert.

»Natürlich hat sie ihren Mann auch geliebt. Aber die Anziehungskraft des Meeres war zu stark, und am Ende mußte sie einfach dorthin zurück.«

»Aber du glaubst das alles doch nicht wirklich?«, sagte ich. Liam zuckte mit den Schultern.

»Es ist egal, ob ich es glaube oder nicht. Es schadet ja nicht. Natürlich ist es nur eine Geschichte.«

»Hast du jemals eine Meerjungfrau gesehen?« fragte ich.

»Oh, nein. Aber ich habe deine Mom immer für eine gehalten.«

»Meine Mutter? Du erinnerst dich noch an meine Mutter?«

»Ein kleines bißchen, ja.« Liam wurde rot. »Mein Dad hat mir Geschichten erzählt, als ich noch klein war, und ich weiß noch, wie deine Mama bei Nana zu Hause war. Sie hatte eine komische Aussprache, fand ich, und ich durfte nicht mit ihr zum Strand, weil sie immer nackt gebadet hat. Sie hatte dichtes rotes Haar und Augen so grün wie Seetang, und immer blickte sie aufs Meer hinaus, als ob sie sich nach etwas sehnte. Es war vielleicht albern von mir, aber schließlich war ich noch ein kleiner Junge. Plötzlich war sie verschwunden, und die Verwandten tuschelten miteinander. Dad sagt, ich hätte ununterbrochen geweint, weil ich glaubte, sie hätte dich mit ins Meer genommen.« Liam schwieg plötzlich, als fiele ihm jetzt erst wieder ein, daß ich zuhörte.

»Ich dachte, du erinnertest dich nicht mehr an mich«, sagte ich. Er zupfte eine weiße Blume aus dem Boden und zwirbelte sie zwischen seinen schmutzigen Fingern.

»Tu ich auch nicht, jedenfalls kaum«, meinte er. Er sah mich

nicht an dabei. »Ich weiß nur noch, daß ich dich vermißt habe.«
Ich stellte mir meine Mutter vor mit ihrem Haar, wie es früher gewesen war. Eine Gefangene in einer Welt, in der alles, was sie sagte, sonderbar wirkte. Und dazu mich als kleines Mädchen, das unter Schreien ins Meer verschleppt wurde.
»Ich wollte, ich könnte mich noch an dich erinnern«, sagte ich. Ich hatte es satt, daß man mir Geschichten von einem Leben erzählte, von dem nichts in meinem Gedächtnis haftengeblieben war.
Liam sah lächelnd zum Himmel und kniete sich vor das Fenster in der Mauer. Als er mir winkte, zu ihm zu kommen, prüfte ich meinen Atem und befeuchtete mir die Lippen. Kniend konnten wir durch den Schlitz in der Mauer aufs Meer hinunterblicken. Ohne mich anzusehen, nahm Liam meine Hand, schlang jedoch seine Finger nicht zwischen meine wie die meisten Jungen, sondern legte seine Hand um meine wie ein Kind. Sie war trocken und warm, und ich empfand es als ganz natürlich, nicht als Annäherungsversuch, der mich in panikartige Erwartung stürzen würde. Plötzlich umwehte mich ein Geruch, den ich kannte, von Rauch und Salz und feuchter Luft, und eine warme Hand, klein und unbeholfen wie die meine, griff nach mir. Liam ließ mich gleich wieder los, aber die Erinnerung war zurückgekehrt.
»Wir sind immer noch Freunde«, sagte er. »Es war nur eine Unterbrechung.«
Das Meer wich allmählich zurück, und ich dachte an Stephens Hände, die meine Finger über die kühlen Elfenbeintasten führten.
Was bedeutet *Dies ist mein Leib, der für euch hingegen wird*? Liam hätte es mir bestimmt sagen können. Warum muß ich dabei an Stephen denken, ans Küssen, an Blutklumpen und an

die Haare meiner Mutter, die wie verlassene Nester im Abfalleimer lagen?
Liam erzählte gerade von Seamus und Clíona und davon, wie meine Mutter die Insel verlassen hatte.
»Es brach ihnen beiden das Herz. Nana arbeitete danach um so mehr, verstehst du. Und Seamus genauso, aber er wirkte noch Jahre danach völlig verzweifelt. Jeden Abend ging er zur Fähre, um seine Post abzuholen, wie er sagte. Aber alle wußten, daß er sich wünschte, dich und Grace auf dem Kai anzutreffen. Und dann, etwa ein Jahr nachdem ihr fortgegangen wart, verschwand er für viele Monate. Die Leute hofften, er sei euch beiden gefolgt, aber er kam allein wieder zurück und verriet nicht, wo er gewesen war.«
»Er möchte mich nicht einmal sehen«, sagte ich. »Er hat einen Brief geschrieben, daß er mir nicht gegenübertreten kann.«
»Ach, ich bezweifle, daß das die ganze Wahrheit ist.«
»Was ist es dann?«
»Ich weiß es nicht.«
Welcher Seamus ist mein Vater? dachte ich. Der Seamus, der aufs Meer hinausstarrt und auf mich wartet? Oder der Seamus mit der säuberlichen Handschrift, der die Flucht ergriffen hat?
Als wir zurückruderten, war es schon dunkel, und der Mond stand über uns wie eine riesige, gemaserte Scheibe, die auf dem Wasser eine glitzernde Lichtbahn hinterließ. Liam paddelte um den Hafen herum, er wollte den Curragh in eine Bucht bringen, die näher am Hotel lag. Das Meer war ruhig hier, aber auch hier hörte man wie aus weiter Ferne das Klagen des Windes, das rhythmisch an- und abschwoll und mich jetzt an Möwen erinnerte, die unter Klippen vorbeisegelten.
»Hörst du das, Gráinne?« fragte Liam, als das Klagen, das über das Wasser hallte, seinen Höhepunkt erreichte. »Das sind die Meerjungfrauen. Sie singen.«

KAPITEL 14

Grace

Nach dem Fest der Willoughbys waren die Stunden in der Schule und die Abendessen mit der Familie nur noch lästige Pflichten, bevor Grace und Michael sich abends endlich am Badehäuschen treffen konnten. Tagsüber war Grace erschöpft, aber abends blühte sie dafür um so mehr auf. In der Schule konnte sie sich nicht konzentrieren, und ihr erstes Zeugnis fiel so schlecht aus, daß Clíona noch Wochen danach immer wieder darauf zu sprechen kam.

»An mangelnder Intelligenz kann es ja nicht liegen, du bist also offenbar nicht ganz bei Trost, daß du solche Noten nach Hause bringst. Dabei kann nur die Schule dir das schöne Leben ermöglichen, von dem du träumst. Streng dich gefälligst an.«

Grace lächelte in sich hinein. Die Schule war nebensächlich geworden. Nur die Liebe zählte, jetzt und für immer. Michael hingegen konnte seine Noten fast mühelos halten, und im November wurde ihm sogar schriftlich mitgeteilt, daß er vorzeitig in Harvard aufgenommen wurde. Grace war die erste, der er es erzählte.

»Ich werde nicht im Wohnheim untergebracht, sondern bekomme eine eigene Wohnung. Du kannst also jedes Wochenende bei mir übernachten.« Grace war begeistert und malte sich schon aus, wie es wäre, wenn sie tun und lassen konnten, was sie wollten.

Das Badehäuschen lag hinter Bäumen versteckt und war vom Haus aus nicht einsehbar. Sobald alle zu Bett gegangen waren, schlichen die beiden hinaus, entzündeten in dem Holzofen ein Feuer und liebten sich bis zur Erschöpfung. Während sie sich auf der Bettcouch vergnügten, knackten die Holzscheite, manchmal so laut wie Gewehrschüsse, so daß sie hochschreckten und sich um so fester aneinanderpreßten. Für den Rest ihres Lebens sollte Grace beim Geruch brennender Holzscheite stets an Sex denken. Wie auch beim Rauschen des Meeres.

So ging es den ganzen Winter über, ohne daß ihnen jemand auf die Schliche kam. Clíona war nicht so wachsam wie sonst, denn sie traf sich seit einiger Zeit mit einem Mann namens Jacob Alper. Grace sah ihn, wenn er ihre Mutter abholte, aber sie machte sich nicht die Mühe, ihn genauer unter die Lupe zu nehmen. Es interessierte sie nicht, was für Männer Clíona gefielen, außerdem hatte sie wenig Vertrauen in den Geschmack ihrer Mutter. Grace konnte sich nicht vorstellen, wo die beiden sich kennengelernt haben könnten, außer vielleicht im Supermarkt – was ihr erbärmlich und altbacken vorkam. Aber sie war froh, daß ihre Mutter ihr an den Wochenenden nicht in die Quere kam.

Als der Bootswart im Frühjahr das Motorboot brachte, konnte Grace es kaum erwarten, endlich wieder schwimmen zu gehen. Endlich würde sie nicht mehr den ganzen Tag im Klassenzimmer oder in der angespannten Atmosphäre des Hauses verbringen müssen, würde ins Meer eintauchen können, wo niemand sie behelligte und sie sich selbst überlassen war. Während sie in ihrem Zimmer saß und so ihren Gedanken nachhing, hörte sie unten plötzlich Geschirr klirren und dann einen Laut, als ob Mrs. Willoughby schreien würde. Das war nichts Außergewöhnliches, und Grace schaute wieder aus ihrem Fenster. Doch nach ein paar weiteren dumpfen Schlägen sah sie Mr. Willoughby mit energischem Schritt über die Auffahrt stapfen. Er stieg in seinen Wagen und fuhr mit quietschenden Reifen davon. Wenig später kam Clíona in die Dachstube hinauf und schloß die Tür hinter sich.

»Was ist denn jetzt wieder los?« fragte Grace schroff. Clíona war puterrot und ganz außer Atem, weil sie die Treppe so rasch hinaufgerannt war.

»Die Frau ist völlig durcheinander.« ›Die Frau‹ war Mrs. Willoughby.

»Das ist ja wohl nichts Neues«, meinte Grace.

»Gerade hat sie etwas gesagt, was mich beunruhigt. Deshalb frage ich dich, ob es stimmt.« Grace verdrehte die Augen, aber Clíona fuhr fort: »Hat Mr. Willoughby jemals ... hat der Mann dich jemals unsittlich berührt?«

»Mr. *Willoughby*?« Grace spie den Namen förmlich aus.

»Die Frau glaubt offenbar, daß du mit ihrem Mann ins Bett gehst. Ich weiß, sie ist nicht ganz richtig im Kopf, aber ich wollte mich vergewissern, daß er dir gegenüber keine Annäherungsversuche gemacht hat.«

»Bestimmt nicht.« Grace mußte ein Lachen unterdrücken.

Clíona schwieg eine Weile. Erleichtert setzte sie sich auf Graces Bett. »Steckst du vielleicht in irgendeinem Schlamassel?« fragte sie. Ihre Stimme klang für ihre Verhältnisse ungewöhnlich freundlich.

»Nein.«

»Wenn es so wäre, dann weißt du hoffentlich, daß du mit dei-

ner Mutter darüber sprechen kannst.« Clíona war offenbar ein wenig unbehaglich zumute.
Die Rolle der verständnisvollen Mutter beherrschte sie nicht besonders gut, fand Grace. »Es ist alles bestens, Mom.«
»Ich wollte nur, daß du es weißt. Daß du jederzeit zu mir kommen kannst.«
»Sicher. Ich werde daran denken.« Grace verkniff sich eine sarkastische Bemerkung. Ihre Mutter war die letzte, der sie sich anvertrauen würde. Clíona würde sie nie verstehen. Grace war jung und verliebt und hatte ihre Zukunft im Kopf, während Clíona an der Vergangenheit klebte. Niemals würde Grace sich in den Sumpf ihrer Mutter hineinziehen lassen.
An jenem Abend wartete sie im Badehäuschen über eine Stunde auf Michael. Als er endlich kam, machte er nicht einmal die Tür hinter sich zu.
»Ich kann nicht bleiben«, sagte er sofort. »Wir müssen es für eine Weile lassen. Meine Mutter sitzt mir im Nacken.«
»Sie glaubt, ich schlafe mit deinem *Dad*«, sagte Grace. Michael nickte.
»Ich weiß. Sie spinnt. Aber ihr Verdacht ist ja nicht unberechtigt. Dad schläft mit allen möglichen Frauen, und du schläfst mit mir. Sie wird dahinterkommen, wenn wir nicht aufpassen.«
»Na und?« fragte Grace. »Im Herbst gehen wir sowieso von hier weg.«
Michael sah sie erstaunt an. »Deine Mom könnte ihre Stelle verlieren«, meinte er. »Und wo willst du dann im nächsten Jahr wohnen?«
Grace hatte sich vorgestellt, daß Michael sie mit nach Harvard nehmen würde, hatte aber nie mit ihm darüber gesprochen. Sie spürte, wie eine gewisse Angst hochstieg, aber sie schluckte nur und lächelte.

»Mir wird niemand was anmerken«, sagte sie. »Ich werde die Unschuld in Person sein.«
»Nun übertreib mal nicht gleich«, erwiderte Michael und küßte sie. Als sie ihre Zunge in seinen Mund schob, grunzte er zufrieden, und sie legte die Arme um seinen Hals, in der Hoffnung, ihn auf diese Weise zum Bleiben zu bewegen. Aber er machte sich los.
»Mom wartet. Sie denkt, ich mache Tee für sie«, sagte er und ging hinaus.

Über zwei Wochen lang mied Michael sie. Wenn er nicht in der Schule war, saß er bei seiner Mutter, die wieder einmal wegen einer eingebildeten Krankheit im Bett lag. Grace schlich trübsinnig durchs Haus und ging allen aus dem Weg. Mr. Willoughby würdigte sie kaum eines Blickes, wenn er ihr zufällig begegnete, und Mrs. Willoughby murmelte jedesmal »Schlampe« oder »Flittchen«, wenn Grace an ihrer offenen Schlafzimmertür vorbeiging. Grace verbrachte die meiste Zeit in ihrem Zimmer unter dem Dach und versuchte vergeblich, den Unterrichtsstoff nachzuholen, den sie so lange vernachlässigt hatte. In drei von fünf Fächern war sie ohnehin schon durchgefallen. Und abends unternahm sie lange Spaziergänge am Strand, um Clíonas besorgten Blicken auszuweichen.
Am letzten Schultag lag Grace mit Halsweh im Bett. Clíona war zum Einkaufen gegangen, und sie war allein mit Mrs. Willoughby im Haus. Sie sollte darauf achten, wenn die Frau ihre Nachttischglocke läutete.
Nachdem Grace den halben Vormittag gedöst hatte, wurde sie von einem fernen, anhaltenden Läuten geweckt. Sie stolperte die Treppe hinunter in Mrs. Willoughbys Zimmer.
»Ja?« Sie blieb in der Tür stehen. Die Wangen mit grellem Rouge beschmiert und über dem Schoß eine gewebte Decke,

saß Mrs. Willoughby in ihrem Schaukelstuhl. Sie sah uralt aus, obwohl sie noch nicht einmal vierzig war.
»Wo bleibst du denn? Ich läute diese verdammte Glocke schon seit zwanzig Minuten!«
»Ich habe geschlafen«, erwiderte Grace. »Ich bin erkältet.«
»Du verlogene Schlampe«, knurrte Mrs. Willoughby. »Du hast mit meinem Mann irgendwo auf der Wiese rumgevögelt.«
»Nach Ihrem Mann würde ich mich nicht einmal umdrehen«, erwiderte Grace und wandte sich zum Gehen.
»Michael hat es mir erzählt. Es ist also zwecklos, es abzustreiten.« Grace dreht sich zu ihr um.
»Was hat er erzählt?«
»Von deiner miesen Affäre mit meinem Mann. Ich nehme an, du bläst ihm einen. Auf so was stehen die Männer ja.«
Grace schwindelte. »Sie lügen. Michael würde so etwas niemals sagen. Er liebt mich.«
Mrs. Willoughby grinste boshaft. »Ach, wirklich? Hat er das gesagt? Was für ein grausames Spiel er doch mit der Tochter eines Dienstmädchens treibt.«
Grace straffte die Schultern und trat auf sie zu.
»Sie verdammtes Arschloch!« sagte sie. Scheinbar schockiert legte Mrs. Willoughby eine Hand vor den Mund. »Wenn Ihr Mann Sie abstoßend findet, dann deshalb, weil Sie es wirklich sind. Mit mir hat das nichts zu tun.« Das letzte Fünkchen Mitleid mit dieser Frau war in ihr erloschen. »Sie sind einfach erbärmlich. Das ist es, was Ihr Mann denkt, und Michael auch. Eines Tages werden die beiden Sie einfach sitzenlassen.«
Beim Anblick von Mrs. Willoughbys Gesicht wurde es Grace heiß und kalt. Die Frau sah aus, als hätte sie soeben erfahren, daß sie sterben würde. Zum erstenmal kam Grace der Gedanke, daß Mrs. Willoughby tatsächlich glaubte, alle hätten es

unfairerweise auf sie abgesehen. Daß sie sich für eine Märtyrerin hielt. Was natürlich kein Wunder war, weil Michael, Clíona, alle sie in diesem Glauben bestärkten. Grace hatte soeben etwas in dieser Frau zerstört und sah förmlich, wie sich die Scherben in Mrs. Willoughbys Verstand – oder das, was noch davon übrig war – bohrten.

»Raus!« brüllte Mrs. Willoughby, stand auf und stieß den Schaukelstuhl nach hinten. Grace rannte hinaus, und als sie die Tür hinter sich schloß, hörte sie, wie etwas dagegen geschmettert wurde und zerbarst. Aber damit nicht genug, als sie die Treppe hinunterging, hatte sie den Eindruck, daß die Frau das gesamte Zimmer kurz und klein schlug; es wäre nicht das erstemal gewesen. Grace wollte auf keinen Fall in Reichweite sein, wenn Mrs. Willoughby herauskam.

Sie schlich durch die Hintertür zum Strand hinunter, zog sich bis auf die Unterhose aus und sprang mit einem Kopfsprung von der Anlegestelle ins Wasser. Es war wohltuend kühl, aber sie wandte das Gesicht doch lieber der Sonne zu und schwamm zügig, bis ihre Muskeln warm wurden. Als sie allmählich zu ihrem üblichen ruhigen Rhythmus fand, bekam sie ein schlechtes Gewissen, weil sie Mrs. Willoughby all diese Dinge an den Kopf geworfen hatte. Grace wußte, wie einem zumute war, wenn die eigene Familie einen ablehnte. Nörgelte Clíona nicht ständig an ihr herum? Kein Wunder, daß Mrs. Willoughby so oft hysterisch wurde. Grace hätte es genauso gemacht, wenn ihr das etwas genützt hätte.

Sie schwamm wohl schon an die zwanzig Minuten, als sie hörte, wie der Motor angelassen wurde. Sie hielt inne, ruderte nur noch mit den Beinen und blickte zur Anlegestelle. Das Motorboot kam in voller Geschwindigkeit auf sie zu, Mrs. Willoughby stand mit wild flatterndem Haar am Steuer. In dem Bruchteil einer Sekunde, bevor die Angst kam, dachte Grace, wie seltsam, daß Mrs. Willoughby so begeistert aus-

sieht – beinahe, als wäre sie seit Jahren zum erstenmal glücklich.
An die nächsten Minuten konnte sich Grace später kaum noch erinnern. Sie wußte nur noch, daß sie untergetaucht war, um dem Schiffsbug auszuweichen, der auf sie zuschoß. Dann wurde sie an den Haaren gepackt und unter Wasser gedrückt, so daß sie keine Luft mehr bekam. Sie zog an dem Arm, und dann hörte sie ein dumpfes Blubbern – offenbar war Mrs. Willoughby ins Wasser gefallen. Grace schwamm, ohne sich umzusehen. Bei dem Gedanken an den eisernen Griff, der sie unter Wasser gedrückt hatte, zitterten ihr die Knie. Als sie das Ufer erreicht hatte und sich umdrehte, sah sie, wie das leere Boot ins offene Meer hinausschoß. Felsenfest davon überzeugt, Mrs. Willoughby würde ihr nachschwimmen, rannte sie, die Arme über ihren nackten Brüsten verschränkt, ins Haus und verriegelte die Tür hinter sich. Sie lief in ihr Zimmer und stieg triefendnaß ins Bett. Weinend verbarg sie sich wie ein Kind unter der Decke und wünschte, ihre Mutter käme endlich. Was sollte sie tun, wenn Mrs. Willoughby sie verfolgte?
Als sie niemanden hörte, versuchte sie aufzustehen. Die Wände um sie hoben und senkten sich, als würden sie atmen, und sie bibberte vor Kälte. Sie legte sich wieder hin, um einen klaren Kopf zu bekommen.

Ihre Mutter beugte sich über sie.
»Grace? Warum liegst du immer noch im Bett? Wo ist die Frau? Ich kann sie nirgends finden.« Grace fing an zu weinen.
»Hat sie denn nicht nach dir geläutet?« fragte Clíona. Grace schüttelte den Kopf, und Clíona strich ihr sanft den Pony aus der Stirn.
»Jesus Christus, du glühst ja.« Sie zog die Laken weg. »Warum hast du nichts an?«

»Mir war kalt«, erwiderte Grace. Wie widersinnig diese Antwort war, merkte sie erst, als sie sie schon ausgesprochen hatte.
»Du hast dir irgendwas eingefangen. Zieh diese Flanellhose an. Ich rufe den Doktor.« Clíona stand auf.
»Mom«, sagte Grace, »laß mich nicht allein, bitte. Bleib bei mir, ja?« Zuerst blickte Clíona sie mißtrauisch an, doch dann wurden ihre Züge weicher.
»Gut, Liebes«, sagte sie sanft. »In ein oder zwei Tagen geht es dir bestimmt besser.« Sie blieb bei ihrer Tochter sitzen, bis sie wieder einschlief.

Grace hatte eine Lungenentzündung. Während sie noch mit hohem Fieber im Bett lag, berichtete Clíona ihr, daß Mrs. Willoughby ertrunken war. Grace weinte wie ein kleines Kind, konnte aber nicht sagen, warum.
»Schhh«, machte Clíona, während sie das Laken glattzog. Sie vermied es, Grace in die Augen zu sehen. »Keine Tränen.«
Zwei Wochen lang blieb Grace in ihrem Zimmer unter dem Dach. Niemand stellte ihr Fragen, und nur ihre Mutter schaute hin und wieder nach ihr. Grace hatte eine furchtbare Angst, daß jemand alles herausfinden und auf den Gedanken kommen könnte, sie hätte die Frau umgebracht. Ihr fiel ein, daß sie ihre Kleider an der Anlegestelle liegengelassen hatte, doch ein paar Tage später lagen sie gewaschen, gebügelt und ordentlich gefaltet in ihrer Kommode. Vielleicht hatte sie sie doch noch schnell zusammengerafft und mitgenommen, als sie zum Haus zurückgelaufen war, aber sie wußte es nicht mehr.
Sie fragte ihre Mutter nach Michael. Er sollte kommen und sie besuchen.
»Der Junge ist in schlechter Verfassung«, meinte Clíona traurig. »Es ist wirklich schlimm. Ich glaube, er macht sich Vor-

würfe. Er hat nach dir gefragt, aber ich glaube nicht, daß er so bald kommen wird. Meistens geht er allein fort.«

Grace hätte alles dafür gegeben, ihn zu treffen, aber Clíona schlief auf einer Liege nebenan. Um in ihrer Nähe zu sein, falls sie etwas brauchte, oder um ein Auge auf sie zu haben? Grace wußte es nicht zu sagen. Sie wollte Michaels Gesicht sehen und sich vergewissern, daß er nicht glaubte, es sei ihre Schuld. Sie wollte ihm sagen, daß alles gut würde und sie, sobald es ihr wieder besser ging, von hier verschwinden konnten. Daß sie schließlich immer noch einander hätten.

Als sie wieder einigermaßen wohlauf war, sah sie ihn wieder. Aber es waren immer nur kurze Begegnungen im Haus, und stets war jemand in der Nähe. Michael vermied es, sie anzusehen, und sie redete sich ein, daß er es wegen seines Vaters tat.

Grace sehnte sich verzweifelt nach jemandem, der sie trösten konnte. Alle glaubten, Mrs. Willoughby habe Selbstmord begangen, aber Grace fühlte sich wie eine Mörderin, obwohl sie nicht einmal im Traum daran gedacht hatte, Mrs. Willoughby umzubringen.

Sie hatte Angst, mit ihrer Mutter darüber zu sprechen, und Michael davon zu erzählen kam ihr nicht einmal in den Sinn. Sie ging in die Kirche, weil sie wußte, daß Priester zum Schweigen verpflichtet waren, und suchte sich einen Pfarrer für die Beichte aus, den sie nicht besonders gut kannte, aber immer als freundlich und ein wenig schüchtern erlebt hatte. Er war Ire, und Clíona hatte regelrecht von ihm geschwärmt.

In dem dunklen Kasten konnte Grace das Pochen ihres schuldbeladenen Herzens hören. Sie bekreuzigte sich, als der Priester das Brett vor dem Sprechgitter zur Seite zog, so daß seine Silhouette mit einem Muster aus Licht und Schatten sichtbar war.

»Ich bitte um Ihren Segen, Father, denn ich habe gesündigt«,

murmelte Grace. »Meine letzte Beichte war vor … vor langer Zeit.«
»Versuche, jede Woche zu kommen, mein Kind«, sagte der Priester. »Wie lauten deine Sünden?« Grace schwieg eine Weile. Sie konnte es nicht einfach herunterrasseln wie sonst, wenn sie beichtete, daß sie gelogen oder älteren Leuten Widerworte gegeben hätte.
»Ich glaube, ich bin schuld am Tod einer Frau, Father.«
Der Priester beugte sich ein wenig vor. »In welcher Weise?« fragte er.
»Hm, sie hat mich angegriffen, im Wasser, und ich bin ihr entkommen. Aber sie ist ertrunken. Ich wußte nicht, daß sie ertrinken würde, ich dachte, sie würde mich weiter verfolgen.«
»Ich verstehe.« Der Priester schwieg eine Weile. Grace hielt den Atem an. Welche Buße wurde einem bei Mord auferlegt? Vielleicht mußte sie jahrelang Gegrüßet seist Du Marias beten. »Es klingt aber nicht so, als wärst du schuld am Tod dieser Frau. Es war ein tragischer Unfall«, sagte der Priester schließlich.
Grace atmete erleichtert aus. Allmählich erkannte sie die Vorteile des Beichtens. Man konnte all seine Vergehen in diesem kleinen Kasten lassen, und der Priester würde sie wegschaffen. So wie sie die Kleider abstreifte, wenn sie baden ging.
»Hast du noch andere Sünden begangen?«
»Hm.« Grace versuchte sich zu erinnern, was alles als Sünde galt. Respektlosigkeit gegen die eigene Mutter wäre vielleicht nicht schlecht, aber meistens ging sie Clíona lediglich aus dem Weg, und sie glaubte nicht, daß das ausreichte für eine Sünde. Sonst hatte sie immer »unkeusche Gedanken« gesagt – eine Formulierung, die die Nonnen ihr beigebracht hatten und die so ungefähr alles abdeckte.
»Wie alt bist du?« fragte der Priester, als sie sich allzu lange Zeit ließ.

»Fünfzehn.«
»Hast du auch Achtung vor dem Körper, den Gott dir geschenkt hat?«
»Ja«, erwiderte Grace voller Stolz und dachte ans Schwimmen.
Der Priester räusperte sich. »Ich meine, bist du noch Jungfrau?«
Grace wurde rot. Darüber hatte sie eigentlich gar nicht reden wollen, aber jetzt, da er es angesprochen hatte, steckte sie ganz schön in der Klemme. Sie überlegte, ob sie lügen sollte, aber einen Priester zu belügen war wahrscheinlich eine noch größere Sünde als Sex.
»Nein, Father.« Sie glaubte einen Seufzer zu hören.
»Hat jemand dich gezwungen?«
»Natürlich nicht.«
»Wie vielen Jungen hast du schon erlaubt, das mit dir zu tun?«
»Ach, bloß einem, Father.«
»Du darfst den Versuchungen des Fleisches nicht nachgeben«, erklärte der Priester. »Ich fordere dich auf, diesen Jungen fortan zu meiden und über dein Seelenheil nachzudenken.«
Damit hatte Grace nicht gerechnet. Buße, das hieß für sie immer nur niederknien und etwas herunterleiern.
»Das kann ich nicht, Father. Ich liebe ihn.«
Diesmal räusperte sich der Priester entrüstet. »Deine Liebe zu Gott muß größer sein.« Das war nicht mehr der tröstende Tonfall von vorher, als sie ihren Mord gebeichtet hatte. Er sprach rasch und stieß die Worte heftig hervor. »Jeder Verkehr mit einem Mann ist eine Sünde, solange du nicht vor Gott verheiratet bist. Ich kann dir nicht die Absolution erteilen, wenn du nicht damit aufhörst. Also schlage ich dir vor, nach Hause zu gehen und darüber nachzudenken.« Er segnete sie und schloß rasch das Sprechgitter.

Grace blieb in dem dunklen Beichtstuhl sitzen, bis sie das Gefühl hatte, keine Luft mehr zu bekommen. Dann verließ sie die Kirche unter den vorwurfsvollen Blicken der vielen in den Bänken knienden Büßer.

In dieser Nacht schlief Clíona zum erstenmal nicht mehr neben ihr unter dem Dach, und Grace schrieb »Umkleidekabine« auf einen Notizzettel und schob ihn unter Michaels Tür. Als sie zum Badehäuschen ging, fühlte sich der sandige Boden fremd und unheimlich an. Sie rollte sich auf der Couch zusammen und wartete auf Michael.

Die Worte des Priesters hallten noch in ihrem Kopf wider. Sie wußte, daß das vorkam – daß jemandem die Absolution verweigert wurde. Im Katechismusunterricht hatte man sie davor gewarnt. Grace hatte immer geglaubt, es könne nur wirklich bösen Menschen passieren, aber offenbar war es leichter, verdammt zu werden, als sie sich vorgestellt hatte. Wenn sie in dieser Nacht starb, würde sie sofort in die Hölle kommen.

Sie schlief unruhig und wachte immer wieder auf. Im Traum sah sie Mrs. Willoughby mit zwei leeren Höhlen im Kopf anstatt der Augen und Seetang um den Hals geschlungen, der sie strangulierte. Hin und wieder fuhr Grace hoch, weil sie meinte, den Türriegel gehört zu haben, aber es war nichts. Schließlich schlief sie tief und fest und wachte in der Morgendämmerung mit einem Gedanken auf, der sie erstarren ließ: *Er ist nicht gekommen.*

KAPITEL 15

Clíona

Ich glaube immer noch, daß Grace heute in Irland leben würde, wenn ich sie früher, als kleines Kind, in die Heimat zurückgebracht hätte. Und wenn sie in späterem Alter wieder in die Vereinigten Staaten gezogen wäre, dann als Irin, die sich für die Auswanderung entschieden hatte, so wie ich damals. Aber ich bin zu lange in Amerika geblieben, so daß Grace ein richtiges amerikanisches Mädchen wurde. Ich bin einfach dort hängengeblieben, wie das eben so geht. Erst konnte ich nicht zurück, weil ich noch nicht genügend Geld beisammen hatte, und dann kam das Kind, und Inis Murúch war damals nicht gerade der geeignete Ort für alleinerziehende Mütter. (Heute ist das natürlich alles anders. Barbara, das Mädchen, das in Marcus' Laden hinter dem Pub arbeitet, ist guter Hoffnung, und das, obwohl sie keinen Mann hat. Vermutlich weiß sie nicht einmal, wer der Vater ist. Zu meiner Zeit nahm man solchen Mädchen das Kind weg, sperrte es wie einen Verbrecher in ein Waisenhaus, oder verschickte es in die Vereinigten Staaten zur Adoption. Deshalb glauben meine Verwandten, Marcus eingeschlossen, daß ich Witwe bin. Ich wollte nicht riskieren, den Zorn dieser kleinen katholischen Gemeinde auf mich zu laden.) Und als dann Mrs. Willoughby krank wurde, konnte ich natürlich auch nicht einfach auf und davon laufen und die Kinder im Stich lassen. Sie brauchten mich, genauso wie ich sie brauchte. Und in Irland hätte ich keine Stelle mehr finden können, die so sicher war wie diese.

Eine Zeitlang, als dieser Jacob Alper mir den Hof machte, dachte ich, ich würde in Amerika heiraten. Er war Jude und anders als die Männer, denen man auf meiner Heimatinsel begegnete. Meinen Vater hätte vor Schreck der Schlag getroffen, wenn er das erfahren hätte, aber es kam nie dazu, daß ich es ihm hätte sagen müssen. Wenn er bereit gewesen wäre, mir zuzuhören, hätte ich ihn davon überzeugen können, wie ähnlich die Juden den Iren sind. Wenn Jacob und ich uns unterhielten, hätte man tatsächlich meinen können, wir entstammten ein und derselben Familie. Aber mein Vater war vom alten Schlag und nicht besonders daran interessiert, seinen Horizont zu erweitern.

Jacob war der Mann in meinem Leben, der meiner kindlichen Vorstellung von der großen Liebe am nächsten kam. Nicht, daß ich Marcus nicht liebe. Er ist mein Mann, und zwischen uns hat es noch nie ein böses Wort gegeben. Aber Jacob war leidenschaftlich. Ich werde heute noch rot, wenn ich an die Dinge denke, die ich diesen Mann habe tun lassen, Dinge, von denen ich nie jemandem etwas erzählt habe, schon gar nicht Grace, die immer alles ganz genau wissen wollte. Mein erstes sexuelles Erlebnis war eine reine Katastrophe, und in meinem Leben mit Marcus geht es in erster Linie ums Geschäftliche, das Vergnügen kommt erst an zweiter Stelle. Jacob rührte etwas auf in mir, etwas Sündiges. Selbst heute träume ich hin und wieder von ihm, und dann schrecke ich aus dem Schlaf auf, voller Angst, ich könnte im Traum geredet haben. Aber Marcus, Gott segne ihn, würde sogar einen Krieg verschlafen.

Ich weiß noch, wie ich einmal nackt auf dem Bett in Jacobs Wohnung lag – nichts in Reichweite, womit ich mich hätte bedecken können, weil wir das Bettzeug weggestoßen hatten – und mir das gar nichts ausmachte. Wir trafen uns meistens dort und liebten uns so oft hintereinander, wie ich es niemals für möglich gehalten hatte – bis es Zeit war, daß er mich nach Hause fuhr.

Ich schämte mich nie vor Jacob, von Anfang an nicht. Aber ich war als Frau sowieso ganz anders als die meisten. Er wollte jeden Zentimeter von mir kennenlernen, und ich ließ es zu und erforschte auch seinen Körper. Zu meiner Schande muß ich gestehen, daß ich mich kaum erinnere, wie er mit Kleidern aussah. Dagegen habe ich immer noch die glatten Vorwölbungen seines Beckens vor Augen und die Haare, die in einem Streifen über seinen Bauch bis hoch zur Brust reichten und dort einen lockigen Flaum bildeten. Er mochte es gern, wenn ich mit den Armen über dem Kopf dalag, während er mich überall küßte. Wenn ich es schließlich nicht mehr aushielt, die Arme ausstreckte und ihn packte, flüsterte er, ich sei sexy. Und es war das einzige Mal, daß ich es wirklich war – ich meine sexy – für jemand anderen und für mich selbst.

Immerhin gelang es mir eine Zeitlang, meine Schuldgefühle abzulegen. Schließlich hatte ich eine Tochter, keine Chance, weitere Kinder zu bekommen, und auch keinen Grund, so zu tun, als wäre ich die reine Unschuld. Als alles vorbei war, war es mir fast eine Erleichterung, zur Beichte gehen zu können und zu vergessen. Wie die meisten Menschen hatte auch mich dieses heiße Verlangen einfach überfallen, aber es ging auch wieder vorbei. Nicht, daß ich etwas bedaure, nein, das kann ich gar nicht. Aber diese leidenschaftlichen Gefühle benebeln einem bisweilen fast genauso die Sinne, wie sie dem Körper eine gewisse Leichtigkeit geben. Man braucht sich ja nur einmal anzusehen, was mit meiner Namenspatronin Clíodhna geschah: ertrunken im Meer wegen ihres unstillbaren Verlangens! Sicher, das ist nur ein Märchen, aber manchmal kann man aus Märchen mehr lernen als aus dem richtigen Leben.

Marcus erschien auf der Bildfläche, als Jacob und ich etwas mehr als zehn Monate zusammen waren. Marcus schrieb mir – es war kurz nach dem Unfall von Mrs. Willoughby – und bat, mich auf seiner Reise nach Boston besuchen zu dürfen. Ich kannte ihn aus der Zeit, als er noch ein Junge war; seinem Vater gehörte das Hotel, und alle Mädchen der Insel hielten Marcus für eine gute Partie. Ich hingegen beachtete ihn damals gar nicht, denn ich hatte nur meine Ausbildung zur Krankenschwester im Kopf. Brigid O'Connor war die Glückliche, die ihn sich schnappte, doch nachdem sie ihm fünf Kinder geboren hatte, starb sie. Ihre Älteste, Mary Louise, kümmerte sich um die Kleinen, so gut sie konnte, aber mein Vater hatte mir geschrieben, daß Marcus wieder heiraten wollte, sobald das Trauerjahr vorüber war. Ich hätte nie gedacht, daß der Mann mich auch nur eines Blickes würdigen würde, aber heute gesteht er, daß er schon damals ein Auge auf mich geworfen hatte, als ich noch ein junges Mädchen war. Er meint, ich wäre zu hochnäsig gewesen, um überhaupt Notiz von ihm zu nehmen, und vielleicht stimmt das sogar. Ich hatte eine hohe Meinung von mir, bevor ich in die Welt hinausging.

Marcus stand also damals mit Blumen in der Hand vor der Tür, brachte Süßigkeiten von der Insel mit und als Geschenk für Grace Handschuhe von den Aran-Inseln. Er blieb einen Monat lang in Boston und rief jeden zweiten Abend an, bis er schließlich um meine Hand anhielt. Ich entschied mich schnell, ohne zurückzublicken, und brach mit Jacob, der sich nicht so ohne weiteres damit abfinden wollte, aber dann doch die Waffen streckte, als er sah, daß mein Entschluß feststand. Natürlich wußte ich, was in meiner Tochter vorging. Zweifellos dachte sie, ich würde Marcus nur wegen dem Hotel und alledem nehmen.

Aber so war es nicht. Marcus ist ein liebenswerter Mensch und keine Last, die ich mir aufgeladen habe. Außerdem wollte ich schlicht und einfach wieder nach Hause zurück. In Boston hatte ich keine Zukunft; Michael ging zur Universität, und die Mädchen waren beinahe erwachsen. Jacob war zwar leidenschaftlich, doch er war Schriftsteller und kein Familienvater. Er liebte mich, gewiß, war aber nicht bereit, Verpflichtungen einzugehen. Man muß immer Entscheidungen treffen, versuchte ich Grace zu erklären, und Kompromisse eingehen. Mir hatten sich in meinem Leben nicht gerade viele Gelegenheiten geboten, ich hatte keine College-Ausbildung, wohl aber einen rebellischen Teenager an meiner Seite. Marcus gab mir meine Heimat zurück. Er bekam dafür eine Mutter für seine Kinder und eine Partnerin für sein Hotel. Es gibt Ehen, die auf weniger festen Grundlagen stehen – und sie sind nicht so glücklich wie unsere.

Grace weigerte sich, die Sache von meinem Standpunkt aus zu betrachten. (Ich frage mich, ob sie heute immer noch so überheblich wäre. Ich habe sie zwölf Jahre lang nicht gesehen, aber es würde mich überraschen, wenn sie nicht die meiste Zeit mit einem Mann zusammengelebt hätte. Gewiß hat sie immer jemanden gehabt, wenn nicht aus Geld- oder Sicherheitsgründen, dann weil sie andere Vorteile daraus zog.) Nach dem Tod von Mrs. Willoughby war sie ein bißchen konfus, und meine Ankündigung, wir würden nach Irland ziehen, machte die Sache auch nicht besser. Dann bekam sie auch noch eine Lungenentzündung und verharrte selbst dann noch in dieser düsteren Stimmung, als sie schon längst wieder gesund war. Deshalb regte sich in mir der Verdacht, daß es mehr mit Mrs. Willoughbys Unfall auf sich hatte, als die anderen vermuteten. Nicht, daß es Graces Schuld gewesen wäre, bestimmt nicht, aber sie wußte mehr, als sie zugab. Ich habe nie ein Wort darüber verloren – und sie auch nicht –, daß ich ihre Kleider auf der Anlegestelle gefunden hatte. Ehrlich gesagt, bin ich mir gar nicht sicher, ob ich alles so genau wissen will. Grace hatte eine dunkle Seite, mit der ich lieber nicht in Berührung kommen wollte.

Aber ich bin nicht so schwer von Begriff, wie sie immer glaubte. Ich merkte, daß sie und Michael etwas miteinander hatten, aber nach dem Unfall war es vorbei damit, das war offensichtlich. Ich habe nie gefragt, wie weit sie gegangen sind, und als ich schließlich dahinterkam, war es zu spät. In gewisser Weise mache ich mir Vorwürfe, daß ich viel zu sehr mit Jacob beschäftigt war, um die Zeichen früh genug zu erkennen. Aber ich hätte sie sowieso nicht davon abbringen können. Wenn ich eins über Kinder weiß, nachdem ich selbst eins großgezogen habe und dazu noch die fünf Stiefkinder, dann das, daß man sie nicht davon abhalten kann, die gleichen Fehler zu machen wie man selbst. Je mehr man es versucht, um so mehr geraten sie einem nach. Ich mag gar nicht daran denken, daß ich Grace vielleicht hätte helfen können, wenn ich nur ein kleines bißchen früher Bescheid gewußt hätte.

Grace drehte völlig durch, nachdem sie erfahren hatte, daß wir nach Irland gehen würden. Selbst ich hätte mir nicht träumen lassen, daß sie so weit gehen würde. Da Michael sie mied, begriff sie ziemlich schnell, daß er nicht der Märchenprinz war. Was sie dazu getrieben hat, zu Jacob zu gehen, weiß ich nicht, aber vermutlich hatte sie keine andere Wahl, abgesehen von Mr. Willoughby, der, wie ich zugeben muß, noch schlimmer gewesen wäre.

Ich war gerade dabei, unsere Sachen für die Heimreise zusammenzupacken, als Grace verschwand. Ich war außer mir. Ich ließ die Polizei nach ihr suchen, und Michael fuhr die halbe Nacht mit dem Wagen seines Vaters die Gegend ab. Zwei Tage lang tappten wir im dunkeln, bis dann Jacob anrief und zu mir sagte, ich sollte kommen und sie holen. Natürlich war ich sprachlos, ließ mich aber von Michael zu ihm fahren.
Jacob führte mich in die Wohnung, und da lag meine Tochter, stockbetrunken und besinnungslos, auf dem Bett dieses Mannes – dem Bett, in das ich immer hineingekrochen war. O mein Gott, war das schrecklich. Jacob ging mit mir in die Küche und erzählte mir flüsternd, was geschehen war.
Das Mädchen hatte versucht ihn zu verführen. Er nannte keine Einzelheiten, beharrte aber darauf, daß sie wild entschlossen gewesen sei.
»Du solltest besser auf sie aufpassen, Clee«, meinte er. »Für eine Fünfzehnjährige weiß sie schon ganz schön gut Bescheid.«
»Du hast doch nicht etwa …«, begann ich, aber er winkte ab.
»Ich bin doch nicht pervers, um Gottes willen! Dein Mädchen ist ziemlich durcheinander. Sie möchte nicht nach Irland, und sie würde sich sogar prostituieren, um es zu verhindern.«
»Wir gehen trotzdem«, erwiderte ich.
»Du bleibst also bei deinem Entschluß?« fragte er. Ich glaube zwar nicht gerade, daß ich ihm das Herz gebrochen habe, aber ich kann mich noch gut an diesen Augenblick erinnern, wie er mich ansah und mich genau an der Stelle unter meinem Ohrläppchen berührte, wo mein schwacher Punkt war. Und ich glaube immer noch, daß er mich geliebt hat. Für eine weniger praktisch denkende Frau, als ich es bin, mag ja die Liebe alles sein, aber meine Entscheidung stand fest. Und auch ein Verführungsversuch konnte nichts daran ändern.

»Hilfst du mir, das Mädchen hinunter zum Wagen zu tragen?« fragte ich ihn, und natürlich war er viel zu höflich, mir das abzuschlagen. Es war das letztemal, daß ich ihn sah. Später erfuhr ich von Maeve, daß er in den Vereinigten Staaten ein ziemlich bekannter Schriftsteller geworden ist.
Michael wirkte ein wenig verlegen auf der Rückfahrt, aber ich meine doch, daß er sich Grace gegenüber letztlich nicht anständig verhalten hat. Soweit ich weiß, hat er sich nicht einmal von ihr verabschiedet. Er war eben noch ein Junge, und Grace hätte wissen müssen, daß sie sich nicht auf ihn verlassen konnte. Und sie begriff nicht, daß er nach dem Tod seiner Mutter Schuldgefühle hatte und sich und Grace deswegen bestrafte. Sie tat mir trotzdem leid, denn ich weiß, daß man sich auf die Männer nicht verlassen kann. Deshalb habe ich Michael nie geschrieben. Aber es war schade, wenn man bedenkt, daß ich ihn einmal wie meinen eigenen Sohn geliebt hatte.
Natürlich tat es mir weh, daß Grace Irland haßte. Da war ich endlich wieder an dem Ort, nach dem ich mich siebzehn Jahre lang gesehnt hatte, auch um meiner Tochter willen, und sie konnte nicht schnell genug wieder von dort verschwinden. Vielleicht war ich zu streng zu ihr, habe zu viel von ihr verlangt. Ich hätte sie bei meiner Schwester in Boston lassen können, obwohl ich Maeve sicher erst dazu hätte überreden müssen, denn Grace war nicht einfach. Aber ich glaubte wirklich, daß es das beste für sie sei, mit mir zu kommen, ein Mädchen braucht doch seine Mutter. Ich wollte nicht, daß meine Tochter irgendwo untergebracht wurde und niemals richtig wissen würde, wo sie zu Hause war. Natürlich ist mir inzwischen klargeworden, daß sie bei den Willoughbys auch nur untergebracht war, zusammen mit mir. Erst in Irland konnte ich ihr ein richtiges Heim geben, aber da hatte sie sich schon viel zu weit von mir entfernt, um es zu merken.

Gott im Himmel, ich werde nie das Gesicht meines Kindes vergessen, als wir im Flugzeug saßen. Wie eine Gefangene, die nach dem Freigang in ihre Zelle zurückgeführt wird. Ich war ziemlich nervös, da ich zum erstenmal flog, und der arme Marcus drehte sich ständig zu uns um und versuchte uns aufzuheitern, obwohl Grace schrecklich grob zu ihm war. Wenn ich damals gewußt hätte, daß es noch viel schlimmer mit ihr würde, hätte ich diesen Flug als einen Augenblick höchsten Familienglücks zu schätzen gewußt.
Kaum waren wir auf Inis Murúch, hatte ich alle Hände voll zu tun. Marcus' Jüngster, Tommy, trug noch Windeln, und Stephanie ging noch nicht zur Schule. Die Zwillinge, Conor und Marc junior, knapp zwölf, manövrierten sich ständig in gefährliche Situationen, so daß ich sie ununterbrochen im Auge behalten mußte. Ich hatte mich um das Hotel zu kümmern, während Marcus für das Pub zuständig war. Mary Louise war mir wirklich eine große Hilfe, und wir kamen so großartig miteinander aus, daß Grace wahrscheinlich eifersüchtig geworden wäre, hätte sie mich überhaupt beachtet. Es war Sommer, als wir ankamen, und Grace hielt sich nur selten im Haus auf. Sie ging viel zum Schwimmen, abends sogar nackt, so daß man schon bald über sie tratschte. Immerhin konnte ich sie dazu bewegen, tagsüber einen Badeanzug anzuziehen. Sie unternahm keinerlei Versuch, Freundschaften mit den Mädchen der Insel zu schließen, nicht einmal mit Mary Louise, die wie eine ältere Schwester für sie hätte sein können. Grace blies nur Trübsal und schrieb Briefe an Michael, bekam aber niemals eine Antwort. Ich ließ sie in Ruhe, damit sie alles verarbeiten konnte, und glaubte, sobald die Schule begänne, würde sie sich wieder fangen. Allerdings beobachtete ich sie sehr genau, um festzustellen, ob sie trank, so wie damals, als ich sie auf Jacobs Bett wiederfand. Aber sie fing nie richtig damit an. Zu meiner großen Erleichterung,

denn ich weiß, daß ein irisches Kind schnell Gefallen am Alkohol findet.
Anfangs teilte sich Grace mit Mary Louise und Stephanie ein Zimmer, die Zwillinge hatten eine Kammer unter dem Dach, und Tommy schlief bei mir und Marcus. Wir hatten nur ein Badezimmer, und es war gar nicht so einfach, Grace dazu zu bringen, sich mit der Toilette zu beeilen. Sie war verwöhnt, weil sie bei den Willoughbys ein eigenes Badezimmer gehabt hatte.
In der Nacht, als Grace krank war, dachte ich erst, sie hätte nur wieder ihren Dickkopf und ließe sich Zeit wie immer. Stephanie stand wimmernd und mit gekreuzten Beinen vor dem Badezimmer, und Mary Louise hämmerte gegen die Tür.
Als ich den Lärm hörte, rannte ich nach oben. »Was ist denn jetzt schon wieder los?« fragte ich. Ich klopfte an die Tür und rief: »Die anderen möchten auch noch gern ins Bad, Eure Hoheit.«
»Laß mich in Ruhe«, erwiderte sie mit gedämpfter Stimme. Ich wußte sofort, daß etwas nicht stimmte, sagte Mary Louise und Stephanie, sie sollten das Badezimmer im Hotel benutzen, und versuchte Grace dazu zu bringen, die Tür zu öffnen.
»Scher dich zum Teufel, Mom«, schrie sie zur Antwort. Sie weinte. Ich hörte sie schlucken und schniefen, und alle zwei Minuten zog sie die Spülung.
»Grace, hör jetzt auf damit. Laß mich rein. Bist du krank?«
Sie bedachte mich mit solchen Schimpfwörtern, daß ich schließlich hinunterging. Inzwischen war Marcus vom Pub herübergekommen, Mary Louise hatte ihm Bescheid gesagt.
»Was ist denn los mit dem Mädchen?« fragte er.
Ich bat ihn, die Kinder für die Nacht zu meiner Kusine Maggie zu bringen. Er ging sofort los und überließ mich meinem Schicksal. Wenn irgend etwas Schlimmes passiert, ist Marcus immer froh, wenn ich mich darum kümmere. Grace war ihm

ein Buch mit sieben Siegeln, trotzdem behandelte er sie immer freundlich.
Ich wartete im Flur vor dem Badezimmer, bis Grace um halb zwölf endlich die Tür öffnete. Sie trug ein Bündel Handtücher und die Badematte unter dem Arm und schlurfte schon zur Treppe, als sie mich wahrnahm. Ihr Gesicht war tränenverschmiert, die Augen geschwollen und blutunterlaufen.
»Was ist los, Grace? Was ist passiert?« Ich legte ihr die Hand auf den Arm, aber sie wich zurück. Die Handtücher waren durchtränkt mit dunklem, klumpigen Blut.
»Herr im Himmel«, flüsterte ich und bekreuzigte mich. »Was hast du gemacht?« Zuerst dachte ich, sie hätte sich etwas angetan, sich vielleicht die Pulsadern aufgeschnitten. Sie fing wieder an zu weinen.
»Es hat einfach nicht aufgehört«, sagte sie. »Ich kann nichts dafür.«
»Hast du eine Fehlgeburt gehabt? Warst du schwanger?« Sie schluchzte nur, aber es war mehr als offensichtlich. »Beruhige dich, es wird alles wieder gut, Grace. Hör auf zu weinen.«
Das Blut war sogar in die Ritzen des Linoleumbodens gesickert. Ich nahm ihr die Handtücher ab. Nachdem sie soviel Blut verloren hatte, war es ein Wunder, daß sie noch aufrecht stehen konnte.
»Ist dir schwindelig?« Sie war totenbleich und starrte ins Leere. Am liebsten hätte ich sie geschüttelt. Warum war sie nicht zu mir gekommen? Ich war ihre Mutter, aber sie hatte mich immer nur wie einen Störenfried behandelt, wie eine Fremde – oder wie ein Dienstmädchen.
Ich gab ihr eine Binde und flößte ihr etwas Tee ein. Sie blutete immer noch, und ich mußte ständig an den Tag denken, an dem sie geboren wurde – und an all das, was ich durch sie eingebüßt hatte: soviel Blut, meine Gebärmutter und die Zukunft, die ich mir ausgemalt hatte.

Ich bat Marcus, Eamon, den Fährmann, zu wecken, damit wir Grace ins Krankenhaus bringen konnten. Ich gab ihr meinen Ehering und erzählte den Ärzten, sie wäre verheiratet. Ein Fehler, wie ich heute weiß. Ich hatte ihr nicht das Gefühl geben wollen, daß ich mich für sie schämte. Hatte ich mich damals nicht in die gleiche unselige Lage gebracht? Aber ich fürchtete, man würde sie dem Jugendamt übergeben oder sie mir sonst irgendwie wegnehmen. Wie sich dann herausstellte, hielt der Arzt uns nur für hinterwäldlerische Inselbewohner, die ihre Tochter zu jung verheiratet hatten. Aber er machte sie wieder gesund und erklärte uns, es gäbe keinen Grund, daß sie es nicht noch einmal versuchte. In gewisser Weise war das ein Trost, aber natürlich nicht so, wie er glaubte. Marcus verlor kaum ein Wort über die ganze Angelegenheit, aber ich vermute, er zweifelte in manchen Momenten an meiner Fähigkeit, Kinder aufzuziehen. Ich zweifelte ja selbst daran. Was für eine Mutter war ich, daß meine Tochter wahllos mit jedem schlief, alles verheimlichte und auf dem besten Wege war, ihr Leben zu zerstören? Lieber Gott, betete ich damals, warum muß sie mir all das nachmachen, wofür ich mich schäme? Ich wollte mit ihr sprechen, sie trösten, aber sie würdigte mich nicht einmal eines Blickes.

Sag mir, was ich für dich tun kann, hätte ich sie angefleht, wenn sie nur ein kleines bißchen Bereitschaft gezeigt hätte, mir zuzuhören. Ich empfand richtiggehend körperliche Schmerzen, als ob ich selbst eine Fehlgeburt gehabt hätte. Ich hatte zu spät angefangen, sie zu lieben, und sie erst nach Irland zurückgebracht, als sie nichts mehr davon wissen wollte. Es war meine Schuld, daß sie jetzt diese Schmerzen litt, und ich spürte das genauso wie sie. Das schlimmste aber war, daß sie mir das nie glauben würde.

Ich brachte sie wieder nach Hause und versuchte noch einmal von vorn anzufangen. Aber sie ließ mich nicht an sich heran, und ich hatte keine Ahnung, wie ich das ändern sollte. Sie blieb in der Schule sitzen, mußte das Schuljahr wiederholen und schaffte auch das nicht. Sie war in einem so miserablen Zustand, daß Marcus und ich in Erwägung zogen, sie ins Krankenhaus zu bringen. Sie brach die Schule ab und ging kaum noch aus dem Haus. Nur manchmal durchstreifte sie die Insel, und wir fanden sie dann schlafend in einer Bucht, den Kopf in Algenbüschel gebettet. Sie verlor rasch an Gewicht, dreizehn Kilo in weniger als einem Jahr. Wie ein Gespenst sah sie aus mit den glänzenden grünen Augen in dem weißen knochigen Gesicht. Ich wußte nicht, was ich mit ihr anstellen sollte. Die ganze Insel sprach über sie, und Marcus' Kinder hatten darunter zu leiden. Mary Louise wehrte sich immer gegen das Getratsche. Niemand sollte über ihre Verwandten herziehen, auch nicht über ihre Stiefschwester. Sie erinnerte mich so sehr an die Grace von früher, daß ich ganz traurig wurde.

Seamus O'Flaherty hat Grace gerettet, ja eigentlich uns alle. Er war damals fünfundzwanzig Jahre alt und gerade erst wieder zu seinem Vater gezogen, nachdem er am Trinity sein Diplom gemacht hatte. Er kam uns besuchen, da er mit Marcus befreundet war und mich noch aus seiner Kindheit kannte. Er war ein gutaussehender Mann, freundlich und klug und humorvoll wie sein Vater. Damals fuhr er tagsüber immer mit zum Fischen hinaus und schrieb in seiner freien Zeit Artikel für die Zeitungen in Galway. Ich erzählte ihm so viel über Grace, wie ich für sinnvoll hielt, und bat ihn, sie hin und wieder zu besuchen.

Gott sei Dank fand Grace Gefallen an ihm. Er ging abends mit ihr auf der Insel spazieren, sie nahm wieder zu und bekam auch wieder etwas Farbe im Gesicht. Sie wirkte immer noch ein wenig abwesend, aber eines Tages hörte ich sie sogar lachen, als sie durch die Eingangstür kamen. Das war ein richti-

ger Festtag für mich – das schönste, was ich seit einem Jahr erlebt hatte. Seamus begann, ihr Nachhilfeunterricht zu geben, so daß sie auch wieder in die Schule gehen konnte.
Ganz egal, wie sie später darüber dachte, Grace liebte diesen Mann mehr, als sie Michael jemals geliebt hatte. Und ich glaube immer noch, wenn Seamus nicht gewesen wäre, hätte ich sie verloren. Selbstmord ist keine Seltenheit auf unserer kleinen Insel, auch wenn niemand darüber spricht.
Am Ende habe ich Grace dann doch verloren. Sie selbst hat dafür gesorgt. Für mich war es, als wäre sie gestorben. Gott sei mir gnädig, aber ich hatte keine Ahnung, wie ich diesem Mädchen eine Mutter hätte sein können. Wenn ich mir Gráinne ansehe, denke ich, daß Grace es richtig gemacht hat. Gewiß, sie hat das Mädchen belogen, aber Gráinne wußte, daß sie geliebt wurde. Und sie wird immer in dieser Gewißheit leben. Die beiden waren nicht nur Verwandte, sondern auch Freundinnen. Das kann ich von meiner Mutter und mir nicht gerade behaupten. Und Grace und ich waren am Ende sogar erbitterte Feinde, obwohl keine von uns beiden das gewollt hat.
Ich kann abends nicht über diese Insel gehen, ohne im Geiste meine Tochter vor mir zu sehen, unerreichbar für mich. Ich habe Grace weder einen Vater noch ein Heim geben können, ja nicht einmal die Gewißheit, daß ich sie liebte. Aber Gráinne kann, so Gott will, all das bekommen. Alles, was ich in diesen vielen Jahren wie eine knausrige alte Frau in meinem Herzen aufgespart und gehortet habe.

KAPITEL 16

Gráinne

Ich mußte warten, bis meine Großmutter und Marcus eingeschlafen waren und kein Laut mehr aus ihrem Zimmer drang. Das dauerte über eine Stunde, und es war fast Mitternacht, als ich endlich unten neben dem Telefon stand. Ich hatte bereits den Hörer abgenommen, da fiel mir ein, daß ich gar nicht wußte, welche Nummer ich wählen mußte, um aus dem Ausland mit zu Hause telefonieren zu können. Ich versuchte es mit der Null, aber die Vermittlung meldete sich nicht. In der Schublade an der Stirnseite des Tisches fand ich ein Telefonbuch, dem ich entnahm, daß ich zuerst die Nummer des Landes wählen mußte. Siebenmal klingelte es, ehe Stephen den Hörer abnahm. Ich hatte die ganze Zeit das Telefon in unserem Ferienhaus vor Augen, obwohl ich die Nummer unserer Wohnung gewählt hatte.

»Ich bin's«, sagte ich, nachdem Stephen sich mit einem müden »hallo« gemeldet hatte. Ich flüsterte fast. »Gráinne.«

Es klickte, dann hörte ich nichts mehr, und ich dachte schon, er hätte eingehängt.

»Gráinne«, sagte er und seufzte. »Was ist passiert?«
»Nichts«, antwortete ich. Ich hatte geglaubt, er würde sich freuen, meine Stimme zu hören, und mir ausgemalt, wie ich den Hörer fest an mein Ohr drückte, während er wisperte: *Ich vermisse dich, Gráinne. Viel mehr, als ich mir jemals hätte vorstellen können.*
»Ich höre ein Echo«, sagte er. »Du auch?«
»Ein Echo?« fragte ich und sah mich rasch in dem dunklen Zimmer um. »Nein.«
»Alles was du sagst, höre ich doppelt«, erklärte Stephen. »Ganz schön nervig. Wie geht es dir?«
»Gut.«
»Gut, gut.« Er kicherte. Kichern paßte eigentlich gar nicht zu ihm. »Ein Junge hat heute abend hier angerufen. Er klang richtig enttäuscht, als ich ihm sagte, du seist nach Irland gezogen.«
»Ich bin nicht hin*gezogen*«, fuhr ich ihn an. Es klickte wieder, dann war es still.
»Stimmt etwas nicht?« fragte er. »Hast du deinen Vater kennengelernt?«
»Nein, nicht direkt«, erwiderte ich. Ich hielt den Hörer ein wenig vom Mund weg, damit er nicht hören konnte, wie ich schluckte.
Als er dann mit sanfter Stimme sagte: »Ach, Gráinne«, kullerten mir die Tränen über die Nasenflügel. »Was ist los?«
»Ich will heim«, erklärte ich. *Heim – heim* hörte er wahrscheinlich. Bestimmt klang es doppelt verzweifelt.
»Du bist doch erst zwei Tage weg«, erwiderte er.
»Na und? Ich will nach Hause.«
»Was erwartest du von mir?«
Bitte, sei nicht so entnervt, dachte ich. »Laß mich … laß mich heimkommen. Dann überleg ich mir, wie es weitergehen soll.«

»Gráinne«, seufzte er. »Du kannst hier nicht wohnen. Ich ziehe um.«
»Du ziehst um?« fragte ich mit piepsiger Stimme.
Er sprach etwas von einem Job als Lehrer und wie schwer es ihm falle, in dieser Wohnung zu sein. Aber ich hörte kaum hin. Ich dachte an den heißen Atem seines Mundes, wie ich ihn eingesogen und Stephen um ein Haar herumgekriegt hatte.
»Ich denke, du bist bei deiner Familie besser aufgehoben«, meinte er.
»Warum hast du mich dann geküßt?« platzte ich heraus.
»Wenn du mich gar nicht bei dir haben willst, weshalb hast du mich dann geküßt?« Als ich es laut aussprach, kam ich mir richtig verwegen vor.
»Gráinne«, sagte er mit Nachdruck in der Stimme, wie ein Erwachsener, der ein Kind rügt. »Ich habe dich nie geküßt.«
»Lügner«, flüsterte ich.
»Es ist einfach passiert«, fuhr er fort. »Wir waren beide durcheinander. Ich weiß nicht, was in dir vorgeht – schließlich hast du gerade erst deine Mutter verloren. Aber eins weiß ich bestimmt: Ich bin nicht der Mensch, den du jetzt brauchst. Hörst du mir zu, Gráinne? Ich kann dir nicht geben, was du erwartest.«
Auf einmal begriff ich, was ich für ihn war: ein naives kleines Mädchen, das ihn anhimmelte. Eine Nervensäge. Lediglich eine Erinnerung an meine Mutter, keinesfalls ein Ersatz für sie. Ich dachte an die Szene am Feuer, begriff, daß ich damals wohl den Eindruck erweckt hatte, ich würde auf ihn warten. Dabei war gar nicht er es gewesen, auf den ich gewartet hatte.
»Dieses Gespräch wird deine Großmutter ein Vermögen kosten«, sagte Stephen.
Ich nickte, um zu zeigen, wie einsichtig ich war. Dabei konnte er mich doch gar nicht sehen.

»Gráinne?« sagte er. »Ich schreibe dir, wenn ich mich in der neuen Wohnung eingerichtet habe. Einverstanden?«
Ich holte tief Luft und erwiderte laut und deutlich, damit sich meine Worte nicht erneut in dem Echo verloren: »Nein, das wirst du nicht.« Dann legte ich auf. Eine Weile starrte ich im Dunkeln auf das Telefon. Es sah seltsam aus, fremd. Ich hatte es tagsüber klingeln hören. Jeweils zwei kurze Töne hintereinander, keine einzelnen langen Klingelzeichen. Verzweifelte, ungeduldige Töne, die mich an das dringliche Klingeln des Telefons in unserem Ferienhaus erinnerten, als ich nicht hatte abnehmen wollen.

»Gráinne«, sagte Clíona, »wenn du nichts ißt, wirst du krank werden.«
Wieder saß ich mit ihr am Frühstückstisch. Die Vorstellung, Jahr um Jahr an diesem Tisch zu sitzen, war grauenvoll.
»Das ist mir egal«, antwortete ich. Ich wollte krank werden. So krank, daß mich alle bedauerten: Stephen, mein Vater, alle.
»Magst du wenigstens einen Saft?« fragte sie. Ich nippte an dem Orangensaft, damit sie endlich die Klappe hielt. Dann schob ich den Stuhl zurück und wollte aus der Küche gehen.
»Was hast du vor?« fragte sie.
»Spazierengehen«, erwiderte ich schroff. »Ist das erlaubt?«
»Spazierengehen?« Clíona lachte. »Es regnet in Strömen.« Ich hatte das gar nicht bemerkt.
»Mary Louise könnte Hilfe brauchen im Hotel«, meinte sie, »falls du nicht weißt, was du tun sollst.«
Ich zuckte die Achseln. Alles war besser, als noch länger in diesem Haus zu bleiben. Clíona ließ mich nicht aus den Augen, als wäre ich eine Gefangene, die jeden Moment Krawall schlagen würde. Sie überwachte mich auf Schritt und Tritt, während mein Vater nicht einmal kam, um wenigstens einen Blick auf mich zu werfen.

»Was ist damals passiert?« fragte ich. »Was hat sich zwischen meinen Eltern abgespielt, daß mein Vater mich nicht einmal sehen möchte?«
Sie reichte mir einen Regenmantel. »Mach dir nicht soviel Gedanken«, entgegnete sie. »Dein Vater kommt schon noch vorbei. Es ist eben, wie es ist. Da nützt es nichts, sich den Kopf über das Warum zu zerbrechen.«
»Das ist der größte Blödsinn, den ich je gehört habe«, entgegnete ich.
Sie preßte die Lippen aufeinander und zwang sich zu einem Lächeln.
»Nun geh«, sagte sie. »Ich habe Mary Louise gesagt, du würdest dich bei ihr melden.«
Eine Stunde lang half ich Mary Louise beim Bettenmachen in den oberen Gästezimmern. Das Hotel ähnelte eigentlich mehr einem Privathaus: Die Betten knarzten, und es gab keine sterile weiße Hotelwäsche, sondern Laken mit Blumenmuster, die zum Teil ein wenig verschlissen waren. In jedem Zimmer hing ein Bild von Jesus, der die Hände an sein übergroßes, strahlendes Herz legte, das mit Dornen umkränzt war. Es ähnelte einer fetten Qualle, die sich im Seetang verheddert hatte.
Mary Louise sagte anfangs nicht viel, sondern beobachtete mich. Nicht mit dem Gefängniswärterblick meiner Großmutter, sondern eher neugierig.
»Weshalb starrst du mich so an?« fragte ich sie schließlich. »Bestimmt denkst du, ich sehe aus wie mein Vater.«
Sie lächelte. »Das haben dir schon viele gesagt, was? Aber ehrlich gesagt, erinnerst du mich mehr an deine Mutter. Du hast Seamus' Teint, aber du bewegst dich ganz wie deine Mum.«
Das hörte ich zum erstenmal. Stephen war einmal nahe dran, etwas ähnliches zu sagen, sprach es aber dann doch nicht aus.
»Bist du mit meiner Mutter befreundet gewesen?« fragte ich

Mary Louise. Sie hatte überhaupt nichts mit meiner Mutter gemein, zumindest äußerlich nicht. Wenn sie Kissen aufschüttelte, wirkte sie wie eine typische Hausfrau. Meine Mutter hatte nie ein Kissen aufgeschüttelt.

»Ich würde sagen, wir waren eher wie Schwestern«, antwortete Mary Louise. »Ich mochte deine Mutter sehr, aber sie fühlte sich hier nie so richtig wohl und war sehr verschlossen. Bestimmt war es nicht einfach für sie, plötzlich in unsere Familie hineingeworfen zu werden.« Sie faltete das frische Laken auseinander und bedeutete mir, das andere Ende festzuhalten. »Wahrscheinlich hatte sie sich ähnlich gefühlt wie du jetzt.«

Darauf sagte ich nichts. Ich wollte kein Mitgefühl von dieser Frau.

»Und mein Vater? War sie mit meinem Vater glücklich?« Mary Louise lächelte und schüttelte den Kopf, als hätte sie gerade das Bild der beiden vor Augen. Ich wurde richtig eifersüchtig.

»Ich habe nie im Leben zwei Menschen gesehen, die so verliebt ineinander waren wie deine Mum und dein Dad«, meinte sie. »Es hatte fast etwas Verzweifeltes. Jeder konnte sehen, wie gern sie einander hatten, nur sie selbst haben es nicht gewußt.«

»Was soll das heißen?« fragte ich. Das klang gar nicht nach meiner Mutter. Sie hatte immer gewußt, wann ein Mann sie mochte, und ihr war stets klar gewesen, wie stark seine Zuneigung war.

»Also, ich selbst war noch nie so verliebt«, erklärte Mary Louise. »Nicht, daß ich meinen Mann nicht lieben würde – ich liebe ihn wirklich. Aber ich gehöre einfach nicht zu denen, die sich in der Liebe zu einem Menschen vollkommen verlieren, verstehst du? Bei Seamus und deiner Mutter war es so. Ich glaube, jeder der beiden war so erschrocken darüber, wie sehr er den anderen liebte, daß er gar nicht erkannte, daß sein

Gefühl erwidert wurde. Ich habe beobachtet, wie sie einander angesehen haben. Es stand ihnen geradezu ins Gesicht geschrieben – Liebe gepaart mit Angst. Diese Art von Zuneigung wirkt nicht sehr beglückend.«

Mary Louise überzog eine Steppdecke mit einem frischen Flanellbezug. Sie erinnerte mich an meine Mutter – nicht mit dem, was sie sagte, sondern wie sie es sagte. So unverblümt.

»Weißt du«, sagte ich, »jeder erzählt mir, was für ein toller Mann mein Vater ist. Aber meine Mutter hat ihn verlassen, und ich wette, sie hatte ihre Gründe. Außerdem möchte er mich nicht einmal sehen.«

Flink knöpfte Mary Louise den Bezug zu und breitete die Decke über das Bett. »Warum Menschen einander verlassen, ist oft schwierig zu erklären. Viel leichter ist es, Gründe dafür zu finden, weshalb sich zwei lieben«, meinte sie. »Vermutlich hätte nur deine Mum eine Erklärung dafür, aber wir können sie nicht mehr fragen. Und dein Dad will dich sehen, das weiß ich. Ich kenne ihn, seitdem ich auf der Welt bin. Glaub mir, es gibt nichts, was er mehr herbeisehnt, als dich zu sehen.«

»Worauf wartet er dann noch? Wenn er mich sehen wollte, wäre er doch hier.« In meinem Kopf erscholl ein Echo: *Wenn sie das wollte, hätte sie die Tür offen gelassen.*

»Wie ich schon gesagt habe, Gráinne: Liebe und Angst sind schlechte Gefährten.« Mit einem Augenzwinkern warf sie mir das Bündel schmutziger Bettücher zu.

So war es auch mit meiner Mutter gewesen: Ich konnte sie fragen, was ich wollte, auf alles bekam ich eine ehrliche Antwort. Nur, daß ich jetzt Fragen über meine Mutter stellen mußte.

Mary Louise sah aus dem Fenster auf die Straße, die hinter dem Hotel weiterführte.

»Dort wohnt dein Vater«, sagte sie und deutete auf ein weißes

Häuschen mit roten Fensterläden. »Da habt ihr drei gewohnt. Auf dieser Insel werden die Haustüren nie abgesperrt.« Sie führte mich zum nächsten Gästezimmer.

Ich nahm den Weg hinter dem Hügel. Auf der Straße hätte Clíona mich gesehen.
Das Haus meines Vaters war klein und eingeschossig wie alle Häuser auf der Insel. Als Zaun dienten drei Pfosten, zwischen denen Stacheldraht gezogen war. Im Vorgarten stolzierten ein paar Hühner umher und ein Hahn, der mich mißtrauisch beäugte. Als ich mit beiden Händen am Türgriff drehte, öffnete sich die Tür mit einem leisen Schnappgeräusch.
Zunächst konnte ich drinnen nichts erkennen. Ich war noch geblendet vom hellen Sonnenlicht. Es roch wie im Haus meiner Großmutter: nach Torf, Kohle, Hefe und außerdem ein kleines bißchen nach Mann. Nach Socken, Rasierwasser, salziger, schwieliger Haut, wie ich es von zu Hause her kannte.
Als meine Augen sich an die Dunkelheit gewöhnt hatten, sah ich mich in dem Raum um. Ich stand in einem Wohnzimmer, das gleichzeitig als Küche diente und an dessen einer Wand, über dem Kamin, ein Jesus mit Quallenherz hing. Überall lagen Bücher herum, stapelten sich neben der Couch und auf dem Tisch. In der linken Wand befanden sich zwei weitere Türen, von denen die eine ins Badezimmer führte und die andere in einen kleinen Raum, der nahezu vollständig von einem Bett voller Quilts und Wolldecken ausgefüllt wurde. Das Schlafzimmer meines Vaters. Einst war es das Schlafzimmer meiner Mutter und meines Vaters gewesen. Bestimmt hatten sie dort Sex miteinander gehabt, anfangs leidenschaftlich, später – als ich als Baby neben ihnen schlief – zurückhaltender.
Beim Anblick des Bettes hörte ich wieder die unterdrückten, melodischen Seufzer meiner Mutter, denen ich in all den Jahren, in denen die Männer kamen und gingen, spätnachts ge-

lauscht hatte. Als es Stephen war, der dieses leise Stöhnen in ihr hervorrief, hatte ich mir ausgemalt, er läge auf mir und die dunklen, unkontrollierten Laute kämen aus meiner Kehle.
In der Wand mit dem Kamin entdeckte ich eine weitere Tür, die ich vorsichtig öffnete, vage hoffend, dahinter jemanden anzutreffen – meinen Vater, meine Mutter, mich.
Dies war ohne Zweifel einmal mein Zimmer gewesen. Unter dem Fenster stand ein Kinderbettchen mit abnehmbarem Gitter und einer Überdecke. Auf ihren Kanten waren schwimmende Fische aufgenäht, und in der Mitte befand sich eine aus blau- und grünschattierten Stofflicken zusammengesetzte Meerjungfrau. Ihr Gesicht war nur ein elfenbeinfarbenes Oval aus Satin, umrahmt von seegrünem Haar. Außerdem stand in dem Zimmer ein weißer Wickeltisch, von dem die Farbe abblätterte, und daneben ein Eimer mit Spielsachen: Legosteine, Puppen aus Wollstoff, Märchenbücher und ein ganzes Sortiment von Muscheln und abgeschliffenen Glasscherben aus dem Meer.
Ich konnte mich an keines dieser Dinge erinnern und zweifelte einen Augenblick, ob es tatsächlich mein Zimmer war. Vielleicht hatte mein Vater noch ein Kind, von dem mir niemand etwas erzählt hatte. Aber dafür waren die Spielsachen zu säuberlich aufgeräumt, und auf der Ablage über dem Wickeltisch lagen keine Windeln. Außerdem drang mir ein muffiger Geruch entgegen, als ich die Bettdecke hob.
Die andere Hälfte des Zimmers diente offenbar als Büro. An der Wand stand ein Schreibtisch mit einem Computer und weiteren Büchern. Die Tischplatte war kaum zu sehen unter den Bergen vollgetippter Blätter, die darauf verstreut lagen. An der Wand dahinter klebten Zeitungsausschnitte und Fotos bis unter die Decke. Ich sah sie mir genauer an. Alle Artikel stammten von meinem Vater, und einige waren bereits sehr alt, das Papier vergilbt und verknittert. Interviews mit

berühmten Persönlichkeiten, die ich nicht kannte, und Politikern, von denen ich noch nie etwas gehört hatte. Ein Bericht über ein vermißtes junges Mädchen aus einer Stadt namens Wicklow, das zuletzt trampend an der Straße gesehen worden war. Eine Anzahl Interviews mit Häftlingen eines nordirischen Gefängnisses, die in Hungerstreik getreten waren. Das interessierte mich. Ich verstand zwar nicht alle Zusammenhänge, aber es handelte sich um Mitglieder der IRA – wovon ich schon einmal gehört hatte –, die eine andere Behandlung verlangten, weil sie sich als politische Gefangene sahen und nicht als Kriminelle. Der Artikel stammte von 1981, aus dem Jahr nach meiner Geburt. Einige der Männer waren gestorben, nachdem sie monatelang keine Nahrung zu sich genommen und vergebens auf die Anerkennung als politische Häftlinge gewartet hatten. Ich fragte mich, ob sie ihr Hungergefühl genossen hatten und davon überzeugt waren, etwas damit zu bewirken, und ob sie auch das Gefühl gehabt hatten, ihr Bauch verzehre allmählich ihren Körper und ihre Erinnerungen. Hatten sie tatsächlich sterben wollen?
Rechts neben den Zeitungsartikeln hingen senkrecht untereinander Fotos – einige von mir als Baby, einige von meiner Mutter. Sie sah aus, als verkneife sie sich ein Lachen, was ihr aber nicht so recht gelang. Ganz unten entdeckte ich ein großes Schwarzweißfoto von einem kleinen Mädchen im Sandkasten. Sie spielte mit einem Teegeschirr und tat so, als ob sie Tee in eine kleine Tasse gösse. Dabei lachte sie. Ihr Gesicht war zur Hälfte von ihren braunen Locken verdeckt. Es dauerte eine Weile, bis ich erkannte, daß ich das war. Aber wie konnte das sein? Das Mädchen war mindestens vier oder fünf Jahre alt. Wie kam mein Vater zu einem Foto von mir, nachdem wir ihn bereits zwei Jahre zuvor verlassen hatten? Hatte etwa meine Mutter ihm eines geschickt?

Der Sandkasten kam mir allerdings bekannt vor. Ich bin nach der Vorschule immer mit meinem Babysitter hingegangen und blieb dort, bis mich meine Mutter auf dem Rückweg von ihrer Arbeit abholte. Sie hatte damals einen Freund, der Fotograf war. Einer jener Freunde, an den ich mich später erinnerte und sie sich nicht. Er hat viele Fotos von mir gemacht. Ich sehe ihn noch vor mir mit seiner Kamera am Auge. Vielleicht stammte dieses Foto von ihm, und meine Mutter hatte es in einen Umschlag gesteckt und über den großen Teich geschickt.

Vielleicht hatte sie heimlich die Verbindung zu meinem Vater aufrechterhalten. Hatte ihm Briefe geschrieben und von mir erzählt, ihm Fotos geschickt, als ich zehn war und die Rechtschreibprüfung mit Auszeichnung bestanden hatte, oder von meiner ersten Tanzverabredung mit einem Jungen, als ich dreizehn war. Doch das erschien mir noch seltsamer als die Vorstellung, daß sie die ganze Zeit über keinerlei Kontakt zu ihm hatte. Wenn sie ihm von mir erzählt hatte, warum dann nicht auch mir von ihm?

Das Foto verschwamm vor meinen Augen, die von salzigen Tränen brannten. Ich hätte auf meine Mutter wütend sein müssen, aber ich war es nicht. Angesichts all dieser Bilder, die mein Vater tagtäglich anschauen konnte, hatte ich nur einen Gedanken: Wenn ich meine Mutter zurückhaben könnte, wenn ich hätte verhindern können, daß die Tumoren sie aufgefressen hätten, dann würde ich jetzt nicht nach meinem Vater fragen. Keine einzige Frage würde ich stellen. Ich würde nehmen, was sie bereit war, mir zu geben, und darüber hinaus nichts verlangen. Denn sie verlieren zu müssen, um das hier zu bekommen – ein leeres Haus, alte Fotos und nur eine schwache Ahnung von einem Vater, der sich vor mir versteckte –, nein, das war es nicht wert.

Als ich aus dem Haus rannte, wäre ich beinahe über Liam ge-

stolpert, der auf der Türschwelle saß. Er lächelte mich an und runzelte die Stirn, als er mich weinen sah.
»Was machst du denn hier?« fragte ich ihn. Ich glaube, ich schrie, denn er zuckte zusammen, wich aber nicht zurück.
»Meine Mum hat gesagt, daß du hier bist«, erklärte er. »Ich wollte nur nach dir sehen.«
»Du brauchst mir nicht auch noch nachzuspionieren.«
»Ich spioniere dir doch gar nicht nach, Dummchen«, entgegnete er. »Ich möchte dich nur zum Tee einladen. Mum hat ihn schon fertig.«
»Weshalb kannst du mich nicht einfach in Ruhe lassen?« fauchte ich ihn an.
Liam blickte mich seltsam an. Obwohl ich es darauf angelegt hatte, ihn vor den Kopf zu stoßen, wirkte er nicht verletzt, sondern eher neugierig, als hätte ich etwas in einer fremden Sprache gesagt.
»Weil wir Freunde sind«, erwiderte er. »Du sollst dich hier zu Hause fühlen.«
»Hier ist nicht mein Zuhause.« Wieder mußte ich weinen.
Liam kramte in seiner Tasche und zog ein zerknülltes Taschentuch hervor. Mit einem sauberen Zipfel wischte er mir rasch das Gesicht ab, ohne jede Spur von Verlegenheit, als wäre er ein Onkel von mir, der das schon unzählige Male getan hatte.
»Es ist dein Zuhause, wenn du es möchtest«, meinte er.
Ich weiß nicht, ob es an seinen Worten lag oder daran, wie er mit den Fingern mein Kinn hielt, aber irgend etwas nahm mir alle Kraft. Ich wollte nicht mit ihm streiten. Ich wollte mit niemandem streiten müssen.
»Ich kann keinen Tee mehr sehen«, sagte ich zu ihm. Er lachte und führte mich über die Straße zu dem Haus, in dem seine Familie wohnte.

KAPITEL 17

Grace

Jedesmal, wenn sie die Decken an sich reißt, schreckt Stephen hoch. Er setzt sich rasch auf und ist sofort hellwach, als hätte er gar nicht richtig geschlafen, sondern unablässig gelauscht. Grace klemmt Decke und Bettücher zwischen die Beine, als wollte sie sich zustöpseln.

»Was ist mit dir?« Stephen versucht, ihre Finger von den zerknüllten Laken zu lösen.

»Seamus«, sagt sie, was sich für Stephen im ersten Moment wie »schamlos« anhört. »Seamus, ich verliere das Baby. Gráinne. Halt sie fest, Seamus. Bitte!« Grace weint und preßt mit den Beinen die zu einem Bündel geballten Laken an sich.

»Ich bin es, Stephen, ich bin bei dir, Grace. Gráinne schläft im Zimmer nebenan. Hast du das vergessen?«

»Hörst du nicht?« schreit sie. »Tu was, Idiot. Ich habe eine Fehlgeburt.«

»Grace, du hast keine Fehlgeburt. Du bist nicht schwanger. Liebes, wach auf, bitte.«

Grace sieht ihn an. Stephen liegt neben ihr, weinend. Sie hat ihn wieder einmal furchtbar erschreckt.
»Ist mit Gráinne alles in Ordnung?« fragt sie. Er zuckt die Achseln, dann nickt er. Sie findet, daß er mitgenommen aussieht. Hat er nicht geschlafen? Sie läßt das Bettzeug los, so daß er sie zudecken kann. Sie erinnert sich wieder. Sie hat keine Fehlgeburt. Sie ist es, die stirbt, nicht Gráinne.
»Es ist kalt hier. Weshalb ist das Bett so naß?«
Stephen untersucht das Bett. Er kann nichts feststellen. »Es ist nicht naß«, sagt er.
»Doch, es ist naß.« Niemandem fällt es auf, nur ihr. »Das Haus ist feucht.« Sie riecht den Schimmel in dem Federbett.
»Kann ich ein Pfefferminz haben?« fragt sie. Sie hat dem ganzen Vormittag erbrechen müssen, jetzt ist ihre Kehle wund, und sie hat einen galligen Geschmack im Mund. Stephen gibt ihr ein TicTac. Sie hatte eher an ein Silvermint gedacht, dieses große, weiße, runde Pfefferminzbonbon, das aussah wie Aspirin für Kinder. So eins, wie Seamus ihr immer gegeben hatte, als sie mit Gráinne schwanger war.
Mühsam erhebt sie sich aus dem Bett. Der Schmerz nimmt ihr fast den Atem. An der Kühlschranktür in der dunklen Küche findet sie eine Notiz ihrer Tochter:

Eine Nixe einen Schwimmer fand
Und wählt sich schnell den Knab,
Schmiegt ihren Leib an seinen Leib,
Lacht', zog ihn rasch hinab.
Vergaß vor hartem Liebesglück:
Selbst Liebende nimmt das Grab.

Gráinne, die das Meer nur von Ferienaufenthalten kennt und es nie als etwas Bedrohliches erlebt hat, träumt offenbar immer noch, sie würde ertrinken. Sie weiß nicht, daß sie von einer Insel stammt, wo das Meer Nahrungsquelle und Fluch zugleich ist. Wo alljährlich Menschen verschwanden, von eifersüchtigen Meerjungfrauen hinabgezogen in die reißenden Fluten.

Grace würde Gráinne am liebsten aufwecken und sie in den Armen halten wie einst, als sie ihr das Schwimmen beibrachte. Den Körper gerade eben über der Wasserfläche, so daß sie sich sicher fühlte. Doch Grace ist selbst dem Ertrinken nahe, ihre Lungen und ihr Mund quellen über vor Schmerzen. Womöglich hätte sie gar nicht die Kraft, Gráinne wirklich festzuhalten, und das Mädchen würde in die Tiefe gezogen. Sie schreibt ihrer Tochter eine Einkaufsliste und schleppt sich zurück ins Schlafzimmer.

Stephen geht ins Bad und holt das Medikament. Rasch überlegt sie, was sie noch sagen möchte, denn sobald sie die Spritze bekommen hat, kann sie die Worte nicht mehr klar formulieren.

»Ich wüßte zu gerne, was sie gedacht hat«, sagt Grace, als Stephen mit der Nadel und der Ampulle zurückkommt.

»Wer? Gráinne?« fragt er.

»Nein, meine Mutter. Ich wüßte zu gerne, was sie gedacht hat.« Sie muß sich auf jedes Wort konzentrieren, denn der Schmerz raubt ihr die Wörter.

»Wann, Liebes? Von wann sprichst du?«

»Was ihre Gedanken waren – die ganze Zeit«, antwortet Grace, als die Nadel in ihr Fleisch dringt. Sie hat das Gefühl zu sinken.

»Ich glaube, ich habe es verkehrt gesehen«, sagt sie. Stephen kriecht neben sie ins Bett. »Ich glaube, es war genau andersherum.«

»Was meinst du damit?« Er streichelt ihr über den Kopf. Hat er das vorher auch schon getan? Es gab einen anderen Mann, der es getan hat, aber jetzt verschmelzen alle zu diesem einen, der neben ihr liegt.

»Ich dachte, ich wäre die Starke.«
Stephen küßt sie aufs Ohr und haucht seinen warmen feuchten Atem über ihr Gesicht. »Aber das bist du doch auch. Du bist stark, Grace.«
An dem Abend der Fehlgeburt mußte sie beim Anblick der blutgetränkten Handtücher an Jesus denken, an die Wunde in seiner Seite und die braunen Rinnsale, die über seine Handflächen rannen. *Das Blut wurde für dich vergossen,* sagten die Schwestern, als sie noch ein kleines Mädchen war. *Jesus hat für dich geblutet.* Hatte sie tatsächlich einmal daran geglaubt?
»Nein«, sagt sie. Sie verliert jeglichen Halt. Sie sieht die bleiche Hand eines Mannes, der ihre Handfläche gegen eine rauhe Mauer preßt. Sie hat das Gefühl, von ihrer Mutter getragen zu werden, aber das kann nicht sein, denn soweit sie sich erinnert, hat ihre Mutter sie kaum jemals auch nur berührt. Nein, es ist Gráinne, die sie auf dem kalten Wasser festhält, und sie möchte sagen: Laß mich hinunter, ich bin schwerer als du! Und dann ist Seamus wieder da. Er liegt neben ihr im Bett, preßt sie so fest an sich, daß sie kaum atmen kann – und doch weiß sie, wenn sie sich aus seinen Armen befreit und ins Meer zurückflieht, wird ihr Körper sich von innen auflösen, eine Masse aus Blut und Brei und Knochen, bis nichts mehr bleibt von ihrer menschlichen Hülle.

KAPITEL 18

Grace

In den fünf Jahren, in denen Grace auf Inis Murúch lebte, fror sie unentwegt, ungeachtet der Jahreszeit. Es war keine normale Kälte, nicht der eisige Wind, den sie von Boston kannte, sondern eine feuchte Kälte, gegen die selbst die zahlreichen Kleiderschichten keinen Schutz boten. Alles war klamm – die Strickjacken aus Lammwolle, die langen Unterhosen, die vielen Socken, die sie übereinanderzog, und die drei Decken auf ihrem Bett. Als wäre sie vollkommen bekleidet schwimmen gewesen und die Zeit, in der sie allmählich wieder trocknete, hätte sich zu einer träge dahinfließenden Ewigkeit ausgedehnt. Als könne sie der Feuchtigkeit niemals entrinnen.

Alle Inselbewohner sprachen darüber, es gehörte zum Leben hier. »In meinem Haus ist es ekelhaft feucht«, hieß es zwar, trotzdem schien es niemanden zu stören. Nur Grace kauerte sich neben das Torffeuer oder legte ihre Unterwäsche über Nacht auf den gußeisernen Ofen. Während sie unablässig vor

Kälte zitterte, als sei sie naß bis auf die Haut, fühlten sich die anderen Familienmitglieder behaglich. Nur wenn sie schwamm, war ihr warm. Sobald sie in das eiskalte Meer eintauchte, kam Leben in ihre Muskeln, und die Wärme loderte in ihrem Inneren wie ein Kohlenfeuer. Diese hartnäckige Feuchtigkeit hingegen, die nicht weichen wollte, verfolgte sie wie ein Fluch, wie die Erinnerung an damals, als sie durchnäßt und frierend vom Wasser weggelaufen war, während Mrs. Willoughby hinter ihr im Meer ertrank.

Sie haßte alles hier. Haßte die Insel, die sie bis in den hintersten Winkel kannte, denn welche Richtung sie auch einschlug, spätestens nach vierzig Minuten stieß sie an die Grenze – das Wasser. Sie haßte Marcus, diesen ungebildeten, sturen Kerl, den ihre Mutter geheiratet hatte, und seine beschränkten Kinder mit ihrem ewigen Puppenlächeln. Ihre Augen, zwei blaue Scheiben in jedem Gesicht, erinnerten Grace ständig daran, daß sie nicht zu ihnen gehörte. Sie verachtete die Einheimischen, die offenbar allesamt mit ihr verwandt waren. Die Inzucht einer entlegenen Kolonie, neugierige, fremde Wesen, die sich in einer kehligen Geheimsprache miteinander unterhielten, ohne die Lippen zu bewegen. Das Essen triefte vor Fett, die Milch schmeckte fremd. Der Himmel schickte entweder schräg einfallende Regengüsse über das Land oder sammelte Kraft für den nächsten Wolkenbruch. Alte, übelriechende Männer schlangen die Arme um ihre Taille, sagten ihr, wie sehr sie ihnen gefiele, und wollten mit ihr im Mondschein spazierengehen. Daß es sich dabei um ihre Großonkel und Vettern dritten Grades handelte, schien keine Rolle zu spielen. Alles und jedes um sie herum rief in ihr den Wunsch wach, in Deckung zu gehen, zu beißen, zu spucken und zu schreien. Ich hasse euch, hätte sie am liebsten den zahllosen Tanten zugerufen, die sich über ihre Schulnoten und Miniröcke das Maul zerrissen. Und ebenso ihrem Stiefbruder Tommy, der noch ein Baby war und jedesmal zu flennen anfing, sobald Grace ihn ansah. Aber am allermeisten haßte sie ihre Mutter, dafür, daß sie sie hierhergeschleppt hatte und jetzt ihrer neuen Familie mit den blauen Augen mehr Beachtung schenkte als ihr.

Grace sehnte sich nach Michael. Wenn sie guter Dinge war, schrieb sie ihm, in der Hoffnung, er werde mit den zwei ersehnten Worten antworten: Komm zurück. Wenn es ihr schlecht ging, fühlte sie sich minderwertig, unfähig, den Geruch ihres Geschlechts wegzuwaschen, den sie jetzt abstoßend, modrig fand. Sie träumte, Michael wäre in ihrem Bauch und würde wachsen, an ihren Eingeweiden befestigt mit Seetang, an dem kleine Bläschen hafteten. Sie erbrach am Morgen, nach dem Mittagessen und zuweilen während des Abendessens. Dennoch kam ihr nie in den Sinn, möglicherweise schwanger zu sein. Ihre Periode war nie regelmäßig gewesen. Wahrscheinlich war es eine ihrer gelegentlichen Perioden im Anfangsstadium.

Es passierte im Schlafzimmer, das sie mit Stephanie und Mary Louise teilte, den Mädchen mit den blauen Augen. Stephanie war erst vier und eines dieser unscheinbaren, in sich gekehrten Kinder, die nicht viel Aufmerksamkeit verlangten. Mary Louise hingegen war eine Plage. Clíona mochte Mary Louise wegen ihres Verantwortungsbewußtseins und ihres angenehmen Wesens. Und Grace verachtete sie gerade deshalb.

An jenem Abend ordnete Mary Louise ihre Schallplatten, und Grace lag auf ihrem feuchten Bett und betrachtete den gelben Wasserfleck an der Zimmerdecke. Sie verspürte ein Ziehen im Unterleib, der Schmerz schwoll an und ließ wieder nach wie eine Blutdruckmanschette.

»Welche Musik hörst du gerne?« fragte Mary Louise. Grace würdigte sie keines Blickes.

»Warum?« fragte sie pampig.

»Och, ich bin nur neugierig«, erwiderte Mary Louise. »Es könnte ja sein, daß du irgend etwas gerne hörst, das mir auch gefällt.« Grace setzte sich auf und zog ihre kalten Finger in die Ärmel ihres Nachthemds.

»Wie kommst du darauf, daß es zwischen uns Gemeinsamkeiten geben könnte?« fragte sie. Mary Louise lächelte sie nur gutmütig an.

»Aber wir sind doch jetzt Schwestern, oder nicht?« meinte sie. »Also haben wir bestimmt etwas gemeinsam.«

»Was immer das heißt«, antwortete Grace und erhob sich. Mary Louise sah sie an und wurde rot.

»Du hast da was«, meinte sie und deutete auf Graces Nachthemd. Grace drehte den Kopf und entdeckte auf dem geblümten Stoff einen rotbraunen Fleck.

»Mist«, sagte sie. Wieder setzte ein Krampf ein, und sie spürte etwas Weiches, Dickflüssiges in ihrer Unterwäsche.

»Brauchst du eine Binde?« fragte Mary Louise, aber Grace achtete nicht auf sie und ging ins Bad.

Eine Stunde lang blutete alles aus ihr, eine rote gallertartige Masse ergoß sich in die Toilette. Sechs Handtücher waren bereits vollkommen durchtränkt. Und es hörte nicht auf. Ein Klumpen war so groß, daß sie glaubte, er enthielte eines ihrer Organe, dem nun nach und nach alle anderen folgen würden. Sie ignorierte das Klopfen und Rufen ihrer Stiefschwester, die ins Bad wollte, und als ihr dann auch noch ihre Mutter durch das Schlüsselloch etwas zurief, antwortete sie mit wüsten Beschimpfungen. Schließlich wurden die Blutungen schwächer, und sie verließ das Bad vollkommen benommen. Als Clíona die Handtücher sah, sagte sie zu Grace, sie habe eine Fehlgeburt gehabt.

»Ich konnte das Blut nicht aufhalten«, rief Grace weinend. Grace wünschte sich damals, ihre Mutter würde sie umarmen. Sie brauchte ihren Trost, ihr Verzeihen, jemanden, der den

Dreck wegwischte, der aus ihr geflossen war, damit alles wieder war wie zuvor.
Aber ihre Mutter war unnahbar. Sie reagierte mit einer Mischung aus Scham und Ärger. Als gehe sie das alles nichts an. Grace war für sie wie die Flecken auf den Handtüchern: ein Kind, das sie nie gewollt hatte. Sie sah sie mit zusammengekniffenen dunklen Augen an und sagte nur: »Hör endlich auf zu weinen.« Und dann war Grace plötzlich allein. Ihre Mutter brachte sie zum Arzt. Sie mußte einen Ehering anstecken. Im Wartesaal des Krankenhauses glaubte Grace, auf dem Gesicht ihrer Mutter eine Gefühlsregung zu entdecken. So etwas wie Angst oder vielleicht sogar Reue. Aber nur für einen Augenblick. Später vergaß Grace es wieder. Es war ohnehin nicht das, was sie sich gewünscht hatte.
Den Winter nach der Fehlgeburt verbrachte sie in einem Zustand völliger Gefühllosigkeit, ohne jegliche Verbindung zum Leben außer der klammen Feuchtigkeit, die sie in Bewegung hielt. Als sie sich später daran erinnerte, dachte sie, daß dies wie das Jahr war, in dem sie gestorben war. Leere ohne Frieden, das ziellose Fortschreiten der Zeit. Nach außen hin gefühllos, aber im Inneren vergiftet von einer Angst, die unerbittlich wie ein Tumor wuchs. Sie aß nicht, sie schlief nicht. Tagsüber vergaß sie, daß es auch die Nacht gab; des Nachts war es ihr, als hätte sie seit Jahren die Sonne nicht mehr gesehen. Ihre Mutter und die Familie mit den blauen Augen waren unsichtbar – oder vielleicht war Grace unsichtbar, und die anderen waren wie immer, lebendig. Wann immer sie schwimmen ging, versuchte sie sich zu ertränken, aber da sie eine gute Schwimmerin war, wehrte sich ihr Körper. Er kam immer wieder an die Oberfläche, so sehr sie auch dagegen ankämpfte. Sie besaß weder Kraft zum Leben noch zum Sterben. Manchmal kam es ihr vor, als hätte etwas von ihr Besitz ergriffen, als klammere sich ihr gallertartiges Baby an ihrer

Seele fest und zöge sie hinunter in ein Grab, in dem sich die Erde von den Wänden löste und ihr Nase, Mund und Augen wie eine eklige süße Masse zustopfte.

Als sie Seamus O'Flaherty zum erstenmal begegnete, war ihr, als risse der dichte Schleier, der sie umhüllte, gerade so weit auf, daß sie ihn wahrnahm. Zum erstenmal seit einem Jahr sah sie einen Menschen mit klaren, markanten Gesichtszügen und einer Hautfarbe, die diese Bezeichnung überhaupt verdiente. Man mußte ihn einfach ansehen. Über den Ohren und im Nacken ringelten sich die glänzenden schwarzen Haare; das Gesicht strahlte so hell, als verberge sich unmittelbar dahinter der Mond. Die dunklen warmen Augen wirkten weich und in sich ruhend, als ob sie das Licht einfingen, um sich dann wieder davor zurückzuziehen. Als er sie anlächelte, löste sich die innere Starre in ihr, und die Angst, die sich wie ein Knäuel in ihr zusammengeballt hatte, schmolz und schaffte Raum.

Sie war unfähig, mit ihm zu sprechen. Sie hätte es gerne getan, befürchtete aber, alle Wörter könnten zu einem unverständlichen Klagelaut schrumpfen. Sie hatte das Sprechen verlernt, und die Laute, die in ihrer Kehle steckten, waren zu häßlich, als daß sie ihnen freien Lauf lassen wollte. Anscheinend war er von ihrer Mutter gewarnt worden, denn er forderte sie nicht auf zu reden. Er sprach für sie beide und auf eine Art, die alles ganz natürlich erscheinen ließ.

Er zeigte ihr die Strände und erzählte ihr die Märchen von Inis Murúch, sprach von den unheilvollen Meerjungfrauen, die in den Augen der Inselbewohner sündige Geschöpfe waren, weil sie die Männer zur Lust verführten. Seine Stimme war unnachahmlich, jedes Wort eine Liebkosung, jeder Satz endete wie eine ansteigende Welle.

»Es heißt, die Seejungfrauen singen ihre traurigen schönen Weisen in der Hoffnung, einsame Fischer anzulocken«, erklärte er ihr. »Sie verführen und lieben den Mann im Meer, wobei der Dummkopf natürlich ertrinkt. Dann verschließt die Meerjungfrau seine Seele in einem Käfig, den sie in ihrem Salon aufbewahrt.«

Seamus führte Grace in die Höhlen, damit sie dem Gesang der Meerjungfrauen lauschen konnte, diesem Wehklagen, das sie für das Heulen des Windes hielt und das dem schmerzenden, unartikulierten Laut glich, der in ihrer Brust widerhallte.

»Als ich noch ein kleiner Junge war«, sagte Seamus, »erzählte mir meine Großmutter die Geschichte von Muirgen, einer schönen Meerjungfrau mit dunklem Haar, die verführt worden war und vom Meer weggelockt wurde. Wenn sich eine Meerjungfrau in einen Mann verliebt, dann erwirbt dieser Mann die Fähigkeit, sie ans Ufer zu tragen, wo sich ihr gespaltener Schwanz in Beine verwandelt. Muirgen hatte sich in meinen Ururgroßvater Pádraig verliebt. Sie heirateten und bekamen neun Menschenkinder. Es heißt, sie hätten eine Zeit in Glück und zärtlicher Zuneigung verbracht. Doch Muirgens Sehnsucht nach dem Meer war übermächtig, und so stellten Pádraig und seine Kinder eines Morgens fest, daß Muirgen sie verlassen hatte. Ihr einziges Kleid hing wie eine abgeworfene Haut über dem Herd. Pádraig sah seine Frau nie wieder, aber die Kinder erhaschten in ihren Träumen einen Blick auf sie, wenn sie den Kopf mit dem tropfnassen schwarzen Haar über ihre Betten neigte.« Seamus melodisches Lachen hallte von den Klippen wider. Er blickte auf das dunkle Meer hinaus, und Grace hörte, wie die Schaumkronen der Wellen unentwegt über den Sand brandeten.

»Man sagt, es bringt einem Fischer Unglück, wenn er eine Meerjungfrau sieht. Es bedeutet, daß er noch am selben Tag ertrinkt. Doch als ich geboren wurde, meinte meine Großmutter zu meinem Vater, ich würde ihm Glück bringen, weil ich etwas von Muirgen hätte, was die Meerjungfrauen davon abhalten würde, mich zu verführen. Deshalb fahre ich immer

noch mit meinem Vater aufs Meer hinaus, obwohl ich eigentlich andere Pläne für mein Leben habe. Er redet sich gerne ein, daß er mich braucht, vor allem weil ich das einzige Kind bin und Mutter bei meiner Geburt gestorben ist. Aber ich tue es gar nicht so ungern. Ich liebe das Meer.«
Manchmal sprach Seamus Irisch, das sich wie ein trauriger, kraftvoller Gesang anhörte. Eine Sprache, die Tote wiedererwecken konnte und die gefährlichsten Meerjungfrauen aus dem Meer auftauchen ließ. Wie der nicht in Worte zu fassende Monolog, der in Graces Kopf summte.
Dieser Mann hatte für sie etwas Unwirkliches. Unmöglich, ihn anzufassen, um zu sehen, wie er reagierte. Er bestand nur aus einer Stimme, einem leuchtenden Gesicht und makelloser Haut im Nacken. Wenn er ging, schien er über dem Boden zu schweben, und sein Gesicht strahlte so hell, daß sie die Augen zusammenkneifen mußte. Wie ein Engel, dachte sie. Genau wie der Vater, den sie sich in ihrer Kindheit immer als Engel vorgestellt hatte.
In der Johannisnacht nahm Seamus sie zu den Sonnwendfeuern mit. Die Inselbewohner hatten bereits vor Wochen begonnen, riesige Scheiterhaufen zu errichten, und versuchten, sich dabei gegenseitig zu übertrumpfen. Alles mögliche diente ihnen als Brennmaterial: Möbelstücke, Traktorreifen, Treibholz, alte Zaunpfähle. Auf der Insel gab es keine hohen Bäume, nur knorrige Sträucher, die der Wind zusammengestaucht hatte. Daher behalfen sich die Bewohner damit, alles zu verwenden, was brannte. Die Flammen loderten haushoch. Das Feuer krachte laut und spie rote Funken in die Luft. Bei diesen Geräuschen erfaßte Grace eine schreckliche Sehnsucht nach Michael, und sie wollte schon näher an die Flammen gehen, doch Seamus hielt sie zurück. Sie hoffte, die Flammen würden sie wärmen, doch nur ihr Gesicht glühte vor Hitze, ihr übriger Körper blieb klamm. Zischende Feuerzungen schlängelten

sich ihr aus der Mitte entgegen. Seamus zog sie von einem Feuer zum nächsten, so daß sich ihr Gesicht zwischendurch immer wieder abkühlte und feucht wurde. Es dauerte Stunden, bis die Sonne unterging. Selbst um halb elf war es noch hell. Grace malte sich aus, daß es auf der Insel nie wieder dunkel würde und sie den ganzen Tag die Sonne sähe.
Als die Sonne schließlich von der Nacht verschlungen war, fuhr Seamus Grace in einem Curragh quer durch den Hafen. Der Mond schien auf seinen Rücken und umgab ihn wie einen Glorienschein. Sie betraten die Burg und spazierten mit bloßen Füßen über den Grasteppich. Er erzählte ihr von den Abenteuern der Freibeuterin Granuaile, die in heidnischer Zeit über den Westen Irlands geherrscht hatte. Grace kannte diese Geschichten von ihrer Mutter, aber das konnte sie ihm unmöglich sagen. Er führte sie in das Schlafzimmer der Königin und zeigte ihr die Meerjungfrau, die über dem Kamin in Stein gehauen war. Ihr Schwanz teilte sich in der unteren Hälfte in zwei stark gebogene Flossen, und das Haar fiel ihr in Locken aus Stein übers Gesicht. Seamus nahm Graces Hand und führte sie über die spitzen Brüste der Meerjungfrau. Dann forderte er sie auf, sich zu bekreuzigen. Mechanisch machte sie das Kreuzzeichen, wie sie es all die Jahre beim Besuch der Messe getan hatte. Dabei sprach Seamus: »Im Namen des Vaters, des Sohnes und des Heiligen Geistes. Amen.«
»Das wird dir helfen«, sagte er. Er schob Grace die Locken aus dem Gesicht, und strich sie ihr hinter die Ohren. »So heißt es wenigstens. Auf alle Fälle kann es nicht schaden.«
»Mir ist kalt«, sagte sie mit bebender Stimme, als hätte sie Halsschmerzen. »Es hört nicht auf. Mir ist unentwegt kalt.«
Seamus setzte sich auf den Boden, den Rücken an den Schwanz der Meerjungfrau gelehnt. Er zog Grace zu sich auf den Schoß wie ein kleines Kind. Sein Hemd lag warm und trocken an ihrem Gesicht. Er blies seinen heißen Atem über

ihre kalten Finger und rieb sie zwischen den Händen. Sie fand es unnatürlich, daß von seinem Körper soviel Hitze ausströmte. Nicht einmal bei Michael war es so gewesen, während sie miteinander Sex hatten. Seamus glühte wie die Scheite im Innern des Sonnwendfeuers. Gierig sog ihr Körper die Wärme auf, bis sie völlig trocken war, und danach erschien er ihr noch wärmer als vorher.

Als Seamus sie zu Hause absetzte, blieb er an der Tür stehen und wischte ihr mit dem ausgefransten Ende seines Schals den Rücken ab.

»Versuch nicht den Eindruck zu erwecken, ich hätte dich im Gras aufs Kreuz gelegt, klar?« sagte er. Grace lachte. Sie empfand dieses Lachen wie den Moment, nachdem man erbrochen hat. Wenn einem die Kehle schmerzt und man im Mund einen bitteren Geschmack hat, aber weiß, daß man die Übelkeit los ist, und sie sich, sobald man sich die Zähne geputzt hat, in reine Erinnerung auflöst.

KAPITEL 19

Gráinne

Die restlichen Augusttage wartete ich, während mein leerer Magen immer mehr zusammenschrumpfte, auf meinen Vater.
»Er kann jeden Tag auf dem Schiff sein«, sagte Clíona. Und ich ging morgens zur Fähre, wenn sie mit den Inselbewohnern und der Post abfuhr, und abends wieder, wenn sie mit der Post und den Inselbewohnern anlegte.
In den Stunden dazwischen brachte ich Liam das Schwimmen bei. Er hatte mir in der Bucht erzählt, daß er nicht schwimmen könne. Nie sei er weiter als bis zur Taille ins Wasser gegangen.
»Gehst du denn nicht mit deinem Vater zum Fischen?« fragte ich ihn.
Obwohl er so gut mit dem Curragh umgehen konnte, schien er sich im Wasser unwohl zu fühlen.
»Doch«, sagte er, »aber er kann auch nicht schwimmen.«
»Das darf doch nicht wahr sein. Ihr wohnt auf einer Insel und könnt nicht schwimmen?« fragte ich ungläubig. Liam zuckte

die Achseln. Sein Oberkörper hatte sich bläulich verfärbt und war mit einer Gänsehaut überzogen.
»Ich glaube, Seamus ist der einzige Fischer, der schwimmen kann«, sagte Liam. »Und deine Mutter war die einzige auf der Insel, die aus Spaß ins Wasser gegangen ist. Außer den Touristen im Sommer natürlich.«
»Ihr habt Strände noch und noch, und keiner geht zum Baden?« fragte ich. »Was für eine Verschwendung.«
»Wir sehen das ganz anders«, meinte Liam. »Das Meer ist für uns Lebensunterhalt und kein Spielplatz.« Ich strampelte im Wasser mit den Beinen, und immer wenn es ein bißchen spritzte, wich er zurück.
»Und was ist, wenn du in deinem Curragh sitzt, und es kentert?« fragte ich.
»Dann ertrinke ich wahrscheinlich. Aber darüber habe ich noch nie nachgedacht.«
»Wenn ich dir das Schwimmen beibringe, kannst du nicht mehr ertrinken. Ich hatte immer Angst vor dem Ertrinken, bis meine Mutter mich gezwungen hat, es zu lernen.« Das war natürlich gelogen. Ich vermied es, an Stellen ins Wasser zu gehen, wo ich nicht stehen konnte. »Ich zeig's dir. Du wirst sehen, es macht Spaß.«
Liam willigte zwar ein, wirkte aber nicht besonders begeistert. Am ersten Tag zeigte ich ihm, wie man sich über Wasser hält, indem man mit den Beinen strampelt. Es wollte ihm aber nicht so recht gelingen. Er tauchte ständig unter, geriet in Panik und suchte, wild planschend, festen Grund. Ich überlegte, wie meine Mutter es mir beigebracht hatte, und sagte ihm, er solle sich flach aufs Wasser legen, wobei ich meine Hände unter seinen Rücken hielt, damit er keine Angst bekam. Offenbar war das mehr nach seinem Geschmack.
»Ich mag das Geräusch, wenn die Wellen in den Ohren plätschern«, meinte er. »Ich kann den ganzen Ozean hören.« Es

war schön, ihn so zu halten. Es erinnerte mich an Stephen und die Klavierstunden, und außerdem war es ein guter Vorwand, um ein bißchen mehr auf Tuchfühlung zu gehen. Aber Liam kam offenbar gar nicht auf den Gedanken, daß dies ein Annäherungsversuch war. Jedenfalls unternahm er rein gar nichts in dieser Richtung. Es war wirklich zum Verrücktwerden. Noch nie hatte ich solange warten müssen, bis ein Junge mich haben wollte.

Ich forderte ihn auf, die Luft anzuhalten und sich mit mir auf den Meeresboden zu setzen. Dabei hielt ich seine Hand und beobachtete ihn. Er hatte die Augen geschlossen und blies die Backen auf. Seine Haare trieben wie schwarzer weicher Seetang der Wasseroberfläche entgegen. So würde ihn eine Meerjungfrau sehen, wenn sie ihn ins Wasser gelockt hätte. Als er aufstehen wollte, um Luft zu holen, drückte er meine Finger. Am Ende der Woche war Liam gerade eben in der Lage, tolpatschig wie ein Hund zu paddeln. Unter Wasser jedoch schwamm er anmutig wie ein Fisch. Ich glaube, er war froh, daß ich es ihm beigebracht hatte, obgleich Clíona und Mary Louise uns beide für verrückt hielten. Er wurde sogar ein bißchen frech, rempelte mich unter Wasser an und stieß mich um. Aber es machte mir nichts aus, denn es war wie Flirten. Und wenn der Unterricht vorbei war, kabbelten wir uns sogar. Da das sonnige Wetter anhielt, legten wir uns anschließend auf die warmen Felsen und ließen uns trocknen. Manchmal war ich glücklich wie noch nie, schloß die Augen und schlief neben dem gleichmäßig atmenden Liam ein. An anderen Tagen geriet ich außer mir vor Wut. Wir lagen halbnackt an einem ausgestorbenen Strand, und Liam hatte nichts anderes im Kopf, als endlich trocken zu werden und zum Abendessen gehen zu können.

»Liam«, sagte ich an einem dieser warmen Nachmittage, als wir wieder auf den Felsen lagen. Seine Augen waren geschlos-

sen, und das Meerwasser hatte auf seinen Wangen salzige Flecken gebildet.
»Mmh?« murmelte er und schirmte mit der Hand die Augen gegen die Sonne ab, um mich anzusehen.
»Magst du mich?« fragte ich. Ich kam mir dämlich vor, aber mir blieb ja nichts anderes übrig, als so direkt zu werden. Es war seine Schuld. Liam lächelte und schloß die Augen.
»Ja, natürlich.«
»Aber wie eine Kusine oder eine Schwester, nicht wahr?« bohrte ich weiter. »Oder doch anders?«
»Als Freundin, würde ich sagen.« Liam öffnete ein Auge. »Außerdem finde ich dich hübsch, falls es das ist, was du hören willst.« Ich unterdrückte ein Lächeln.
»Ich will gar nichts Bestimmtes hören«, sagte ich.
»Na, dann ist ja alles in Butter«, meinte Liam und schloß wieder die Augen.
»Bist du noch Jungfrau?« fragte ich. Liam setzte sich auf.
»Was geht dich das an?« sagte er, ohne mich anzusehen. Statt dessen drehte er sein T-Shirt auf die rechte Seite.
»Nichts«, antwortete ich und legte mich so hin, daß sich unter dem Badeanzug meine Hüftknochen abzeichneten. »Ich bin nur neugierig.«
»Ja, ich bin noch Jungfrau, wenn du's unbedingt wissen willst«, sagte er und schlüpfte in sein Hemd. »Aber freiwillig. Gelegenheiten gab's bisher genug.« Ich glaubte ihm. Nicht wenige Mädchen auf der Insel hatten ein Auge auf Liam geworfen, und nach dem, wie sie redeten, waren sie nicht gerade prüde. Außerdem gingen alle Jungen auf der Insel davon aus, daß Liam mit mir schlief. Jedesmal, wenn wir spazierengingen, machten sie spöttische Bemerkungen wie: »MacNamara schiebt vor dem Tee noch schnell 'ne Nummer.«
»Hast du denn keine Lust, es zu tun?« fragte ich. Meiner

Meinung nach wollten alle Jungen Sex, und zwar nicht zu knapp.
»Klar, irgendwann bestimmt«, sagte Liam. »Ich warte, bis der richtige Augenblick dafür da ist. Ich möchte das Mädchen lieben.«
»Du bist aber ein Romantiker«, lästerte ich. Liam zuckte die Achseln und wurde rot.
»Ich glaube kaum, daß du noch Jungfrau bist«, sagte er.
»Warum nicht?« sagte ich. Liam runzelte nur skeptisch die Stirn. »Doch, ich bin eine.«
»Dann haben wir ja offenbar die gleiche Einstellung zu der Sache«, meinte Liam.
»Na ja, nicht ganz«, antwortete ich. Eigentlich wartete ich nicht auf die Liebe, sondern nur auf einen Jungen, der zu küssen verstand. Auf den, der den entscheidenden Augenblick nicht vermasselte. Stephen wäre genau der Richtige gewesen, wenn er mich in jener Nacht geküßt hätte. Ich hätte auf der Stelle mit ihm geschlafen.
»Ich hab es jedenfalls nicht eilig damit«, meinte Liam. Er erhob sich. »Sollen wir Tee trinken gehen?« Während ich mir das Sweatshirt und die Shorts über den Badeanzug zog, wünschte ich, er würde mir nicht dabei zusehen. Liam hatte ganz andere Vorstellungen als ich, und ich hatte die ganze Zeit geglaubt, er hätte dasselbe wie ich im Sinn.
Schweigend gingen wir zum Hotel zurück. Ich würdigte Liam kaum eines Blickes und dachte nur an meinen Hunger. Ich leckte mir das Salz von den Lippen und redete mir ein: Mehr brauche ich nicht im Leben.

Als das Päckchen mit der Post gebracht wurde, erkannte ich auf Anhieb Stephens Schrift. Ich nahm es vom Tisch, und während ich hinauf in mein Zimmer ging, spürte ich Clíonas Blicke in meinem Rücken.

In der Schachtel lag ein winziger rosafarbener Umschlag mit meinem Namen. Stephen hatte den Akzent auf dem *a* vergessen. Es war das Briefpapier meiner Mutter, das sie vergangene Weihnachten von einem Arbeitskollegen geschenkt bekommen und nie benutzt hatte.

Liebe Gráinne,
Ich habe die Wohnung ausgeräumt und die meisten Sachen Deiner Mutter einer karitativen Einrichtung überlassen, wie sie es wünschte. Hier sind ein paar Dinge, die Du vielleicht gerne aufheben möchtest.

Stephen

P. S. Du würdest nicht glücklich sein, wenn Du zurückkämst. Du vermißt Deine Mutter, nicht mich.

Ich schleuderte den Brief auf mein Bett. Nicht einmal seine Adresse hatte er angegeben.

In der Schachtel lag ein brauner Ordner mit den getippten Zitaten, die ich meiner Mutter in dem Ferienhaus geschrieben hatte. Es waren mindestens dreißig Seiten – hatte ich tatsächlich so viel geschrieben? Außerdem enthielt er alle Geburtstagskarten, die ich ihr seit meinem fünften Geburtstag geschrieben hatte, meine Briefe aus dem Sommercamp und einen Stapel Kinderzeichnungen. Ich hatte nicht gewußt, daß sie diese Dinge aufgehoben hatte. Meine Mutter gehörte nicht zu den Menschen, die alles mögliche horteten – was sie nicht brauchte, landete im Müll.

Ich zog den Rosenkranz aus der Schachtel, den sie in Händen gehalten hatte, als sie aufgebahrt lag. Bei der Jesusfigur, die daran hing, konnte man sogar die Höhlungen zwischen den winzigen Rippen erkennen. Bei seinem Anblick mußte ich sofort an meine tote Mutter denken – warum meinte Stephen,

ich würde den Rosenkranz gerne aufheben? Ich ließ ihn in mein Nachtkästchen fallen, wo er unsichtbar war.
Ganz unten in der Schachtel lag, eingewickelt in Seidenpapier, ihr hautenger Minirock aus rotem Samt. Den Rock, den sie anhatte, wenn sie auf Männerjagd ging – wenn sie Clubs besuchte und bei ersten Rendezvous. Sie trug ihn, als sie Stephen zum erstenmal mit nach Hause brachte. Mir war klar, weshalb Stephen ihn mit eingepackt hatte: zwei Jahre lang hatte ich meine Mutter angefleht, mir diesen Rock zu leihen, und nie hatte sie sich erweichen lassen. »Nicht meinen Zauberrock«, pflegte sie zu sagen.
Ich hielt den pelzigen Stoff an mein Gesicht und sog den Duft ein. Er roch nach dem Pappkarton und den alten Fingerfarben meiner Zeichnungen – und ein kleines bißchen nach ihr: abgestandener Rauch und salziger Sex.
Ich zog meine Jeans und meinen Schlüpfer aus und streifte den kühlen Samt über meine Schenkel. Beim Gehen rieb das elastische Futter leicht an meinen Schamhaaren. Er saß nicht so eng, wie er sollte, dafür war er aber ganz schön kurz. Ich war gewachsen und dünner geworden, seit ich ihn das letztemal angezogen hatte. Damals lag sie im Krankenhaus.
Ich fragte mich, ob mein Vater den Rock jemals gesehen hatte, und für einen kurzen Augenblick stellte ich mir vor, wie ich ihm nachreisen, in Dublin diesen Rock anziehen und damit in seinem Büro aufkreuzen würde. Er würde dann an die Zeit zurückdenken, da er den Rock an den Beinen meiner Mutter hinuntergezogen hatte und seine Finger ihre nackten Schenkel hinaufgewandert waren.
Oder aber er würde mich auffordern, zu gehen und mich nie wieder bei ihm blicken zu lassen. So wie Stephen.

Wenn Liam mich nicht küssen wollte, mußte ich mir jemand anderen suchen. Allerdings durfte es kein Junge von der Insel

sein, denn das würde sich zu schnell bis zu Clíona herumsprechen. Sie war anders als meine Mutter, und ich bezweifelte, daß sie mit mir über Sex reden wollte.
In der Vollmondnacht im August übernachteten ein paar Jungen aus Cork im Hotel. Da Liam in der Musikgruppe, die sein Vater sonst leitete, die Flöte spielte, durfte ich mit in Marcus' Pub gehen. Liams Vater war noch auf dem Meer und würde nicht vor Oktober zurückkommen.
Ich hatte den Rock meiner Mutter an und dazu ein schwarzes ausgeschnittenes Oberteil, das locker über meine inzwischen winzigen Brüste fiel. Meine Rippen traten mittlerweile stark hervor, und zwischen ihnen hatten sich regelrechte Hungerfurchen eingegraben.
Die Gruppe musizierte an einem Tisch in der Ecke, ohne Verstärker oder Mikrophone. Ein schmächtiger Mann spielte auf der Fiedel, eine Frau, angeblich eine Kusine von Clíona, eine winzige Quetsche, ein paar Männer bliesen in Blechpfeifen, und ein kräftiger, lächelnder Mann mit Koteletten, die ihm bis über die Backenknochen wuchsen, schlug eine Trommel, welche man »bodhrán« nannte, wie Liam mir erklärt hatte. Liams Flöte war nicht aus Silber, wie ich erwartet hatte, sondern aus glattem schwarzem Holz und hatte Löcher, keine Klappen. Die Musik klang, als jagten die Instrumente einander zu komplizierten Weisen. Ein, manchmal auch zwei Inselbewohner standen auf und tanzten stampfend auf dem Holzboden, bis sich der Lärm mit dem Rhythmus der Instrumente vermischte. Alle lachten und neckten sich gegenseitig. Überhaupt wurde viel gelacht auf der Insel, hatte ich festgestellt, und die Menschen zwinkerten einander ständig zu, als würden sich alle über einen geheimen Witz amüsieren. Die Gesichter einiger älterer Frauen waren genauso von Falten durchzogen wie das von Clíona. Mir fiel ein, wie sehr meine Mutter darauf bedacht gewesen war, sich mit Feuchtigkeitscreme einzuschmie-

ren, wie sie ständig im erbarmungslosen Badezimmerlicht ihr Gesicht nach Fältchen abgesucht hatte. Aber die Falten dieser Frauen waren nicht häßlich, sie sahen aus wie Landkarten ihres Lebens.

Ich durfte neben Liam sitzen, allerdings achtete Marcus streng darauf, daß niemand mir etwas anderes als Diät-Cola bestellte. John Patrick, der die bodhrán spielte, ließ mich aber trotzdem heimlich an seinem Whiskey-Punsch nippen. Der Punsch war süß und brannte in der Kehle, und ich trank die Hälfte seiner drei Gläser.

Die Jungen aus Cork bestellten ein Guinness nach dem andern. Der hübscheste von ihnen sah zu mir herüber, als er an die Bar ging. Zwar waren seine Haare zu kurz, aber er hatte ein feingeschnittenes Gesicht. Wie Stephen. Er mochte ungefähr neunzehn sein. Auf den Wangen und dem Kinn sprossen Bartstoppeln. Ich beobachtete ihn, ohne rot zu werden, und achtete darauf, daß er sah, wie ich Whiskey trank. *Auf Männerjagd,* hörte ich meine Mutter sagen. Er kam mit einem Guinness für sich selbst und einem Whiskey-Punsch für mich an unseren Tisch. Ich stellte das Glas so neben mich auf die Bank, daß Marcus es nicht sehen konnte.

»Hallo«, begrüßte er mich. Er sprach mit einem ganz anderen, viel stärkeren Akzent als die Inselbewohner. »Tolle Musik, Jungs«, rief er den Musikern zu und setzte sich auf einen Hocker vor mich. Liam blickte ihn argwöhnisch an, spielte aber weiter. Hoffentlich war er eifersüchtig.

»Ich heiße Kieran«, stellte er sich vor und schüttelte mir die Hand. »Und du bist das Beste in diesem erbärmlichen Pub.«

Ich lächelte.

»Ich heiße Gráinne«, sagte ich. »Danke.«

»Du bist aus Amerika, stimmt's?« fragte er. Sobald ich mehr als meinen Namen sagte, merkte jeder, daß ich nicht von hier stammte.

»Ja«, antwortete ich. »Aus Boston.«
»Wie kommst du zu dem Namen Gráinne?« fragte er. Er schwankte ein bißchen auf seinem Hocker.
»Ich bin hier geboren«, antwortete ich.
»Du bist also Irin und gerade dabei, deinen Akzent zu verlieren«, sagte er grinsend.
»Wenn du meinst«, erwiderte ich ein wenig schnippisch, lachte ihn dabei aber an.
»Hast du Lust auf einen Strandspaziergang, irische Gráinne?« fragte Kieran. Ich merkte, wie Liam neben mir zusammenzuckte.
»In Ordnung«, willigte ich ein.
»Super«, meinte Kieran, stand auf und trank sein Glas hastig leer. Als ich meine Jacke anzog, hörte Liam auf zu spielen.
»Er bittet dich nur, weil du Amerikanerin bist«, flüsterte er mir zu. »Er glaubt, du bist leicht zu haben.« Ich beugte mich zu ihm hinab. Seine Lippen waren geschwollen und naß vom Flötespielen.
»Ich *bin* leicht zu haben«, sagte ich. Mein Ton gefiel mir selbst nicht. Der Whiskey machte sich bemerkbar. Liam errötete und wandte sich ab. Ich folgte Kieran durch den vollen Pub.
Wir gingen über den Sand hinunter zu einem Lagerfeuer, dessen hochlodernde Flammen vom Wind gepeitscht wurden. Kieran schwankte ein wenig, und auch ich war nicht mehr ganz sicher auf den Beinen. Es war eine Wohltat, sich hinzusetzen.
Er kam gleich zur Sache und küßte mich, ehe ich ihn überhaupt angesehen hatte. Zuviel Zunge und Mundgeruch, trotzdem legte ich mich mit ihm hin. Er schob die Hand unter mein T-Shirt und drückte durch den BH eine meiner Brüste. Die andere berührte er nicht einmal, und in meiner Betrunkenheit geriet ich in Panik. Vielleicht hatte ich über-

haupt nur eine Brust. Vielleicht gab es die andere gar nicht mehr, und statt ihrer nur eine Narbe. Mir wurde schlecht. Ich rollte mich halb auf Kieran und übernahm das Küssen. Es schien ihm zu gefallen, und eine Weile redete ich mir ein, daß es gar nicht so schlecht war. Ich war sogar ein bißchen erregt und feucht. Als ich noch überlegte, ob ich den Reißverschluß seiner Hose aufziehen sollte, hatte er seine Hand bereits unter meinen Rock geschoben. Er stöhnte, als er merkte, daß ich keinen Schlüpfer trug. Er schob mich zur Seite und grub offensichtlich alle seine Finger in mich. Es schmerzte so sehr, daß sich das bißchen Erregung, das ich gespürt hatte, in nichts auflöste. Ich zog seine Hand weg. Ich roch mich, das Feuer und Guinness.

»He, hab dich nicht so«, sagte Kieran besänftigend und machte einen erneuten Versuch.

»Hör auf«, sagte ich und schob ihn weg. Ich setzte mich auf und zog mir den Rock zurecht. Plötzlich mußte ich an die Meerjungfrau mit der roten Zauberkappe denken, von der Liam mir erzählt hatte. Daß sie verloren war, wenn ein Mann ihr die Kappe entriß.

»Was ist denn los mit dir?« fragte er verärgert. Ich war nahe dran, mich wieder hinzulegen und ihn einfach machen zu lassen, um einen Streit zu vermeiden.

»Ich mag nicht, kapiert?«

»Und weshalb nicht?« Er griff nach meiner Brust – nach der von vorhin – und wollte mich küssen.

»Pfoten weg«, sagte ich. »Du gefällst mir nicht einmal.« Das stimmte. Was gab ich mich überhaupt mit diesem Kerl ab? Ich wollte zurück in den warmen Pub. Ich wünschte, Stephen wäre hiergewesen.

»Hättest du mir das nicht vorher sagen können?« meinte Kieran und stand auf. Er schleuderte mir mit dem Fuß Sand in den Rücken. »Blöde Fotze, mich so reinzulegen!« Er ging zurück ins Pub. Ich blieb am Feuer sitzen und kämpfte mit den Tränen. Trotz Zauberrock und allem – nie würde ich so anziehend sein wie meine Mutter. Es war nicht möglich, verführerisch zu wirken und gleichzeitig jemanden zum Narren zu halten.

Ich stand auf, wischte mir den Sand vom Po und ging zurück in den Pub. Kieran stand an der Bar und sagte etwas zu seinen Freunden. Wahrscheinlich etwas über mich, denn sie begannen zu lachen. Ich verschwand in der schmuddeligen Toilette, zündete mir eine Zigarette an, inhalierte und betrachtete mich im Spiegel. »Gráinne«, flüsterte ich. So hätte meine Mutter heißen sollen, nicht ich.

Nachdem ich die Toilette wieder verlassen hatte, setzte ich mich neben Liam, der seine Flöte im Schoß hielt. Finster starrte er hinüber zu Kieran und seinen Leuten. Wahrscheinlich hatte er gehört, was sie über mich redeten.

Ein Mann sang. Alle verstummten höflich und hörten ihm zu. Ich erkannte das Lied wieder – meine Mutter hatte es gesungen, wenn sie mit einem Freund Schluß gemacht hatte, es war das Lied, das sie am letzten Abend für mich getippt hatte. *Geh, verlaß mich, wenn du magst* … Ich wollte es Liam erzählen, der dem Lied lauschte, als wäre es eine alte Weise. Aber außer Stephen hätte es niemand verstanden. Nur er hätte bei den Worten meine Mutter flirten sehen – und dann die Blutklumpen und die kühlen Mitteilungen in einer verlassenen Küche. Ich hätte es niemandem erklären können.

Liam faßte unter dem Tisch nach meiner Hand. Wie auf Granuailes Burg. Er drückte sie sanft und lächelte. Heimlich händchenhaltend, blieben wir so lange sitzen, bis Liam erneut spielen mußte.

KAPITEL 20

Grace

Es war nicht leicht, Seamus zu verführen. Als Grace sich wieder gefangen hatte und ihr die Erinnerung an Michael nur mehr einen leichten Stich versetzte, fragte sie sich, wie es wohl sein mochte, mit Seamus Sex zu haben. An Wärme würde es jedenfalls nicht fehlen. Sie wollte, daß neue Hände sie berührten, wollte einen ihr unbekannten Körper erkunden. Mit derselben Selbstsicherheit, der Michael nicht hatte widerstehen können, begegnete sie nun auch Seamus. Anfangs schien er dagegen immun zu sein, später fand er offenbar Spaß daran, ihr zu zeigen, daß das bei ihm nicht zog.

Bestimmt hatte er bereits Sex gehabt. Wie sonst hätte er so ungerührt bleiben können, als er sie zum erstenmal nackt sah. Sie waren gemeinsam schwimmen gegangen, und Grace hatte bei dieser Gelegenheit ihr Bikinioberteil davontreiben lassen. Er aber musterte sie nur einen Augenblick, vielleicht sogar ein wenig bewundernd, aber keineswegs überwältigt, und fischte dann das Stückchen Stoff aus einer Insel Seetang heraus.

»Hast du das vielleicht verloren?« fragte er und gab es ihr zurück. Sie kam sich dämlich vor und war wütend. Es dämmerte ihr, daß der Sex mit Michael eher so etwas wie Doktorspiele gewesen war – zwei Kinder, die einander betasteten und über ihre intimen Körperteile kicherten. Damals hatte sie das nicht so gesehen, erst jetzt empfand sie es so, weil Seamus, der neun Jahre älter war, sie wie ein Kind behandelte.

Ihr Körper interessierte ihn offenbar überhaupt nicht. Einmal, als er Grace in ihrem Zimmer unterrichtete – bei offener Tür, weil Clíona darauf bestanden hatte –, lehnte sie sich auf dem Bett zurück, den Rock weit über die Knie geschoben. Seamus, der gerade ein Gedicht von Seamus Heaney vorlas, starrte sie an, als wären ihr Hörner gewachsen.

»Ist dein Gehirn etwa in dein Bein gerutscht?« fragte er, worauf Grace die Knie anzog und einen prüfenden Blick darauf warf. »Anscheinend nicht«, meinte er und warf ihr das Buch zu. Dabei streifte die Kante ihren Oberschenkel und hinterließ einen roten Fleck. »Lies was daraus vor«, sagte er. »Und sag mir dann, worüber du den Aufsatz schreiben willst.«

Grace seufzte und setzte sich ordentlich hin. Sie las mit demonstrativem Ärger in der Stimme und imitierte den irischen Akzent.

»Gib her«, schrie Seamus, lächelte aber dabei amüsiert. »Dein Vortrag ist pure Blasphemie.«

Manchmal vergaß er allerdings seine Zurückhaltung und berührte sie, zum Beispiel im Nacken, wenn sie die Haare hochgesteckt hatte, oder an der Hüfte, wenn er sie behutsam über die dunklen Inselwege führte. Diese flüchtigen Berührungen machten sie gierig, und sie ging ganz dicht neben ihm, in der Hoffnung, er werde sie küssen. Doch er wich immer zurück, als wäre es nur ein Versehen gewesen. Danach verhielt er sich achtsamer, und sie mußte ein paar Tage warten, bis er es vergessen hatte und sie erneut berührte.

Eines Abends traf sich die ganze Familie im Pub und feierte Mary Louises Verlobung mit Owen MacNamara, einem Fischer, der Fiedel spielte und nach Graces Meinung für ihre prüde Stiefschwester viel zu gut aussah. Grace beobachtete Seamus, wie er an der Bar eine Runde Guinness bestellte und über eine Bemerkung von Marcus lachte. Sie merkte erst, daß Mary Louise neben ihr stand, als sie sie ansprach.
»Er gefällt dir, nicht wahr?« fragte Mary Louise. Grace nippte an ihrem Coke und zerkaute geräuschvoll die Eisstücke.
»Wovon redest du?« fragte sie. Mary Louise verzog das Gesicht zu ihrem typischen, enervierenden, breiten Grinsen.
»Ich weiß, was es bedeutet, wenn ein Mädchen einen Mann so ansieht wie du Seamus O'Flaherty.«
»Er ist hier so ungefähr der einzige, den es lohnt anzusehen«, entgegnete Gráinne. »Die übrigen Männer sind genauso häßlich wie dein Verlobter.«
Mary Louise lachte nur. So war es immer. Wenn Grace gemein zu ihr war, meinte Marie Louise offenbar, sie wolle Spaß machen.
»Keine Sorge«, beruhigte Mary Louise sie. »Ich behalte die Geheimnisse meiner Schwester für mich.« Und noch ehe Grace sie wegschieben konnte, drückte Mary Louise ihren Arm und ging zurück an ihren Tisch.
Bevor Seamus später in einer Wolke von Zigarettenqualm und begleitet von kräftigem Gesang das Pub verließ, nahm er Graces Hand und flüsterte ihr etwas zu, was sie jedoch nicht verstand. Wie trockene, heiße Federn streiften seine Lippen ihren Mund. Sie hätte ihn umarmen, an sich ziehen und darum bitten sollen, seine Worte zu wiederholen. Doch es ging alles viel zu schnell. Außerdem war sie von den Betrunkenen abgelenkt, die in der Ecke des Lokals auf dem Tisch tanzten. Immerhin hatte es ihr neue Hoffnung gegeben. Bestimmt würde er es wieder tun. Doch er tat es nicht, auch nicht, als er das

nächstemal in den Pub kam, um etwas zu trinken, und sie dort unruhig und durstig herumlungerte. Er spendierte ihr ein Coke und schickte sie nach Hause.

Da es Grace nun besser ging, drängte Clíona sie, wieder zur Schule zu gehen. Im Winterhalbjahr besuchte Grace den Unterricht, weigerte sich aber, weiterzumachen, nachdem ihr der Lehrer, Mr. MacSweeney, mit dem Lineal auf die Finger geschlagen hatte.

»Du kannst nicht einfach mit der Schule aufhören, weil dich der Lehrer geschlagen hat«, sagte Clíona. »Wie ich dich kenne, hast du ihn provoziert.«

»Ich hab zu ihm gesagt, er soll sich verpissen«, erwiderte Grace.

»Herr des Himmels! Bist du wahnsinnig?« rief Clíona. »Du wirst morgen zu ihm gehen und dich für deine Frechheit entschuldigen.«

»Wie kannst du mich auf eine Schule schicken, wo sie einen schlagen?« fragte Grace.

»Das ist ja allerhand! Hat er dir etwa die Knochen gebrochen? Er hat dich nicht geschlagen, sondern dir nur einen Klaps gegeben, wie du es verdient hast. Ich habe auch als kleines Mädchen ein paar Hiebe einstecken müssen, und du manchmal auch welche von mir.«

»Nicht mehr, nachdem ich zurückgeschlagen habe«, antwortete Grace. Clíona schwieg. Sie hatte ihr damals – Grace war dreizehn – eine Ohrfeige verpaßt, weil sie geflucht hatte, worauf Grace ihr einen Schlag auf den Mund versetzte. Daraus wurde eine richtiggehende Rauferei, der Michael schließlich ein Ende bereitete. Seitdem hatte Clíona sie nie mehr angerührt.

»Und wie stellst du dir deine weitere Ausbildung vor?« fragte Clíona. »Mr. MacSweeney ist der einzige Lehrer auf der Insel.«

»Ich werde bei Seamus lernen«, erwiderte Grace. »Ich hasse diese Schule. Wir müssen zwischen den einzelnen Stunden beten. In einer öffentlichen Schule dürfen sie einen nicht zum Beten zwingen.«
»Du bist hier nicht in Amerika, Fräulein Neunmalklug!«
»Kommt schon noch«, drohte Grace. Damit stampfte sie die Treppe hinauf und knallte die Tür zu, so daß Tommy aus seinem Nickerchen gerissen wurde.
Clíona bestand darauf, daß sie im Hotel mithalf, wenn sie schon nicht zur Schule ging. Grace willigte nur deshalb ein, weil sie sich auf diese Weise ein wenig Geld verdienen konnte. Zu wenig, um sofort abzuhauen, aber immerhin war es ein Anfang. Morgens ging sie mit Mary Louise von Zimmer zu Zimmer, überzog die Betten frisch und putzte die Toiletten. Oft machte sie sich über die Flecken auf den Laken lustig, doch Mary Louise überhörte das.
»Mary Louise, in dem Abfalleimer hier liegt ein Kondom. Willst du mal sehen, wie so was aussieht?«
»Komm, sei still«, sagte Mary Louise und wurde rot. »Wir müssen vor dem Mittagessen noch fünf Zimmer machen.« Mary Louise war so erbärmlich prüde, daß sie einem leid tun konnte – Grace war fest davon überzeugt, daß sie noch nicht einmal mit Owen geschlafen hatte. Sie gehörte zu der Sorte, die bis zur Hochzeitsnacht wartete.
Clíona arbeitete von morgens bis abends und scheuchte alle herum. Nichts entging ihrer Aufmerksamkeit. Die Laken und Decken mußten so fest in den Bettrahmen gesteckt werden, daß die Gäste die Tücher nahezu auseinanderreißen mußten, um in ihre Betten steigen zu können. Und auch die Schreibarbeiten hatten makellos zu sein. Eines Tages zitierte sie Grace wegen einer nachlässig geschriebenen Reservierung zu sich.
»Sieh mal her, Mädchen. Auf wen lautet diese Reservierung,

auf Conroy oder Connor? Ich kann es nicht entziffern, wenn du mit der falschen Hand schreibst.«

»Ich hab's aber mit der rechten Hand geschrieben«, entgegnete Grace. »Ist doch ohnehin egal. Hier klingen sowieso alle Namen gleich.«

»Soll ich dich rausschmeißen?« fragte Clíona. Grace schlug das Buch mit den Reservierungen zu. Dabei verfehlte sie Clíonas Finger nur um Haaresbreite.

»Hör auf, dich aufzuspielen, als wärst du mein Boß«, sagte sie. »Wir wissen beide, daß du nur ein Dienstmädchen bist. Du warst die Sklavin der Willoughbys, und das bist du für Marcus genauso.«

»Du freches Gör«, schrie Clíona und schob vorsichtshalber das Buch zur Seite. »Ich hatte eine Stelle, die es mir ermöglichte, dir alles zu kaufen, was du brauchtest, vergiß das nicht! Außerdem bin ich Miteigentümerin des Hotels. Marcus und ich sind jeweils zur Hälfte daran beteiligt. Ich bin nicht besonders gebildet, nein, aber du genausowenig. Die Schule sausen lassen und nichts anderes im Kopf haben, als die Beine breit zu machen für diesen reichen Jungen in Amerika ... Paß nur auf, wen du von jetzt an Sklavin nennst, ich habe nämlich auch ein paar hübsche Namen für dich parat, wenn du es zu weit treibst.«

»Wenn du mich so sehr haßt, warum schickst du mich nicht einfach zurück nach Boston?« schrie Grace zurück.

»Bevor du achtzehn bist, gehst du mir nirgendwohin«, erwiderte Clíona. »Außerdem hasse ich dich gar nicht«, fügte sie etwas leiser hinzu und wandte den Kopf ab.

»Gut, aber ich hasse dich«, erklärte Grace. »Und diesen Ort. Nächstes Jahr wird es dir leid tun, daß du nicht ein bißchen netter zu mir warst. Dann hast du mich nämlich zum letztenmal gesehen.« Hätte Grace ihre Mutter nicht so gut gekannt, hätte sie in diesem Augenblick geglaubt, sie sei ver-

letzt. Das wäre ihr eine Genugtuung gewesen. Aber Clíona schloß nur kurz die Augen und sah dann Grace vollkommen ungerührt an.
»Ich glaube, es ist besser, du arbeitest im Laden«, sagte sie, »damit ich dich tagsüber nicht mehr zu Gesicht bekomme.«
»Du spinnst wohl«, antwortete Grace. »Ich vergeude doch nicht mein Leben in dem jämmerlichen Laden deines Mannes. Oder sollte ich besser sagen ›deines Herrn‹?« Sie drehte sich um und ließ Clíona mit offenem Mund stehen.
In der Weihnachtszeit fand in der Festhalle der Insel ein Tanzabend statt. Seamus war mit Grace hingegangen, fand sich jedoch schon bald von den Tanten umringt, die ihm zu seinem ersten Artikel in der *Irish Times* gratulieren wollten. Der Artikel war am Morgen in der Zeitung erschienen, und Marcus hatte zusätzliche Exemplare für den Laden angefordert, damit keiner von Seamus' Verwandten leer ausging. Grace – ein bißchen beschwipst von dem illegal gebrannten Whiskey, den ihr einer der Onkel in den Saft gekippt hatte –, stand in der Ecke neben der Tür und flirtete mit vier Jungen von der Insel. Keiner von ihnen hätte mit Seamus auch nur annähernd mithalten können, doch sie schenkten ihr wenigstens Aufmerksamkeit, schäkerten und ließen den Blick zu ihren Brüsten wandern, wenn sie lachte. Sie hatte es auf einen Jungen namens Brendan abgesehen, weil er nicht zu ihrer Verwandtschaft gehörte, sondern ein Vetter von Seamus war. Er hatte eine breite Brust und schwielige Hände, und sein Gesicht war so rot, als hätte er einen Ausschlag. Dafür luden seine vollen Lippen geradezu zum Küssen ein. Als Grace näher zu ihm trat, legte er verstohlen die Hand auf ihren Hintern. Sie wünschte sich sehnlichst, Seamus würde sie beide so sehen, doch der stand am anderen Ende der Halle, umzingelt von der Verwandtschaft. Als die anderen Jungen zum Biertrinken auf den Parkplatz verschwanden, nahm Brendan Grace bei der Hand. Sie

ließ ihn gewähren, so daß er glaubte, er hätte sie herumgekriegt, ihm nach draußen zu folgen.

Er drückte sie gegen die kalte Betonmauer an der unbeleuchteten Rückseite des Gebäudes, küßte sie naß und schmatzend und kniff ihr in die Brüste. Offenbar hatte er überhaupt keine Ahnung von diesen Dingen, aber sie ließ ihn weitermachen und preßte die Hand auf den prallgefüllten Reißverschluß seiner Jeans.

»Jesus!« entfuhr es ihm, und er rieb seinen Schritt an ihrer Hand. Dann küßte er sie so heftig, daß ihre Zähne aneinanderstießen und es in ihren Ohren dröhnte. Auf einmal wurde Brendan nach hinten gezogen, sein Mund stand offen, und einen Augenblick lang glaubte Grace, sie hätte ihn weggestoßen.

»Verdammt noch mal, was denkst du dir dabei?« Es war Seamus, der Brendan am Kragen gepackt hielt. »Und dazu noch, wo deine Mutter sich genau hinter dieser Mauer aufhält.«

»Mensch, Shamie, hau ab«, jammerte Brendan. Er krümmte sich, damit Seamus die Wölbung in seiner Jeans nicht sah.

»Wenn ich dich noch einmal mit ihr erwische, breche ich dir deinen Schwanz in der Mitte auseinander«, drohte Seamus und stieß Brendan Richtung Eingangstür. »Such dir ein anderes Loch.« Brendan trabte kichernd davon und verschwand hinter der Ecke.

»Für wen hältst du dich eigentlich?« fragte Grace. »Für meinen Vater?« Die Vorstellung, daß er vielleicht eifersüchtig war, erregte sie.

»Sieht fast so aus, als bräuchtest du einen«, entgegnete Seamus. Er stand vor ihr, die Arme über der Brust verschränkt.

»Ich weiß, was ich tue«, erklärte Grace.

»Das ist ja gerade das Beängstigende«, sagte Seamus. »Komm wieder hinein.«

»Du bist ja bloß eifersüchtig, Shamie«, meinte Grace und trat einen Schritt vor, so daß ihre Brüste seine Arme berührten. Er wich zurück.

»Hör mir bitte damit auf.« Seamus stand jetzt im Licht der Eingangstür und sah wirklich wütend aus. »Was ist los mit dir? Der Junge gefällt dir nicht einmal, du benutzt ihn nur, und es scheint dir vollkommen einerlei zu sein, daß er dich genauso benutzt.«

Grace zuckte mit den Schultern. »Was weißt du denn schon«, antwortete sie. Wenn er nicht eifersüchtig war, warum mischte er sich dann in ihre Angelegenheiten?

»Ich weiß, daß eine schnelle Nummer nicht das ist, was du möchtest«, sagte Seamus.

»Vielleicht will ich gar nichts anderes«, antwortete Grace. Seamus grub die Fäuste tiefer in die Taschen.

»Hochgesteckte Ziele«, sagte er nur und ging wieder hinein. Grace hielt nur kurz nach Brendan Ausschau, aber der tanzte gerade mit einem Mädchen von der Insel. Als Clíona ihr Zeichen machte, sie solle sich zu ihr und Marcus an die Bar setzen, tat Grace, als hätte sie es nicht bemerkt, und ging zurück ins Hotel.

Grace wurde im April achtzehn. An ihrem Geburtstag fegte ein Hagelsturm über die Insel, und die Bäume ächzten im Wind. Clíona kochte ein Festessen und buk einen Kuchen. Alle Kinder saßen – scheinbar begeistert – mit den Papierhüten am Tisch, die sie für ihre eigenen Geburtstage in den Schränken aufbewahrten. Mary Louise schenkte Grace ein Paar unechte Perlenohrringe, für die Grace sich bedankte, obwohl sie gleich wußte, daß sie sie nie und nimmer tragen würde. Marcus bot ihr eine Stelle im Pub an, was Grace jedoch so vehement ablehnte, daß er schließlich den Tisch verließ, sich vor den Kamin setzte und rauchte. Als Clíona den Geburtstagskuchen hereintrug, auf dem die Kerzen die Glasur wie ein Waldbrand wegschmolzen, sangen die Kinder ein Lied – leise und ein bißchen falsch. Als Grace die Kerzen ausblasen mußte, wünschte sie sich, sie alle niemals wiederzusehen.

»Ich kann es kaum glauben, daß mein kleines Mädchen achtzehn Jahre alt ist«, sagte Clíona. Sie wirkte seltsam sentimental und lächelte ihre Tochter an, aber Grace wandte den Blick ab und drückte das Messer in den Kuchen. Als Clíona hinausging und mit dem Abwasch begann, stopften die Kinder soviel Nachtisch in sich hinein, wie sie wollten. Grace kam mit ein paar Gläsern in die Küche und räumte sie in den Geschirrspüler.

»Hat Seamus nicht gesagt, er wollte kommen?« fragte Clíona. Noch mehr als die übliche Nörgelei verabscheute Grace diesen honigsüßen Ton, den Clíona sich offenbar eigens für diesen Tag zugelegt hatte.

»Ja, er wollte kommen«, antwortete sie achselzuckend. »Ist doch egal.«

»Das paßt aber gar nicht zu ihm«, meinte Clíona.

Grace knallte die Butterdose in den Kühlschrank. »Halt dich da gefälligst raus«, sagte sie schroff.

»Ich verbitte mir diesen Ton«, brauste Clíona auf.

»Verzeihung«, zirpte Grace. »Würdest du dich bitte verpissen, liebste Mutter.«

»Kannst du dich nicht wenigstens an deinem Geburtstag zivilisiert aufführen?« bat Clíona. »Ich versuche doch nur, alles nett für dich zu machen.«

»Das hast du doch nur getan, weil du weißt, daß ich bald abhaue«, erwiderte Grace. »Außerdem beneidest du mich.«

»Beneiden?« Clíona lachte. »Ich bin zufrieden hier. Du hast nicht einmal Geld für die Fähre. Wieso sollte ich dich also darum beneiden, daß du hier wegwillst?« Ehe Grace antworten konnte, klopfte es an der Tür. Clíona wischte sich am

Handtuch die Hände ab und ging nachsehen. Es war Eamon. Er war vollkommen durchnäßt. Als er eintrat, fegte eine Windbö ein paar Hagelkörner ins Haus.

»Prinzessin Grace, Eure Kutsche wartet!« rief Clíona lachend und wollte Eamon den tropfnassen Hut abnehmen. »Wie geht's, Eamon?«

»Ich kann nicht bleiben, Clee«, antwortete Eamon. »Wir brauchen Marcus auf dem Boot. Paddy und Seamus sind noch nicht zurückgekommen. Sie sind seit heute morgen mit dem Curragh unterwegs.«

»Solche Idioten! Hinauszufahren, wenn ein Sturm im Anzug ist!« meinte Marcus. Er warf seine Zigarette ins Feuer, stand auf und zog sich den Mantel über. Grace und die Kinder, die in der Küchentür standen, waren mucksmäuschenstill, damit man sie nicht wegschickte.

»Ach, du kennst Paddy doch«, sagte Eamon. »Er meint, wenn er mit seinem Jungen im Boot sitzt, kann er nicht untergehen, komme, was da wolle.«

»Ihr Kinder geht jetzt nach oben«, entschied Clíona. Sie murrten zwar ein wenig, stapften dann aber doch die Treppe hinauf, die Zwillinge mit Kuchenstücken in den Taschen. Nur Grace blieb unten.

»Seamus wird schon nichts passieren«, sagte sie zu Eamon. Sie wollte ihn beruhigen, doch offenbar verstand er es als Frage.

»Mach dir keine Sorgen, Mädchen. Die O'Flahertys haben die Meerjungfrauen auf ihrer Seite, sollte der liebe Gott mal nicht achtgeben.«

»Paß auf, was du sagst«, meinte Clíona und schob Marcus aus der Tür. »Und paßt auch auf euch auf.« Sie drückte ihm einen flüchtigen Kuß auf die Wange. Grace sah den Männern vom Fenster aus nach. Zwei Gestalten, die vom prasselnden Regen verschluckt wurden.

Nach stundenlangem Warten schlief Grace endlich ein. Sie träumte von einer dunkelhaarigen Meerjungfrau in stürmischer See, deren Brüste von grünen Adern durchzogen waren. Sie hatte Seamus gefangen und küßte ihn. Dabei blies sie ihm Wasser in die Lungen und hielt seinen Penis fest in ihren Fingern mit den Schwimmhäuten. Als er schwarzen Schaum ejakulierte, ließ sie ihn los, und er trieb, tot und aufgebläht vom Wasser, dem felsigen Grund entgegen.

Als Grace aufwachte, hörte sie im Wohnzimmer Stimmen. Von der Treppe aus sah sie, daß Seamus auf dem Sofa lag und Clíona gerade seinen nackten Oberkörper in Decken einhüllte. Marcus, Eamon und zwei andere Männer standen hinter ihr, tropfend vor Nässe.

»Warum habt ihr ihn nicht ins Krankenhaus gebracht?« fragte Clíona. »Er wird unterkühlt sein, nachdem er so lange im Wasser war.«

»In diesem Sturm konnten wir den weiten Weg nach Galway nicht riskieren«, entgegnete Marcus. »Außerdem, faß ihn mal an. Er fühlt sich gar nicht kalt an, überhaupt nicht.« Clíona preßte ihre Hand auf Seamus' Stirn, seine Hände und Füße.

»Lieber Gott im Himmel«, sagte sie- »Wenn einer von uns einen Schutzengel hat, dann dieser Junge.«

»Im Gegensatz zu seinem Vater«, sagte Eamon und alle bekreuzigten sich.

»Ist er tot?« fragte Grace. Alle drehten sich um. Sie ging zum Sofa und starrte in das mondweiße Gesicht.

»Ihm fehlt nichts, Kind«, meinte Clíona und berührte dabei kurz Graces Arm, zupfte dann aber hastig ihren Bademantel zurecht.

»Ich meine seinen Vater«, sagte Grace. »Ist er tot?«

»Schhh!« machte Clíona, während die Männer in die Küche gingen, um Tee zu trinken. »Ja, die See hat ihn uns genommen.«

Grace setzte sich auf den Boden und betrachtete Seamus.
»Armer Shamie«, sagte Clíona leise. »Jetzt hat er keine Familie mehr.« Dann ging sie in die Küche, um für die Männer Wasser aufzusetzen.
Grace schob die Hand unter die Decken und faßte Seamus Hand. Sein Körper war so heiß wie immer. So blieb sie lange sitzen, bis er schließlich aufwachte und sie erblickte.

Grace erbot sich, während Paddy O'Flahertys Totenmesse auf Tommy aufzupassen. Sie wollte nicht dabeisein, als einzige Fremde unter all den trauernden Verwandten. Seamus' Trauer glich der von Michael: Sie machte Grace zur Fremden. Der Gedanke ließ sie nicht los, ob Seamus sich ihr nun genauso zuwenden würde wie Michael nach der Liebesaffäre seines Vaters – und ob er zulassen würde, daß sie sich die Situation zunutze machte. Er täte gut daran, sich zu beeilen, dachte sie, denn sie würde schon bald wegfahren. Sie war fest entschlossen, völlig neu zu beginnen und sich in Zukunft an kein Land und keine Familie zu binden. Sie wollte es Granuaile nachmachen, die die Reiche ihres Vaters und ihres Gatten übernommen und dann getan hatte, was sie wollte.
Jedesmal, wenn Grace ihre Mutter während der Mittagessenszeit vertreten mußte, hatte sie Geld aus der Hotelkasse genommen. Zwanzig Pfund täglich. Das war ihre Art von Piraterie. Noch einen Monat, und sie hatte genug für ein Flugticket nach Boston, und von dort würde es losgehen. Sobald sie einmal diese Insel hinter sich gelassen hatte, wäre sie frei, standen ihr alle Möglichkeiten offen.
Als sie an jenem Abend zu Seamus' Haus ging, tat sie es in der Absicht, ihm die Trauer zu nehmen und sie in Lust zu verwandeln. Sie fühlte mit ihm, denn sie wußte, wie sehr er seinen Vater geliebt hatte. Aber Mitgefühl allein schien ihr nutzlos. Verführung war besser.

Als sie zu ihm kam, wirkte er keineswegs überrascht, noch hatte sie den Eindruck, er würde sich ihr beugen. Er hatte sie erwartet und entkleidete sie in seinem Zimmer bei Kerzenlicht, als hätte er es bereits ein dutzendmal zuvor getan. Grace war befangen. Zum erstenmal. Als sie zögerte, sich auszuziehen, tat er es für sie.

»Es ist nicht das erste Mal für mich«, warnte sie ihn.

»Ich weiß«, antwortete Seamus. Er strich ihr das Haar hinter die Schulter und betrachtete lange ihren Körper.

»Weshalb erst jetzt?« fragte Grace, um Selbstvertrauen zu gewinnen. »Worauf hast du gewartet?« Ihre Gefühle schwankten zwischen Erregung, weil er sie ansah, und Enttäuschung, daß nicht sie den ersten Schritt getan hatte. »Hör auf!« hätte sie am liebsten geschrien. Sie wünschte sich, sie könnte das Rad noch einmal zurückdrehen und ihm die Kleider vom Leib reißen.

»Ich wollte, daß du mich liebst«, sagte Seamus, die Hände in ihrem Haar. Er wirkte kein bißchen bedrückt, als habe er irgendeinen Vorsatz gebrochen. Nein, es klang wie ein beiläufig geäußertes Geständnis, dachte Grace.

»Ich liebe dich doch«, meinte sie, glücklich, etwas mit Bestimmtheit äußern zu können. Er küßte sie. Sein Mund fühlte sich auf ihrer Zunge an wie warmer Tee. Die Knie wurden ihr weich.

»Nein, du liebst mich nicht«, flüsterte er und drückte sie behutsam aufs Bett. Sein Körper über ihr schimmerte bläulich, und seine Muskeln wirkten wie die Schatten auf der Oberfläche des Vollmonds. Er hielt ihre Hände neben den Kissen fest, während er ihr in die Augen sah. Dann glitt er zwischen ihre Beine und verharrte regungslos, bis sie es nicht länger ertragen konnte. Ihr Innerstes schrie. Als sie ihn mit ihren Hüften hochdrückte, bewegte er sich langsam, langsamer, als Michael es je vermocht hatte. Die Empfindungen, die er in ihr wachrief, dehnten sich über einen quälend langen Zeitraum aus. Sie zog ihn noch näher an sich heran, doch immer noch war er ihr nicht nah genug. Sie wollte noch mehr von ihm, wollte seinen ganzen Körper in sich spüren.

»Du warst dort«, flüsterte er. Sie bog den Nacken zurück, versuchte ihr Stöhnen zu unterdrücken.

»Wo?«

»Du warst dort, im Wasser. Als mein Vater hinabgezogen wurde. Ich konnte ihn nicht mehr halten und tauchte unter. Und da warst du und hast auf mich gewartet.«

»Nein«, sagte Grace. Ihr Orgasmus entlud sich immer von neuem. Wenn sie meinte, es sei vorbei, schwoll das Gefühl erneut in ihr an und wurde mit jedem Mal stärker. Seamus' Gesicht schwebte über ihr wie ein nasser Mond. Sie küßte ihn, füllte seinen Mund mit ihrer Zunge, und ihr Wimmern hallte in seiner Kehle wider.

Als es vorbei war und die klebrige Masse auf ihren Körpern nahezu getrocknet war und wie ein Sonnenbrand juckte, spürte sie heiße Tränen auf ihrem Gesicht und dachte, sie stammten von ihm. Sie sah ihn an. Nicht er war es, der weinte.

KAPITEL 21

Clíona

Ich denke gerade über Gráinne nach – so wie jeden Tag, jede Stunde –, als Liam sie, triefend naß und über dem Auge blutend, ins Hotel bringt.

»Was ist passiert?« Ich trete rasch hinter der Rezeptionstheke hervor und drücke mein Taschentuch auf die klaffende Wunde auf ihrer Stirn.

»Sie ist beim Schwimmen auf den Felsen ausgerutscht«, erklärt Liam. Er zittert mehr als sie, obwohl er den Anschein erwecken will, er würde sie stützen.

»Ist nicht so schlimm«, meint Gráinne, ist aber doch überrascht, als sie mein blutdurchtränktes Taschentuch sieht.

Ich gehe mit ihr zum Haus und rufe Bernie an, die Krankenschwester auf der Insel. Aber ihre Tochter teilt mir mit, daß sie an diesem Tag auf dem Festland ist, also hole ich den Erste-Hilfe-Kasten und reinige die Wunde. Sie ist so tief, daß sie genäht werden muß. Als ich den Faden einfädele, sieht Gráinne mich entsetzt an.

»Das kannst du doch gar nicht«, meint sie. »Ich muß ins Krankenhaus.«
»Unsinn«, sage ich und ziehe die Spritze für die örtliche Betäubung auf. »Ich habe den Jungen, der neben dir steht, schon dreimal genäht. Ich weiß, wie es geht.« Gráinne scheint mir nicht zu glauben, aber Liam versucht sie zu überzeugen und zeigt ihr die kaum mehr sichtbare Narbe an seinem Bein und die unter seinem dichten Pony.
»Nana kann das genausogut wie ein Arzt«, meint er.
»Und sie ist billiger«, füge ich hinzu.
»Und was ist, wenn ich eine Infektion bekomme?«
»Hör auf zu jammern«, sage ich. »Ich passe schon auf, daß dein hübscher Kopf sauber bleibt.« Selbst nachdem ich ihr die Spritze verabreicht habe, schielt sie argwöhnisch nach oben und beobachtet mich skeptisch.
»Tue ich dir weh?« frage ich.
»Nein«, erwidert sie mißmutig, als ob sie lieber auf die Betäubung verzichtet hätte, um wütend auf mich sein zu können. Ich nähe mit kleinen, säuberlichen Stichen, damit keine große Narbe zurückbleibt. Die Wunde befindet sich direkt unter dem Haaransatz, und wenn ihre abgeschorenen Haare erst einmal nachgewachsen sind, wird sie kaum mehr sichtbar sein.
»Woher weißt *du* eigentlich, wie man das macht?« Ich überhöre den abfälligen Ton ihrer Frage.
»Ich helfe der Krankenschwester gelegentlich. Ich wollte selbst einmal einen medizinischen Beruf erlernen und habe nie das Interesse daran verloren.«
»Und warum bist du dann Dienstmädchen und Hotelangestellte geworden?« stichelt Gráinne.
»Ich bekam deine Mutter früher, als ich geplant hatte.« Ich zeige ihr die säuberliche schwarze Naht im Handspiegel. Sie wird bald einen Bluterguß bekommen, aber es blutet nicht mehr. Ich verbinde ihr die Stirn.

»Meine Mutter meinte, du hättest keinen Ehrgeiz gehabt«, sagt Gráinne – wenn auch leise, als wäre sie sich bewußt, wie boshaft das klang.
»Hat sie das zu dir gesagt?«
»Ja, einmal«, erwidert sie. »Als ich nach dir gefragt habe.«
Liam reicht mir das Pflaster. Offenbar ist ihm unbehaglich zumute. Vielleicht hat er das Gefühl zu stören.
»Deine Mutter fand, daß ich nichts aus meinem Leben gemacht habe.«
»Hast du ihr denn nicht gesagt, daß du eigentlich etwas anderes gewollt hast?« Ich bin fertig, sammle das Papier und die blutigen Gazetupfer auf.
»Ich stehe zu meinem Leben, Gráinne. Außerdem habe ich Grace nichts davon gesagt, weil ich ihr nie das Gefühl geben wollte, sie wäre der Hinderungsgrund. Das wäre ungerecht gewesen.« Was würde geschehen, wenn ich Gráinne alles erzählte? Daß ich anfangs eine schlechte Mutter war, daß ich dieses grimmige kleine Ding haßte, weil es meine Pläne zunichte machte?
»Vielleicht hätte sie dich mehr gemocht, wenn du ihr die Wahrheit erzählt hättest«, meint Gráinne finster.
»Das allein ist es nicht.«
»Was dann? Was denn noch?« kreischt sie.
»Nicht jetzt, Gráinne.« Der Sturm ist losgebrochen, ihr Stuhl landet mit einem lauten Krach auf den Linoleumboden, sie stapft die Treppe hinauf und schlägt die Tür so fest hinter sich zu, daß die Töpfe an den Haken in der Küche scheppern. Dieses Gepolter – es ist, als ob meine Tochter wieder bei mir wäre.
Liams Blick verrät, daß er sie versteht.
»Ich glaube, es macht einen verrückt«, meint er, »wenn man nur die halbe Sache erfährt.«
»Ja«, erwidere ich, »ganz sicher.« Ich weiß ja selbst nicht

alles, und das, was ich weiß, zu erklären, fällt mir nicht gerade leicht.

Nachts, wenn Marcus schon schläft, spreche ich mir leise vor, was ich Gráinne sagen würde, wenn ich es über mich brächte.

Ich habe Fehler gemacht, und dann bin ich Kompromisse eingegangen.

Die besten Absichten haben manchmal die schlimmsten Folgen.

Die entscheidenden Dinge im Leben passieren immer alle auf einmal, plötzlich und unerwartet.

Wenn in meinem Leben nicht immer alle möglichen Probleme zusammengekommen wäre, wäre ich sicher besser damit fertig geworden. Aber so blieb immer etwas auf der Strecke. Auf diese Weise habe ich auch meine Tochter verloren, nicht von heute auf morgen, aber Schritt für Schritt, über all die Jahre hinweg.

Kurz nach dem Tod von Seamus' Vater wurde mein eigener Vater schwerkrank und erholte sich nicht mehr. Seit er fünf Jahre zuvor mit dem Fischen aufgehört hatte, hatte Dad ein recht ruhiges Leben geführt. Er bestand darauf, allein in dem Haus wohnen zu bleiben, in dem er geboren war, obwohl ich glaubte, er würde sich bei Marcus und mir wohler fühlen. Tagsüber hütete er die Schafe und Rinder, und jeden Abend um fünf Uhr zog er seine Weste an und ging in den Pub. Dort saß er an der Ecke der Bar zusammen mit den drei Männern, mit denen er fünfzig Jahre lang zum Fischen gefahren war, trank langsam sein Guinness, bis sein Blick trübe wurde. Dann ging er über die dunklen, holperigen Straßen allein nach Hause. Dad führte dasselbe einsame Leben wie die meisten älteren Männer auf der Insel, aber er fühlte sich nicht einsam. Es war die einzige, ihm mögliche Art und Weise, geduldig zu warten – auf den Tag, an dem er meiner Mutter folgen würde.

Wir erfuhren nie genau, was meinem Vater wirklich fehlte,

denn er weigerte sich, zum Arzt zu gehen. Ich selbst vermutete Nierenversagen und war anfangs richtig wütend, weil ich wußte, daß er mit Dialyse sein Leben verlängern konnte. Aber mein Vater war altmodisch und schicksalsgläubig. Wenn die Zeit für ihn gekommen war, dann war es eben so, und er wollte nicht mit einem Apparat künstlich am Leben erhalten werden. (Auch mir ist Fatalismus vorgeworfen worden – von meiner Tochter und auch von Gráinne. Ich sage oft, wenn etwas nach Gottes Willen geschehen soll, dann geschieht es, obwohl ich gar nicht hundertprozentig davon überzeugt bin. Manchmal denke ich, ich halte an meinem Glauben nur aus Gewohnheit fest, nicht weil ich wirklich überzeugt bin.)

So kam es, daß ich, als Grace und Seamus sich ineinander verliebten, voll und ganz damit beschäftigt war, meinen sterbenden Vater zu pflegen. Zuerst verübelte er es mir, denn es ist schwer, seinen Stolz zu wahren, wenn die eigene Tochter einem bei allen körperlichen Verrichtungen hilft. Doch als er dann schwächer wurde, wollte er mich selbst in seiner Nähe haben. Er mochte es, wenn ich auf seinem Bett saß, während er schlief.

Mein Vater war immer ein einfühlsamer Mensch gewesen. Als ich noch ein Kind war, streichelte er mich, wenn ich Fieber hatte, und bevor ich zu Bett ging, kuschelte ich mich in seinen Schoß. Er hatte den warmen, festen Körper eines Fischers, und die Haut an seinen Fingern war so dick, daß er sich einen halben Zentimeter tief in den Daumen schneiden konnte, ehe Blut kam. Trotzdem war er sehr sanft. Meine Mutter hingegen, deren Körper doch so weich wirkte, berührte uns nie. Nie wäre ich auf den Gedanken gekommen, meinen Kopf an ihre Brust oder auf ihren Bauch zu legen, eher erschienen sie mir wie ein Panzer, mit dem sie sich vor meinen Berührungen schützte.

Als ich eines Nachmittags bei meinem Vater saß und ihm Gedichte von Patrick Kavanagh vorlas, schlug er die Augen auf und blickte mich seltsam an. Ich hatte nicht den Eindruck, daß er mich bitten wollte, ihm auf die Toilette zu helfen oder ihm eine Tasse Tee zu bringen.

»Was ist, Dad?« fragte ich und schloß das Buch.

»Du erinnerst mich an deine Mutter.« Ich war wie vom Donner gerührt. Er sprach nur selten von ihr, und ich denke, er vermißte sie in diesem Augenblick noch genauso wie an dem Tag, als sie starb. Es schmerzte ihn, darüber zu sprechen.

»Aber es ist Maeve, die Mum nachschlägt«, sagte ich. Maeve hatte das gleiche goldene Haar wie sie und ihre bernsteinfarbenen Augen, die stets die Aufmerksamkeit der Männer erregt hatten.

»Ich denke nicht an dein Haar und dein Gesicht. Es ist deine Art, deine Stimme. Wie du diese Gedichte liest.«

Bin ich so kalt? dachte ich. Ja, das war sie gewesen, eiskalt, und sie hatte den harten, zornigen Tonfall einer Frau, der ihr Leben zuwider war.

»Mum hatte den Akzent des Nordens, Dad«, sagte ich. Vielleicht war er ja nur etwas durcheinander.

»Ich meine nicht den Akzent«, erwiderte er resigniert. Damit ließ er die Sache auf sich beruhen, blickte mich düster an und wandte sich ab.

Ich hätte nicht mit ihm streiten sollen, denn er hatte mir ein Kompliment machen wollen. Er sah meine Mutter anders als ich. Da ich all die Jahre meine Mutter für eine kalte, unnachgiebige Frau gehalten hatte, war ich entsetzt zu hören, daß ich ihr glich. Zum erstenmal kam mir der Gedanke, daß mein Vater meine Mutter so gesehen hatte, wie sie wirklich war, ich hingegen nur die Fassade, und nicht umgekehrt. Vielleicht hatte ich sie nur nicht verstanden, so wie wohl auch Grace mich nicht verstanden hatte.

Mein Vater starb dreiundzwanzig Jahre nach meiner Mut-

ter, und doch war es meine Mutter, um die ich bei seinem Begräbnis trauerte. Ich trauerte, weil ich sie nie richtig gekannt hatte, weil sie gestorben war, bevor ich selbst Mutter wurde, bevor ich die Gelegenheit hatte zu begreifen, daß eine Frau als Mutter nie so sein wird, wie sie es sich vorgenommen hat.
Trauer war es, was mich dazu veranlaßte, meiner eigenen Tochter all diese Dinge anzutun. Irgendwann werde ich es Gráinne sagen müssen, das weiß ich. Sie würde es ohnehin herausbekommen, wenn sie ihren Vater wiedertrifft, aber es ist besser, wenn sie es von mir erfährt. Es ist alles meine Schuld, alles. Daß Grace weggegangen ist, daß Gráinne ohne Vater aufgewachsen ist. Ich habe meine Tochter hier gefangengehalten wie einen Fisch im Netz, und als sie einmal fort war, kam sie nie wieder. Ich kann ihr das nicht einmal übelnehmen. Marcus meint, ich solle mir deshalb keine Vorwürfe machen, aber es läßt mich einfach nicht los. Ich glaube, wenn man Kinder hat, ist man für immer für sie verantwortlich.
Ich kann nicht gerade behaupten, daß diese Liebesbeziehung zwischen meiner Tochter und Seamus mich unvorbereitet traf, ich war nur viel zu beschäftigt, um sie gleich zu bemerken. Mir wäre es lieber gewesen, es wäre später dazu gekommen, aber Grace war ein hübsches Mädchen und Seamus nicht unempfänglich für Schönheit. Er war ein anständiger Kerl, wenn schon nicht in seinen Taten, so doch immerhin in seinen Ansichten. Er liebte sie wirklich und von ganzem Herzen. Doch das Herz war nicht alles: Kaum war sie achtzehn Jahre alt, wurde sie schwanger. Mein kleines Mädchen orientierte sich an meinen Fehlern wie an einer Straßenkarte. Aber sie hatte Glück im Unglück, daß ihr das mit Seamus passiert war. Für ihn war es keine Frage, daß er sie heiraten würde, er wußte, was er wollte. Es war Grace, die alles noch schwieriger machte, als es ohnehin schon war.

Eines Morgens, als Marcus nicht im Haus war, kam sie zu mir.
»Ich werde es abtreiben lassen«, verkündete sie.
In diesem Augenblick dachte ich, ich hätte sie für immer verloren.
»Das schlägst du dir sofort aus dem Kopf«, erwiderte ich in einem Ton, der sogar sie sprachlos machte. »Du wirst Seamus heiraten, ich lasse nicht zu, daß du dein Leben zerstörst und deine Seele dazu.«
»Ich will Seamus aber nicht heiraten. Ich gehe wieder nach Boston, dort kann ich die Abtreibung machen lassen.«
»Halt den Mund!« schrie ich sie an. »Du wirst auf der Insel bleiben, bis du diesen Mann geheiratet und das Kind zur Welt gebracht hast. Du hast nun mal diesen Fehler gemacht, und jetzt wirst du auch dafür geradestehen, wie es sich für eine Christin gehört, und wenn ich, Gott steh mir bei, selbst dafür sorgen muß.«
Sie warf mir Scheinheiligkeit vor, was natürlich nur allzu sehr der Wahrheit entsprach. Ich habe weiß Gott genügend Fehler gemacht. Und abzutreiben ist wirklich nicht schlimmer, als sein eigenes Kind zu hassen. Ich weiß, daß es nicht sehr katholisch ist, so zu denken, aber das zeigt, wie sich mein Glaube über all die Jahre verändert hat, obwohl ich nach außen hin den Schein gewahrt habe. Ich habe Gott nicht immer so praktisch gefunden, wie ich ihn mir gewünscht hätte.
Damals dachte ich jedenfalls: Durch dieses Kind wird sich alles verändern. Grace würde reifer werden, und ihr Kind würde uns einander näherbringen. Und außerdem war es ja nicht so, daß sie Seamus nicht liebte, daran bestand kein Zweifel. Aber sie wollte immer das Gegenteil von dem, was ich mir für sie wünschte.
Ich machte meine Drohung wahr. Eamon wurde instruiert, sofort Marcus anzurufen, falls Grace die Fähre nehmen wollte. Nach einer Woche gab sie dann schließlich auf – sie hatte ver-

geblich versucht ein Boot zu stehlen. Seamus erwischte sie im Hafen, wo sie ständig im Kreis herumfuhr.

Sie heiratete ihn. An jenem Tag schenkte er ihr ein hübsches Relief, das er selbst geschnitzt hatte: Granuaile in ihrem Curragh. Er kannte meine Tochter besser, als sie wußte. Und er verehrte sie mehr, als Michael Willoughby es jemals getan hatte.

Grace hätte glücklich mit Seamus sein können, wenn sie es nur zugelassen hätte. Aber ich hatte sie gezwungen, ihn zu heiraten, und sie war fest entschlossen, mir das heimzuzahlen und ihrem Mann gleich mit. Ich kann nicht sagen, daß es mir leid tut, denn wenn sie abgetrieben hätte, gäbe es keine Gráinne, und das Mädchen bedeutete Grace alles, das weiß ich. Sie war eine gute Mutter, egal, was für Entscheidungen sie später traf.

Ich bin nicht stolz auf das, was ich getan habe, aber ich habe es aus Liebe getan. Ich wollte nicht mit dem Gedanken sterben müssen, daß Grace mich für kalt und gefühllos hielt. Aber dann starb Grace Tausende von Meilen von mir entfernt. Starb und dachte dasselbe von mir, was ich von meiner Mutter gedacht hatte. Vielleicht starb sie auch ohne einen einzigen Gedanken an mich und in dem Gefühl, ganz allein auf der Welt zu sein – wie immer, seit sie geboren war und ich nicht wußte, wie ich sie lieben sollte.

So wahr mir Gott helfe, ich war eine Mutter, und mehr als einmal meinte ich, ich hätte das Richtige getan. Ich würde alles auf mich nehmen, alles, wie Asche auf mein Haupt, wenn ich sie nur eine Weile wieder bei mir haben könnte. Von Anfang an. Als das Neugeborene mit dem platten Gesichtchen und dem Hautausschlag, wimmernd wegen der Koliken. Jeder Schrei von ihr würde mich beglücken. Sie wäre das meistgeliebte Kind auf Erden seit Jesus Christus.

KAPITEL 22

Grace

In ihrer Panik stahl Grace das Boot von Jack Keane, obwohl sie gar nicht damit umgehen konnte und der Nebel so dicht war, daß man nicht einmal das Festland sah. Ihr einziger Gedanke war, endlich von ihrer Mutter wegzukommen. Von diesem verschlossenen Gesicht, das ihr Leben beherrschte. Sie hatte schreckliche Angst, sie würde eines Tages genauso aussehen, wenn sie auf dieser Insel blieb: dasselbe undurchdringliche, großporige und vom Seewind zerfurchte Gesicht.

Irrtümlich befestigte sie das Ruder verkehrt herum, so daß die Schaufel in die falsche Richtung zeigte, das Boot außer Kontrolle geriet und sie sich im Kreise drehte. Buchstäblich. Sie war gezwungen, immer wieder zum Ausgangspunkt zurückzukehren. Schwanger. Schrecklich verliebt. In der Falle.

Seamus schimpfte, als er das kreisende Boot von seinem Curragh aus zu fassen bekam.

»Wie konntest du so dumm sein, Grace? Du hättest ertrinken können. Willst du denn lieber sterben, als mich heiraten?«

Er brachte sie in den leeren Empfangsraum im Hotel, damit sie sich vor dem Kamin trocknen konnte, wickelte sie in eine Wolldecke und nahm sie auf seinen Schoß. Während er ihr über das feuchte Haar strich, weinte sie leise vor sich hin, klammerte sich aber gleichzeitig an ihn wie an die heiße Wärmflasche, die sie abends immer mit ins Bett nahm.

»Ich möchte kein Kind«, wimmerte sie. »Ich bin doch erst achtzehn und weiß gar nicht, wie das geht.« Seamus wiegte sie. »Schh, meine Kleine.«

»Es war mein Fehler«, sagte er. »Ich hätte besser aufpassen sollen. Aber es wird alles gut. Du bist bestimmt eine wunderbare Mutter, wart's nur ab.« Grace schluchzte auf und weinte noch mehr.

»Wenn du weißt, daß es ein Fehler war, warum darf ich es dann nicht wegmachen lassen?«

Seamus erstarrte. »Ich kann nicht zulassen, daß du unser Kind umbringst«, sagte er schroff. Doch er wurde gleich wieder sanft und küßte sie zärtlich auf die Schläfen. »Ach, Grace«, flüsterte er, »warum willst du mich bloß nicht heiraten? Ich liebe dich wahnsinnig. Ich werde bestimmt gut zu dir sein, immer.«

Grace schüttelte so heftig den Kopf, daß salzige Tropfen von ihren Wangen sprangen.

»Liebst du mich denn nicht?« fragte Seamus. Sie drückte das Gesicht an seine Schulter.

Sie liebte ihn tatsächlich oder glaubte es jedenfalls, wenn denn diese Mischung aus Verlangen und Schrecken Liebe war. Sie konnte nicht genug von ihm bekommen, und sie war sich sicher, daß er es wußte. Obwohl sie das Gefühl hatte, daß sie etwas Unrechtes tat, war sie nach jenem ersten Mal fast jeden Abend zu seinem Haus gegangen, weil sie ihn unbedingt in sich spüren wollte. Sie schluchzte bei jedem Orgasmus, rief laut seinen Namen, bis er ihr den Mund zuhielt,

damit die Nachbarn sie nicht hörten. Sie brauchte ihn nur anzusehen, und ihr Inneres zerschmolz wie Wachs. Bei Michael hatte sie – obwohl sie den Sex mit ihm genoß – unablässig gedacht, geplant, sich im Kopf Notizen gemacht für später. Bei Seamus hatte sie keine Gedanken. Es war wie beim Schwimmen: So wie dort nur noch ihr Körper und das Wasser zählten, zählten hier nur noch ihr Körper und seiner. Aber mit Seamus zusammenzusein, so dachte sie manchmal, war auch wie ertrinken.
Sie hatte Angst vor ihm. Davor, wie er sie manchmal ansah, wenn sie zusammen im Bett lagen, mit diesem lauernden, ernsten Blick, als ob er etwas gegen sie ausheckte. Er tat ihr niemals weh, nein, er war in jeder Hinsicht zärtlich, und doch fühlte sie sich immer noch wie eine Gefangene. Seamus scherzte manchmal, sein Vater sei jetzt gefangen im Käfig einer Meerjungfrau und werde nur dreimal am Tage herausgelassen, um zusammen mit den Bewohnern des Meeres eine Mahlzeit einzunehmen. Genauso fühlte sich Grace – wie eine dieser bedauernswerten Seelen. Zwar war es ein sinnlicher Liebeskäfig, in den sie eingesperrt war, aber immerhin ein Käfig. Wenn sie Seamus heiratete, würde sie von dieser Insel nie wegkommen. Er liebte Inis Murúch und würde nicht einmal nach Dublin ziehen, obwohl er für die *Irish Times* schrieb. Grace würde eine dieser Inselehefrauen werden wie ihre Mutter oder Mary Louise, die ständig Tee tranken und über ihre Männer redeten, als wären sie ungezogene kleine Jungen.
»Das hier ist nicht meine Heimat«, erklärte sie Seamus, anstatt seine Frage zu beantworten. Er seufzte.
»Das kann es aber werden, Grace. Wenn du es willst.«
»Nein«, erwiderte sie, wenn auch leise.
»Gib mir etwas Zeit, Grace. Wir bekommen das Baby, und ich werde dich glücklich machen, du wirst sehen.«

Sie heiratete ihn, weil die Angst, ihn zu verlieren, genauso stark war wie die Angst, sich selbst aufzugeben. Weil sie niemals etwas derartiges für einen Menschen empfunden hatte und fürchtete, es nie wieder zu erleben. Weil er einen Teil von ihr unwiederbringlich verschlungen hatte: ihre fließende Mitte, ohne die sie unmöglich fortgehen konnte.
Sie heiratete ihn, weil sie die heimliche Hoffnung hegte, eines Tages wäre es umgekehrt, und sie könnte ihn dazu bringen, von hier fortzugehen.

Grace erbrach sich in der Toilette, während die Hochzeitsgäste Set tanzten. Der Hotelsaal stank nach Schweiß und Stout. Kniend preßte sie die Stirn an die kühlen Wandkacheln, als ob sie damit ihren Magen beruhigen könnte. Bis jetzt war ihr nur hin und wieder schlecht geworden. Im Gegensatz zu Mary Louise, die ebenfalls schwanger war und den halben Tag unter schrecklicher Übelkeit litt. Grace hatte von den Inselfrauen gehört, daß es ein Junge würde, wenn einem so oft schlecht war. Demnach mußte Michaels Baby, ihre Fehlgeburt, ein Junge gewesen sein. Und das Baby von Seamus würde ein Mädchen sein.
Als ihr wieder wohler war, setzte sich Grace auf den Rand der Toilettenschüssel. Sie fühlte sich noch nicht in der Lage, zu der Hochzeitsgesellschaft zurückzukehren. Plötzlich hörte sie eine Gruppe junger Frauen hereinkommen, und der Duft von Parfüm und Gesichtspuder erfüllte den Raum. Mary Louise war auch dabei. Alle kicherten und scherzten. Grace hob die Füße und hielt ihre Knie umschlungen, damit niemand sie sehen konnte, falls sie auf die Idee kamen, unter der Tür hindurchzugucken.
»He, wir haben gesehen, wie du mit Francie Raftery getanzt hast, Margaret«, sagte Mary Louise. »Du liebst ihn wohl, nicht wahr?«

»Nicht die Bohne«, kreischte Margaret. »Er hat an den Knöpfen hinten auf meinem Kleid rumgefummelt. Schaut euch mal meinen Rücken an. Bestimmt sieht man die Abdrücke seiner Riesenpranken noch auf der Seide.« Alles brüllte vor Lachen. »Ist ja ganz schick, dieses Fest«, fuhr sie dann fort. »Aber nicht mal halb so gut wie deine Hochzeit, Mary Louise. Diese Ziege von einer Braut verdirbt einem alles.«

»Red nicht so über meine Schwester, ich warne dich«, erwiderte Mary Louise ruhig. Sie wollte das Gespräch wieder auf Francie bringen, aber Margaret, die ziemlich betrunken klang, ging nicht darauf ein.

»Ach, du willst hier wohl die Heilige spielen?« schrie sie. »Nicht um alles in der Welt würde ich dieses Flittchen meine Schwester nennen. Schnappt Seamus O'Flaherty einfach allen vor der Nase weg, dabei hätten wir von der Insel ihn weiß Gott mehr verdient. Jeder weiß doch, daß sie ihn reingelegt hat. Und jetzt wird sie gleich nach dir ihr Baby bekommen, Mary Louise. Die will doch nur im Mittelpunkt stehen.«

»Halt den Mund, hörst du?« sagte Mary Louise, diesmal etwas lauter. »Was kann meine Schwester dafür, daß Seamus dich keines Blickes gewürdigt hat, Margaret.« Grace hörte, wie Mary Louise mit ihren Stöckelschuhen aus der Toilette marschierte.

»Mach dir nichts draus, Margaret«, meinte ein Mädchen. »Sie spinnt ein bißchen.«

»Sie kann einem bloß leid tun«, erwiderte Margaret. In der Kabine nebenan pinkelte jemand, dann war Grace wieder allein.

Das Gespräch überraschte sie nicht. Ihr war klar, daß die ganze Insel von ihrer Schwangerschaft wußte. Clíona hatte zu ihr gesagt, sie solle froh sein, daß Father Paddy den Brautunterricht kurz gehalten hatte, so daß sie rasch heiraten konnten. Der Brautunterricht hatte aus Belehrungen über Gott und die Heiligkeit der Ehe bestanden. »Wenn du samstags Verkehr mit deinem Mann hattest«, hieß es darin zum Beispiel, »kannst du am Sonntag nicht das Heilige Sakrament empfangen.«

(In jener Woche hatte ihr Seamus bei der Messe zugeflüstert: »Achte auf die Paare, die nicht zur Kommunion gehen.« Aber es hatte sie nicht interessiert. Alles an dieser Religion schien ihr lächerlich. Mit Blindheit geschlagene Menschen, die Gebete sprachen, die nie erhört wurden. Sie wünschte sich, es gäbe eine andere Möglichkeit, Seamus zu heiraten, aber hier gab es nur den Weg über den Priester.)

Grace kümmerte es nicht, was die Leute von ihr dachten. Was sie jedoch überraschte, war, wie Mary Louise sie verteidigt hatte. Und es machte sie wütend. Sie hätte die Toilettentür aufstoßen und dieser Margaret selbst das Maul stopfen sollen. Sie brauchte keine Mary Louise, die sich für sie einsetzte, und auch keinen Seamus und keine Clíona. Sie brauchte keinen von ihnen, und sie würde dafür sorgen, daß sie es eines Tages zu spüren bekamen.

Als sie in den Saal zurückging, wartete Seamus schon besorgt auf sie. Er nahm ihre Hand, drückte ihr mit seinen heißen Lippen einen sanften Kuß auf die Wange und meinte, sie sähe blaß aus.

»Geht es dir gut, Mrs. O'Flaherty?« Sie zog ihre Hand weg.

Als Father Paddy Seamus in der Kirche aufgefordert hatte, seine Braut zu küssen, hatte er sie so eindringlich angesehen, daß ihre Wut verrauchte und sie vergaß, daß sie in der Falle saß. Für einen Augenblick wünschte sie sich nur, mit ihm zu leben, und war dankbar, als sein warmer Kuß sie einhüllte. Doch als sie die Augen öffnete und Clíonas triumphierenden Blick sah, hätte sie sich am liebsten das Kleid aus Spitzen und Satin vom Leibe gerissen und wäre laut schreiend aus der Kirche gelaufen.

In den Flitterwochen reiste Seamus mit ihr nach Florenz, wo sie in einem Hotel mit Blick auf den Arno wohnten, die Tage in Museen verbrachten und viel zu viel Cappuccino tranken. Jeden Abend liebten sie sich, bis Seamus erschöpft war, und wenn er schlief, betrachtete Grace ihn, während sie gleichzeitig den summenden Geräuschen der nächtlichen Stadt lauschte, die durch das Fenster hereindrangen. Florenz gefiel ihr. Hier war es Tag und Nacht trocken und warm, und sie sog gierig die Sonne ein. Die italienischen Männer waren einfach umwerfend und schenkten ihr so viel Aufmerksamkeit, wie Seamus es zuließ.

Eines Nachmittags, als Seamus ein Schläfchen machte, schlich sie sich hinaus, spazierte über den *mercato* und lächelte den Männern zu, die ihr »schöne Dinge für entzückende Frau« verkaufen wollten. Sie erwarb ein seegrünes Seidentuch von einem Mann mit einem Handkarren, der meinte, der Stoff passe wunderbar zu ihren Augen. Dann ging sie in ein kleines Museum, in dem sich vier Plastiken von Michelangelo befanden, und sah sich lange die Madonna mit dem Kind an. Es war eine Mischung aus übergroßer Freude, Schrecken und Trauer, mit der die Jungfrau Maria den Säugling ansah, ein monströses Ding mit dem in sich gekehrten Blick eines Erwachsenen. Wird es mir vielleicht auch so ergehen? fragte sich Grace, während sie sich über den Bauch strich. Werde ich mein Kind lieben und hassen zugleich? Sie wollte nicht dieselben widersprüchlichen Gefühle für ihre Tochter empfinden wie für Seamus. Und außerdem war sie fest entschlossen, niemals so zu werden wie Clíona, die ihre Tochter herunterputzte und im gleichen Atemzug gackerte, sie tue es aus Liebe. Grace würde ihre Tochter Gráinne nennen, das würde sie stark machen. Niemand, nicht einmal Grace selbst, würde sie unterdrücken können.

Auf dem Rückweg zum Hotel begegnete sie Seamus, der eiligen Schritts eine Brücke überquerte.
»Wo bist du gewesen?« fragte er verärgert.
»Was geht dich das an?« erwiderte sie. Seamus stutzte einen Augenblick, dann lachte er und umarmte sie.
»Tut mir leid«, flüsterte er. Sie sah, daß der Mann, der ihr das Tuch verkauft hatte, sie beobachtete, und erwiderte Seamus' Umarmung nicht.
»Ich dachte schon, du hättest mich verlassen«, meinte Seamus und drückte sie noch fester an sich. »Ich mag dieses Gefühl nicht, Grace. Sag mir, daß du mich nicht verläßt.« Weil er in diesem Moment so verwundbar klang und der Mann mit den Tüchern ihr zuzwinkerte, schlang Grace die Arme um Seamus, legte den Kopf an seine Brust und lächelte.
»Sei nicht albern«, sagte sie. »Ich liebe dich.«

Im Beisein der Amme und Clíonas brachte Mary Louise am 29. Oktober einen Jungen zur Welt – Liam. Grace, die auf Mary Louises Bitte hin gekommen war, saß vor dem Schlafzimmer und drückte jedesmal Seamus' Hand, wenn Mary Louise schrie.
»Ich möchte, daß du mich nach Galway ins Krankenhaus bringst«, flüsterte sie ihm zu. Ihr Baby sollte zu Weihnachten kommen. »Wo sie mir eine Spritze geben können.« Seamus lächelte.
»Dann ist es aber keine natürliche Geburt mehr.«
»Scheiß drauf«, erwiderte Grace. Sie hörten, wie Mary Louise Owen beschimpfte, der zu ihrer Unterstützung laut mitatmete.
Als alles vorbei war und das Haus sich mit Besuchern füllte, wollte Mary Louise, daß Grace als erste Liam hielt. Seit Grace verheiratet war, überschüttete Mary Louise sie mit schwesterlicher Zuneigung, was Grace sich nur deshalb gefal-

len ließ, weil sie sich langweilte. Für eine schwangere Frau gab es auf der kleinen Insel nichts zu tun. Aber immer, wenn sie so tat, als höre sie Mary Louises Geplapper zu, schwor sie sich, nie so zu werden wie ihre Stiefschwester. Zu einem Leben gezwungen, das von der vorherigen Generation vorgezeichnet war. Wo die Männer verhätschelt wurden wie Säuglinge, die nicht für sich selbst sorgen konnten, und man von den Frauen erwartete, sich um alles zu kümmern und nichts zu verlangen.

Grace nahm das Bündel und betrachtete es finster.

»Ich wußte, daß es ein Junge werden würde«, meinte sie. Mary Louise lachte.

»Vergiß die Sache mit dem Atmen«, sagte sie. »Am Ende hätte ich Owen am liebsten umgebracht, weil er mir andauernd ins Gesicht blies, in dem Glauben, das würde mir helfen. Er hätte lieber im Wohnzimmer auf und ab gehen sollen, wo sein Platz ist.«

Sie hörten, wie Owen im Nebenzimmer mit Seamus sprach.

»Es ist gar nicht so schlimm«, sagte Owen. »Du mußt nur dafür sorgen, daß sie weiteratmet, aber du darfst nicht zu schnell machen.«

Mary Louise verdrehte die Augen. »Du mußt dich beeilen, Grace. Wenn es ein Mädchen wird, kann sie meinen Liam später mal heiraten.«

Grace gab ihr rasch das Baby zurück. Ihre Tochter würde auf keinen Fall einen Jungen von der Insel heiraten – hier sprangen doch alle Männer vom Schoß ihrer Mütter in den ihrer Frauen und ließen sich verwöhnen. Außer Seamus, der ohne Mutter aufgewachsen war und gelernt hatte, für sich selbst zu sorgen.

»Ah, jetzt hat er Hunger«, meinte Mary Louise erschrocken, als das Baby zu weinen anfing.

»Woher weißt du das denn?« fragte Grace.

»Du brauchst dir nur sein Mündchen anzusehen, er öffnet und schließt es wie ein Fisch an der Leine«, erwiderte Mary Louise. »Schnell, Grace, lauf und hol diese Frau, damit sie mir zeigt, was ich tun muß. Und schick die Männer in den Pub. Hier sind sie uns nur im Weg.«

Graces Wehen begannen am Morgen des 24. Dezember. Anfangs empfand sie es genauso wie die Krämpfe, die sie bei ihrer Fehlgeburt hatte. Schluchzend weckte sie Seamus.

»Ich glaube, das Baby stirbt«, sagte sie. »Halt es fest, Seamus, das Baby fällt heraus.«

Er rief Mary Louise und Clíona, die Grace beruhigten und ihr erklärten, das sei alles ganz normal. Seamus ließ sich und seine Frau von Eamon zum Festland fahren, obwohl es schneite und die See rauh war. In der Kajüte stank es furchtbar nach Benzin, und Grace klammerte sich an Seamus, als ob sie ertrinken würde. Bei jeder Wehe wäre sie am liebsten über Bord gesprungen, damit das kalte Meer den Schmerz in ihrer Mitte betäubte. Immer wieder schob sie Seamus für einen Augenblick von sich und packte ihn dann erneut.

»Ich bin ja bei dir«, flüsterte Seamus, und sein heißer Atem wehte an ihr Ohr. »Es ist alles in Ordnung, Grace. Ich bin bei dir.«

Im Krankenhaus in Galway ging irgend etwas schief. Grace machte alles, was die Krankenschwestern ihr sagten, ertrug Seamus' albernes Atmen und seine Anweisungen. Aber das Baby wollte nicht kommen. Schließlich teilte ihr der Arzt mit, das Baby liege falsch herum, und man müsse einen Kaiserschnitt machen.

Während sie durch die kalten Flure zum Operationssaal gekarrt wurde, lief Seamus nebenher und hielt ihre Hand. Grace dachte an ihre Mutter. War es bei ihr nicht auch so gewesen? »Blut und Skalpelle« hatte Clíona immer gesagt, als sei Graces

Geburt ein tragischer Unfall gewesen und kein freudiges Ereignis.
»Muß ich sterben?« wisperte Grace, aber Seamus schüttelte heftig den Kopf, obwohl sie ihn noch nie so bleich gesehen hatte.
»Sag so etwas nicht«, sagte er. »Ich werde nicht zulassen, daß du stirbst, darauf kannst du dich verlassen.«
Dann war er plötzlich nicht mehr da, und man legte sie unter grelle Lampen. Eine Frau mit Maske hielt ihr einen birnenförmigen Gegenstand vor Mund und Nase. Grace spürte einen scharfen, giftigen Zug auf ihrer Zunge. Ihr war, als tauche sie in dickflüssiges Wasser ein, und bevor sie versank, dachte sie noch, daß sie ja gar nicht schwimmen könne.

Als sie nach der Operation wieder aufwachte, glaubte sie für einen Augenblick, alles sei nur ein Alptraum gewesen, sie sei in Scituate, fünfzehn Jahre alt und neben ihr läge Michael. Doch dann hörte sie die Stimme von Seamus.
»Es ist alles gut, Grace. Wir haben ein kleines Mädchen.«
Gemeinsam betrachteten sie das Pflaster auf ihrem Bauch und zogen es ein wenig ab, so daß sie die Reihe schwarzer Stiche sehen konnten – wie Fliegenbeine, die aus ihrer Haut wuchsen.
»Ist das alles?« fragte sie, und Seamus küßte sie. Doch als sie sich bewegte, brannte in ihren Bauchmuskeln ein dumpfer Schmerz.
Dann brachte die Krankenschwester die kleine, in eine flauschige rosa Decke gewickelte Gráinne herein. Grace erstarrte. Was sollte sie mit diesem Ding anfangen? Doch als sie das rosafarbene Gesichtchen sah, wurde sie von zärtlichen Gefühlen überwältigt und berührte mit den Lippen die kleine, wunderschöne Nase des Mädchens.
»Es tut mir leid, daß ich jemals daran gedacht habe, dich weg-

machen zu lassen«, flüsterte sie so leise, daß Seamus es nicht hören konnte.
Später erschien Clíona mit einer Vase Rosen. »Wie geht's mit dem Stillen?«
»Wunderbar«, erwiderte Grace. »Hat auf Anhieb geklappt. Ich glaube, sie mag mich.«
Seamus setzte sich neben das Bett und legte den Arm um sie. »Wie sollte es auch anders sein?« sagte er und küßte sie.
»Ich glaube, sie wird ein braves Baby sein«, meinte Clíona und zwinkerte den beiden zu. »Du selbst warst ja eine ziemliche Querulantin.«
Grace runzelte die Stirn und drückte Gráinne fester an sich. »Das hast du jedenfalls immer behauptet«, höhnte sie.
»Ach, aber du warst trotzdem eine Freude«, fügte Clíona hastig hinzu und wurde rot. Seamus beugte sich zu dem Baby hinunter und flüsterte etwas auf Irisch.
»Was ist das?« fragte Grace.
»Nur ein Wiegenlied, das mein Vater immer für mich gesungen hat«, erwiderte Seamus.
»Kannst du es nicht auf Englisch singen?« schnauzte Grace. Seamus lachte.
»Ich habe es noch nicht versucht.«
Als Clíona gegangen war, um die Krankenschwestern herumzuscheuchen, gab Grace ihrem Baby die Brust. Sie fühlte sich wie benommen und erregt, als Gráinne saugte. Das Baby war so warm wie Seamus.
»Ist sie nicht schön?« flüsterte Grace. Seamus drückte sie noch ein wenig fester an sich.
»Ja, das ist sie«, sagte er. Dann legte er seine heißen Lippen an Graces Ohr. »Ich bin stolz auf dich.«
Grace spürte ein heftiges Verlangen, ihn zu küssen, doch stattdessen rückte sie von ihm weg.
»Du hältst mich zu fest«, sagte sie.

KAPITEL 23

Gráinne

Der September brachte Regen und eisigen Wind, und noch immer hatte ich nichts von meinem Vater gehört. Clíona hatte mir gesagt, ich würde mit Liam zur Schule gehen. Aber ich wollte erst gar nicht in die Alltagsroutine mit Schulkleidung (hier trugen sie Uniformen), Hausarbeiten und Sportunterricht verfallen. Wenn ich zur Schule ging, war es, als würde ich hier wohnen.

»Du bist fünfzehn Jahre alt – du gehörst in die Schule, und damit basta«, erklärte mir Clíona. Sie wirkte dabei nicht zornig, aber kalt, als zwinge sie sich, streng und unnachgiebig zu sein.

»Was hat das für einen Sinn, wenn ich in diese lächerliche Zwergschule gehe, wo ich doch sowieso bald wieder von hier verschwinde?« schrie ich sie an. Es muß wirklich gemein geklungen haben, denn Clíona zuckte zusammen und sah plötzlich ganz elend aus.

»Wie du meinst, Gráinne«, sagte sie und wandte sich ab. Das

war mir irgendwie zu einfach. Zögernd blieb ich in der Küche stehen, aber sie schien mich schon vergessen zu haben, blickte aus dem Fenster und starrte auf den Hafen im Regen. Für einen winzigen Augenblick verzerrte sich ihr Gesicht, als würde draußen jemand ertrinken.

»Ich gehe nicht hin«, sagte ich noch einmal, hauptsächlich weil ich wissen wollte, ob sie mir noch zuhörte.

»Ich habe es vernommen«, erwiderte Clíona und ließ Wasser über die Teller laufen. »Tu, was du für richtig hältst.« Ich ging hinaus und stapfte die Treppe hinauf.

Ständig sagte sie, daß ich zur Familie gehörte, aber sie behandelte mich keineswegs so. Selbst meine Mutter, die mir fast alles hatte durchgehen lassen, hätte mich gezwungen, die Schule zu besuchen. Allmählich glaubte ich, daß Clíona mich gar nicht hierhaben wollte.

Sobald die Schule begann, hatte Liam keine Zeit mehr für mich. Er hatte fast den ganzen Tag Unterricht, und abends versank er in seinen Hausaufgaben. Er bereitete sich auf eine große Prüfung vor – das Junior Cert, wie er es nannte – und hatte mehr Fächer, als ich jemals gehabt hatte.

»Ihr nehmt hier auf der Insel die Schule ganz schön ernst«, sagte ich eines Nachmittags zu ihm. »Wenn man bedenkt, daß ihr nur ein Haufen Fischer seid.«

Liam wurde wütend. »Denk bloß nicht, daß wir beschränkte Hinterwäldler sind. Wir haben eins der besten Schulsysteme in Europa.«

»Es war ja nur ein Scherz, Liam«, sagte ich. »Du brauchst mich nicht gleich anzubrüllen.«

»Ihr Amerikaner haltet uns doch alle für dämlich.«

»Nein, das stimmt nicht«, erwiderte ich, aber er zog nur die Augenbrauen hoch. »Ich zumindest nicht«, fügte ich hinzu. »Es tut mir leid.«

»Schon gut«, knurrte Liam und versuchte zu lächeln. »Wir sehen uns am Sonntag beim Abendessen, okay? Ich muß jetzt lernen.«

Die Tage ohne Liam waren so öde, daß ich meine Entscheidung schon fast bereute. Ich durchstreifte die Insel, bis ich kaum mehr meine Beine spürte. Ich schrieb zehn Briefe an Stephen, aber alle klangen so kindisch und weinerlich, daß ich sie wieder zerriß. Eigentlich wollte ich schreiben wie eine Frau, wollte, daß er meinen Körper vor sich sah, wie er zu Beginn des Sommers gewesen war, und sich danach sehnte, daß ich zurückkam. Ich wußte, daß ich im Moment nicht besonders anziehend wirkte und eher einer Leiche mit einer klaffenden Wunde über dem Auge glich. Wenn ich in den Spiegel guckte, kam ich mir vor wie eine Sterbende – gefangen und dem Hungertod nahe, in sehnlicher Erwartung, daß mein Vater endlich mit dem Schiff eintraf und mich rettete. Ich stand immer noch jeden Abend auf dem Kai, so wie einst mein Vater, als er nach mir Ausschau gehalten hatte. Doch allmählich sah es so aus, als würde er niemals kommen.

Manchmal schreckte ich mitten in der Nacht aus dem Schlaf hoch. Ich versuchte mir das Gesicht meiner Mutter vorzustellen, aber es gelang mir nie richtig. Ihr Züge vermischten sich mit denen von Clíona oder Mary Louise. Inzwischen hatte ich Träume von mir als kleinem Mädchen, und hin und wieder tauchten auch Erinnerungen an diese Zeit auf. Träume und Erinnerungen, in denen meine Mutter zum erstenmal in meinem Leben nicht vorkam. Als Clíona mir die Stirn verband und ich ihre teigige Haut roch, fiel mir wieder ein, wie ich als Kind auf ihrem Schoß saß. Wir waren am Strand, und sie zeigte mir, wie man ein goldenes Windrädchen bläst. Es drehte sich und schimmerte im Sonnenlicht. Damals gelang es mir noch nicht, meinen Mund richtig zu formen, deshalb beobachtete ich unentwegt ihre geschürzten Lippen und versuchte, es ihr nachzumachen. In meiner Erinnerung war sie

nicht die strenge, verschlossene Frau. Damals hatte ich sie Nana genannt.
Und dann waren da diese kurzen blitzartigen Erinnerungen an einen Mann mit einem Gesicht so weiß wie der Mond, umrahmt von dunklem Haar. Er sang mir etwas vor, in einer fremden Sprache, die ich damals verstand, obwohl ich jetzt nicht mehr hätte sagen können, was er sang. Und ich sah mich mit Liam unter dem Tisch im Pub spielen, um uns herum die Beine und Füße der Erwachsenen, die uns wie ein Zaun schützten, und der Geruch von Zigaretten und das melodische Lachen meiner Mutter. Die Erinnerungen hielten mich vom Schlaf ab und waren von einer schrecklichen Angst begleitet, die in meinem hungrigen Magen wühlte.
Einmal beim Spazierengehen fing es plötzlich zu regnen an, dicke harte Tropfen, so daß ich in die Kirche flüchtete, um das Ende abzuwarten. Das Wetter konnte hier von einer Minute zur anderen wechseln – gerade noch kein Wölkchen am Himmel und dann plötzlich eine wahre Sintflut. Manchmal gab es sogar Schauer, wenn die Sonne schien – Regen, der vom wolkenlosen, blauen Himmel stürzte. Das deprimierte mich besonders. Es war, würde der Himmel lügen.
Die Kirche war leer, und ich schlich durch den rechten Seitengang. Auf den Bänken waren überall Schilder angebracht mit den Namen von Verstorbenen. Die zuletzt genannten waren mir vertraut: MacNamara, O'Malley, O'Flaherty. Es war ein merkwürdiger Gedanke, mit den meisten dieser Toten irgendwie verwandt zu sein. Ich ging jeden Sonntag mit Clíona in die Messe, hatte mir diesen Teil der Kirche aber nie angesehen. Wir saßen immer auf der linken Seite, unter dem bunten Glasfenster mit der Mutter und dem Säugling. Auf unserer Bank standen die Namen von Clíonas Mutter und Vater.
Ich ging gerne in die Messe. Ich verstand zwar nichts, und vermutlich sah ich Gott auch nicht so, wie ich ihn hätte sehen

sollen, aber schon nach wenigen Besuchen war mir alles vertraut. Inzwischen kannte ich jedes Wort, jede Geste, und das gab mir ein beruhigendes Gefühl, wie wenn ich in meinem Kopf auswendig gelernte Gedichte aufsagte. Wenn der Priester Brot und Wein vorbereitete, hielt er sich immer an eine bestimmte Reihenfolge: Erst hob er die Tücher, die darüber lagen, vorne hoch und zog sie nach hinten weg, dann faltete er sie sorgfältig zusammen, nahm die Deckel von den Kelchen und stellte alles vor sich hin, als läge eine Karte auf dem Altar, an der er sich orientierte. Ich dachte dabei immer daran, wie ich meiner Mutter beim Tischdecken geholfen hatte. Und daran, daß ich jetzt bei jeder Mahlzeit das Essen auf dem Teller herumschob und heimlich in meiner Serviette verschwinden ließ.

»Hallo, Gráinne« ertönte plötzlich eine Stimme hinter mir. Es war Father Paddy, aber weder im Meßgewand noch in seinem schwarzen Anzug, sondern in einem Gummioverall und Stiefeln, wie sie die Fischer tragen. Ich kam mir dumm vor, als wäre ich beim Betreten verbotenen Geländes ertappt worden.

»Es hat geregnet ...«, begann ich, aber er winkte ab.

»Du bist hier immer willkommen«, meinte er. »Laß dich nicht stören.«

»Och, ich habe gar nichts Besonderes gemacht«, erwiderte ich. Er sollte nicht denken, ich hätte gebetet oder so etwas. Womöglich würde er mich dann darüber ausfragen, und ich wußte nichts zu antworten.

»Es ist ein guter Ort, um über Dinge nachzudenken«, sagte Father Paddy.

»Das finde ich auch«, murmelte ich.

»Dein Vater kommt auch hierher.« Er blickte zu den bunten Glasfenstern empor. »Als kleiner Junge mochte er die beiden Bilder da oben am liebsten.«

Ich sah zu den übergroßen, schwach erleuchteten Mustern

hinauf. Jedes Fenster war in Quadrate aufgeteilt, in denen Menschen, zusammengesetzt wie auf kleinen Quilts, dargestellt waren.

»Das linke dort sind die Sieben Todsünden«, erklärte Father Paddy. »Und rechts daneben, das sind die Sieben Tugenden. Kennst du sie?«

»Nein«, sagte ich, obwohl ich mich dunkel daran erinnerte, daß meine Mutter ironisch von solchen Dingen gesprochen hatte.

»Die erste Gestalt ganz oben – der Mann mit der geschwellten Brust –, das ist der Stolz. Dann kommt der dicke Mann, der trinkt –, die Gier. Das streitende Paar dort stellt den Zorn dar. Der faule Kerl in der Mitte ist die Trägheit, und der Mann, der über den Zaun blickt, der Neid. Der dünne Kerl mit der großen Geldbörse ist der Geiz. Darunter siehst du die sündigen Liebenden – die Wollust. Und ganz unten, das ist der Teufel, der alle Sünder in die Hölle kehrt.« Father Paddy lächelte und zwinkerte mir zu. »Dieses Bild würde ich mir aber an deiner Stelle nicht zu lange ansehen.«

Ich wußte nicht, ob das nur scherzhaft gemeint war. Wenn ich morgens nicht aus dem Bett kam, schlug meine Mutter immer mit dem Löffel an ihre Teetasse und rief: »Trägheit ist eine der Sieben Todsünden!« Ich dachte, sie hätte das erfunden. Wir hatten ein Ritual. Wenn sie von einer ersten Verabredung zurückkam, fragte ich sie: »Liebe oder nur Lust?«, und sie lächelte, die Lippen wund vom vielen Küssen. »Lust«, sagte sie. Nach ihrem ersten Rendezvous mit Stephen antwortete sie: »Lust, könnte aber mehr werden.« Lust hatte für uns nichts mit Sünde zu tun. Für meine Mutter gab es so etwas wie Sünden gar nicht, ja, sie hielt überhaupt nichts von Religion. Dennoch wußte meine Mutter über dieses Kirchenzeug Bescheid, kannte die ganzen Geschichten und Gebete, all das, was ich nicht verstand.

»In diesem Fenster hier siehst du die Sieben Tugenden«, fuhr Father Paddy fort. »Den Bedürftigen helfen, die Nackten bekleiden, die Kranken pflegen – deine Großmutter ist ein gutes Beispiel für diese Tugenden. Dann Gefangene besuchen – siehst du das kleine Gesicht, das durch das Gitter der Zelle späht? In der unteren Reihe: die Hungernden speisen, die Vaterlosen trösten und die Toten begraben. All das führt den Menschen zum heiligen Petrus an der Himmelspforte.«
Die hungrige Gestalt aus buntem Glas sah aus wie meine Mutter in ihrem dunkelroten Kleid – der Hals so dünn, daß er den Kopf kaum tragen konnte. Das Kind daneben – die vaterlose Gestalt – war dann vermutlich ich. Warum war vaterlos so viel schlimmer als mutterlos? Und was war Tugendhaftes daran, einen Toten zu begraben? Das war doch nun wirklich leicht. Die Kranken pflegen, das war schwer. Ich hatte gesehen, wie Stephen es machte – von der anderen Seite der Glasschiebetür aus.
»Was sollen die Fische bedeuten?« fragte ich. Unter jedem Fenster war ein Fisch eingemeißelt, alle geschwungen, als würden sie schwimmen.
»Der Fisch steht für Christus.«
»Und wo sind die Meerjungfrauen?« Father Paddy schien sich ein Lachen verkneifen zu müssen.
»Ich fürchte, das ist nicht mein Gebiet«, meinte er. »Da fragst du besser deinen Vater.«
»Ehm, Father?« Ich wußte zwar, daß ich ihn so anreden mußte, aber es kam mir trotzdem albern vor.
»Ja?«
»Sie kennen doch den Teil der Messe, wo Sie die Oblate hochhalten und sagen: ›Dies ist mein Leib, der für euch hingegeben wird‹?«
»Ja, der Satz ist mir vertraut«, meinte er lächelnd.
»Was heißt das genau?«

»Tja.« Er faltete die Hände hinter dem Rücken, wie er es auch manchmal in der Messe tat. »Jesus wußte, daß er sterben würde. Deshalb hielt er vor seiner Kreuzigung das Letzte Abendmahl. Er opferte sich im Tode – er litt, damit wir nicht leiden müssen.«

»Aber es hat wohl nicht funktioniert«, warf ich ein. »Weil die Menschen trotzdem leiden.«

»Ich spreche nicht von dem alltäglichen Leiden«, erklärte Father Paddy, »sondern von dem Tod ohne Erlösung.«

»Ach so. Das also glaubt man, wenn man katholisch ist? Daß Jesus dafür sorgt, daß man in den Himmel kommt?«

»Aber das ist nur ein Aspekt«, meinte er. »Wir glauben auch, daß Jesus uns gezeigt hat, wie man ein tugendhaftes Leben führt.«

»Ist es das, woran Clíona glaubt, und mein Vater auch?«

»Ja. In deiner Familie sind alle gute Katholiken.«

»Außer meiner Mutter.«

»Nun, ich weiß nicht, was deine Mutter geglaubt hat, Gráinne. Leider muß ich gestehen, daß ich sie nicht besonders gut gekannt habe.«

»Ich weiß auch nicht, ob ich daran glaube«, sagte ich. Ich blickte ihm fest in die Augen, wollte, daß er wütend auf mich würde. Aber er lächelte.

»Ich denke nicht, daß man mit fünfzehn schon wissen kann, woran man glaubt«, meinte er. »Deshalb fällt es dir wahrscheinlich so schwer.«

Ich glaube an meine Mutter, wollte ich sagen, schwieg aber. Ich habe an mich geglaubt, als wir beide noch zusammenwaren. Aber jetzt weiß ich gar nichts mehr.

Die bunten Glasfenster leuchteten plötzlich auf und warfen ein blau-rotes Muster auf den glänzenden Schädel von Father Paddy.

»Es hat aufgehört zu regnen«, sagte ich. »Ich muß jetzt gehen.«

»Du kannst jederzeit zu mir kommen, wenn du mit jemandem sprechen möchtest, Gráinne. Ich rede vielleicht ein bißchen viel, aber ich bin auch ein guter Zuhörer.«
»Okay.« Ich glaubte eigentlich nicht, daß ich noch einmal hierherkommen würde. Er mochte sich ja mit Fenstern und Gebeten auskennen, aber er konnte mir nicht sagen, was ich unbedingt wissen mußte. Zum Beispiel, wer ich war und warum ich hier war. Oder warum mein Vater, der einzige, der in der Lage war, meine Fragen zu beantworten, mich nicht sehen wollte.
Ich verließ die Kirche und ging zum Strand. In der warmen Sonne spürte ich noch deutlicher, wie feucht und kalt meine Kleider waren.
Mom, sagte ich zu mir, ohne darüber nachzudenken, *kann ich nicht endlich wieder nach Hause?* Als wäre ich nur im Ferienlager, um ihr zu beweisen, daß ich tapfer und selbständig sein konnte, worauf sie mir als Belohnung erlaubte, wieder heimzukehren.

Mein Körper veränderte sich erneut. Als ich eines Morgens meinen neuen, kleineren BH anziehen wollte, rutschten die Körbchen über meine Brust und baumelten plötzlich unter meinem Schlüsselbein. Ich hatte keinen Busen mehr. Nur noch zusammengeschrumpfte pflaumengroße Wölbungen. Als ob man das Fleisch fast ganz herausgenommen und die Brustwarzen wieder aufgenäht hätte. Aber auch mein Blut schien weniger zu werden. Wenn ich spazierenging, liefen meine Finger und Zehen blau an und bekamen gräßliche, weiße Flecken.
»Schlechte Durchblutung«, sagte Clíona besorgt zu mir. Wegen der vielen Kleiderschichten, die ich übereinanderzog, merkte sie bestimmt nicht, daß praktisch gar kein Körper mehr darunter war. Am Schluß, so stellte ich mir vor, würden

meine Kleider in sich zusammenfallen und wie der Mantel einer Hexe zu Boden rutschen, und von mir wäre gar nichts mehr übrig.

Ende Oktober, kurz vor Liams sechzehntem Geburtstag, bekam ich Schwindelanfälle, und Clíona sprach davon, daß sie mich zum Arzt schicken wollte. Ich konnte sie jedoch davon abbringen, indem ich so tat, als sei ich erkältet. Sie hatte wohl ihre Zweifel daran, daß ich etwas aß, setzte mir aber trotzdem weiterhin Teller mit Essen vor. Die Hündin der Nachbarn hatte inzwischen schon gelernt, daß sie um die Zeit des Abendessens nur draußen warten mußte und ich ihr alles hinwarf, was ich in meine Serviette hatte packen können.

Clíona plante eine gemeinsame Geburtstagsfeier für mich und Liam, obwohl mein Geburtstag erst am 24. Dezember war. Sie meinte, früher hätten wir auch immer zusammen gefeiert. Mary Louise hoffte, Liams Vater Owen wäre bis dahin sicher zurück, denn er hatte gefunkt, daß sie sich auf dem Heimweg befänden. So sehr Liam sich darauf freute, so unruhig wurde ich – aus welchem Grund auch immer. Er kam jeden Abend mit mir zum Kai, um nach dem Trawler Ausschau zu halten.

Am Morgen der Feier wurde ich durch ein Geräusch aufgeweckt, das sich anhörte, als schlügen Wellen über dem Dach des Hauses zusammen. Als ich hinausblickte, sah ich, daß der Wind den Regen über die Insel peitschte und die Stromleitungen hin- und herschaukelten. Der Strom war ausgefallen, so daß keiner mehr heiß duschen konnte und Clíona den Gasofen im Hotel benutzen mußte, um das Abendessen zu kochen und den Kuchen zu backen.

In der Küche nahm mich Mary Louise zur Seite, um mir heimlich eine Geburtstagskarte zuzustecken. Sie hatte mir die Adresse und Telefonnummer der *Irish Times* in Dublin hineingeschrieben.

»Dort kannst du deinen Vater erreichen«, meinte sie. Ich

gab keine Antwort. Die Nummer der Zeitung hatte ich längst aus dem Telefonbuch des Hotels herausgesucht und sie auch schon mehrmals gewählt. Aber irgend etwas hielt mich davon ab, weiterzugehen. Nur einmal hatte ich gewartet, bis sich die Zentrale meldete, doch als die Frau fragte: »Mit wem soll ich verbinden?«, versagte meine Stimme.

»Gráinne«, sagte Mary Louise leise. Ich konnte sie nicht ansehen. »Warten bringt einen nicht immer zum Ziel. Wenn man zu lange auf etwas wartet, geht es manchmal an einem vorbei.«

»Sag das meinem Vater«, erwiderte ich und schob die Karte in meine Jeanstasche.

»Ich sage es aber dir«, beharrte sie. »Gráinne«, flüsterte sie dann, »in Irland verläßt man sich besser nicht darauf, daß der Mann den ersten Schritt tut.« Dann ging sie zu den anderen hinaus.

Liam und ich bliesen zusammen die Kerzen aus. Als Clíona fragte, was ich mir dabei gewünscht hätte, schwieg ich. *Familie* hatte ich spontan gedacht, obwohl am Tisch lauter sogenannte Verwandte saßen. Für mich war »Familie« nur ein anderes Wort für meine Mutter.

Während Clíona den Kuchen anschnitt, kam Eamon ins Hotel. Er war triefendnaß und völlig zerzaust vom Wind. Es gab keinen Funkkontakt mehr zu Owens Schiff.

»Ihr braucht euch aber keine Sorgen zu machen«, meinte Eamon, »ich wollte euch nur sagen, daß Owen nicht zu eurer Feier dasein wird. Ich vermute, daß sie sich irgendwo verkrochen haben und das Ende des Sturms abwarten.«

Mary Louise beschloß, nach Hause zu gehen und vor dem Funkgerät auf Nachricht zu warten. Liam sagte, ich könnte mitkommen, aber Clíona versuchte mich daran zu hindern.

»Du bist deiner Tante dort nur im Weg«, meinte sie. »Bleib hier, ich möchte mich mit dir unterhalten.«

»Laß mich in Ruhe. Ich werde auf Liams Vater warten.«
Ich schlief auf Mary Louises Sofa ein. Als ich mitten in der Nacht aufwachte, saß Liam in einem Sessel vor dem Feuer und schürte die Glut, die sein feuchtes Gesicht in orangenes Licht tauchte.
»Liam«, flüsterte ich. Er blickte unverwandt ins Feuer. »Hast du Angst?« Er wischte sich die Wange mit dem Ärmel seines Pullovers ab und schaufelte weitere Kohlen in das Feuer. Die Flammen krachten und zischten. Winzige schwarze Brocken prasselten gegen das Gitter.
»Schlaf weiter, Gráinne«, sagte er.
Ich dämmerte weg und träumte, ich säße bei stürmischer See in einem Curragh und stürzte mich über Bord, wo schon eine Meerjungfrau auf mich wartete. Ich klammerte mich an ihren Hals und drückte meine Wange in ihr weiches, fließendes Haar. Sie schwamm mit mir der Wärme und dem Licht entgegen, das ich zunächst für die Wasseroberfläche hielt, doch als Wasser meine Lungen füllte, merkte ich, daß es der Meeresboden war.
In der Morgendämmerung weckte Liam mich auf, um mir zu sagen, daß der Trawler in den Hafen einfuhr. Wir liefen durch den weichen Nieselregen zum Kai, der Geruch der Ebbe drang in alle Poren. Clíona, Marcus und Mary Louise warteten schon mit anderen Inselbewohnern, und als das blaue Schiff an die Kaitreppe heranfuhr, liefen die Frauen hin, um ihre Männer zu begrüßen. Ich blieb zurück und sah zu.
Liam zog die Taue um einen Poller, um das Schiff zu befestigen. Einer nach dem anderen kamen die Fischer herauf, erschöpft und vom Wind ausgelaugt. Typische Männer von der Insel, mit geröteten Gesichtern, den gleichen Nasen und ungeschorenen Bärten. Jedesmal, wenn eine Frau vortrat und ihren Mann umarmte, schaute ich zum nächsten, ob es Liams Vater wäre, den ich bisher nur von Fotos kannte. Zwei weitere

stiegen die Treppe hinauf, dann folgte eine Lücke, schließlich kam der letzte. Sie waren alle völlig durchnäßt und nahezu unkenntlich in ihrer Fischerkluft, daß ich schon glaubte, ihn übersehen zu haben, und sie alle noch einmal der Reihe nach musterte. Aber er war nicht dabei.

»Er ist nicht da«, sagte ich heiser, als hätte ich einen Kloß im Hals. Ich hörte Stimmen, vermischt mit einem langen, klagenden Ton, der dem vom Wind herübergetragenen Gesang der Meerjungfrauen glich.

»Clíona«, sagte Marcus, während er ihre Schulter berührte und zur Anlegestelle deutete. Sie blickte hoch, erstarrte und wurde weiß wie eine Wand. Mary Louise stand schwankend an der Kante des Kais, ihr nasses Kleid flatterte im Wind. Die Fischer stellten sich auf eine Seite und riefen ihr zu, auch sie solle zurücktreten. Als ich ihren weit aufgerissenen Mund sah, wußte ich, daß der Ton in meinem Kopf von ihr kam. Sie schrie.

»Lieber Gott im Himmel«, sagte Clíona und bekreuzigte sich, »das Meer hat uns Owen genommen.« Sie ließ mich stehen und ging zur Anlegestelle, wo sie Mary Louise von der Kante zog und ihre großen Hände auf die schmalen Schultern meiner Tante legte. Ich konnte nicht verstehen, was sie zu ihr sagte, aber es bewirkte, daß meine Tante sich ein wenig aufrichtete und ihr Schrei schließlich über dem Wasser verhallte. Im blassen Morgenlicht sah Mary Louise mit ihrem zerzausten Haar wie meine Mutter aus, die von Clíona gehalten wurde. Meine Mutter und meine Großmutter. Trauer strömte von der einen aus, und die Stärke der anderen ging auf sie über. Ich wollte zu ihnen gehen. Aber es war Liams Mutter, nicht meine. Und Liams Vater Owen, der die Fiedel gespielt hatte, den ich seit meinem dritten Lebensjahr nicht mehr gesehen hatte und an den ich mich nicht einmal erinnern konnte, war tot.

Ich beobachtete, wie Liam den Arm seiner Mutter nahm. Er und Clíona führten sie vom Schiff weg. Sein Gesicht zeigte keine Regung, obwohl er bestimmt tief erschüttert war. Es überraschte mich, ihn so ruhig zu sehen. Er hatte keinen Vater mehr. Ich hätte erwartet, daß er davonstürzte, vor all dem davonlief und im Nebel verschwand. Statt dessen stieg er mit seiner Mutter in einen Wagen, und bevor mir noch bewußt wurde, was ich tat, war ich es, die davonstürzte. Blind vom Regen, der mir wie Nadeln in die Augen stach, lief ich vor den Stimmen davon, die meinen Namen riefen. Es klang wie ein Lied.

KAPITEL 24

Grace

»Hörst du das, Gráinne?« flüsterte Grace. Sie kniete sich neben ihre Tochter, die im Sand hockte und spielte. »Das sind die Meerjungfrauen, sie singen.«

Die Kleine stand auf, und während sie sich mit einer Hand an der Schulter ihrer Mutter festhielt, reckte sie den Hals, um auf jene Art zu lauschen, die Grace so liebte – als wolle sie mit ihrem ganzen Körper den Klang einfangen.

»Meefauen«, sagte Gráinne, die pechschwarzen Augen weit aufgerissen.

»Es sind Damen«, erklärte Grace. »Damen, die im Meer leben.«

»Meedamen«, nuschelte Gráinne. Sie neigte den Kopf dem singenden Wind entgegen. »Söön.«

»Ja, es ist schön«, erwiderte Grace und strich Gráinne die violettschwarzen Locken aus der Stirn.

Gráinne hockte sich wieder hin und spielte weiter. Langsam und bedächtig hob sie jede volle Schaufel hoch, leerte sie und formte sorgfältig einen kleinen Sandhaufen. Grace sah ihr zu. Wie achtsam ihr kleines Mädchen war, so graziös in seinen Bewegungen. Stets untersuchte sie alles ganz genau, ehe sie sich auf etwas einließ. Niemals nahm sie etwas an, das sie nicht zuvor probiert, berührt hatte. Und dann schnupperte sie den ganzen Tag immer wieder an ihren Fingern, um die unsichtbaren Spuren zu erforschen, die sich dort angesammelt hatten. Sie war kaum jemals bedrückt und wurde nie ungeduldig, obwohl sie erst zwei Jahre alt war. Grace beneidete sie.

Vom dem Augenblick an, da Grace ihre Tochter zum erstenmal in den Armen hielt, wollte sie sie eigentlich gar nicht mehr hergeben. Die zarte, warme Haut des Kindes war mit keinem Körper zu vergleichen, den Grace jemals berührt hatte. Im ersten Jahr wäre sie am liebsten mit Gráinne allein gewesen, aber wo immer sie auch mit ihr hinging, war sie bald von neugierigen Gesichtern umringt. Mary Louise kam ständig mit Liam zu Besuch, und auf der Straße rannte sie Grace mit dem Kinderwagen hinterher, um sie einzuholen. Und wenn Grace den anderen Frauen von der Insel begegnete, nahmen sie sofort das Kind hoch, auch wenn sie sie gar nicht dazu aufgefordert hatte.

»Das ist also das Töchterchen von Seamus?« sagte Mrs. Keane. »Und wie groß sie schon ist! Dem Vater wie aus dem Gesicht geschnitten – von dir hat sie aber auch gar nichts, Grace.« Und Grace gewöhnte sich an, all das, was ihr bei solchen Gelegenheiten auf der Zunge lag, in Gráinnes kleine Ohren zu flüstern.

»Wie ist das nur möglich? Mrs. Keane ist ja noch häßlicher als ihr Mann! Wenn sie dich das nächstemal hoch nimmt, spuckst du sie einfach an.« Mit funkelnden Augen hörte das Kind ihr zu.

»Sie betet dich an«, meinte Seamus immer. Dabei liebte ihn das Kind so sehr, daß Grace eifersüchtig wurde. Wenn er auf Irisch etwas zu Gráinne sagte, lachte und gluckste sie, als würden sie miteinander schäkern. Es war ihre Geheimsprache. Grace haßte das.

»Ich werde es dir auch beibringen«, meinte Seamus, doch Grace ging nicht darauf ein.

»Dein Vater ist ein attraktiver Mann, Gráinne, aber er versucht immer, einen herumzukriegen«, erklärte sie einmal ihrer Tochter, und das Mädchen lachte.

»Warum sagst du so etwas?« fragte Seamus verärgert. »Du verwirrst sie.«

»Ich sage ihr alles, was ich denke.«

»Und das denkst du von mir?« Seamus gab ihr das Baby.

Grace küßte ihn. »Nur manchmal«, erwiderte sie.

Tagsüber wärmte Gráinne Grace – mit einer reinen, pudrigen Wärme, die Grace begierig einsog. Und nachts hüllte Seamus' moschusduftende Hitze sie ein, die so stark in seiner Brust glühte, daß sie in jenem kurzen Augenblick, bevor die Träume kamen, immer dachte, ohne ihn würde ihr Körper nicht überleben.

Seamus ließ sie nur allein, wenn er einen Auftrag von der Zeitung bekam, dem er nicht widerstehen konnte. Den größten Teil ihres spärlichen Einkommens verdiente er sich auf dem Fischerboot seines Vaters, doch wollte er seine journalistische Tätigkeit nicht ganz aufgeben, so sehr Grace ihn auch darum bat. Sie mochte es nicht, wenn er wegging. Denn wenn er nicht bei ihr war, dachte sie daran, ihn zu verlassen.

Häufig wurde er in den Norden geschickt, wo Bürgerkrieg herrschte. Er mußte dort Untergrundkämpfer und Häftlinge interviewen, die sich im Hungerstreik befanden. Wenn er von diesen Reisen zurückkam, wirkte er meist geistesabwesend.

Tagelang war er verschlossen, schien Grace kaum wahrzunehmen, murrte und fluchte vor sich hin oder barg bedrückt sein Gesicht in Gráinnes Haar. Dann beschlich Grace das Gefühl, sie sei ihm einerlei, und das machte ihr Angst.

»Warum mußt du ausgerechnet dorthin?« sagte Grace einmal, als er seine Kameratasche packte. »Es ist so gefährlich. Was ist, wenn jemand auf dich schießt?«

»Ich bin Journalist«, erwiderte Seamus. »Irgend jemand muß doch diesen Leuten zuhören und über sie berichten.«

»Und warum mußt du derjenige sein?«

»Ich bin Ire, Grace. Dies ist mein Land – es sind meine Landsleute, die sich im Gefängnis zu Tode hungern. Wir haben unsere Freiheit, du und Gráinne und ich. Sie nicht. Ihnen dabei zu helfen, diese Freiheit für sich einzufordern, ist das mindeste, was ich für sie tun kann.«

Grace fühlte sich nicht frei. Wenn Seamus nicht bei ihr war, wurde ihr seine Insel zum Gefängnis. Es war ihr unerträglich, daß er sein Land so über alles liebte, und sie wollte, daß er sie ebenso liebte wie diese anonymen, gewalttätigen Männer. Sie wollte, daß er alles für sie aufgab, so, wie sie ihrer Ansicht nach alles für ihn aufgegeben hatte. Wenn er sie allein ließ, überfiel sie die Angst, sie könnte verschwinden. Sie könnte eines Tages auf und davon gehen.

An den Abenden, an denen Seamus zu Hause war, vollzogen er und Gráinne ein Ritual. Liebevoll brachte er sie zu Bett und deckte sie zu, sang ihr etwas vor, und sobald sie anfing, gegen ihre Müdigkeit anzukämpfen, legte er ihr die Hand auf die Stirn.

»Kann ich jetzt die Augen zumachen?« sagte Gráinne dann mit ihrer bezaubernden, kindlichen Stimme.

»Ja«, erwiderte Seamus dann. »Schließ die Augen.«

»Und was ist, wenn ich sie wieder aufmache?« fragte Gráinne gähnend.

»Dann bin ich immer noch hier.«
Wenn Grace das hörte, überkamen sie Schuldgefühle. Wann immer sie selbst die Augen schloß, stellte sie sich vor, sie würde weit weg von Inis Murúch sein, wenn sie sie wieder aufschlug.
Immer öfter ging Grace mit Mary Louise in den Pub, wenn Seamus nicht da war. Owen und die anderen Musiker spielten dort für die Touristen, die die Insel im Sommer bevölkerten und für etwas Leben sorgten. Grace und Mary Louise legten ihre Kinder zusammen in einen Kinderwagen, wo die beiden trotz des Lärms friedlich schliefen, und Grace trank Whiskey-Punsch, bis der ganze Raum eingehüllt war in einen Nebel aus Spannung und Erwartung. Sie fuhr sich mit der Hand durchs Haar und erwiderte die bewundernden Blicke der fremden Männer.
Einmal, der Abend ging schon seinem Ende zu, saß Grace in einer Ecknische und flirtete mit einem jungen Norweger. Während er ihr in gebrochenem Englisch Komplimente machte und sie mit seinen eisblauen Augen unverwandt ansah, legte er eine Hand auf ihren Schenkel. Plötzlich stand Mary Louise neben den beiden und machte Grace darauf aufmerksam, daß Gráinne wohl Hunger habe. Als der Mann hörte, daß von einem Kind die Rede war, verabschiedete er sich und machte sich aus dem Staub. Grace ging zum Kinderwagen, aber die beiden Kleinen schliefen selig.
»Was soll das?« fragte Grace ihre Stiefschwester.
»Würdest du mir bitte sagen, was du mit diesem Mann vorhast?« erwiderte Mary Louise. »Was soll Seamus denken?«
»Ich habe mich nur unterhalten«, meinte Grace. »Und Seamus ist nicht da. Wie also soll er es erfahren, von dir vielleicht?«
»Der erste, dem er begegnet, wenn er vom Schiff steigt, wird es ihm sagen«, flüsterte Mary Louise.

»Ich unterhalte mich, mit wem ich will«, erklärte Grace. »Es geht niemanden etwas an.«
Seufzend tätschelte Mary Louise Graces Arm. Grace hätte schwören können, daß ihre Stiefschwester tatsächlich glaubte, sie habe bloß freundlich zu diesem Mann sein wollen. Am liebsten hätte sie sie geohrfeigt. Mary Louise war die dümmste Frau weit und breit.
»Ich möchte nur nicht, daß die Leute einen falschen Eindruck bekommen«, meinte Mary Louise. In dem Moment wachte Gráinne auf und schrie nach ihrer Mutter. Grace nahm sie hoch.
»Ich erkunde Fluchtwege«, flüsterte Grace ihr ins Ohr. Gráinne lachte und brabbelte die Worte mit ihrer kindlichen Stimme nach, die sich rhythmisch hob und senkte wie die ihres Vaters.

An den warmen Augustabenden ließen Seamus und Grace ihre Tochter oft bei Clíona und spazierten zu einem versteckten Strand auf der Westseite der Insel, um den Sonnenuntergang zu genießen. Wenn Grace die Augen schloß und das Blöken der Schafe ignorierte, gelang es ihr manchmal, sich vorzustellen, sie wären an einem anderen Ort und hinter ihnen breitete sich ein größeres Land aus als nur diese kleine Insel. Dann dachte sie an jenen Augenblick zurück, als sich ein schwarzer Schleier über ihren Verstand gelegt und sie geglaubt hatte, wenn sie Seamus bekam, würde alles gut werden.
Einmal standen sie unter den schützenden Klippen, als es bereits dunkel war, und schichteten Treibholz und die Latten eines alten Zauns für ein Lagerfeuer auf. Als Grace aufs Meer hinausschaute und den Wellen lauschte, die zischend über den Sand glitten, legte Seamus von hinten die Arme um sie und preßte seine heiße Brust gegen ihren Rücken.

»Wie kommt es, daß du immer so warm bist?« fragte Grace und legte den Kopf in den Nacken, so daß er sie küssen konnte.
»Eigentlich bin ich gar nicht so warm.« Seamus lachte. »Es liegt daran, daß du immer so kalt bist.«
»Vielleicht«, murmelte Grace.
»Weißt du, warum die Meerjungfrau sich in meinen Ururgroßvater verliebt hat?«
»Weil er so gut küssen konnte?« riet Grace. Seamus schmiegte sich lächelnd in ihr Haar.
»Weil sein Körper das Wärmste war, was sie außerhalb des Meeres finden konnte.«
Wie eine unsichtbare Schnur zog seine Stimme alles in ihr zu ihm hin. Sie drehte sich um und küßte ihn so leidenschaftlich, daß tief aus seiner Kehle ein zufriedenes Stöhnen drang.
»Sag mir, daß du glücklich bist«, flüsterte er. Sie nickte mechanisch. »Wenn ich dich losließe, würdest du dann ins Meer zurückkehren?«
Grace lehnte den Kopf an seine Brust. »Ich weiß nicht«, sagte sie. »Könnte ich dich denn mitnehmen?«
»Aber ja, mit dir würde ich überall hingehen«, erwiderte er und verschränkte seine Hände hinter ihrem Rücken, so daß sie sich nicht befreien konnte.
»Aber wir gehen nicht weg«, sagte Grace. »Wir werden niemals irgendwohin gehen.«
»Nächste Woche nehme ich dich mit nach Dublin«, versprach Seamus.
»Ich habe etwas ganz anderes gemeint.«
Als Seamus ihr Ohrläppchen küßte, loderte ihr Körper auf wie ein Feuer, das jemand wieder zum Leben erweckt hatte. »Du bist zu ungeduldig«, meinte er. »Du wirst mit jedem Tage glücklicher, das sehe ich doch. Warte noch ein bißchen.«

Grace wollte ihm sagen, daß sie auf dieser Insel niemals glücklich würde, selbst wenn sie Jahrhunderte hier verbrächte, aber Seamus küßte sie und erfüllte sie mit einer Glut, die ihre Worte verschlang.
Er streifte sich und ihr die Kleider ab und breitete sie zu einer Decke auf dem Sand aus. Dann zog er sie hinunter und liebte sie, langsam und so lange, daß Grace fast den Verstand verlor. Sie glaubte, das Singen der Meerjungfrauen in den Höhlen zu hören, einen sinnlichen Gesang, dessen Rhythmus dem Auf und Ab von Seamus' Hüften auf ihrem Körper glich. Doch als er seinen Mund auf ihren preßte, merkte sie, daß sie es war, die so laut gestöhnt hatte, daß ihre Stimme von den Klippen widerhallte.

Als Seamus das nächste Mal in Belfast war, schickte er ihr einen Brief. Darin stand ein Gedicht, das er mit seiner säuberlichen, fast weiblichen Handschrift abgeschrieben hatte.

Ich ging hinaus zum Haselwald,
Weil mir im Kopf ein Feuer ging,
Und schnitt und schält einen Haselstab,
Am Faden eine Beere hing.
Weiße Nachtfalter wurden wach,
Stern flackert auf wie Falterding.
Ich warf die Beere in den Bach
Und einen Silberfisch da fing.

Wie ich ihn legte auf den Grund
Und ging und blies die Flamme an,
Da raschelte es auf vom Grund,
Rief mich mit meinem Namen an:
Schimmernd ein Mädchen war es da,
Im Haare Apfelblütenduft,

Rief mich beim Namen und zerrann
Und blaßte hin durch lichte Luft.

Wohl bin ich alt und Wandersmann
Durch hohles Land und hohes Land,
Doch will ich spähn, wohin sie sprang,
Sie küssen, führen bei der Hand
Und gehn durchs lange bunte Gras
Und pflücken Zeit und zeitenlang
Die Silberäpfel mir vom Mond,
Die goldnen mir vom Sonnenrand.

»Er kommt nach, Gráinne« sagte Grace und faltete das Blatt sorgfältig zusammen. Gráinne spielte mit einem winzigen Teegeschirr, das Clíona ihr zu ihrem zweiten Geburtstag geschenkt hatte. »Wo immer wir hingehen müssen, er wird uns folgen.«
»Ich weiß das«, sagte Gráinne und schüttete unsichtbaren Tee in eine Tasse, die sie seit kurzem für die Meerjungfrau bereithielt.

KAPITEL 25

Gráinne

Das Meer hatte Owen MacNamara nicht behalten, es hatte ihn hinuntergeschluckt und tot wieder ausgespien. Die Männer auf dem Schiff fanden seinen zerschellten Leib auf den Felsen einer unbewohnten Insel, als ob Meerungeheuer sich über ihn hergemacht und ihn dann achtlos fortgeworfen hätten. Seine Kameraden brachten ihn zum Festland, wo der Leichenbestatter die sterblichen Überreste für das Begräbnis herrichten würde. All das erfuhr ich zufällig, als sich Clíona und Marcus im Flüsterton darüber unterhielten, weil sie glaubten, ich schliefe. Es klang fast, als ob Clíona weinte, obwohl das gar nicht zu ihr paßte. Zwei Tage nach dem Sturm stand jeder Inselbewohner, der gehen konnte, am Kai und wartete auf die Fähre, die den Sarg mit Owen brachte.

Als das Schiff um die Hafeneinfahrt unterhalb von Granuailes Burg bog, begannen die Kirchenglocken so heftig zu läuten, daß der Boden unter unseren Füßen bebte. Mit ernsten, blassen Gesichtern hoben die Männer den Sarg vom Schiff und trugen ihn zu Liams Haus. Dort wurde Owen aufgebahrt, wobei Mary Louise und ihre Kinder auf der einen Seite des Sarges saßen und die Inselbewohner der Reihe nach neben Owens aufgedunsenem, wächsernem Gesicht niederknieten. Vor dem Sarg lagen riesige Blumengebinde mit blauen Bändern, auf denen *Dad, Meinem geliebten Mann* und *Kapitän* stand. Hinter seinem Kopf hatte man im Halbkreis drei brennende Kerzen aufgestellt. Es fielen Bemerkungen gegenüber Mary Louise und Liam, die mich richtiggehend erschreckten. Bei der Beerdigung meiner Mutter hatte sich niemand getraut, derartige Dinge zu mir zu sagen. Überhaupt hatte nicht einer ein Wort über sie verloren – außer blöde Kommentare über ihr Gesicht, das in Anbetracht der Umstände sehr voll und schön aussähe. Während ich beobachtete, wie Liam den Trauernden zunickte, fiel mir wieder ein, daß ich eine Arbeitskollegin meiner Mutter deswegen angefahren hatte.

»Sie haben ihre Backen mit Watte ausgestopft«, hatte ich geschrien. Daraufhin hatte sie nur noch etwas vor sich hin gestammelt und sich dann Stephen zugewandt.

Bei Liam zu Hause wurde getrunken und gelacht, und die Männer saßen in der Küche und erzählten lustige Geschichten über Owen. Die Frauen weinten unverhohlen und drückten Mary Louise an sich.

»Jetzt bist du allein, möge Gott dir beistehen«, sagten sie zu ihr. Natürlich hatten sie recht damit, aber es erstaunte mich doch, daß sie es so offen aussprachen. Mary Louise nickte nur und lächelte tapfer. Liam wurde ständig darauf hingewiesen, daß er nun der Mann im Haus sei.

»Im Pub mußt du nun auch seinen Platz einnehmen«, meinte Marcus. »Dein Vater war ein guter Unterhalter, Junge.« Ich fand es gemein, daß sie Liam daran erinnerten, was er verloren hatte, er aber bedankte sich sogar noch bei ihnen! Wenn ich mir vorstellte, daß die Beerdigung meiner Mutter auch so abgelaufen wäre! Daß die Leute über ihre schlechte Perücke geredet und mich daran erinnert hätten, daß ich nun eine Waise war. Da wäre dann vielleicht auch ein Satz gefallen wie: »Ich habe gehört, daß sie nicht einmal von ihrem eigenen Kind Abschied genommen hat.«

Mir fiel nichts Freches ein, was ich hätte sagen können. Statt dessen versuchte ich, Liam auf andere Weise zu verstehen zu geben, was ich empfand, und hielt seine Hand so, wie er immer meine gehalten hatte. Aber er schien es nicht einmal zu bemerken und schüttelte schon dem nächsten die Hand.

»Warum sind die Spiegel verhängt?« fragte ich Clíona, als sie neben mich trat.

»Ach, das ist nur ein alter Aberglaube«, flüsterte sie. »Manche glauben, wenn man nach einem Todesfall in den Spiegel schaut, sieht man das Gesicht des Toten anstatt sein eigenes.«

Mir fiel wieder ein, wie ich mir vor dem Spiegel im Ferienhaus die Haare abgeschnitten hatte. Wie ich immer wieder meinen Namen gesagt hatte, um mir selbst fremd zu werden. Ich hätte alles darum gegeben, im Spiegel das Gesicht meiner Mutter zu sehen.

Als ich Clíona fragte, ob das etwas Katholisches sei, lachte sie. Ich konnte mich einfach nicht daran gewöhnen, daß bei der Begräbnisfeier ständig gelacht wurde.

»Nein, nein, Gráinne«, meinte sie. »Wir Iren sind zwar überzeugte Katholiken, aber wir sind auch fanatische Heiden.«

Liams Großvater, der schweigend und gebrechlich auf dem Stuhl hinter mir saß, kicherte.

Nach der Messe folgten die Inselbewohner den Sargträgern in einer Prozession zum Friedhof, der oben auf dem Hügel lag. Bisher hatte ich nie genau sagen können, welche oder wie viele der Kinder von der Insel Liams Geschwister waren, doch nun sah ich, daß fünf von ihnen neben Mary Louise gingen. Lauter

Jungen, die alle gleich aussahen wie die russischen Puppen in der Puppe – mit den gleichen schwarzen Anzügen und einer kleiner als der andere. Liam, der den Sarg tragen half, war genauso groß wie die anderen Männer, nur schmaler.

Am Grab sprach Father Paddy ein Gebet, das so begann: *Muß ich auch wandern in finsterer Schlucht, ich fürchte kein Unheil, denn Du bist bei mir.*

Dasselbe hatte der Priester am Grab meiner Mutter gesagt. Aber erst jetzt wurde mir klar, daß das Gebet die Stimme des Toten wiedergeben sollte. Am Grab meiner Mutter hatte ich gedacht, ich selbst würde durch die finstere Schlucht gehen. Und ich hatte Angst gehabt, weil meine Mutter nicht bei mir war.

Die übrigen Worte von Father Paddy bekam ich nicht mehr mit – ich hörte nur ein Pulsieren, einen an- und abschwellenden, gedämpften Klang, als ob ich mich unter Wasser befände.

Die Männer ließen den Sarg in die Grube hinab, bedeckten ihn zuerst mit Erde und dann mit Steinen und Muscheln.

»Wie lange bleibt Dad da drin?« fragte Liams jüngster Bruder, worauf manche erneut zu weinen anfingen. Sie heulten genauso laut und hemmungslos, wie sie zuvor gelacht hatten. Mary Louise nahm den Jungen hoch und flüsterte ihm etwas ins Ohr.

Sie alle konnten hierher zurückkommen, dachte ich, an Jahrestagen oder wann immer sie Sehnsucht nach ihm hatten. Sie würden Blumen pflanzen und einen Grabstein mit einer Inschrift errichten. Meine Mutter aber lag in einem Grab südlich von Boston, ohne Stein. Selbst wenn ich wieder hinging, würde ich nicht mehr wissen, welches genau ihr Grab war. Ich würde es nie meinem Vater zeigen können.

Als Clíona die Hand auf meine Schulter legte und mir ein Taschentuch reichen wollte, trat ich einen Schritt zur Seite und rieb mir die Augen. Die Sonne blendete so stark, daß die Tränen auf meinen Händen aussahen wie Blut.

Am nächsten Morgen packte ich saubere Unterwäsche und das Relief mit Granuaile in einen Rucksack. Auch meinen Paß nahm ich mit, falls ich meinem Vater beweisen mußte, daß ich wirklich seine Tochter war. An meinem Zeigefinger trug ich den Ring mit dem Claddagh, den Verlobungsring meiner Mutter. Als Clíona zum Hotel hinüberging, um neue Gäste zu empfangen, schlich ich mich hinunter in die Küche und nahm vierzig Pfund aus der Haushaltskasse. Und weil ich schwitzend und benommen aufgewacht war, schluckte ich vorsichtshalber noch vier Aspirin aus dem Fläschchen, das neben dem Ofen stand. Dann verließ ich das Haus durch die Küchentür, damit mich Clíona vom Hotel aus nicht sehen konnte.

Als ich zur Fähre kam, half Eamons Sohn mir aufs Schiff. Ich war erleichtert. Er war gerade erst vom Festland wieder hierhergezogen und würde mir keine Fragen stellen, da er mich überhaupt nicht kannte. Ich setzte mich auf eine Kiste, den Rücken an das feuchte Holz der Kajüte gelehnt. Kurz vor der planmäßigen Abfahrt stieg noch eine amerikanische Familie zu, die ich vom Hotel kannte: ein Mann mit seiner Frau, die ungefähr im Alter meiner Mutter war, und einem linkischen, schlechtgelaunten, zehnjährigen Mädchen.

Als wir vom Kai ablegten, kam Eamon aus der Kajüte und setzte sich neben mich. Ich dachte schon, er würde mit mir schimpfen, aber er schnitt mit seinem Taschenmesser schweigend Stücke von einem Apfel und steckte sie sich in den Mund.

»Du fährst wohl zu deinem Vater?« sagte er, als er den Apfel zur Hälfte aufgegessen hatte.

»Nein«, erwiderte ich, ein bißchen zu rasch. »Ich muß nur etwas für Clíona erledigen.«

Eamon nickte und leckte sich die Saftspritzer von seinem Schnauzbart. »Du wirst sicher von Galway aus den Zug nehmen wollen«, meinte er. »Wenn du ein freundliches Gesicht machst, werden dich die Amerikaner dort bestimmt zum Bahnhof bringen.«

Dann erhob er sich, ging zu dem Ehepaar hinüber und sagte etwas, das ich nicht verstand. Die Mutter nickte zustimmend und lächelte zu mir herüber. Eamon ging an mir vorbei zur Kajüte.

»Danke«, sagte ich, plötzlich den Tränen nahe. Warum half mir dieser Mann, zu dem ich nie auch nur ein einziges nettes Wort gesagt hatte? Er zwinkerte mir zu und gab mir das letzte, schon braun verfärbte Stück von seinem Apfel, bevor er in der Kajüte verschwand. Ich warf es in die graue Bugwelle.

Mit unsicheren Schritten kam die amerikanische Mutter auf dem schwankenden Deck zu mir herüber.

»Du bist also von der Insel«, sagte sie. »Wir kommen aus Boston, in den Vereinigten Staaten.«

Fast hätte ich schnippisch geantwortet, woher ich wirklich stammte. Aber aus irgendeinem Grund verstellte ich die Stimme und fiel in Clíonas melodische Sprechweise.

»Ja. Haben Sie schöne Ferien gehabt?« Es hörte sich überzeugend an.

Die Mutter stürzte sich förmlich auf mich und stellte mir lauter dumme Fragen: ob ich zur Schule ging, ob ich Gälisch spräche, ob ich jemals eine Meerjungfrau gesehen hätte. Sie sprach sehr laut und betonte jedes Wort, und ich dachte, es sei vielleicht wegen dem Lärm des Motors und dem Wind. Als wir jedoch in der Stadt anlegten, schrie sie immer noch, als sei ich taub oder verstünde kein Englisch. Wir gingen zusammen die Hauptstraße entlang zu ihrem Mietwagen, während ihr Mann den Koffer auf Rädern hinter sich herzog.

»Hier, ich lege deinen Rucksack in den Kofferraum«, sagte

er zu mir. Ich hatte dieses Wort schon ganz vergessen – auf der Insel sagten sie nämlich immer »Kutschkasten«. Zusammen mit einem Haufen grüner Plastiktüten stopfte er meinen Rucksack hinein.

»Ich möchte mein irisches Mädchen«, quengelte seine Tochter, und er wühlte eine Weile in dem Gepäck herum, bis er schließlich eine Puppe in einer Pappschachtel zutage förderte.

»Ich habe den Eindruck, wir haben die ganze Woche lang nur eingekauft«, sagte er zu mir und zwinkerte dabei. Ich rollte die Augen – eine unwillkürliche Reaktion. Die Freunde meiner Mutter, Stephen nicht ausgenommen, hatten das auch immer gemacht – mir etwas über ihrer Ansicht nach merkwürdige weibliche Gewohnheiten zugeraunt: über Einkaufsorgien, Blechdosen voller Wattebällchen im Badezimmer, zusammengerollte Servietten in Silberringen beim Abendessen. Wahrscheinlich meinten sie, da ich noch ein junges Mädchen und noch keine Frau wäre, fände ich das alles genauso befremdend wie sie. Und ich hatte immer mitgespielt, weil ich auf diese Weise wenigstens etwas mit ihnen gemeinsam hatte, von dem selbst meine Mutter ausgeschlossen war.

Als wir in den Wagen stiegen, mußte ich mich nach hinten setzen, neben die Tochter und einen weiteren Berg von Einkaufstüten. Das Mädchen hatte bisher noch kein einziges Wort mit mir gewechselt.

»Zeig ihr deine Puppe, Schätzchen«, sagte die Mutter, während sie zu uns nach hinten blickte. Widerwillig drehte die Tochter die Schachtel mit der Plastikfolie um, so daß ich die Puppe mit leuchtendrotem Haar, grünen Augen und einem grünen Samtkleid sehen konnte, auf dessen Oberteil ein Claddagh aufgestickt war. Es war ein seltsam vertrauter Anblick, als habe jemand meine Mutter oder Mary Louise als Puppe dargestellt.

»Sie heißt Meghan«, erklärte die Tochter. Sie hielt die Schachtel waagerecht, so daß der Puppe die Augen zufielen und sie aussah, als läge sie für die Totenwache in einem winzigen Sarg mit einem durchsichtigen Deckel.
»Läßt du sie deshalb in der Schachtel, damit sie nicht kaputtgeht?« fragte ich. Die Tochter lächelte mich an und nickte.
»Ich habe das auch immer gemacht«, sagte ich mit meinem neuen Akzent.
»Wie heißt du?« fragte sie ein wenig zutraulicher.
»Gráinne.« Ich hörte die Stimme meiner Mutter.
»Wie die Dame im Schloß?« sagte das Mädchen. »Die Piratenkönigin?«
»Ja« erwiderte ich. »Ich bin nach ihr benannt.«
»Was für ein hübscher Name«, meinte die Mutter. »Bist du wirklich eine Nachfahrin dieser Königin?«
»Ja, so heißt es«, antwortete ich, obwohl niemand mir jemals etwas in dieser Richtung gesagt hatte.
»Wie schön, wenn man so viel von seiner Familie weiß«, meinte die Mutter. »Ich bin adoptiert worden, und man hat mir erzählt, meine leiblichen Eltern stammten aus Irland. Ich hatte gehofft, ich könnte bei dieser Reise ihre Geschichte erforschen, doch ich bin nicht dazu gekommen. Aber ich habe dieses Formular trotzdem mitgenommen.« Sie kramte in ihrer Handtasche. »Es ist ein Antrag auf Stammbaumforschung. Du hast Glück, du hast deine ganze Geschichte immer um dich herum.«
Glück? Plötzlich hatte ich ein schlechtes Gewissen, daß ich so tat, als hätte ich diesen Akzent, und mich als Kind einer echten einheimischen Familie ausgab. Diese drei Menschen waren eine Familie, wie ich sie niemals gehabt hatte.
»Funktioniert das?« fragte mich die Mutter.
»Was?« Mir wurde übel vom Fahren, und ihre Stimme verebbte, als ob sie sich langsam von mir entfernte.

»Diese Stammbaumforschung. Funktioniert das wirklich, oder ist es nur eine Masche, um Touristen auszunehmen?«
»Ich weiß nicht«, erwiderte ich. Ich kurbelte mein Fenster hinunter und hielt mein fiebriges Gesicht in die feuchte, kalte Luft. »Meine Mutter ist tot«, fügte ich noch mit meiner echten Stimme hinzu. Doch nur die Tochter hörte mich. Sie hielt die Schachtel mit der Puppe umklammert und sah mich mit großen Augen an, als wartete sie gespannt darauf, daß ich jeden Moment etwas Böses anstellte.

Im Zug lernte ich einen Jungen kennen. Er setzte sich mir gegenüber in das offene Abteil und legte seine dünnen Arme über die ganze Breite des Tisches zwischen uns.
»Hast du Lust auf ein bißchen Gesellschaft?« fragte er mich, kaum, daß er saß. Er hatte fettige Haare, die zu einem armseligen Pferdeschwanz zusammengebunden waren, seine Zähne und die Innenseiten seiner Lippen waren bräunlich-gelb verfärbt. Seine pechschwarzen Augen aber hätten auch meine eigenen sein können.
»Warum nicht?« sagte ich und gab mir alle Mühe, ihn ebenso direkt anzusehen.
Er zog einen blauen Beutel heraus, drehte aus fein geschnittenem Tabak zwei Zigaretten und bot mir eine an. Als ich inhalierte, kam es mir vor, als würde der waldige Rauch nicht nur meine Lungen füllen, sondern gleichzeitig auch in mein Gehirn strömen.
Der Junge redete ziemlich lange, wie ich fand. Der Rauch benebelte mich, so daß ich nur rhythmische Laute hörte, als ob sich Wellen brächen. Dann tauchte ich erneut unter. Die wenigen Worte, die ich mitbekam, ergaben keinen Sinn. Ich muß etwas erwidert haben. Muß ihn aufgefordert haben, sich neben mich zu setzen, muß zugelassen haben, daß seine nach Lagerfeuer schmeckende Zunge in meinen Mund eindrang.

Vielleicht habe ich auch seinen Hosenschlitz geöffnet, aber bewußt war mir nur, daß ich meine Finger hineinschob.
»Jesus!« schrie er auf und wich zurück. Er drückte meine blaugefärbten Finger zwischen seine Handflächen. »Ich dachte schon, du hättest einen Fisch hineingesteckt. So kalte Hände habe ich noch nie erlebt.«
»Es liegt daran, daß ich tot bin«, hörte ich eine Stimme sagen. Sein Lächeln verschwand.
»Was?« sagte er und ließ meine Hand los. Und während er noch seinen Reißverschluß zumachte, trat er den Rückzug an. Ein älteres Paar am anderen Ende des Waggons sah zu mir herüber. *Hure,* sagten ihre stummen Lippen.
»Du bist ganz schön kaputt«, meinte der Junge noch zu mir. Ich fragte mich, was für ein Problem er hatte, sagte aber nichts. Er stolzierte durch den Gang, zog die Tür zum Speisewagen auf und ließ sie hinter sich zusammenschnappen.
Da er seinen Beutel Tabak und das Zigarettenpapier liegengelassen hatte, rollte ich mir den Rest der Fahrt über lockere, unförmige Zigaretten, inhalierte rote Glut und drückte die kalten Finger an meine glühendheiße Stirn.

In Dublin ging ich durch Straßen voller Leute, die sich genauso rasch fortbewegten und einander geschickt auswichen wie die Bostoner. Im Gebäude der *Irish Times* wählte die Empfangsdame vier verschiedene Nummern, um herauszufinden, wer zum Teufel dieser Seamus O'Flaherty war.
»Tut mir leid, Mädchen, aber das ist mein erster Tag hier«, flüsterte sie, während sie eine Hand über die Sprechmuschel hielt.
Mit einem Klingeln in den Ohren setzte ich mich auf einen gepolsterten Stuhl.
»Nein, er ist heute nicht da«, sagte die Frau schließlich. »Er hat auswärts einen Auftrag, in Belfast.«

»Immer noch?« In Belfast waren doch diese hungernden Gefangenen gewesen, über die er Artikel geschrieben hatte, als ich noch ein Baby war.

»Die im Norden halten die Journalisten ganz schön auf Trab«, erwiderte sie. Dann runzelte sie die Stirn. »Fehlt dir etwas, Kleine?«

»Wann kommt er zurück?« Ich stand auf, mußte mich aber an der Tischkante festhalten, so schwindelig war mir.

»Er wird morgen zurück erwartet. Möchtest du jemanden anrufen?«

Ohne zu antworten, verließ ich die Empfangshalle. Es gab niemanden, den ich hätte anrufen können.

Es hatte zu regnen angefangen. Eine Weile stand ich nur da, dann lehnte ich mich an die Mauer des Gebäudes, rutschte daran runter, bis ich in der Hocke saß, und schlang die Arme um die Knie. Wo hätte ich jetzt noch hingehen, welche Fragen hätte ich noch stellen sollen? Ich werde hier sitzen bleiben und warten, dachte ich. Dann versuchte ich mir die Gedichte in Erinnerung zu rufen, die ich früher an meine Wand geheftet hatte, aber mir fielen bloß einzelne Wörter von der Beerdigung ein. In der Empfangshalle klingelten schrill die Telefone. Ich legte die Stirn auf meine Arme und schloß die Augen. Hinter meinen Lidern funkelten helle Punkte.

Ich muß wohl eingeschlafen sein, denn als ich die Hand auf meiner Schulter spürte und aufblickte, war es bereits dunkel. Liam beugte sich über mich, das sorgenvolle Gesicht naß vom Regen.

»Gráinne« sagte er und half mir auf, »ist alles in Ordnung? Warum sitzt du hier im Regen?«

»Ich warte auf meinen Vater.« Meine Stimme klang merkwürdig, obwohl ich nicht mehr Clíonas Akzent gebrauchte.

»Wann soll er denn zurückkommen?«

»Morgen.« Da ich alles nur verschwommen sah, preßte ich die Daumen gegen meine Augenlider. »Wie bist du hierhergekommen?«
»Ich bin getrampt.« Liam lächelte, wirkte aber erschöpft. Seit dem Tod seines Vaters hatte er dunkle Schatten unter den Augen – wie ich sie auch bei Stephen gesehen hatte, als ich ihn küssen wollte. Ich schüttelte Liams Arm ab.
»Ich kann darauf verzichten, daß mir die ganze stinkende Insel hinterherläuft.« Wahrscheinlich habe ich ziemlich genuschelt. Liam strich mir die Haare aus der Stirn, so daß ganze Wasserbäche an meinen Schläfen herunterrannen.
»Du mußt immer die Starke spielen, stimmt's, Königin Gráinne?« flüsterte er. Er sah auf meinen Mund, so daß ich schon einen Augenblick glaubte, er würde mich küssen. Als ich aufstand, waren meine Knie weich. Damit hatte ich nicht gerechnet. Doch bevor ich mich wieder fassen konnte, zog er mich schon fort, in den Regen hinein.
»Wir müssen uns ein Zimmer suchen«, sagte er. »Du wirst dich erkälten, wenn du nicht aus diesen nassen Klamotten rauskommst.«
Er ging mit mir in ein muffig riechendes Bed & Breakfast, das sich über einem Fish-and-Chips-Laden befand. Die Dame, die uns das schmuddelige Zimmer zeigte, musterte mich abschätzig. Sobald wir allein waren, forderte Liam mich auf, meine Kleider auszuziehen, wandte sich ab und reichte mir sein Flanellhemd. Meine Finger waren so taub, daß ich kaum die Knöpfe schließen konnte.
Er packte mich in die Decken auf der einen Seite des Doppelbettes ein und schaltete das Licht aus. Mein Kissen roch ein wenig nach Essig. Während er Schuhe und Jeans abstreifte und neben mir unter die Decken schlüpfte, betrachtete ich seine Silhouette. Dann zündete er sich eine Zigarette an, so daß für einen kurzen Augenblick seine elfenbeinernen Wan-

gen aufleuchteten. Ich sah zu, wie der brennende Glimmstengel von seinem Mund zum Aschenbecher und wieder zurück wanderte.

»Liam?« flüsterte ich.

»Ja?« Die Schwärze im Zimmer war undurchdringlich, und ich stellte mir vor, er könne meine Gedanken hören.

»Danke, daß du hinter mir hergekommen bist«, sagte ich. Das war nicht das, was ich eigentlich sagen wollte, aber Liam antwortete, als ob er das nicht wüßte.

»Ich mußte einfach weg von der Insel«, meinte er. »Ich hatte das Gefühl, daß ich dort keine Luft mehr kriege. Es war, als ob die Pest ausgebrochen wäre.«

Ich wußte, was er meinte. Seit Owens Tod waren die Inselbewohner nicht nur traurig, sie waren krank. Trotz ihres Gelächters hatten sie Owen nicht einfach die letzte Ehre erwiesen, um dann wieder zur Tagesordnung überzugehen. Sie trugen den Tod weiter mit sich herum wie einen Virus.

»Gerade habe ich gedacht, wie merkwürdig das alles doch ist«, sagte Liam. »Als ich klein war, hieß es immer, es könne jederzeit passieren, daß mein Vater nicht zurückkehrte. Jedes Jahr ertrinkt jemand von der Insel, manchmal sogar eine ganze Mannschaft auf einmal. Dad hat beim Abendessen immer ein Gebet gesprochen, bevor er aufbrach, und Gott darum gebeten, daß er unversehrt wieder nach Hause käme. Ich will damit sagen, ich hätte ständig damit rechnen müssen. Aber ich habe nie wirklich geglaubt, daß ihm das passieren könnte.« Liam wischte sich mit einem Zipfel seines Bettlakens die Nase ab.

»In gewisser Weise hast du Glück gehabt«, fügte er hinzu. »Deine Mutter war vorher krank, und du hattest Zeit, dich von ihr zu verabschieden.«

Als er das sagte, stiegen mir erneut die Tränen in die Augen. Die Zimmergeräusche klangen schleppend und schwollen an, als lauschte ich ihnen vom Meeresgrund aus. Das Kissen unter meiner Wange war kalt und durchtränkt von salzigen Tränen.

»Liam?« Meine eigene bleierne Stimme hallte mir in den Ohren. »Hast du schon mal das Gefühl gehabt zu ertrinken? Du kommst nicht mehr an die Oberfläche, und dein ganzer Körper füllt sich so rasch mit Wasser, daß du genau weißt, bald bleibt kein Platz mehr für etwas anderes. Dabei bist du gar nicht im Wasser.« Ich rang nach Luft, weil ich Rauch geschluckt hatte. War es möglich, daß man vergaß, wie das Atmen funktionierte? wollte ich ihn fragen. Waren meine Mutter und sein Vater am Ende so gestorben? »Man ertrinkt«, flüsterte ich, »obwohl man gar nicht im Wasser ist.«

Ich sprach nicht weiter. Liam zog meine Decken weg und kroch zu mir. Er drückte seinen Körper an meinen, ich spürte ihn hart an meinen Beckenknochen. Ich nahm seine Hand, legte sie auf meine Brust, überließ mich, ohne nachzudenken, dem, was nun passieren würde. Aber er zog seine Hand fort, stieg über mich hinweg und legte sich so neben mich, daß mein Rücken ihm zugewandt war, wobei er meine Hände an meinen Bauch drückte.

»Nicht, Gráinne«, flüsterte er, blieb aber so liegen. Und plötzlich überkam mich eine große Ruhe, und ich spürte, wie seine Wärme in meinen Körper floß. »Es wird alles gut«, sagte er immer wieder in die Dunkelheit hinein. Nichts wünschte ich mir mehr, als daß ich ihm glauben könnte. Ich schlief nicht, lag nur da, bewegungslos, umschlossen von ihm, folgte dem Rhythmus seines Atems, der ausströmte und wieder leiser wurde, spürte sein feines Haar an meinem Ohr.

Als wir am Morgen wieder zum Gebäude der *Irish Times* gingen, waren die Straßen voller Menschen, die zur Arbeit eilten. Dieselbe raffinierte Choreographie aus Aktentaschen, klickenden Schuhabsätzen und verschlossenen, unfreundlichen Gesichtern wie in Boston. Ich suchte unter den Männern in Anzügen nach meinem Vater. Ob er so war wie all die Väter von meinen Freunden – tadellos gekleidet, schweigsam und in Gedanken versunken?

Plötzlich merkte ich, daß Liam mich anstarrte.

»Wann hast du eigentlich zum letztenmal was gegessen?« fragte er mich.

»Warum?« Ich mußte mich darauf konzentrieren, geradeaus zu gehen.

»Du siehst so komisch aus«, meinte er. Ich wischte mir den Schweiß von der Oberlippe.

»Mir geht's gut«, sagte ich. Liam schüttelte den Kopf, nahm mich bei der Hand und zog mich über die Straße in ein Café.

»Setz dich«, befahl er. »Hier kannst du durch das Fenster nach Seamus Ausschau halten. Ich hole dir ein Sandwich.« Der bräunlich gestrichene Raum war voller Rauch, und alles schwankte ein wenig, trotzdem gelang es mir, mich auf die Eingangstür zu konzentrieren, wo jeden Moment mein Vater auftauchen mußte. Ich stellte mir vor, wie er aus einem Doppeldeckerbus ausstieg, als kehrte er von einer Fahrt auf dem Meer zurück, mit sonnengebräuntem Gesicht und dem Geruch nach verbranntem Holz und Fisch in den Kleidern. So wie Liams Vater – bevor er in einem Sarg zur Insel zurückkehrte.

Liam kam mit zwei Schinken-Käse-Toasts und Tee. »Iß das«, sagte er. Da er mich nicht aus den Augen ließ, biß ich hinein und blickte wieder zur Tür.

Mir kam es vor, als würde ich eine Ewigkeit kauen und dieses Riesending würde überhaupt nicht weniger. Wenn ich schluckte, wanderte das Essen zäh wie Kleister in meinen Magen. Mein Gesicht brannte, und meine Kopfhaut juckte wie verrückt.

»Entschuldige mich«, sagte ich und taumelte zur Damentoilette. Ich übergab mich, Brocken vom Sandwich plumpsten in die Kloschüssel, dann würgte ich ein paar Minuten lang, voller Angst, daß der Reflex nie mehr aufhören und ich nie mehr würde Luft holen können. Als mein Magen sich wieder beruhigt hatte, spritzte ich mir an dem schmutzigen Waschbecken Wasser ins Gesicht und trocknete mir die Wangen mit einem rauhen Papierhandtuch. Wieder draußen, torkelte ich zwischen den zahllosen gedeckten Tischen an meinen Platz zurück.

»Ich habe ihn noch nicht gesehen«, sagte Liam. »Jesus«, entfuhr es ihm dann, er stand auf und starrte mich an. »Du bist ja totenbleich. Ist dir schlecht?« Die Lippen nicht mehr als unbedingt notwendig bewegend, erklärte ich ihm, ich wolle hinaus, um Luft zu schnappen. Als ich dann vor dem Café in der kalten Luft stand, überkam mich eine große Ruhe, so daß ich mich wunderbar fühlte und schon wieder hineingehen wollte. Doch dann stürzte der Bürgersteig auf mich zu wie eine Welle, und um mich herum wurde alles dunkel.

»Wach auf, Gráinne«, sagte Liam. Ich wollte erwidern, er solle ruhig sein, ich bekäme Kopfweh von seiner schrillen Stimme. »Wach auf!« Als ich die Augen öffnete, war es gar nicht Liam, der sich über mich beugte, sondern ein anderer Mann. Mein Vater. Er sah aus wie ein Pirat, die schwarzen und silbrigen Locken im Nacken zusammengebunden, ein Ledergurt spannte sich quer über seinen Oberkörper. Einen Augenblick lang glaubte ich, ein Schwert hinge daran, doch dann sah ich, daß es eine Kamera mit Zoom-Objektiv war. Als er lachte, bildeten sich kleine Fältchen in seinen Augenwinkeln. Das hatte ich nicht erwartet.

Er hob mich hoch, mühelos. Träumte ich von mir als Dreijähriger, oder war es die Erinnerung daran?

»Hallo, meine Kleine«, sagte mein Vater. Seine Stimme war wie ein leiser Klagegesang. Und bevor ich wieder in die Schwärze hinabtauchte, dachte ich noch, wie wunderbar warm sein Körper war.

KAPITEL 26

Grace

Gráinne war dreieinhalb, als Grace den Mann fand, der sie von der Insel wegbrachte. Max war ein reicher Tourist aus Amerika, der auf seiner Yacht durch Europa reiste und in Inis Murúch einfiel wie ein lärmender, widerwärtiger Potentat, der mit Fünfzig-Pfund-Noten wedelte und im Pub eine Runde nach der anderen schmiß. Hinter seinem Rücken redeten die Bewohner abfällig über ihn, ließen sich aber nichts anmerken und grinsten freundlich, wenn er seine Pints spendierte.

Kaum hatte er Grace gesehen, hatte er nur noch Augen für sie. Sie vermied es, im Pub zu offen mit ihm zu flirten, richtete es aber so ein, daß sie ihm rein zufällig begegnete, wenn er seine Spaziergänge in den unbewohnten Teilen der Insel unternahm. Sie sah in ihm einen Mr. Willoughby mit amerikanischem Akzent: einen Mann, der gewohnt war zu bekommen, was er wollte, wenn er nur genug dafür zahlte. Da er nie von Arbeit sprach, vermutete sie, daß er geerbt hatte. Sie

empfand zwar nichts für ihn, aber seine Bewunderung stärkte ihr Selbstbewußtsein. Er interessierte sie lediglich wegen seiner Yacht und seinem Geld und war sicher leicht um den Finger zu wickeln. Sie genoß das Gefühl, endlich wieder ein klares Ziel vor Augen zu haben, das zudem so mühelos zu erreichen war.
Durch Seamus' wortkarge Sturheit und Graces Aggressivität war im Laufe des letzten Jahres eine Mauer zwischen ihnen entstanden. Manchmal waren sie bestürzt darüber, denn der eine hielt sie für das Werk des andern. Grace griff Seamus an, bedachte ihn mit übelsten Schimpfwörtern und warf mit Geschirr, doch er wehrte sich nicht. Ruhig sah er zu, bis sie erschöpft war, und verließ das Haus, wenn sie zu weinen anfing. Er verbrachte halbe Nächte im Pub, kam aber nie betrunken nach Hause. Das wäre ihr viel lieber gewesen, weil sie ihn dann hätte fertigmachen können. Aber er schlüpfte mit leuchtendem, entschlossenem Blick zu ihr ins Bett, und sie gab sich ihm hin, sobald die Hitze seines Körpers sie umfing. Sie richteten einander übel zu und erwachten am Morgen, ohne ein Wort über ihre schmerzenden Hüften und geschwollenen, wunden Lippen zu verlieren. Tagsüber huschten sie blind wie Gespenster aneinander vorbei. Ihre gesamte Aufmerksamkeit galt nun Gráinne, um die sie sich abwechselnd kümmerten, als wären sie bereits getrennte, alleinerziehende Eltern. Wenn Seamus nicht da war, fragte Grace sich, weshalb sie jemals eingewilligt hatte, ihn zu heiraten. Sie haßte sich dafür, wie sie im Bett die Kontrolle über sich verlor und ihre Liebe offenlegte wie eine klaffende Wunde. Sie mußte weg von hier. Weit, weit weg, irgendwohin wo die Anziehungskraft seines Körpers keine Wirkung mehr hatte.
Als Seamus eines Nachmittags mit Owen beim Fischen war, schwamm Grace durch den Hafen bis zu Max' Boot. Er wartete bereits auf sie, und sie vögelten in seiner Kabine auf einem

harten Bett. Verglichen mit Seamus war ihr, als läge sie unter einem Toten. Sein Körper war kalt und sein Bauch eine wabblige Masse. Als sie danach nackt auf dem Bett saßen und rauchten, schilderte Grace ihm Seamus als groben, beschränkten Mann, bis Max den Kopf schüttelte und murmelte, Grace verdiene wahrlich etwas Besseres. Er hielt es tatsächlich für seine Idee, als sie beschlossen, daß Grace ihn nach Spanien begleiten sollte. Sie könnte auch das Kind mitnehmen, meinte Max, Platz sei genug vorhanden. Nach Einbruch der Dunkelheit verließ Grace das Schiff und ließ sich vom Wasser bis zum Hotel treiben. Aufgeregt schlüpfte sie in ihre Kleider und ging ins Haus, um Gráinne zu holen. Sie fühlte sich wie eine Gefangene, der es endlich gelungen war, den ersten Gitterstab ihrer Zelle durchzusägen.

Im Hotelpub war eine Party für ihre beiden Stiefbrüder Conor und Marc Jr. im Gange. Sie waren siebzehn geworden und sollten in einer Woche nach England aufbrechen. Clíona stand laut lachend zwischen den Zwillingen, die sie mittlerweile um einen Kopf überragten. Voller Stolz betrachtete sie die beiden und strich ihnen das blonde Haar glatt. Als wären es ihre leiblichen Kinder, dachte Grace voller Abscheu. »Die beiden dürfen selbstverständlich mit ihrem Segen das Land verlassen«, murmelte sie leise vor sich hin. »Sie sind ja Männer, und den Männern wird hier jeder Wunsch von den Augen abgelesen.«

Gráinne spielte mit Liam unter den Barhockern. Jemand hatte ihnen Schokoladenkekse geschenkt, und Gráinne war über und über mit brauner Glasur beschmiert.

»Wie wär's mit einem Pint, Grace?« fragte Marcus gut gelaunt und drückte den Zapfhahn für Guinness, daß es schäumte und zischte. Er strahlte über das ganze Gesicht. Verzückt ruhten seine blauen Augen auf seiner Familie, die, wie er meinte, intakt sei.

»Nein danke, Marcus«, antwortete Grace und wandte sich zu Gráinne. »Komm her, Schätzchen.« Als sie dem Kind die Schokolade vom Gesicht zu wischen versuchte, zerriß die Serviette in kleine Teile und blieb an ihrem kleinen Kinn kleben wie Federn an Pech.

»Hab dich nicht so«, sagte Marcus. »Ein Bier bringt dich nicht gleich um.« Er stellte das halb eingeschenkte Glas auf dem Abtropfgitter ab. Der bräunliche Schaum breitete sich wie Nebel in dem Glas aus.

»Ich habe gesagt, ich möchte nichts«, fuhr Grace ihn an. Er zuckte die Achseln, schüttelte den Kopf und ging zu Clíona und den Zwillingen. Er hat mich nie gemocht, dachte Grace. Ich war nur leider mit in dem Versandhauspaket, in dem er seine Braut zugestellt bekam. Mit hämischer Genugtuung dachte sie daran, daß ab morgen sein Gesicht und all die Gesichter, die aussahen wie seines, sie nie wieder anglotzen würden.

In jener Nacht kroch Grace zu ihrer Tochter ins Bett und flüsterte ihr etwas von einem bevorstehenden Abenteuer ins Ohr.

»Was ist ein Abenteuer?« fragte Gráinne. Ihr Stimmchen hatte bereits die Sprachmelodie der Inselbewohner angenommen und klang wie das Auf und Ab der Wellen.

»Abenteuer bedeutet, daß du und ich die Insel verlassen und zu aufregenden Orten reisen werden.«

»So wie meine Onkel?« fragte Gráinne weiter.

»Deine Onkel gehen nur nach England«, erklärte Grace. »Möchtest du nicht auch die Welt sehen?«

»O ja«, antwortete Gráinne. Seit kurzem imitierte sie Clíonas Ausdrucksweise mit erschreckender Genauigkeit. »Kommt Dada auch mit?«

»Er kommt später nach«, versicherte Grace ihr. »Aber wer ist deine beste Freundin auf der Welt?«

»Mummy«, antwortete Gráinne und gähnte.
»Und du bist Mummys beste Freundin. Warum brauchen wir da noch jemand anderen?« Doch Gráinne war eingeschlafen, bevor sie antworten konnte. Ihr warmer Atem hinterließ feuchte Spuren auf Graces Hals.

Es dämmerte bereits. Im Halbschlaf merkte Grace, wie Seamus aus dem Bett stieg, duschte und sich in der Küche zu schaffen machte. Sie fühlte sich wie ein Kind am Weihnachtsmorgen, das am liebsten aus dem Bett gesprungen wäre, aber fürchtete, es wäre noch zu früh. Sie zog sich die Decken bis unter die Nase. Sobald Seamus nicht mehr im Bett lag, wurden die Steppdecke und die Kissen eiskalt. Sie hatte erwartet, daß er sie zum Abschied küßte, hörte aber bereits das Rascheln seiner Jacke und ein metallenes Geräusch, als er den Schlüssel vom Haken nahm.
»Seamus?« rief sie mit schwacher, angstvoller Stimme. Er trat ins Schlafzimmer, das mit einem Vorhang abgeteilt war, den Hut bereits auf dem Kopf, die Kameratasche über der Schulter. Es war zu dunkel, als daß sie seinen Gesichtsausdruck hätte erkennen können.
»Wolltest du mir nicht auf Wiedersehen sagen?« fragte sie. Er fuhr wieder nach Belfast. Wenn er zurückkehrte, würde er sie nicht mehr vorfinden.
Als Seamus schwieg, war ihre Erregung wie weggeblasen. Plötzlich fühlte sie sich wieder gefangen und lag wie eine Gelähmte im Bett. Rasch trat er zu ihr, sein Schatten fiel auf sie, und dann küßte er sie so leidenschaftlich, daß sie das Gefühl hatte, ihr Inneres würde vor Hitze bersten. Er hatte kein Wort gesprochen, aber nachdem er gegangen war, spürte sie förmlich, wie sich Stille ausbreitete. Weshalb fühlte sie sich verlassen, wo sie es doch war, die weggehen wollte? Sie stieß die Decken von sich und schwang die Füße entschlossen auf den

feuchten Teppich. Wenn sie sich voll und ganz darauf konzentrierte, was sie einpacken mußte, würden ihr vielleicht keine dummen Gedanken mehr kommen.

Grace beabsichtigte, nachts zu verschwinden, wenn niemand mehr unterwegs war, der sie aufhalten könnte. Um die Abendessenszeit, als sie alles gepackt und wieder umgepackt hatte, kam Mary Louise mit Liam vorbei. Grace war erbost.

»Kannst du nicht morgen wiederkommen?« meinte sie. »Gráinne kränkelt, und ich möchte sie früh ins Bett legen.«

»Sie sieht aber ganz munter aus«, antwortete Mary Louise, als Gráinne Liams Hand nahm und mit ihm in ihr Zimmer rannte. Grace schluckte ihren Zorn hinunter.

»Ich wollte den Jungen nur rasch vorbeibringen, damit er sich verabschieden kann«, erklärte Mary Louise. Grace warf die Tür zu, aber Mary Louise war bereits ins Haus geschlüpft.

»Woher weißt du es?« fragte Grace. »Ist dein Leben so erbärmlich langweilig, daß du mir nachspionieren mußt?«

»Ach, Grace, reg dich doch nicht auf«, erwiderte Mary Louise. »Ich habe es gemerkt. Ich bin nicht so beschränkt, wie du glaubst.«

»Hast du jemandem davon erzählt?« fragte Grace.

»Nein, weshalb auch? Wenn du dir etwas in den Kopf setzt, läßt du dich doch sowieso nicht davon abbringen.«

»Wahrscheinlich hältst du mich für ein Miststück, weil ich meinen Mann verlasse«, sagte Grace, Mary Louises – wie sie meinte – weinerlichen Tonfall nachäffend.

»Überhaupt nicht«, entgegnete Mary Louise. Sie betrachtete die Fotos an der Wohnzimmerwand: Bilder von der Hochzeit von Seamus' Eltern, daneben welche von seiner eigenen Hochzeit. »Du bist eben so. Du magst nicht an einem Ort festsitzen und empfindest jede Bindung wie ein Gefängnis.« Mary Louise drehte sich zu ihr um. »Du schlägst deiner Mutter nach.«

Grace lachte boshaft. »Ich bin kein bißchen wie meine Mutter«, sagte sie. »Sie ist noch spießiger als du.«
»Du weißt nicht, wie sie früher war«, sagte Mary Louise.
»So? Du doch auch nicht.«
»Das nicht, aber ich hab Geschichten über sie gehört.« Mary Louise lächelte. »Man merkt ihr ihre Rastlosigkeit immer noch an, aber sie hat sich nun mal entschlossen, hierzubleiben.«
Grace schüttelte den Kopf und forderte Mary Louise auf zu gehen. Für wen hielt sie sich eigentlich, daß sie glaubte, Grace oder ihre Mutter zu verstehen? Mary Louise rief Liam zu, sie müßten sich auf den Weg machen. Liam und Gráinne erschienen händchenhaltend in der Tür und bettelten, noch eine Weile miteinander spielen zu dürfen.
»Ich werde dich vermissen, Grace«, flüsterte Mary Louise. »Auch wenn ich weiß, daß es dir nicht so geht.« Grace war drauf und dran, sie zu fragen: Warum warst du immer so wahnsinnig nett zu mir, wo es doch so offensichtlich ist, daß ich dich nicht ausstehen kann? Aber sie kannte die Antwort dieser naiven Frau bereits: Du bist meine Schwester. Grace sah den beiden nach und schlug zufrieden die Tür zu.

Als Grace um Mitternacht zum Kai kam, stand Clíona mit grimmigem Gesicht bei der Yacht.
»Ach du liebe Güte!« rief Grace. »Was willst *du* denn hier?« Aus der heimlich geplanten Flucht wurde mehr und mehr ein langes Abschiednehmen. Clíona nahm Gráinne aus dem Buggy, und es begann das übliche Ritual: Umarmung, ein Kuß, einmal drücken, wobei die beiden quietschten und sich schier zerdrückten. Grace beobachtete es voller Abscheu. Selbst wenn sie ihr Leben ganz bis zum Anfang zurückverfolgte, konnte sie sich nicht daran erinnern, daß ihre Mutter sie einmal berührt hätte – außer wenn sie sie im Zorn schlug.

»Was hast du diesmal gemacht?« fragte Grace. »Max bestochen? Den Kapitän umgebracht? Hast du vor, mich so lange in der Kirche einzusperren, bis ich verspreche, brav zu sein?«

»Nein, Grace«, seufzte Clíona und setzte Gráinne ab. »Die Zeiten sind vorbei.« Mit schuldbewußtem Gesicht kam Max die Stufen herauf und trug Graces Gepäck und den Buggy an Bord, ohne sie anzusehen.

»Also, weshalb bist du hier, Mutter?« fragte Grace. Die beiden Frauen fixierten einander mit demselben harten, undurchdringlichen Blick.

»Glaub bloß nicht, daß Seamus dir folgen wird«, sagte Clíona. »Das verbietet ihm schon sein Stolz.«

»Ich tue es nicht, damit Seamus oder sonstwer mir nachreist«, sagte Grace, obwohl sie die gleiche Angst packte wie am Morgen, als Seamus sich verabschiedete. Er *wird* mir folgen, dachte sie bei sich. Und dann wird alles anders.

»Erspar mir deine Belehrungen«, fuhr sie fort. »Mary Louise ist auch schon mit ihren klugen Sprüchen gekommen. Weiß etwa die ganze Insel, daß ich weggehe? Es wundert mich, daß sie nicht alle hier sind und Spalier stehen.«

»Jedem war klar, daß du eines Tages verschwindest«, antwortete Clíona. »Es ist schließlich kein Geheimnis, daß du diesen Ort haßt. Fünf Jahre lang bist du schmollend durch die Gegend gelaufen.«

»Ich schmolle nicht«, erwiderte Grace.

»Doch, du hast immer geschmollt. Niemand hat dich glücklich machen können, außer der Kleinen hier.« Gráinne sah die beiden so traurig an, daß ihr Kindergesicht richtiggehend alt wirkte. »Ich wünsche dir, daß du es schaffst, glücklich zu werden«, sagte Clíona. »Das wollte ich dir nur noch sagen.«

»Nein, das stimmt nicht«, erwiderte Grace. »Du bist hergekommen, um mir wie üblich alles kaputtzumachen.«

Ihre Mutter trat zurück und gab den Zugang zum Schiff frei.
»Ich nehme nicht an, daß du schreibst und uns mitteilst, wo du dich aufhältst«, meinte Clíona.
»Nein.«
»Natürlich nicht«, wiederholte Clíona leise. Einen Moment lang wirkte sie müde und alt, doch dann straffte sie die Schultern und schloß den oberen Druckknopf ihrer Regenjacke.
»Also, dann auf Wiedersehen«, sagte sie wie beiläufig. »Übrigens, ich würde nicht zu lange bei dem Mann da bleiben«, fügte sie noch hinzu und deutete auf Max, der in melodramatischer Pose auf Grace wartete. »Er macht nicht gerade den zuverlässigsten Eindruck.« Und ehe Grace etwas erwidern konnte, hatte sie sich umgedreht und stolzierte über den Pier davon. Die Aufschläge ihrer Jacke flatterten im Wind.
»Kann's jetzt endlich losgehen?« fragte Max. Grace wandte den Blick von ihrer unerschütterlichen Mutter ab und reichte ihm Gráinne über die Reling.
Als die Yacht die Hafeneinfahrt unterhalb von Granuailes Burg umrundete, deren Zinnen im Licht des Vollmonds silbrig glänzten, schenkte Max ihr ein Glas Wein ein und stieß auf ihre Flucht an.
»Ich hatte schon befürchtet, ich müßte mich mit dem Weib prügeln«, scherzte er. Grace erwiderte nichts. Sie blickte zu der Burg empor und dachte an die Frau mit den Flossen aus Stein und an Seamus' zärtliche Hände. Und sie sah sich selbst als kleines Mädchen, das hoffnungsvoll einen Platz am Küchentisch deckte.
»Bist du dir auch ganz sicher, daß du es willst?« fragte Max.
Grace fuhr aus ihren Gedanken auf und lächelte sexy. »Natürlich«, erwiderte sie und küßte ihn.
Er grunzte zufrieden und legte seine Hand auf ihren Hintern.
»Jesus!« schrie er plötzlich, so daß Grace fast kichern mußte, bevor sie merkte, daß er über ihre Schulter blickte.

Gráinne balancierte auf der Reling und beugte sich waghalsig über das reißende Wasser.
»Zurück, Baby«, schrie Grace und rannte zu ihr hin. Doch Gráinne lachte nur glückselig und fiel über Bord.
»Scheiße!« rief Max. »Halt das verfluchte Boot an, das Kind ist ins Wasser gefallen.« Er kletterte die glitschige Leiter zum Navigationsdeck hinunter. Ehe noch die Suchscheinwerfer eingeschaltet waren, war Grace bereits im Meer, glitt unter die Wasseroberfläche und suchte mit ausgestreckten Armen nach dem Kind. Schließlich bekam sie den kleinen Körper zu fassen, zog ihn hoch und paddelte, Gráinnes Kopf über Wasser haltend, zurück zum Schiff. Der Kapitän hob das Kind heraus, Max zog Grace auf das Deck.
»Atmet sie?« schrie Grace und schob Max zur Seite. Als Gráinne zu husten anfing, wickelte sie sie mit zitternden Händen in eine Decke ein.
»Sollen wir umkehren?« fragte der Kapitän.
Max wirkte unschlüssig. »Nein«, meinte er dann. »Sie ist okay, nicht wahr, Grace?«
Grace drehte ihm den Rücken zu und bat ihn, sie allein zu lassen. Sie schälte Gráinne aus den nassen Sachen und rieb sie heftig mit einem Handtuch ab, das ein Monogramm trug. Das Kind blickte mit ruhigem, abwesendem Gesichtsausdruck auf das Meer.
»Mach so was nie wieder«, rief Grace. »Spring nie mehr von einem Boot, hast du mich verstanden? Du wärst ertrunken, wenn ich dich nicht gefunden hätte.«
»Die Dame hat mir aber gesagt, ich soll es tun«, jammerte Gráinne. Einen Augenblick dachte Grace, sie spräche von Clíona.
»Welche Dame?«
»Die Meer-Dame«, sagte Gráinne. »Ich wollte mit ihr schwimmen. Sie hat an mir gezogen.«

»Es gibt keine Meerjungfrauen, Gráinne«, erklärte Grace. »Das war ich, ich habe dich aus dem Wasser gezogen.«

»Nein, da drin!« beharrte Gráinne und deutete auf das dunkle Meer.

Grace sah ins Wasser und meinte einen bläulichen Schatten zu entdecken. Wahrscheinlich ein Delphin. Oder, mein Gott, ein Hai. Schaudernd preßte sie Gráinne noch fester an sich.

»Es ist mir egal, was du gesehen hast«, sagte Grace. »Du gehst jedenfalls nie wieder ohne mich ins Wasser.«

»Sie folgt uns«, sagte Gráinne, löste sich aus der Umklammerung und spähte über die Reling.

»Gráinne, hör auf damit«, rief Grace.

»Sie ist einsam«, erwiderte Gráinne. »Ich singe für sie.« Sie begann mit ihrem dünnen Stimmchen das Wiegenlied zu singen, das ihr Vater ihr auf Irisch beigebracht hatte. Grace wußte nicht einmal, ob es die richtigen Worte waren. Für sie hörte es sich völlig unsinnig an. Aber Gráinne sang unbefangen weiter ihr lockendes, klagendes Lied.

Grace brach in Tränen aus. »Es tut mir leid, Gráinne«, flüsterte sie und schlang von hinten die Arme um das Mädchen. »Es wird alles gut, Kleines. Nur ich und du, eine Weile. Du wirst ihn nicht lange vermissen, das verspreche ich dir.«

Sie wiegte das Kind noch lange nachdem die Insel hinter ihnen verschwunden war. Gráinne sang leise immer wieder dieselbe Weise, wie ein Echo, so daß Grace schließlich nicht mehr wußte, ob der Gesang von ihrer Tochter kam oder aus dem Meere aufstieg.

KAPITEL 27

Gráinne

In der Ecke zusammengekauert, saß ich auf dem Bett meiner Mutter und preßte meine heiße Wange an die kühle Wand. Ich spürte die Anwesenheit eines Mannes. Der muffige Schweißgeruch ließ mich vermuten, daß einer der Freunde meiner Mutter da war. Von der anderen Seite des dunklen Zimmers drang die Stimme meiner Mutter zu mir. Sie las Gedichte aus einem meiner Tagebücher.

Scheue, du Scheue,
Du Scheue, mein Licht,
Sie bewegt sich zu Herdschein,
Nachdenklich für sich.

»Mom!« rief ich. Sie kam zu mir. Im blauen Licht des Nachtlämpchens, das ich seit meinem fünften Lebensjahr nicht mehr angeknipst hatte, war ihr Gesicht kaum zu erkennen. Sie setzte sich aufs Bett. Es war kein Mann da. Nur wir beide.

»Geht es dir besser?« fragte sie mich. Ihr Haar war offen, blutigrote Locken, die ihren Kopf umrahmten. Ich versuchte aufzustehen, konnte mich aber nicht bewegen.
»Mom«, sagte ich, unsicher, ob ich überhaupt einen Laut herausbringen würde. »Wir haben nicht viel Zeit.« Sie fuhr lächelnd fort, aus den Gedichten zu lesen, die sie vor sich hatte, auf weiße Bögen säuberlich untereinander getippt.

Sie bringt herein die Teller
Und stellt sie reihum hin,
Auf ein Eiland im Wasser,
Mit ihr möcht ich ziehn.

»Nein«, rief ich weinend, aber meine Mutter lächelte beharrlich. »Du wirst sterben«, sagte ich. Sie stand auf und ging weg, als hätte ich ein Tabu berührt.
Als ich aus dem Bett stieg, merkte ich, daß ich Stephens Flanellhemd anhatte, das nach Ebbe roch, und die sandverkrusteten Joggingschuhe meiner Mutter. Ich verließ mein Zimmer und befand mich in unserem Ferienhaus in Singing Beach. Auf dem geflochtenen Teppich sah ich eine Spur aus Haarbüscheln, Seetang und blutroter Qualle, die bis zu dem Zimmer lief, in dem meine Mutter und Stephen schliefen. Ich folgte der glitschigen Spur.
Vorsichtig öffnete ich die Tür, voller Angst, was mich dahinter erwartete. Doch es war nicht das Zimmer unseres Ferienhauses, sondern ein Krankenhauszimmer: ein hohes Bett mit Metallgeländer und an den Wänden Anschlüsse für intravenöse Schläuche und rotaufleuchtende Knöpfe. Ich legte mich ins Bett, um auf meine Mutter zu warten, als mich eine Frau, die wie meine Großmutter aussah, mich aber offenbar nicht erkannte, an die Schläuche anschloß und meine Beine mit Gurten an den Geländern festschnallte.

»Mir fehlt nichts«, erklärte ich. Trotzdem schob sie mir das Ende eines Sauerstoffschlauchs in die Nase. In meiner Armbeuge steckte eine Nadel. Ich sah die pumpenden Bewegungen. Als hätte sie Sex mit meiner Vene.
»Wo ist meine Mutter?« fragte ich. Ich hörte mich keuchen und sah meinen Atem wie Nebelschwaden über dem Meer aufsteigen.
»Es passiert dir nichts, Gráinne«, sang die Frau, beugte sich mit einer Nadel über mich und zog einen dicken schwarzen Faden durch eine klaffende Wunde in meiner Brust.
»Aufhören«, rief ich und stieß sie weg. Plötzlich waren sie und die Wunde verschwunden.
Neben dem Bett stand ein Telefon. Ich hob den Hörer ab und wählte die Nummer von zu Hause. Es klingelte fortgesetzt, doch dahinter hörte ich das Lachen meiner Mutter und das rhythmische Stöhnen und Atmen eines Mannes.
»Ich sollte drangehen«, hörte ich Stephen sagen. Seine Stimme klang belegt vom Sex, so wie damals, als sie im Nebenzimmer miteinander schliefen und ich sie dabei belauschte.
»Nein, nicht aufhören«, stöhnte meine Mutter und die rhythmischen Laute wurden heftiger.
»Gráinne!« Bei Stephens Orgasmus ließ ich fast das Telefon fallen. Die feuchte Hitze seiner Lippen sickerte durch den Telefonhörer. »Nicht«, flüsterte er. »Mein Gott.«
Das fortdauernde Klingeln tönte in meinem Ohr wie schrilles Pfeifen.
Als ich den Hörer aufgelegt hatte, kamen meine Mutter und Stephen ins Zimmer. Sie sahen besorgt und schuldbewußt aus. Meine Mutter klappte das Schutzgitter an meinem Bett herunter und setzte sich neben mich. Sie hatte ein Handtuch dabei und frottierte mir damit sanft das nasse Haar.
»Geh nie wieder ohne mich ins Wasser«, schalt sie.

»Mom«, sagte ich und weinte, bis das Bett völlig durchweicht war, als wäre eine Welle darüber hinweggegangen.
»Schhh«, beruhigte sie mich. »Wenn es dir bessergeht, bleibt noch genug Zeit, zu reden.« Ich schob ihre Hand mit dem Tuch weg. Ich wollte sie ansehen.
»Aber du stirbst«, sagte ich. »Stephen hat dich ins Krankenhaus gebracht.« Lachend blickte sie Stephen an. Er lachte mit ihr.
»Sei nicht albern«, meinte sie. »Ich denke gar nicht daran zu sterben.« Sie mußte husten. Ein stoßweises, gurgelndes Husten, bis ihr Gesicht dunkelrot anlief und sie etwas herauswürgte, das wie eine Qualle aussah und mit einem platschenden Laut auf das Bett fiel.
»Gleich geht es dir besser, Grace«, sagte Stephen, während er sie stützte. Er küßte sie auf das Ohrläppchen. Ihr Haar wurde mit jedem Augenblick dünner. Kupferfarbene Korkenzieherlocken fielen von ihren Schultern wie Regen.
Sie nahm das Handtuch und wischte den blutigen Dreck auf. Zwischen den Falten ragte eine Brustwarze hervor, und als ihr Morgenmantel auf der einen Seite flach herabfiel, wußte ich, daß dort nurmehr vernarbte Haut und Stiche waren. Sie hatte ihre Brust erbrochen.
»Dies ist mein Leib«, sagte sie und hob das blutige Handtuch vor sich in die Höhe. »Der für euch hingegeben wird.«
»Du darfst nicht sterben, Mom«, rief ich und streckte die Arme nach ihr aus. Aber wegen der Gurte an meinen Beinen konnte ich sie nicht erreichen. »Bitte bleib bei mir«, flehte ich.
Meine Mutter grinste, als wäre nichts, als hätte ich eine meiner Anwandlungen, die bald wieder vorübergehen würden.
»Wenn du die Augen zumachst«, sagte sie, »lese ich dir vor.« Kaum hatte ich sie geschlossen, konnte ich sie nicht mehr öffnen. Auch war es nicht ihre Stimme, die weitersprach, son-

dern die eines Mannes, die aus weiter Ferne an mein Ohr drang.

Wieder und wieder wenn ich betrübt bin,
wandern meine Gedanken zu dem kleinen Mädchen,
das du einst warst,
und das unbegreifliche Meer füllt sich
mit wogenden Wassern und tausend Segeln.

Ich zerrte an den Gurten, bis sie sich lösten. Dann fand ich mich am Strand wieder. Das Tosen der Wellen erfüllte die dunkle Nacht, und aus dem Wasser erhob sich die Stimme meiner Mutter. Ich lief zum Ufer. Der Sand unter meinen Gummisohlen machte ein singendes Geräusch.
»Mom!« schrie ich. Aber ich konnte sie nirgendwo entdecken, sah nur einen bedrohlichen bläulichen Schatten im Wasser. Sie sang für mich.

Tanz, spring auf deinem Strand,
Was kümmert dich Gefahr,
Der Wogen Unverstand?
Du läßt dem Sturm dein Haar,
Das noch vom Meere naß,
Du bist so jung und weißt noch nicht,
Daß böse Narren herrschen, daß
Die Liebe kurz ist – ein Gedicht …
Was solltest du fürchten
Des Windes Tosen.

Ich tauchte in eine hereinkommende Welle, die sich hart über meinen Schultern brach. Ich wollte zu der Stimme hinschwimmen, wurde jedoch vom Geräusch des Meeres irregeführt. Eine Welle begrub mich unter sich, und wie Hände, die an meinen Gelenken zogen, riß die Strömung mich mit, weit ins Meer hinaus. Ich streckte die Arme nach meiner Mutter aus. Sie fand mich und zog mich ans Ufer. Dort lag ich in dem stechenden Sand, hustete und spuckte dabei schwarzes Wasser und Seetang aus. Immer noch dröhnten Worte in meinen Ohren. Wieder war es die Stimme eines Mannes, klagend und merkwürdig vertraut. Es klang, als lese er die Verse, während ihm Tränen über die Wangen rannen.

Verborgen liegt der Strand der Leiden
mit seinen Riffen, den Qualen der Trauer,
wo eine ungebrochene Welle
meine Füße streift wie ein Tuch aus Seide.

Dann sah ich Liam, der sich im Mondlicht über mich beugte.
»Du hast eine Wunde über dem Auge«, meinte er und drückte seinen Hemdsärmel sanft gegen meine Stirn. »Hast du nicht gesagt, man ertrinkt nicht, wenn man schwimmen kann?« scherzte er und strich mir mit der anderen Hand über die Wange.
Meine Mutter ist noch dort draußen, wollte ich sagen, doch er stürzte sich auf mich und küßte mich, und meine Worte wurden von seinen salzigen, warmen Lippen erstickt.
Während wir uns leidenschaftlich küßten und Liams Hände über meinen Körper glitten, bis meine Haut pulsierte und ich auf den Höhepunkt zutrieb, rief mich die Stimme meiner Mutter:

Wirst du trotzen dem mörderischen Meer,
herausfordern die Unbill des Ozeans?
Wirst du segeln erneut in Eintracht
mit den Gezeiten?
Schwimmen wie eine Liebesweise?

Mag sein, ein zarter Traum wird uns umfangen
In welchem erscheint auf dem Grund des Ozeans
Ein Gebilde – schwarz und eines hell
Inmitten eines leuchtenden Meeres.

Als ich die Augen aufschlug, sah ich meinen Vater. Er hielt ein dünnes Notizheft unter eine Lampe, die das Krankenzimmer in trübes gelbes Licht tauchte. Sein schwarzes, mit silbernen Strähnen durchzogenes Haar fiel ihm in Locken bis zu den Ohrläppchen. Er las mir vor.

Warum dauerte der Frühling nicht an,
der heller mir strahlte als den Vögeln.
Warum versagte er mir seine Hilfe
und verging Stück um Stück,
bis nur noch Trauer blieb?

Er blickte kurz auf, lächelte, als er merkte, daß ich wach war. Ich sah im Spiegel seiner schwarzen Augen, wie ich taumelte und ertrank.
»Sterbe ich?« fragte ich mit gepreßter Stimme.
»Aber nein«, antwortete er. »Du bist nur unterernährt und blutarm, aber wenn du wieder richtig zu dir kommst und ein bißchen was ißt, wirst du im Nu wieder auf dem Damm sein.«
Ich fing an zu weinen, sehnte mich zurück in meinen Traum, wo ich vielleicht doch meine Mutter treffen würde, wenn ich nur weit genug hinausschwamm. »Mom ist tot«, sagte ich.
»Ja«, antwortete mein Vater. »Ich weiß, Gráinne.«
»Ich habe mich nicht von ihr verabschiedet«, flüsterte ich. Sein Gesicht verschwamm zwischen meinen nassen Wimpern, bis ich den Eindruck hatte, ich würde unter der Oberfläche des Wassers emporblicken und ein stummes Geständnis ablegen.
»Ach, weißt du, deine Mutter hat nie etwas für Abschiede

übrig gehabt«, sagte mein Vater. »Sie verschwindet lieber unbemerkt, wie das Meer bei Ebbe, und kehrt zurück, wenn man sie am allerwenigsten erwartet.«
»Aber sie kommt nicht zu dir zurück«, sagte ich und stellte mir vor, wie er auf das trügerische Meer starrte. »Nie mehr.«
»Ja.« Er legte seine warme Hand auf meine Stirn, als wolle er mir damit Erleichterung verschaffen. »Ich weiß.«
»Warum bist du nicht gekommen?« fragte ich.
»Es tut mir leid, Gráinne«, antwortete er. »Ich wollte es ja, aber ich fürchtete, alles würde so sein wie damals.«
Und dann sah ich ihn vor mir, jünger und zuversichtlicher, sah, wie er eine sandgefüllte Teetasse entgegennahm und heimlich ein Foto von mir schoß. Einer der Freunde meiner Mutter, so glaubte ich damals – kurz da und schon wieder verschwunden, ohne eine Spur zu hinterlassen und ohne Bezug zu unserer Familie, die nur aus uns zweien bestand.

Mein Vater Seamus O'Flaherty trommelte nervös auf seine Knie. Seine Hände waren schmal und gebräunt, wulstige Schwielen bedeckten die Handflächen, und an dem rauhen Höcker seines rechten Zeigefingers sah ich Tintenflecken. Seine Knöchel waren dicker als die Finger, so wie bei mir – Hände, die an die Knochen eines Skeletts erinnerten.
Ich betrachtete diese Hände, als er mir seine Geschichte erzählte, und während ich seine Geschichte in meinem Kopf in eine mythische Erzählung umwandelte, dachte an die Hände meiner Mutter. Die Hände, die mir sanft über das Haar gestrichen hatten, ehe sie zu wächsernen Nachbildungen wurden, umschlungen von einem Rosenkranz. Ihre Hände, wie sie vielleicht waren, als sie mein Alter hatte.

Es war einmal ein Mädchen, das ohne Vater aufwuchs und nur eine Mutter hatte, die ihm ihre rauhe Liebe zu-

teil werden ließ. Ein Mädchen, das nur berührt wurde vom Meer und den Händen der Jungen, die es verzaubert hatte. Ein Mädchen, das ein Gedeck für die Piratenkönigin auflegte, die Einladung an ein Wesen, das, so hoffte sie, wild und ungestüm war wie sie.

Es war einmal ein junger Mann – auf der anderen Seite des Ozeans –, der nur einen Vater hatte. Seine Mutter waren das rauhe Land und die trauernde See. Ein junger Mann, der die Sagen seiner Insel liebte und in der rhythmischen Brandung des Meeres nach den sagenumwobenen Meerjungfrauen Ausschau hielt.

Als sie einander begegneten, war sie schmal wie ein Schilfrohr, ihre Augen schmerzerfüllt. Man hatte sie aus ihrer Heimat gerissen und an einen Ort gebracht, an dem ihre Sprache fremd klang und ihr Körper unentwegt fror. Und so blieb ihr nur das Meer, das ihr Element war, und die Leidenschaft ihres Mundes und ihrer Hände. Ein Kind hatte sie verloren und fürchtete nun, sich selbst zu verlieren.

Als der junge Mann dem Mädchen zum erstenmal begegnete, wußte er bereits seinen Lebensunterhalt aus dem Meer zu bestreiten, und die Geschichten, die er erzählte, klangen wie Lieder. Die Erde seiner Heimat war ihm vertraut, er kannte die Vorzeichen, die ein Unwetter ankündigten, und beherrschte die Sprache seiner Vorfahren, die man ihnen einst mit Gewalt genommen hatte. Er vermochte in jedes Land zu reisen, anderer Menschen Leben zu Papier zu bringen, doch leben konnte er nur in seinem Land.

Sie verliebten sich – sie in seinen Körper, er in ihr Wesen. Seine Wärme hauchte ihr neues Leben ein, und seine Stimme verlockte sie, aufzutauchen aus dem Meer. Er brachte ihr das Land nahe und seine Sprache, die er liebte, und hielt ihre Wildheit für ein Zeichen, daß sie die Meerjungfrau war, von der er einst als Junge geträumt hatte. Der eine nahm vom anderen, was er in sich selbst nicht finden konnte: sie war ihm eine Gefährtin, die die Leere in seiner Welt füllte; er war ihr ein Geliebter, der sie zurück ins Meer begleiten würde.

Als sie heirateten, war ihre Liebe von Angst getränkt. Sie fürchtete, seine Gefangene zu werden, und er fürchtete den Tag, an dem sie ihn verlassen würde. Und beide hofften darauf, der andere werde seinen Sinn ändern.

Sie bekamen ein Kind: ein Mädchen mit der dunklen Haut des Vaters und dem wilden Blick der Mutter. Sie war verträumt wie er und liebte gleich ihm die Sprache, doch sie besaß auch das ungestüme, fordernde Wesen und die Abenteuerlust der Mutter. Sie glich ihnen und glich ihnen doch nicht. In ihr sahen sie einander in einem neuen Licht. Gleichzeitig war sie für beide unerreichbar.

Der Mann und die Frau liebten das Kind, wie sie einander nicht zu lieben verstanden: mit der Trauer und der Freude darüber, daß sie sie nicht lange zu halten wüßten.

Die Frau lernte nie, die Heimat des Mannes zu lieben. Mit jedem Jahr wurde die Insel kleiner, kälter, war mehr ihr Gefängnis als sein Paradies. Sie verließ ihn, wie er vorausgesagt hatte – verschwand in der Nacht, glitt ins Meer wie eine Meerjungfrau. Vielleicht hatte sie gehofft, er würde ihr folgen, obwohl sie wußte, daß er gar nicht dazu imstande war. Dennoch verließ sie ihn, weil ihre drängende Sehnsucht stärker war als die Liebe zu ihm. Und sie nahm die Tochter mit, nicht wissend – oder ahnte sie es vielleicht doch? –, daß sie das Mädchen eines Tages zurückschicken würde.

Der Mann, erstarrt vor Trauer und zugleich erfüllt von

trügerischen Hoffnungen, wartete. Er wartete auf die Rückkehr der Frau, wartete darauf, daß sich ihrer beider Wesen so veränderte, daß sie miteinander glücklich sein konnten. Doch er wartete zu lange.
Als er seiner Familie über den Ozean nachreiste, ein Journalist auf den Spuren einer Geschichte, war das kleine Mädchen fünf Jahre alt. Von dieser Reise weiß nur er, sonst niemand.
Er sah sie in einem Park in Boston, wo sie ruhig in einem Sandkasten spielte, während ihre Babysitterin auf einer Bank in der Nähe ein Buch las. Das Mädchen tat, als würde es Tee in geblümte Plastiktassen gießen. Er erklärte der Babysitterin, er sei ein Freund der Mutter, und fragte das Mädchen, ob er sich zu ihr setzen dürfe.
»Bist du ein Freund meiner Mutter?« fragte seine Tochter mit dem argwöhnischen Blick eines Stadtkindes. Ihr Gesicht und ihr lebhaftes Mienenspiel erinnerte ihn an ihre Mutter.
»Ja, ich war es früher einmal«, antwortete der Mann. Sie füllte eine Tasse mit Sand, stellte sie auf eine Untertasse und reichte sie ihm mit artiger Anmut. Links neben sich deckte sie ehrfurchtsvoll eine weitere Tasse und dann eine für sich.
»Erwartest du noch jemanden?« fragte der Mann und dachte daran, wie sie einstmals zu dritt am Tisch gesessen hatten. Glücklich, wie er damals meinte.
»Das ist das Gedeck für meinen Vater«, erwiderte das Mädchen. Sie betonte alle Worte sorgfältig, als wäre ein jedes gleichermaßen wichtig.
»Und wo ist dein Vater?« fragte der Mann und dachte dabei: Sieh mich an, Gráinne, bitte sieh mich richtig an. Ich sitze ja vor dir.
»Er ist auf dem Meer«, sagte das Mädchen, und tat, als

nippe sie an ihrem Sand. »Er ist Pirat, deshalb hat er sehr viel zu tun. Aber ich halte den Tee für ihn bereit.« Dann blickte sie ihn besorgt an. »Erzähl es aber nicht Mummy«, fügte sie hinzu. »Sonst wird sie wütend.«

»Und woran erkennst du ihn, wenn er kommt?«

»Ach, weil er sehr schön ist«, erwiderte sie mit der übermäßigen Geduld, die Kinder für Erwachsene aufbringen. »Außerdem hat er natürlich Piratenkleider an.«

Ihre Stimme hatte den Singsang der Inselsprache verloren.

Als er zusah, wie sie den leeren Platz herrichtete – sie füllte einen winzigen Teller großzügig mit Gras und Steinen und stellte ihn neben die Teetasse –, fiel ihm eine Geschichte ein, die sein Vater ihm in seiner Kindheit erzählt hatte. Eine Geschichte über Jesus und seine letzten Gebote, bevor er starb.

»Deckt für mich an eurem Tisch, da ich zurückkehren werde«, sprach Jesus, »und wenn ein Fremdling zu euch tritt, gebt ihm, was ihr mir zugedacht habt – denn wie ihr einen Fremdling abweist, weist ihr auch mich ab.« Einer alten Sitte der Insel folgend, hatte der Vater des Mannes bei den Mahlzeiten stets ein drittes Gedeck aufgelegt. In der Vorstellung des Jungen war dieses Gedeck aber für eine Frau gedacht, die aus dem Meer steigen würde, um sich zu ihnen zu gesellen. Davon aber sagte er seinem Vater nichts.

Ich bin ein Fremder, dachte er, als er sah, wie ihre kleinen Hände die Tasse ihres Vaters erneut füllten. Solange ich nicht bei ihr sein kann, ist sie nicht meine Tochter.

Ihre Hautfarbe glich noch immer der seinen, aber hier, im Licht dieser Stadt hatte sie nicht mehr jenen Hauch von Meer. Er entsann sich, wie es war, wenn sie sich einst in die Augen sahen: als sähen sie sich selbst in den klei-

nen runden Spiegeln des anderen. Jetzt entdeckte sie sich nicht mehr in ihm. Um wenigstens ihr Bild festzuhalten, machte er mit seiner Journalistenkamera ein Foto von ihr.

Am Abend stellte er sich unbemerkt vor ihr Wohnzimmerfenster und beobachtete, wie seine Frau und seine Tochter lachten und einander erzählten, was sie am Tag erlebt hatten. Auf dem Klingelschild stand ihr Mädchenname. Er hätte läuten, wieder in ihr Leben treten, sein Land, seine Sprache und alles, was ihm wichtig war, zurücklassen können. Er hätte versuchen können, in einer Stadt zu leben, die ihn ersticken würde, hätte versuchen können, sich an Sandkästen anstelle von Stränden, an gepflasterte Parks anstelle von Moorland zu gewöhnen.

Er hätte seine Tochter entführen können, ihr die Heimat wieder nahebringen, sie lehren können, wie man in der Melodie des Meeres sprach. Und dann hätte er zusehen können, wie sie ohne Mutter aufwuchs.

Letzten Endes tat er nichts von alledem. Weil er wußte, daß er niemals beides bekommen würde, wonach er sich sehnte: seine Heimat und seine Familie. Als er die beiden Frauen, die ihm alles bedeuteten, sah, wußte er, daß sie nicht ihm gehörten. Und am Ende kehrte er in den Schoß der einzigen Frau zurück, die ihn je verstanden hatte: Inis Murúch, die Insel der Meerjungfrauen. Wo er Abend für Abend den Tisch für drei deckte.

Er kehrte nach Hause zurück, in der Gewißheit, daß er seine Tochter eines Tages wiedersehen würde – und er ihr erklären mußte, weshalb er nicht bei ihr gewesen war. Er wußte, daß er nicht auf dieselbe unverblümte Art wie ihre Mutter würde antworten können, sondern nur mit dem Mythos und dem Geheimnis seiner Sprache. Und er wußte auch, daß sämtliche Erklärungen unzureichend wären.

Ich bin mir nicht sicher, ob dies tatsächlich die Worte meines Vaters waren. Doch es sind die Worte, die ich hörte mit geschlossenen Augen, vor mir das Bild meiner Mutter, die wie eine in Nebel gehüllte Meerjungfrau durch meine Gedanken glitt.

»Hier endet meine Geschichte«, sagte mein Vater. »Den anderen Teil – dein Leben mit deiner Mutter –, das ist deine Geschichte, Gráinne.«

Ich sah auf das Krankenhausessen, das ich nicht einmal angerührt hatte – Besteck und Tablett waren von der heißen Suppe beschlagen. Mir fiel ein, wie meine Mutter in unserem Ferienhaus den Tisch gedeckt hatte: einer unergründlichen, althergebrachten Regel folgend. Ich dachte an die angelehnte Schlafzimmertür mit den grauen Füllungen, an der ich immer vorbeigeschlichen war, voller Angst, sie könnte sich ganz öffnen. Als bestünde die Gefahr, daß die Seele meiner Mutter entweichen würde, wie die Seelen in den Käfigen auf dem Meeresboden, und sie für mich auf ewig verloren wäre.

»Warum ißt du nicht?« fragte mein Vater. »Siehst du nicht, was du dir antust?«

Wie sollte ich es ihm erklären? Daß die Zeit fortschreiten würde, wenn ich aß, und ich merken würde, daß ich lebte. Und wenn ich lebte, dann wäre meine Mutter, nicht ich, gestorben. Meine Mutter, die ohne mich gestorben war.

»Mach die Augen zu, Gráinne«, sagte mein Vater, als er merkte, daß ich ihm vor lauter Schluchzen nicht antworten konnte. »Du kannst ja morgen anfangen zu essen.«

Und er sang erneut, in einer Sprache, die ich vergessen hatte, bis meine Tränen auf meinen Wangen zu Salz getrocknet waren und ich in einen traumlosen Schlaf fiel.

Als ich wieder aufwachte, war es Tag, und Liam saß in einem gepolsterten blauen Sessel neben meinem Bett. Ich hatte das seltsame Gefühl, ich wäre bei Sturm und Regenwetter eingeschlafen und an einem lichten, stillen Morgen wieder aufgewacht.

»He«, sagte ich, um meine Stimme auszuprobieren. Er blickte auf und lächelte. Erregung lief durch meine Adern wie eine rasch wirkende Medizin, und ich wäre am liebsten über das Bettgeländer gesprungen. Niemand, nicht einmal Stephen, hatte mich je so angelächelt.

»Ich habe mir Sorgen um dich gemacht«, sagte Liam, stand auf und stützte die Arme auf die Metallstange. »Aber du siehst schon wieder besser aus.«

»Findest du das gut?« fragte ich und wischte mir den Schlaf aus den Augenwinkeln. Bestimmt sah ich kein bißchen attraktiv aus, ungewaschen und eingewickelt wie in einer gelben Wurstpelle. Ich verspürte einen leichten Schmerz von der Kanüle in meinem Arm. Liam strich mir die Schläfrigkeit aus dem Gesicht.

»O ja, sehr gut«, erwiderte er. Aber seine Stimme versagte, und er trat zurück. Mein Magen knurrte.

»Ich glaube, ich hab Hunger.«

Liam strahlte. »Na, endlich! Worauf hast du Lust? Ich bring dir alles, was du möchtest.«

»Etwas Salziges«, antwortete ich.

Er kam zurück mit weißen Tüten im Arm, die mit Fisch und Chips vollgestopft waren. Wir saßen mit überkreuzten Beinen auf dem Bett und aßen mit den Fingern. Ich konnte gar nicht schnell genug essen. Der Geruch des salzigen Fisches machte mich benommen und erregt. Liam fütterte mich mit einem Stück Kabeljau aus seiner Tüte und legte dann seinen Daumen auf meine Lippe.

»Wo ist er?« flüsterte ich und blickte zur Tür.

»Seamus?« fragte Liam. Er sah fiebrig aus, seine Augen glänzten – wie ein Licht, das sich im Wasser spiegelt. »Er kommt heute nachmittag wieder.« Er starrte mich an, ohne Scheu und so eindringlich, daß ich zu kauen aufhörte und kaum mehr atmen konnte.

»Gráinne«, sagte er, und ich wußte, gleich würde er mich küssen, ganz klar. Seine Lippen waren warm und schmeckten nach Öl und Salz und Fisch, doch über all dem lag ein anderer, noch viel köstlicherer Geschmack, der mich erregte. Die Pommes frites purzelten uns in den Schoß. Liam legte sich mit mir hin, seine Hände auf meinen Brüsten, meinem Bauch, meinem Rücken. Nicht unsicher tastend und auch nicht fremd, sondern selbstverständlich und vertraut. Mit jeder Faser meines Körpers streckte ich mich ihm entgegen, als spürte ich ihn noch nicht nah genug bei mir.

Als uns die Schwester ertappte, gab es ein großes Gezeter. Und als ich sah, wie Liam Zerknirschung heuchelte, sich dabei die Hände über den Schritt hielt und sich mit der Zunge über seine geschwollenen, köstlichen Lippen fuhr, lachte ich, bis mir der Bauch weh tat.

KAPITEL 28

Clíona

Das Klingeln des Telefons reißt mich aus meinem Nickerchen. Ich bin auf dem Sofa eingeschlafen – so wie es mir seit neuestem öfter passiert, wenn Mary Louise an ruhigen Nachmittagen das Hotel besorgt. Dabei habe ich nie zu denen gehört, die sich mittags hinlegen. Wahrscheinlich ist es das Alter.

Seamus ist am Apparat. Er und Gráinne kommen mit der Vier-Uhr-Fähre. Das Mädchen ist wieder soweit hergestellt, daß es reisen kann. Ich bin glücklich, aber auch ein bißchen aufgeregt, weil beide nun morgen beim Weihnachtsessen dabeisein werden.

Als ich den Hörer auflege, fühle ich mich immer noch benommen vom Schlaf und von meinen Träumen. Ich habe geträumt, ich wäre noch ein kleines Mädchen, und meine Mutter schimpfte mit mir. Eigentlich war es mehr eine Erinnerung als ein Traum. Ich war wohl noch nicht sieben Jahre alt, als ich meinen Bruder Colm dazu überredete, mich im Curragh mitzunehmen, um Algen für die Felder zu sammeln. Ich beugte mich weit aus dem Boot, weil ich ein besonders schönes Büschel Seetang entdeckt hatte, und fiel dabei ins Wasser. Colm hat mich herausgefischt. Als er mich tropfnaß nach Hause brachte, geriet Mum außer sich.

»Ich habe dir doch gesagt, du sollst nicht mit dem Boot hinausfahren«, schimpfte sie. Sie hatte diesen Akzent des Nordens, der so anders war als meiner und der der übrigen Inselbewohner. »Willst du etwa, daß die Meerjungfrauen dich kriegen?« Bei diesen Worten fing ich an zu weinen. Ich hatte genügend Geschichten über diese erbarmungslosen Geschöpfe gehört, die einen mit ihren schwimmhäutigen Händen packten und unter Wasser festhielten, und wenn man nach Luft rang, lachten sie stumm, so daß Blasen aus ihren Mündern stiegen. Ich versuchte die Tränen zu unterdrücken, denn meine Mutter haßte es, wenn ihre Kinder weinten. An jenem Tag schlug sie mich erbarmungslos mit dem Gürtel meines Vaters. Mein Vater hat uns nie geschlagen, aber sie nahm immer seinen Gürtel, um ihre Autorität zu unterstreichen, da es auf unserer Insel gewöhnlich Sache der Männer war, die Kinder zu bestrafen. Jedesmal, wenn sie ihn um seinen Gürtel bat, zog er ihn nur langsam und zögernd aus, als wäre er derjenige, der die Hiebe bekommen sollte.

An jenem Tag haßte ich meine Mutter wirklich – doch ehrlich gesagt, habe ich sie in den dreizehn Jahren unseres Zusammenlebens fast immer gehaßt. Rückblickend wird mir klar, daß sie völlig entsetzt war, und hinter ihrem Zorn verbarg sich der Schrecken darüber, daß ich hätte ertrinken können. Doch damals sah ich nur die niederträchtige, häßliche Frau, die nie lächelte und kaum jemals das Haus verließ, weil sie ihre Nachbarn verabscheute. Meine Mutter hat sich auf Inis Murúch zeitlebens nicht zu Hause gefühlt. Dabei ist es wirklich ein schönes Plätzchen. Ich werde bis zu meinem Tod hierbleiben und mich dann auf dem Friedhof am Ende der Straße begraben lassen. Aber ich muß zugeben, daß die Einheimischen es den Fremden nicht gerade leicht machen. Meine Mutter hat fast zwanzig Jahre hier gelebt und keine Freunde gefunden. Sie hatte nur meinen Vater. Die Einheimischen spüren es schon von weitem, wenn ein Fremder wenig für ihre Insel übrig hat. Und meine Mutter hatte gar nichts für sie übrig. Das haben sie ihr nie verziehen.

Ich erinnere mich noch genau an ihr Begräbnis, als wäre es heute gewesen. Sie lag auf dem Bett aufgebahrt. Ich selbst hatte der Frau von der Insel geholfen, die die gelben Glieder meiner Mutter wusch und die Haare um ihr Gesicht drapierte, das in der gewohnt mißmutigen Miene erstarrt war. All die Bewohner, denen sie stets ein Dorn im Auge gewesen war, heuchelten jammernd Mitgefühl gegenüber meinem Vater.

»Ach, sie war dir eine gute Frau, Jared«, sagten sie. »Du wirst dich schwer tun, eine bessere zu finden.« In mir brodelte der Wunsch, dazwischenzufahren und sie bloßzustellen.

Während der letzten drei Monate, in denen sich der Krebs so rasch ausbreitete, daß am Ende bestimmt nichts mehr an diesem Körper gesund war, hatte ich meine Mutter gepflegt. Aber sie blieb boshaft bis zu ihrem Tod, und manchmal hielt sie mich und meine Schwester für Frauen von der Insel, die sie so sehr verachtete.

»Sag es mir ins Gesicht, du Hexe«, knurrte meine Mutter mich eines Morgens an, als sie noch sprechen konnte. »Ich weiß nur zu gut, wie sehr du mich haßt. Du wirst überglücklich sein, wenn ich tot bin, damit du dich endlich an meinen Mann ranmachen kannst.«

»Mum«, sagte ich erschrocken, und meine Hand, in der ich ihre Haarbürste hielt, erstarrte. »Ich bin es doch, Mum. Clíona.«

»Ich weiß, wer du bist, Mädchen.« Speichel rann ihr übers Kinn wie Seifenschaum. »Du bist die Tochter, die mir den Tod wünscht.«

Ich fing an zu weinen, flehte sie an, nicht so etwas zu sagen, und klammerte mich in einer Gefühlsaufwallung an sie, wie ich sie nie zuvor in meinem Leben empfunden habe. Sie hatte recht. Ich wollte, daß sie starb.

Beim Begräbnis trat Mrs. Keane auf mich zu, um mir ihr Beileid auszusprechen.

»Du wirst sie schrecklich vermissen, nicht wahr, Mädchen?«

»Nein«, sagte ich kalt. »Das glaube ich kaum.«

Mrs. Keane war entsetzt. Bestimmt dachte sie noch viel Schlimmeres über meine Mutter als ich, aber nie im Leben hätte sie das zugegeben.

»Gott sei dir gnädig! Du bist wirklich ein durchtriebenes Kind«, meinte sie und wandte sich von mir ab.

Noch ehe der Tag zu Ende war, wußten alle auf der Insel, was ich über meine Mutter gesagt hatte. Vermutlich habe ich mir dadurch den Ruf einer hartherzigen Frau erworben und bin es für die Alten bis heute geblieben.

»Clíona O'Halloran nimmt kein Blatt vor den Mund«, sagen sie von mir. Dabei kann ich genauso vorsichtig und scheinheilig sein wie jeder andere auch.

Aber was ich gesagt hatte, stimmte. Über Jahre hinweg habe ich meine Mutter nicht vermißt. Bis mein Vater starb. Jetzt sehne ich mich nach ihr – mit dem Schmerz eines Kindes und der Einsicht einer alten Frau.

Der Vorname meiner Mutter war Brónach – das irische Wort für sorgenvoll. Erst jetzt, am Ende meines Lebens als Mutter, erkenne ich, wie gut der Name zu ihr gepaßt hat. Könnte ich nur einen der Augenblicke zurückholen, in denen sie mich wütend angeschrien hat, würde ich sagen: Mum, es tut mir leid, daß du so einsam bist. Vielleicht wäre dann alles anders

gewesen. Vielleicht wären wir die besten Freundinnen geworden, so wie Grace und Gráinne.
Ich frage mich manchmal, ob Grace mich vermißt hat, als sie starb, und ob sie mich da vielleicht zum erstenmal so gesehen hat wie ich wirklich bin.
Hin und wieder denke ich, daß Gott unser aller Leben falsch geplant hat. Worin liegt der Sinn, erst dann die Wahrheit zu erkennen, wenn die Gelegenheit, davon Gebrauch zu machen, schon längst verstrichen ist? Dafür ist dann wahrscheinlich das Leben nach dem Tod da. Obwohl es selbst für eine Katholikin nicht einfach ist, an die verheißene Auferstehung zu glauben, wenn man unter dem Berg der eigenen Schuld zu versinken droht.
Ich stehe am Kai, sehe die Fähre an Granuailes Burg vorbeigleiten und an Deck die winzigen Gestalten von Seamus und meiner Enkelin. Sie deuten auf etwas, und ihre Köpfe sind einander zugeneigt, wahrscheinlich, damit sie einander trotz des dröhnenden Motors verstehen können. Seamus ist und bleibt ein Mann der Insel, auch wenn er um die halbe Welt gereist ist. Wahrscheinlich war das das einzige, was Grace an ihm mißfallen hat.
Kaum haben sie das Schiff verlassen, kommt Seamus auf mich zu und umarmt mich vor Eamon und den anderen Männern an der Laderampe. Er hebt mich sogar ein wenig hoch, bis ich protestiere.
»Du bist ein schrecklicher Mann«, sage ich und versuche mich zu befreien. Aber er lacht nur, und ich muß einfach mitlachen. So glücklich habe ich ihn seit Jahren nicht mehr gesehen.
Gráinne, das arme Mädchen, sieht halb so alt aus, wie sie in Wirklichkeit ist. Sie ist blaß und abgemagert, die kurzen Locken sind vom Wind zerzaust.
»Du bist wahrscheinlich böse auf mich«, sagt sie, und in den dunklen Augen glänzt etwas.

»Ach, ist schon gut, Kind«, antworte ich. »Es wäre nur nett, wenn du jemandem Bescheid geben würdest, bevor du einen Stadtbummel machst.« Mehr sage ich nicht. Ich mache ihr keinen Vorwurf, daß sie einfach verschwunden ist, um Seamus zu suchen. Wahrscheinlich hätte sie gar nichts Besseres tun können. Ich sehe doch, daß die Zuneigung, die die beiden früher verband, immer noch da ist, wenn auch ein bißchen getrübt durch die Jahre, die inzwischen verstrichen sind.

Als wir beim Hotel ankommen, geht Seamus in sein Haus, und Gráinne und ich setzen uns in den Wintergarten. Die Sonne wirft ihre letzten Strahlen auf das Fenster hinter Gráinne.

Ihre Haare sind soweit nachgewachsen, daß sie mich an den violettschwarzen Schopf erinnern, den sie als Baby hatte.

Ich höre eines der Mädchen im Hotel »Clíona« rufen. Aber Mary Louise sagt mit leiser Stimme, sie solle mich nicht stören.

»Was bedeutet dein Name?« fragt Gráinne, während ich ihr eine Tasse Tee einschenke.

»Er stammt aus einer alten Legende«, sage ich. »Clíodhna segelte gegen den Willen ihrer Eltern mit ihrem Geliebten in einem Curragh davon. Er ließ sie an der Küste einer Insel zurück – manche sagen, es sei diese Insel hier gewesen – und ging auf die Jagd. Währenddessen wurde sie von einer Welle erfaßt und ins Meer gezogen, so daß er dachte, sie sei ertrunken. Später erzählten die Inselbewohner jedoch, sie hätten sie als Meeresfee gesehen.«

Gráinne schweigt einen Augenblick. Plötzlich tönen mir Graces verächtliche Worte im Ohr: »Typisch! Sie haben dir den Namen einer Versagerin gegeben.«

»Da ist es ihr bestimmt besser gegangen«, meint Gráinne.

»Wie bitte?« Ich bin irritiert, weil ich nicht weiß, ob sie meine Tochter oder Clíodhna meint.

»Ich wäre lieber bei den Meerjungfrauen, als an einen Kerl gefesselt, der mich so behandelt«, erklärt Gráinne und nippt an ihrem Tee. Dieser wilde Ausdruck in den Augen. So sehr sie auch Seamus ähnelt, in ihrem Mienenspiel ist sie ganz ihre Mutter.
»Es ist nur ein altes Märchen«, sage ich. »Ich glaube, es soll dazu dienen, junge Mädchen vom Weglaufen abzuhalten.« Das sollte überhaupt keine Anspielung sein, aber Gráinne runzelt böse die Brauen.
»Ich bin nicht weggelaufen«, verteidigt sie sich. »Ich wollte nur mit meinem Vater reden.«
»Ich weiß«, erwidere ich.
»Aber ich könnte es, wenn ich wollte«, fügt sie hinzu und strafft die Schultern. »Du kannst mich nicht hier festhalten. Ich weiß, daß du es mit meiner Mutter versucht hast, aber mit mir wird dir das nicht gelingen.«
»Ich würde mich freuen, wenn du hierbleibst, Gráinne«, sage ich langsam, behutsam. »Die meisten Kinder verlassen die Insel, wenn sie achtzehn sind. Manche kommen zurück, aber die meisten finden draußen einen Platz, wo es ihnen besser gefällt. Was deine Mutter betrifft, Gráinne, so habe ich einen Fehler begangen. Ich wollte sie nicht gehen lassen. Und deshalb habe ich sie – und dich – verloren.«
Bei dem Wort »verloren« zuckt sie zusammen.
»Ich hoffe, daß du dich eines Tages hier wie zu Hause fühlst«, sage ich. »Aber ich werde dich nicht zwingen, und ich habe dich auch nie zwingen wollen.« Gráinne wirkt verwirrt. Als hätte sie eine deftige Strafpredigt erwartet und wäre nun sprachlos, weil ich ihr recht gebe. Ich bin selbst ein wenig überrascht. Wie einfach doch alles sein kann.
»Ich glaube, ich bleibe eine Weile hier«, sagt sie leise. Ich nicke und schiebe ihr einen Keks hin – den sie tatsächlich ißt.
Du bist das seltsamste Geschöpf von uns allen, möchte ich ihr

sagen. In dir ist etwas von uns allen und auch von all jenen Orten, an denen unser Leben sich abgespielt hat. Ich war eine Irin, die in Amerika keine Heimat fand; deine Mutter war ein amerikanisches Mädchen, dem Inis Murúch wie ein Gefängnis erschien. Du, Gráinne, hast ein bißchen was von uns beiden und bist zwischen uns beiden hin- und hergezerrt worden. Vielleicht, so möchte ich sagen, wirst du dich hier nie wohlfühlen. Dafür aber irgendwo anders. Ganz sicher gehörst du aber zu den Menschen, die einen Platz für sich finden, wo immer sie sind.

Gráinne schaut durch die Scheiben auf die Sonne, die wie eine runde Wanne voll Blut im Meer versinkt. Ihr Blick ist nicht ganz derselbe wie der ihrer Mutter. Gráinne hält nicht nach etwas Ausschau, das jenseits des Meeres ist, sondern blickt einfach nur auf das Wasser. Doch vielleicht sind das nur die Hoffnungen einer alten Frau.

All die Worte, die ich ihr unbedingt sagen möchte, stecken in meiner Kehle fest. Ich räuspere mich und hoffe, daß sie es in meinen Augen lesen kann.

»Noch etwas Tee?« frage ich. Zitternd hält sie ihre Untertasse hoch. Ich gebe der Untertasse mit dem Bauch der Kanne etwas Halt und gieße die dampfende, rotbraune Flüssigkeit in die Tasse.

KAPITEL 29

Gráinne

Einen Tag vor Weihnachten, meinem sechzehnten Geburtstag, unternahmen mein Vater und ich einen langen Spaziergang an der Mermaid Beach, dem Spiegelbild jener singenden Bucht, wo meine Mutter starb. Tagelang hatte ich ihm unaufhörlich Fragen gestellt, und er hatte mit jener Stimme geantwortet, die ich, wie ich mich wieder erinnerte, als Kind so geliebt hatte. Endlich konnte ich die Lücken schließen, und das Bild von meinem Leben und dem Leben meiner Mutter weitete sich, sogar über Grenzen hinaus, von denen ich zuvor gar nichts geahnt hatte.

»War deine Mutter glücklich?« fragte mein Vater, als wir das Profil unserer Sohlen in den nassen Sand drückten.

»Ja«, antwortete ich prompt. Wir waren fast immer glücklich gewesen, meine Mutter und ich, obwohl sie auch traurige Momente hatte – ihre »trüben Tage«, wie sie sie nannte, an denen ich aber nicht teilhatte, wie ich jetzt rückblikkend feststelle.

Mein Vater schien weder überrascht noch verärgert darüber, daß sie ohne ihn zufrieden gewesen war. Ich kenne meine Mutter gut genug, um zu wissen, daß sie diesen Mann geliebt hat, wahrscheinlich mehr als Stephen. Ich weiß auch, daß ihre Liebe nichts damit zu tun hat, daß sie nicht länger bei ihm bleiben konnte. »Die Liebe zu einem Mann kommt immer an zweiter Stelle«, hatte meine Mutter mir eingetrichert. »An erster Stelle kommst du.«
Ich blickte auf den braunen Sandteppich, der von den schlangenähnlichen Spuren der Sandwürmer durchzogen war.
»Lebst du immer noch gerne hier?« fragte ich meinen Vater.
Er lächelte. Er verstand genau, was ich meinte. Bestimmt sah er hinter jedem Felsen meine Mutter, erspähte in jeder Welle ihren Schatten.
»Aber sicher!« sagte er. »Und du?«
»Äh, ich weiß nicht. Ich habe hier eigentlich noch gar nicht richtig gelebt.«
»Und das, was du die vergangenen vier Monate getan hast, wie nennst du das?« fragte mein Vater grinsend.
»Warten«, sagte ich.
»Warten, worauf?« fragte er, als wäre das einfach zu beantworten.
Auf ein Schiff mit meinem Vater an Bord, auf einen Brief von Stephen, auf einen Kuß von Liam. Und darauf, daß meine Mutter zu sterben aufhörte und an meine Tür kam.
»Nur warten.«
Mein Vater schien in mich hineinzusehen, als wäre meine Haut durchsichtig wie Wasser. »Halt dich ein kleines bißchen an den Rat eines alten Mannes, der weiß, was Warten bedeutet. Jetzt, da du wieder hier bist, kannst du anfangen zu leben. Später entscheidest du dann, ob es dir gefällt.«
Ich dachte an die Worte meiner Großmutter. Wie sehr sie hoffte, daß ich mich hier zu Hause fühlte. Wenn ich hier in

dieser Familie bliebe, würde mir meine Stimme dann immer so seltsam vorkommen? Würde ich immer eine Fremde sein?
Mein Vater reckte das Gesicht dem Wind entgegen.
»Auf dieser Insel, Gráinne, kannst du beobachten, wie die Sonne und der Mond aufsteigen und untergehen. Und nur das Meer trennt dich von ihnen. Silber, golden und grün. Manchen ist diese Insel zu klein. Für mich ist sie der wunderbarste Ort auf der Welt.«
Wir machten bei einem großen, mit Entenmuscheln übersäten Felsen halt. Die abgeflachte Kuppe, die von der Flut unberührt blieb, bedeckte ein Stück Rasen. Das dunkelgrüne Gras war durchsetzt mit flechtenbewachsenen Steinen.
»Bei Flut stand deine Mutter immer hier oben, blickte aufs Festland und sprang ins Wasser. Manchmal folgte ich ihr. Und ich fürchtete immer ein wenig, daß sie nie wieder auftauchen würde.«
Wir blickten auf die silbrigen Wellenkronen. Ich sah meine Mutter vor mir, ihr Haar breitete sich wie das Licht der untergehende Sonne über ihre Schultern, und ihre Beine verwandelten sich in Flossen, während sie sprang.
»Ich halte immer noch Ausschau nach ihr«, sagte mein Vater.
Ich stellte mir vor, wie meine Mutter darauf antworten würde, scharf und spöttisch. Sie würde ihm seine Rührseligkeit austreiben, ihn ansehen und mit ihm flirten, bis sich sein Gefühl in Erregung verwandelte.
Ich wollte seine Hand nehmen, den Kopf an seine warme Brust lehnen und weinen. Und sagen: Ich auch.
Mein Vater strich mir über den Kopf. Nur flüchtig, denn noch trennte uns eine unbeholfene Trauer, die sicher nicht so schnell vergehen würde. Zu unseren Füßen rauschten die Wellen.
Zum Weihnachtsessen fanden sich mehr von meinen Verwandten in Clíonas Haus ein, als ich zählen konnte. Marcus'

Zwillingssöhne waren mit ihren Frauen und einer Schar übermütiger Kinder mit blauen Augen gekommen. Die Schwestern meiner Großmutter – nicht ganz so gutaussehend wie sie – drückten mich und äußerten freimütig ihre Betrübnis darüber, daß sie mich all die Jahre nicht gesehen hatten. Ich zwängte mich durch den überfüllten Raum, lächelte, beantwortete Fragen und versuchte so zu tun, als sei eine so große Familie nichts Ungewohntes für mich. Später gesellte Clíona sich zu mir und erklärte mir zu jedem einzelnen, wie ich mit ihm verwandt war. Das ist deine Tante, deine Kusine, dein Onkel dritten Grades. So hatte sie es sich für meine Mutter gewünscht, dachte ich, und jetzt wünschte sie es sich für mich: in diese Gesichter blicken und mich darin erkennen zu können, gesagt zu bekommen, daß ich meine Liebe zu Gedichten von meinem Urgroßvater geerbt hatte, das Schwimmen von meinem Vater, die Neigung zum Grübeln von den O'Malleys. Doch das hatte meine Mutter abgelehnt, sie wollte selbst bestimmen, wer sie war. Der einzige Mensch, der je mit ihr verbunden sein durfte, war ich.

Liam, den ich seit seiner Abfahrt aus Dublin im November nicht mehr gesehen hatte, erschien mit seiner Mutter und seinen zahlreichen Brüdern. Mein Vater schlang den Arm fest um Mary Louises Taille.

»Es tut mir leid wegen Owen«, sagte er und blickte sie an. »Er war ein guter Mann.«

»Du bist uns immer ein Freund gewesen, Seamus«, sagte Mary Louise. Sie sah müde aus, aber auch gefaßt, und ich wußte, daß sie nicht weinen würde.

»Wer hätte das gedacht, daß wir beide schon in so jungen Jahren verwitwet sein würden«, sagte sie und versuchte zu lächeln. Ich blickte auf Liam, der die beiden beobachtete und Möglichkeiten erwog. Er schloß die Augen. Gewiß dachte er an seinen Vater.

Während Mary Louise und mein Vater sich unterhielten, schlichen Liam und ich aus der Hintertür und gingen hinter den Vorratsschuppen, wo er mich lange küßte.
»Du errätst nie, was Seamus mir zu Weihnachten geschenkt hat«, sagte er, als unsere Münder rot und wund waren. Er zog eine flache Pappschachtel aus der Innentasche seiner Jacke. Sie trug die Aufschrift *Featherlites* und zeigte das verschwommene Bild eines Mannes und einer Frau, die einander erregt ansahen.
»Kondome?« fragte ich lachend.
»Kannst du dir das vorstellen?«
»Warum nicht?« Ich zuckte die Achseln. Meine Mutter hatte mir auch Kondome gegeben. Sie lagen unbenutzt in meiner Nachttischschublade.
»Ich dachte zuerst, es wäre bloß ein dummer Witz«, sagte Liam. »Väter schenken den Freunden ihrer Töchter keine Gummis. Hier bei uns wenigstens nicht.«
»Vielleicht sollten sie es tun«, meinte ich.
Liam lächelte. »Stimmt eigentlich. Na, wir haben wenigstens welche. Für alle Fälle.« Er sah mich schelmisch an. »Was meint Ihr, Königin Gráinne, brauchen wir sie?« fragte er und legte seine Arme um meine Taille.
Ich drückte ihn fester an mich und sog den Duft seines Mundes und seiner Haut ein. »Ich würde sagen, ja«, flüsterte ich und wußte, daß ich sexy klang.
Ich hörte, wie das Wasser an den Strand neben dem Hotel plätscherte. Es war Ebbe. Ein starker, sinnlicher Geruch nach angeschwemmtem Seetang erfüllte die Luft, als hätten unzählige Meerjungfrauen ein Zeugnis des Liebesaktes im Sand hinterlassen.
Als meine Mutter noch nicht krank war, kroch ich morgens immer zu ihr ins Bett, sobald der Mann, mit dem sie die Nacht verbracht hatte, wieder in sein eigenes Leben zurückgekehrt

war. Ich liebkoste ihren Nacken und atmete den Duft nach Meer ein, die salzige Erregung, die von ihrer Haut ausströmte. Ich dachte immer, wenn ich jemals Leidenschaft verspüren würde, würde sie genauso duften – wie meine Mutter. Mittlerweile habe ich erkannt, daß Sex bei meiner Mutter nur eine äußere Schicht war, so wie Parfüm. Das, was darunter lag, vermißte ich nun am meisten. Unter ihrer Fassade verbarg sich ein unvergleichlicher Geruch, den ich nirgends wiederfinden würde: der Duft ihres Fleisches und ihrer Seele, immer noch frisch unter ihrer Haut.

»He«, sagte Liam. »Wo bist du?«

Der Nebel war so dicht, daß ich weder das Meer noch das Festland dahinter erkannte. Ich hatte nichts mehr, woran ich mich orientieren konnte. Aber Liam, dessen Gesicht ich klar und deutlich vor mir sah, küßte mich erneut mit seinen geschwollenen, salzigen Lippen und ließ seine Hände sanft über meine Hüften wandern. Zum erstenmal seit langem schien mir alles, was hinter dieser Insel mit ihren singenden Felsen und dem trauernden, hungrigen Meer lag, keine Bedeutung mehr zu haben.

KAPITEL 30

Gráinne

Ich decke den Tisch für das Weihnachtsessen: elf Erwachsene und vierzehn Kinder, hat Clíona gesagt. Am Tischende, neben der Tür, lege ich noch ein zusätzliches Gedeck auf: einen Teller, ein Glas, einen kleinen Teller, eine Serviette und glänzendes Silberbesteck.

Nachdem wir gegessen haben, das Gelächter und Gezänk verstummt ist und die Melodien von Liams Flöte nur noch in unseren Köpfen nachhallen, räume ich den Tisch bis auf das zusätzliche Gedeck ab. Wenn alle anderen schlafen, zu fünft auf Liegen aus dem Hotel in einem Zimmer zusammengepfercht, werde ich hinunterschleichen und im Dunklen warten.

Sie wird leise hereinkommen und mit ihren nackten Füßen nasse Abdrücke auf dem Teppich hinterlassen. Wenn sie sich neben mich setzt, spüre ich den feuchten Liebesgeruch des Seetangs, den Geruch nach Ebbe, nach dem Bett, in das ich als Kind kriechen durfte. Im Schatten des blauen Mondes sehen ihre Hände aus, als hätten sie Schwimmhäute, ihre langen Finger sind durch hauchdünne Flossen miteinander verbunden. Während sie ißt, tropfen Wasserperlen aus ihren kupferfarbenen Locken auf das Tischtuch. Ich werde ihr von Liam erzählen, von dem besonderen Duft seiner Haut, von seinen Küssen und den Kondomen, die er in der Tasche hat. Dann wird sie melodisch lachen, mich necken, mir Rat erteilen. Ich werde ihr von meiner Großmutter erzählen, von meinem Vater, von der ganzen fröhlichen Familie – in der die Frauen die Männer anbeten, aber nur vorgeben, ohne sie leben zu können. Von dem Auf und Ab ihrer Stimmen, und davon, daß ein Teil in mir nie wieder an einem Ort leben könnte, wo die Sprache der Menschen keine Melodie hat.

Ich werde ihr sagen, daß ihr Sterben mir keine Angst mehr einflößt. Ich weiß, daß es viel schlimmere Arten gibt, Menschen zu verlieren, selbst wenn sie vor einem stehen.

Sie wird nicken, mir die kurzen Locken aus der Stirn streichen und meine frische, rote Narbe küssen.

Gráinne, wird sie dann singen und mich noch einmal bei meinen Namen nennen.

Sie wird mir auswendig Gedichte vortragen.

Ein Gesicht verfolgt mich
Tag und Nacht.
Das triumphierende Gesicht eine Mädchens –
es fleht die ganze Zeit.

Ich werde genau wissen, von wem sie spricht.

Vielleicht kommt eine meiner kleinen Kusinen herunter, um ein Glas Wasser zu trinken oder um heimlich zu naschen, und sieht den entschwindenden Schatten einer Frau, hört das Glucksen des Wassers und das Strömen des Windes aus der Ferne.

»Wer war die Dame?« wird mich das kleine Mädchen fragen, und ich nehme sie auf den Schoß.

Sie ist die Piratenkönigin Granuaile, die sich, hungrig und vom Kampf entkräftet, hereinschleppt und ihr blitzendes Schwert neben dem Feuer ablegt.

Sie ist die Meerjungfrau Muirgen, die sich, des Nachts aus dem Meer erhebt, um einen letzten Blick auf ihre schlafenden, menschlichen Kinder zu werfen.

»Sie«, werde ich sagen, »war meine Mutter.«

Für die freundlichen Abdruckgenehmigungen der im Buch enthaltenen Gedichte danken wir folgenden Verlagen:

S. Fischer Verlag:
Anne Sexton, »Vogel Ehrgeiz«
(in: Werkedition, Bd. 4, Buch der Torheit/ Das tüchtige Rudern bis hin zu Gott. 1998)

Luchterhand Literaturverlag:
W. B. Yeats,
»Das Lied des wandernden Aengus«
»Die Nixe«
»Zu einer Insel im Wasser«
»Auf ein im Winde tanzendes Kind«
(in: Werke 1. Ausgewählte Gedichte. 1970)

Carl Hanser Verlag:
Dylan Thomas, »Fern Hill«
(in: Ausgewählte Gedichte. 1967)

Philipp Reclam Verlag:
T. S. Eliot, »J. Alfred Prufrocks Liebeslied«
(in: Amerikanische Lyrik v. 17. Jhd. bis zur Gegenwart. 1974)

Luanne Rice

Wo das Meer den Himmel umarmt

Ein Roman über den Sieg der Liebe
und die Kraft der Hoffnung!

Als Sarah Talbot von ihrer schweren Krankheit geheilt wird, glaubt sie aufatmen zu können. Was sie nie für möglich gehalten hätte, tritt ein: Sie findet in Will den Lebensgefährten, der ihr endlich Ruhe und Erfüllung schenken kann. Doch ihr Glück ist bedroht …

»Rice hat uns ein Leseeerlebnis verschafft, auf das wir immer hoffen, das wir jedoch selten finden.«
Library Journal

Knaur